Ernest Hemingway

L'adieu
aux armes

*Traduit de l'anglais
par Maurice-E. Coindreau*

Gallimard

Titre original :

A FAREWELL TO ARMS

Ernest Hemingway est né en 1899 à Oak Park, près de Chicago. Tout jeune, en 1917, il entre au Kansas City Star *comme reporter, puis s'engage sur le front italien. Après avoir été quelques mois correspondant du* Toronto Star *dans le Moyen-Orient, Hemingway s'installe à Paris et commence à apprendre son métier d'écrivain. Son roman,* Le soleil se lève aussi, *le classe d'emblée parmi les grands écrivains de sa génération, que l'on a appelée la « génération perdue ». Il se met à voyager, aux États-Unis, en Europe, en Afrique.*

En 1936, il s'engage comme correspondant de guerre auprès de l'armée républicaine en Espagne, et cette expérience lui inspire Pour qui sonne le glas. *Il participe à la guerre de 39 à 45 et entre à Paris comme correspondant de guerre avec la division Leclerc. Il continue à voyager après la guerre : Cuba, l'Italie, l'Espagne.*

En 1954, Hemingway reçoit le Prix Nobel de littérature.

Malade, il se tue, en juillet 1961, avec un fusil de chasse, dans sa propriété de l'Idaho.

LIVRE PREMIER

Cette année-là, à la fin de l'été, nous habitions une maison, dans un village qui, par-delà la rivière et la plaine, donnait sur les montagnes. Dans le lit de la rivière il y avait des cailloux et des galets, secs et blancs au soleil, et l'eau était claire, et fuyait, rapide et bleue dans les courants. Des troupes passaient devant la maison et s'éloignaient sur la route, et la poussière qu'elles soulevaient poudrait les feuilles des arbres. Il y avait également de la poussière sur le tronc des arbres, et, cette année-là, les feuilles tombèrent de bonne heure, et nous voyions les troupes passer sur la route; poussière soulevée; chute des feuilles détachées par la brise; soldats en marche, et de nouveau la route solitaire et blanche sous les feuilles.

La plaine était couverte de récoltes. Il y avait de nombreux vergers, et, à l'horizon, les montagnes étaient brunes et dénudées. On se battait dans les montagnes, et le soir, nous pouvions apercevoir les éclairs de l'artillerie. Dans l'obscurité, on eût dit des éclairs de chaleur; toutefois les nuits étaient fraîches et l'on n'avait point l'impression qu'un orage menaçait.

Parfois, dans l'obscurité, nous entendions des régiments passer sous nos fenêtres avec des canons traînés par des tracteurs. La nuit, le mouvement était intense. Il y avait sur les routes un grand nombre de mulets portant des caisses de munitions de chaque côté de leurs bâts, et des camions qui transportaient des hommes, et,

dans tout ce va-et-vient, d'autres camions recouverts
d'une bâche se mouvaient lentement. Le jour, de gros
canons passaient, tirés par des tracteurs. De la bouche
à la culasse, ils étaient couverts de branches vertes;
des pampres et des feuillages verts recouvraient aussi
les tracteurs. Au nord, au fond de la vallée, nous pouvions apercevoir une forêt de châtaigniers, et, par-
derrière, une autre montagne, de ce côté-ci de la rivière.
On se battait également pour cette montagne, mais
c'était sans résultat, et, à l'automne, quand les pluies
commencèrent, les feuilles des châtaigniers se mirent à
tomber, et on ne vit plus que des branches nues et des
troncs noirs de pluie. Les vignes aussi étaient clair-
semées, dénudées, et toute la campagne était mouillée
et brune, tuée par l'automne. Il y avait du brouillard
sur la rivière et des nuages sur les montagnes, et les
camions faisaient jaillir la boue sur la route, et les
soldats, sous leurs capotes, étaient crottés et mouillés.
Leurs fusils étaient mouillés, et, sous leurs capotes, ils
portaient deux cartouchières de cuir accrochées à leurs
ceinturons; et ces étuis en peau grise, lourds de chargeurs emplis de longues et minces cartouches de 6 mm 5,
faisaient bomber à tel point les capotes que tous ces
hommes qui passaient sur la route semblaient être
arrivés au sixième mois de leur grossesse.

Il y avait de petites automobiles grises qui filaient
très vite. En général, il y avait un officier sur le siège,
à côté du chauffeur et d'autres officiers derrière. Elles
éclaboussaient plus que les camions eux-mêmes, et si
l'un des officiers, à l'arrière, était tout petit et assis
entre deux généraux, si petit qu'on ne pouvait voir sa
figure, mais juste le haut de son képi et son dos étroit,
et si l'auto filait particulièrement vite, alors il y avait
bien des chances que ce fût le roi. Il logeait à Udine
et circulait ainsi presque chaque jour pour voir comment
allaient les choses. Et les choses allaient très mal.

A l'entrée de l'hiver une pluie persistante se mit à
tomber, et la pluie amena le choléra. Mais on put l'en-
rayer et, en fin de compte, il n'y eut, dans l'armée,
que sept mille hommes qui en moururent.

CHAPITRE II

L'année suivante, on remporta beaucoup de victoires. On s'empara de la montagne, au fond de la
vallée, et de la colline où se trouvait le bois de châtaigniers. Au-delà de la plaine, on remporta également
des victoires, sur le plateau, au sud, et nous franchîmes
la rivière en août, et nous nous établîmes à Gorizia,
dans une maison qui avait une fontaine, beaucoup
d'arbres touffus dans un jardin ceint de murs, et une
glycine mauve sur le côté de la maison. On se battait
alors dans les montagnes voisines, à une distance de
moins d'un mille. La ville était très jolie et notre maison
très agréable. La rivière coulait derrière, et la ville avait
été prise très brillamment, mais les montagnes derrière
elle étaient inexpugnables, et j'étais bien heureux que
les Autrichiens semblassent, au cas où la guerre finirait,
vouloir un jour venir habiter cette ville, car ils la bombardaient non pour la détruire, mais uniquement dans
des buts stratégiques. Les habitants étaient restés. Il
y avait des hôpitaux et des cafés, de l'artillerie dans
les rues écartées, et deux maisons closes : une pour la
troupe, l'autre pour les officiers. La fin de l'été, les
nuits fraîches, les combats dans les montagnes derrière
la ville, l'acier du pont de chemin de fer cabossé par les
obus, le tunnel écroulé près de la rivière, là où on s'était
battu, les arbres autour de la place, et la longue avenue
d'arbres qui conduisait à cette place, tout cela sans
parler des femmes de la ville, du roi qui passait en
auto et dont on pouvait maintenant entrevoir le visage,
le long cou et la barbiche grise, telle une barbe de
bouc; tout cela avec les intérieurs imprévus des maisons dont le bombardement avait démoli un pan de
mur, les plâtras et les décombres dans les jardins et

9

dans les rues, les opérations heureuses sur le Carlos ; tout cela rendait cet automne bien différent du précédent alors que nous vivions en pleine campagne. La guerre aussi avait changé.

La forêt de chênes, sur la montagne derrière la ville, avait disparu. La forêt avait été verte pendant l'été, lors de notre entrée dans la ville, mais maintenant il n'y avait plus que des moignons, des troncs brisés, un sol défoncé ; et, à la fin de l'automne, un jour que je me trouvais là où la forêt de chênes avait existé, je vis un nuage s'avancer au-dessus de la montagne. Il arrivait très vite et le soleil prit une teinte jaune foncé puis tout devint gris. Le ciel fut entièrement couvert et le nuage descendit sur la montagne et il nous enveloppa soudain, et c'était de la neige. La neige obliquait dans le vent. Elle recouvrit le sol, et les moignons des arbres se détachèrent, tout noirs. Elle recouvrit les canons et, dans la neige, il y eut bientôt de petits chemins conduisant aux feuillées, derrière les tranchées.

Plus tard, étant redescendu en ville, je regardai tomber la neige par la fenêtre de la maison close, la maison pour officiers. Je m'y trouvais avec un ami, deux verres et une bouteille d'Asti, et tandis que nous regardions la neige tomber, lentement, lourdement, nous sentions bien que tout était fini pour cette année. En amont de la ville les montagnes n'avaient pas été prises. Aucune des montagnes au-delà de la rivière n'avait été prise. Ce serait pour l'année prochaine. Mon ami aperçut l'aumônier de notre mess qui descendait la rue, marchant avec précaution dans la boue. Il frappa à la fenêtre pour attirer son attention. L'aumônier leva la tête. Il nous vit et sourit. Mon ami lui fit signe d'entrer, l'aumônier secoua la tête et s'éloigna. Au mess, ce soir-là, après les spaghetti que chacun mangeait très vite, avec un grand sérieux — on élevait les spaghetti sur sa fourchette de façon à en laisser pendre les bouts, puis on les abaissait vers la bouche, ou bien on les aspirait d'une succion continue, tout en se versant du vin de la fiasque couverte de paille ; elle se balançait dans un berceau de métal, il suffisait d'en abaisser le

10

goulot avec l'index, et le vin rouge, clair, tannique et délicieux coulait dans le verre qu'on tenait de la même main —, après les spaghetti, le médecin-major de deuxième classe se mit à taquiner l'aumônier.

L'aumônier était jeune et rougissait facilement. Il portait un uniforme semblable au nôtre, mais avec une croix de velours grenat au-dessus de la poche gauche de sa tunique grise. Le médecin parlait petit-nègre pour mon profit douteux, afin que je pusse tout comprendre, que rien ne fût perdu.

— Aumônier aujourd'hui avec femmes, dit-il, en regardant l'aumônier et moi.

Le prêtre sourit, rougit et secoua la tête. Ce médecin le taquinait souvent.

— Pas vrai? demanda le médecin. Aujourd'hui, moi voir aumônier avec femmes.

— Non, dit l'aumônier.

Les autres officiers s'amusaient de la taquinerie.

— Aumônier pas avec femmes, reprit le médecin. Aumônier jamais avec femmes, m'expliqua-t-il.

Il prit mon verre et le remplit tout en me regardant dans les yeux et sans perdre de vue l'aumônier.

— L'aumônier toutes les nuits, cinq contre un. (Toute la table éclata de rire.) Vous comprenez, aumônier, toutes les nuits, cinq contre un.

Il fit un geste et éclata d'un gros rire. L'aumônier prit la chose en manière de plaisanterie.

— Le pape souhaite que les Autrichiens remportent la victoire, dit le major. Il aime François-Joseph. C'est de là que lui vient l'argent. Je suis athée.

— As-tu jamais lu *Le Cochon noir?* me demanda l'aide-major. Je t'en procurerai un exemplaire. C'est ça qui a ébranlé ma foi.

— C'est un ouvrage dégoûtant et vil, dit l'aumônier. Je ne peux pas croire qu'il vous plaise réellement.

— Je le trouve très utile, dit l'aide-major. Il vous révèle ce que valent tous ces prêtres. Ça te plaira, me dit-il.

J'adressai un sourire à l'aumônier et, par-dessus le chandelier, il me répondit d'un sourire.

— Ne le lisez pas, me dit-il.

— Je te le procurerai, me dit l'aide-major.

— Tous les penseurs sont athées, dit le major. Je ne crois pas en la franc-maçonnerie cependant.

— Moi, je crois en la franc-maçonnerie, dit l'aide-major. C'est une noble organisation.

Quelqu'un entra et, dans l'embrasure de la porte, j'aperçus la neige qui tombait.

— Maintenant qu'il a commencé à neiger, il n'y aura plus d'offensive, dis-je.

— Sans aucun doute, dit le major. Vous devriez partir en permission. Vous devriez aller à Rome, à Naples, en Sicile.

— Il devrait aller visiter Amalfi, dit l'aide-major. Je te donnerai des lettres d'introduction pour ma famille, à Amalfi. On te recevra comme l'enfant de la maison.

— Il devrait aller à Palerme.

— J'aimerais bien que vous alliez voir ma famille dans les Abruzzes, à Capracotta, dit l'aumônier.

— Écoutez-le parler de ses Abruzzes! Il y a plus de neige là-bas qu'ici. Il n'a pas envie de voir des paysans. Laissez-le donc aller dans les centres de culture et de civilisation.

— Ce qu'il lui faut, c'est des jolies filles. Je lui donnerai des adresses de maisons à Naples, de belles filles, toutes jeunes... accompagnées de leur mère. Ah, ah, ah!

Le major de deuxième classe étendit sa main grande ouverte, le pouce en l'air et les doigts écartés comme pour faire des ombres chinoises. L'ombre de sa main apparut sur le mur. Il se remit à parler petit-nègre.

— Vous partez comme ça (il montra son pouce), et vous revenez comme ça (il toucha son petit doigt).

Tout le monde rit.

— Regardez, reprit-il.

De nouveau il étendit la main et de nouveau la lueur de la bougie en projeta l'ombre sur le mur. Il commença par le pouce levé et énuméra dans l'ordre, le pouce et les quatre doigts :

— *Sotto-tenente* (le pouce), *tenente* (l'index), *capitano* (le médius), *maggiore* (l'annulaire), *tenente-colonello* (le petit doigt). Vous partez *sotto-tenente* et vous revenez *tenente-colonello*.

Tout le monde se mit à rire. Le médecin avait un grand succès avec ses jeux de doigts. Il regarda l'aumônier et s'écria :

— Toutes les nuits, l'aumônier cinq contre un!

Et ce furent de nouveaux éclats de rire.

— Il vous faut partir tout de suite, dit le major.

— Je voudrais bien partir avec toi pour te servir de guide, dit l'aide-major.

— Quand vous reviendrez, apportez un phonographe.

— Apportez de bons disques d'opéra.

— Apportez des disques de Caruso.

— Non, pas de Caruso. Il gueule.

— Vous n'aimeriez pas pouvoir gueuler comme lui?

— Il gueule, je vous dis qu'il gueule.

— J'aimerais bien que vous alliez dans les Abruzzes, dit l'aumônier. Les habitants vous plairaient; et, bien qu'il y fasse froid, c'est un froid clair et sec. Vous pourriez habiter avec ma famille. Mon père est un chasseur renommé.

— Allons, venez, dit le major de deuxième classe. Allons au bordel avant que ça ne ferme.

— Bonsoir, dis-je à l'aumônier.

— Bonsoir, dit-il.

CHAPITRE III

Quand je revins au front nous étions encore dans cette même ville. Il y avait beaucoup de canons dans la campagne environnante et le printemps était venu. Les champs étaient verts, et il y avait de petites pousses vertes sur les vignes; les arbres, au bord des routes, avaient de petites feuilles et la brise soufflait de la mer. Je revis la ville, sa colline dominée par le vieux château, dans son cirque de collines avec les montagnes derrière, des montagnes brunes aux versants tachés de vert. Dans la ville il y avait un plus grand nombre de canons, et il y avait aussi de nouveaux hôpitaux. On rencontrait des Anglais dans les rues, et parfois des Anglaises. Quelques maisons avaient souffert des récents bombardements. Il faisait chaud; on sentait l'arrivée du printemps, et je suivis l'allée d'arbres, réchauffé par le soleil sur les murs; et je vis que nous habitions toujours la même maison et que rien n'avait changé depuis mon départ. La porte était ouverte; un soldat était assis au soleil sur un banc. Une voiture d'ambulance attendait devant la porte latérale et, quand je fus entré, je sentis l'odeur de dalles de marbre et d'hôpital. Tout était comme avant mon départ, sauf que maintenant le printemps était là. Je regardai par la porte de la grande salle et je vis le major assis à son bureau. La fenêtre était ouverte et le soleil emplissait la chambre. Il ne me vit pas, et je ne savais si je devais entrer pour me porter présent ou monter d'abord faire ma toilette. Je me décidai à monter.

La chambre que je partageais avec l'aide-major Rinaldi donnait sur la cour. La fenêtre était ouverte. Il y avait des couvertures sur mon lit et toutes mes affaires étaient pendues au mur, le masque à gaz dans sa boîte en fer-blanc oblongue, et le casque d'acier à la même patère. Au pied du lit se trouvait ma cantine, et, sur cette cantine, mes bottes d'hiver au cuir tout luisant de graisse. Mon fusil de tirailleur autrichien, avec son canon bleuté octogonal et sa jolie *schutzen* crosse en noyer foncé qui épousait si bien la forme de la joue, était pendu au-dessus des deux lits. Autant que je pouvais m'en souvenir, le périscope qui s'y adaptait était sous clef dans ma cantine. L'aide-major Rinaldi dormait dans l'autre lit. Il s'éveilla en m'entendant marcher dans la chambre et se mit sur son séant.

— *Ciao!* dit-il. Tu t'es bien amusé?

— Épatamment.

Nous nous serrâmes la main, puis, mettant son bras autour de mon cou, il m'embrassa.

— Oh! dis-je.

14

— Tu es sale, dit-il. Lave-toi. Où as-tu été? qu'as-tu fait? Raconte-moi tout, bien vite.

— J'ai été partout, Milan, Florence, Rome, Naples, Villa San Giovanni, Messine, Taormina...

— Tu parles comme un indicateur de chemins de fer. Est-ce que tu as eu beaucoup de belles aventures?

— Oui.

— Où?

— Milano, Firenze, Roma, Napoli...

— Ça suffit. Dis-moi, sans blague, quelle a été la meilleure?

— A Milan.

— C'est parce que c'était la première. Où l'as-tu rencontrée? A la Cova? Où êtes-vous allés? Étais-tu en forme? Raconte-moi tout, bien vite. Avez-vous passé la nuit ensemble?

— Oui.

— Ça n'est pas grand-chose. Ici, nous avons de très belles femmes maintenant, de nouvelles femmes qui sont au front pour la première fois.

— Chic!

— Tu ne me crois pas? Je te montrerai ça cet après-midi. En ville, il y a des Anglaises épatantes. Pour l'instant, je suis amoureux de Miss Barkley. Je te la présenterai. Je l'épouserai probablement.

— Il faut que je me lave et que j'aille me porter présent. Y a-t-il du travail en ce moment?

— Depuis ton départ nous n'avons eu que des gelures, engelures, jaunisses, blennorragies, mutilations volontaires, pneumonies, chancres durs et mous. Toutes les semaines on nous amène des hommes atteints d'éclats de roches. Il y a très peu de grands blessés. La semaine prochaine, la guerre va recommencer. Elle va peut-être recommencer. On le dit. Penses-tu que je ferai bien d'épouser Miss Barkley... après la guerre, naturellement?

— Sans aucun doute, dis-je en versant de l'eau dans la cuvette.

— Ce soir, tu me raconteras tout, dit Rinaldi. Maintenant il faut que je me rendorme afin d'être en beauté pour aller voir Miss Barkley.

15

J'enlevai ma tunique et ma chemise, et me lavai dans l'eau froide de la cuvette. Tout en me frottant avec ma serviette, je promenais mes regards autour de la chambre, par la fenêtre, sur Rinaldi couché sur le lit, les yeux fermés. C'était un beau garçon, de mon âge, et il venait d'Amalfi. Il adorait son métier de chirurgien et nous étions de grands amis. Tandis que je le regardais il ouvrit les yeux.

— As-tu de l'argent?

— Oui.

— Prête-moi cinquante lires.

Je m'essuyai les mains et pris mon portefeuille dans la poche intérieure de ma tunique pendue au mur. Rinaldi prit le billet, le plia sans se lever du lit et le glissa dans la poche de sa culotte. Il sourit :

— Il faut que je donne à Miss Barkley l'impression que je suis riche. Tu es mon grand, mon meilleur ami, et mon protecteur financier.

— Fous-moi la paix, dis-je.

Ce soir-là, au mess, je m'assis auprès de l'aumônier. Il fut désappointé et soudain blessé quand il apprit que je n'avais pas été dans les Abruzzes. Il avait annoncé mon arrivée à son père et on avait fait de grands préparatifs. Je le regrettais moi-même autant que lui, et je ne parvenais pas à comprendre pourquoi je n'y étais pas allé. J'avais pourtant l'intention de le faire et je tentai de lui expliquer comment une chose en avait entraîné une autre, et à la fin il se rendit compte et comprit que j'avais réellement projeté d'y aller, et tout s'arrangea à peu près. J'avais bu beaucoup de vin, sans compter le café et le strega, et, la langue empâtée, j'expliquai comment nous n'arrivons pas toujours à faire les choses que nous voudrions. Non, ces choses-là on ne les fait jamais.

Tandis que nous causions, les autres discutaient. Oui, j'avais eu l'intention d'aller dans les Abruzzes. Je n'avais vu aucun de ces endroits où les routes sont gelées et dures comme du fer; où le froid est clair et sec et la neige sèche et poudreuse; où l'on voit la trace des lièvres dans la neige; où les paysans soulèvent leurs chapeaux et vous appellent Seigneur, et où la chasse est abondante. Au lieu de ces endroits-là je n'avais connu que la fumée des cafés, les nuits où la chambre tourne et où il vous faut fixer un point sur le mur pour la voir s'arrêter; les nuits, au lit, ivre, avec la conscience qu'il n'y a rien d'autre, et l'étrange impression de se réveiller sans savoir qui est près de vous; et, dans le noir, le monde si irréel autour de vous; tout cela si excitant que vous recommencez, sans savoir, indifférent dans la nuit, sûr qu'il n'y a rien d'autre, rien, rien, et que tout vous est égal. Soudain un réveil d'intérêt, puis le sommeil et le réveil, le matin, et le sentiment que tout est fini; et tout si tranchant, si dur, si clair; et parfois une dispute au sujet du prix. D'autres fois un regain de plaisir, d'amour et de chaleur; déjeuner et lunch. Parfois, tout l'agrément disparu; la joie de sortir dans la rue; mais toujours une autre journée en perspective, et une autre nuit. J'essayai de lui dire la différence entre la nuit et le jour, et comment la nuit vaut mieux à moins que le jour ne soit très clair et très froid; et je ne réussis pas à le lui expliquer, pas plus que je ne peux l'expliquer maintenant. Mais quiconque a ressenti cette impression comprendra. Lui ne l'avait jamais ressentie, cependant il comprit que j'avais réellement eu l'intention d'aller dans les Abruzzes, mais que je n'y étais pas allé; et nous étions toujours de bons amis avec bien des goûts en commun, mais aussi bien des différences. Il savait depuis toujours ce que moi je ne savais pas et ce que, après que je l'eus appris, je pouvais toujours oublier. Mais cela, je ne le savais pas alors! je ne l'ai appris que plus tard. Cependant nous étions tous là, au mess. Le repas était fini et la discussion continuait. Nous cessâmes de parler et le major de deuxième classe hurla :

— L'aumônier pas heureux. L'aumônier pas heureux sans femmes.

— Je suis heureux, répondit l'aumônier.

— L'aumônier pas heureux. L'aumônier voudrait que les Autrichiens gagnent la guerre, reprit le médecin.

Les autres écoutaient. Le prêtre secoua la tête.

— Non, dit-il.

17

— L'aumônier ne veut pas que nous attaquions. Vous ne voulez pas que nous attaquions, hein?

— Si, puisque nous sommes en guerre, il faut bien que nous attaquions, je suppose.

— Il faut bien que nous attaquions! Dites donc : nous attaquerons!

L'aumônier opina de la tête.

— Laissez-le tranquille, dit le major. C'est un brave garçon.

— Du reste, il n'y peut rien, ajouta le médecin de deuxième classe.

Et tout le monde se leva de table.

CHAPITRE IV

Au matin, la batterie dans le jardin d'à côté me réveilla, et je vis le soleil qui entrait dans la chambre par la fenêtre. Je sautai du lit et j'allai regarder par la fenêtre. Le gravier des allées était mouillé et l'herbe était humide de rosée. La batterie tira deux fois, et chaque fois le déplacement d'air ébranla la fenêtre et fit claquer le devant de mon pyjama. Je ne pouvais voir les canons, mais ils tiraient sans aucun doute exactement au-dessus de nous. C'était très gênant de les avoir si près, mais il fallait s'estimer heureux qu'ils ne fussent pas plus gros. Comme je regardais dans le jardin, j'entendis le bruit d'un camion qui démarrait sur la route. Je m'habillai, descendis, pris une tasse de café dans la cuisine et me dirigeai vers le garage.

Sous le long hangar, dix autos étaient rangées côte à côte. C'étaient des voitures d'ambulance, camuses, au toit solide, peintes en gris et construites comme des camions de déménagement. Les mécaniciens travaillaient à l'une d'elles, dans la cour. Trois autres étaient là-haut, dans les montagnes, aux postes de secours.

18

— Est-ce que cette batterie est bombardée quelquefois? demandai-je à l'un des mécaniciens.

— Non, Signor Tenente. Elle est protégée par le
coteau.

— Tout va bien ici?

— Pas trop mal. Cette machine ne vaut rien, mais
les autres marchent encore.

Il interrompit son travail et sourit.

— Vous arrivez d'permission?

— Oui.

Il s'essuya les mains à son bourgeron et grimaça un
sourire.

— Vous vous êtes bien amusé?

Les autres sourirent aussi.

— Très bien, répondis-je. Qu'est-ce qu'il y a de détra-
qué à cette voiture?

— Elle ne vaut plus rien. Quand c'n'est pas une chose
c'est une autre.

— Qu'est-ce qu'il y a, cette fois-ci?

— Les segments à changer.

Je les laissai à leur travail. L'auto semblait misé-
rable et vide avec son moteur démonté et les différentes
pièces alignées sur l'établi. J'entrai dans le hangar pour
examiner les autos. Elles étaient d'une propreté relative,
quelques-unes fraîchement lavées, d'autres encore couvertes de poussière. Je vérifiai les pneus avec soin, cher-
chant les coupures ou les accrocs produits par les cailloux. Tout semblait en bon état. Il était évident que
ma présence n'avait pas grande importance. Je m'étais
imaginé que c'était de moi que dépendait jusqu'à un
certain point la condition des voitures, l'obtention pro-
blématique des pièces nécessaires, le bon fonctionnement
du service d'évacuation. Nous étions chargés en effet
d'évacuer les blessés et les malades des postes de secours,
de les transporter des montagnes aux gares de triage
et de les diriger sur les hôpitaux indiqués sur leurs feuilles
de route. Mais évidemment ma présence importait peu.

— Avez-vous eu des difficultés pour vous procurer les
pièces? demandai-je au sergent mécanicien.

— Non, Signor Tenente.

— Où est le dépôt d'essence, maintenant?

— Toujours au même endroit.

— Bon, dis-je.

Je retournai à la maison et je bus une autre tasse de café au mess. Le café était d'un gris pâle et le lait condensé lui donnait une saveur sucrée. Dehors, la matinée de printemps était charmante. On ressentait déjà cette impression de sécheresse dans le nez qui indique que la journée sera chaude. Ce jour-là, j'inspectai les postes dans les montagnes, et je ne revins en ville que tard dans l'après-midi.

Tout semblait aller mieux quand je n'étais pas là. J'appris que l'offensive allait recommencer. La division à laquelle nous étions attachés devait attaquer en amont, et le major me chargea d'organiser les postes en vue de l'attaque. Il s'agissait de traverser la rivière au-dessus d'une gorge étroite et de se déployer sur le versant de la colline. Les automobiles devaient stationner aussi près que possible de la rivière dans des positions abritées. Le choix naturellement en revenait à l'infanterie, mais c'était nous qui devions nous charger de l'exécution. C'était un de ces cas où nous avions une fausse impression de faire partie de l'active.

J'étais couvert de poussière et très sale, et je remontai dans ma chambre pour me laver. Rinaldi était assis sur son lit avec un exemplaire de la grammaire anglaise de Hugo. Il était habillé. Il avait mis ses bottes noires, et ses cheveux reluisaient.

— Chic, dit-il en me voyant. Tu vas venir avec moi voir Miss Barkley.

— Non.

— Si. Tu vas me faire le plaisir de venir et de lui faire une bonne impression.

— Très bien. Attends une minute que je me change.

— Lave-toi et viens comme tu es.

Je me lavai, me peignai et nous partîmes.

— Une minute, dit Rinaldi. Si on buvait un coup?

Il ouvrit sa cantine et en tira une bouteille.

— Pas de strega, dis-je.

— Non de la grappa.

— Ça va.

Il emplit deux verres et nous trinquâmes, l'index levé. La grappa était très forte.

— Un autre?

— Bon, dis-je.

Nous bûmes une seconde grappa. Rinaldi serra la bouteille et nous descendîmes l'escalier. En ville il faisait chaud à marcher, mais le soleil commençait à baisser, et c'était très agréable. L'hôpital britannique était installé dans une grande villa construite par des Allemands avant la guerre. Miss Barkley était dans le jardin en compagnie d'une autre infirmière. Nous vîmes leurs uniformes blancs, à travers les arbres, et nous nous dirigeâmes vers elles. Rinaldi salua. Je saluai aussi, mais avec moins d'exubérance.

— Comment allez-vous? dit Miss Barkley. Vous n'êtes pas Italien, n'est-ce pas?

— Oh! non!

Rinaldi causait avec l'autre infirmière. Ils riaient.

— Comme c'est drôle que vous soyez dans l'armée italienne.

— Ce n'est pas exactement l'armée. Ce n'est qu'une ambulance.

— C'est drôle tout de même. Pourquoi avez-vous fait cela?

— Je ne sais pas, dis-je, on ne peut pas toujours tout expliquer.

— Oh! vraiment? J'ai été élevée dans l'opinion contraire.

— Charmant.

— Dites-moi, allons-nous continuer longtemps ce genre de conversation?

— Non, dis-je.

— Je n'en serai pas fâchée, et vous?

— Qu'est-ce que c'est que cette canne? demandai-je.

Miss Barkley était assez grande. Elle portait ce qui pour moi était un uniforme d'infirmière. Elle était blonde. Elle avait la peau ambrée et des yeux gris. Je la trouvais très belle. Elle tenait à la main une badine

21

en rotin, gainée de cuir, qui ressemblait à une cravache d'enfant.

— Elle appartenait à un jeune homme qui a été tué l'an dernier.

— Excusez-moi.

— C'était un bien gentil garçon. Il devait m'épouser, et il a été tué dans la Somme.

— Ce fut horrible.

— Vous y étiez?

— Non.

— J'en ai entendu parler, dit-elle. Ici, nous n'avons rien de semblable. On·m'a envoyé cette petite canne. C'est sa mère qui me l'a envoyée. Elle l'avait reçue avec ses autres affaires.

— Il y avait longtemps que vous étiez fiancés?

— Huit ans. Nous avons été élevés ensemble.

— Et pourquoi ne vous étiez-vous pas mariés?

— Je ne sais pas, dit-elle. Ça a été stupide de ma part. J'aurais toujours pu lui donner cela. Mais je pensais que ce serait mauvais pour lui.

— Je comprends.

— Avez-vous jamais aimé?

— Non, dis-je.

Nous nous assîmes sur un banc. Je la regardai.

— Vous avez de beaux cheveux, dis-je.

— Ils vous plaisent?

— Beaucoup.

— J'allais les couper quand il est mort.

— Non.

— Je voulais faire quelque chose pour lui. Vous comprenez, le reste, ça m'était égal, et il aurait pu tout obtenir de moi. Il aurait pu avoir tout ce qu'il aurait voulu si j'avais su. Je l'aurais épousé. J'aurais fait n'importe quoi. Je sais maintenant. Mais il voulait aller à la guerre et, moi, je ne savais pas...

Je ne disais rien.

— Je ne savais rien alors. Je pensais que ce serait mauvais pour lui. Je pensais que peut-être il ne pourrait pas supporter ce genre de vie. Et puis voilà... il a été tué... et tout fut fini.

22

— On ne sait jamais.

— Oh! si, dit-elle. C'est bien fini.

Nous regardâmes Rinaldi qui causait avec l'autre infirmière.

— Comment s'appelle-t-elle?

— Ferguson. Helen Ferguson. Votre ami est médecin, n'est-ce pas?

— Oui. Il est très bon.

— Tant mieux. C'est rare de trouver de bons docteurs si près du front. Car nous sommes tout près du front, n'est-ce pas?

— Plutôt.

— C'est un front stupide, dit-elle, mais très beau. Est-ce qu'il va y avoir une offensive?

— Oui.

— Alors nous allons avoir du travail. Il n'y a pas de travail actuellement.

— Il y a longtemps que vous êtes infirmière?

— Depuis la fin de 1915. J'ai commencé en même temps que lui. Je me souviens... J'avais cette sotte idée qu'on l'enverrait peut-être dans mon hôpital... avec un coup de sabre probablement, et un bandage autour de la tête... ou une balle dans l'épaule... quelque chose de pittoresque...

— C'est ce front-ci qui est pittoresque.

— Oui, dit-elle. Les gens ne peuvent pas s'imaginer quelle est la situation en France. S'ils savaient, ça ne pourrait pas continuer... Il n'a pas reçu de coup de sabre. Il a été déchiqueté en morceaux.

Je ne répondis rien.

— Pensez-vous que ça durera toujours?

— Non.

— Qu'est-ce qui amènera la fin?

— On cédera quelque part.

— C'est nous qui céderons. On cédera quelque part en France. On ne peut pas continuer à faire des choses comme la Somme sans céder un jour quelque part.

— On ne cédera pas ici, dis-je.

— Vous croyez?

— Oui. Ça a très bien marché l'an dernier.

— On pourrait bien céder tout de même, dit-elle. Tout le monde peut céder.

— Les Allemands aussi.

— Non, dit-elle, je ne crois pas.

Nous nous dirigeâmes vers Rinaldi et Miss Ferguson.

— Vous aimez l'Italie? demandait Rinaldi à Miss Ferguson en anglais.

— Mais oui, assez.

— Comprends pas.

Rinaldi secoua la tête. Je traduisis :

— *Abbastanza bene.*

Il secoua la tête.

— Mauvais. Vous aimez l'Angleterre?

— Pas trop. Je suis Écossaise, alors vous comprenez...

Rinaldi me regarda, étonné.

— Elle est Écossaise, c'est pourquoi elle préfère l'Écosse à l'Angleterre, dis-je en italien.

— Mais, l'Écosse, c'est l'Angleterre.

Je traduisis cela à Miss Ferguson.

— *Pas encore* [1], dit Miss Ferguson.

— Vraiment?

— Jamais. Nous n'aimons pas les Anglais.

— Vous n'aimez pas les Anglais? Vous n'aimez pas Miss Barkley?

— Oh! ça, c'est différent. Il ne faut pas prendre les choses au pied de la lettre.

Au bout d'un instant nous nous souhaitâmes le bonsoir et nous partîmes. En chemin, Rinaldi me dit :

— Miss Barkley te préfère à moi. Cela saute aux yeux. Mais la petite Écossaise est très gentille.

— Très, dis-je.

Je n'avais fait aucune attention à elle.

— Tu l'aimes?

— Non, dit Rinaldi.

1. En français dans le texte. *(N. d. T.)*

CHAPITRE V

Le lendemain après-midi, je retournai voir Miss Barkley. Elle n'était pas dans le jardin, et je me dirigeai vers la porte latérale de la villa devant laquelle s'arrêtaient les automobiles. Je trouvai l'infirmière-major qui me dit que Miss Barkley était de service.

— Nous sommes en guerre, vous savez.

Je répondis que je le savais.

— C'est vous l'Américain qui s'est engagé dans l'armée italienne? me demanda-t-elle.

— Oui, madame.

— Comment avez-vous fait cela? Pourquoi ne vous êtes-vous pas engagé chez nous?

— Je ne sais pas, dis-je. Est-ce que je pourrais le faire maintenant?

— J'ai peur que non. Dites-moi, pourquoi vous êtes-vous engagé dans l'armée italienne?

— J'étais en Italie, dis-je, et je parle italien.

— Oh! dit-elle. Moi, je suis en train de l'apprendre. C'est une belle langue.

— Il y a des gens qui prétendent qu'on peut l'apprendre en quinze jours.

— Oh! je ne l'apprendrai pas en quinze jours. Je l'étudie déjà depuis des mois. Vous pourrez revenir la voir après sept heures si vous voulez. Elle sera libre. Mais n'amenez pas un tas d'Italiens.

— Même pas pour leur belle langue?

— Non, ni pour leurs beaux uniformes.

— Au revoir, dis-je.

— *A rivederci*, Tenente.

— *A rivederla*.

Je saluai et sortis. Il est impossible de saluer des étrangers à la manière italienne sans se sentir embarrassé. J'ai toujours pensé que le salut italien n'était pas fait pour l'exportation.

La journée avait été chaude. J'avais remonté la rivière jusqu'à la tête de pont de Plava. C'était là que l'on devait déclencher l'offensive. Il n'avait pas été possible d'avancer sur l'autre côté, l'année précédente, car il n'y avait qu'une route pour descendre du col au ponton et, sur un parcours de près d'un mille, cette route était sous le feu des mitrailleuses et de l'artillerie. Elle n'était pas non plus assez large pour y faire passer tout ce qu'il faut pour une offensive, et les Autrichiens en auraient fait un véritable abattoir. Cependant les Italiens avaient traversé et s'étaient quelque peu déployés sur l'autre côté de manière à tenir environ un mille et demi de la rive autrichienne. C'était un sale endroit et les Autrichiens n'auraient pas dû les laisser s'y établir. Je pense que c'était en vertu d'une espèce de tolérance mutuelle, car les Autrichiens tenaient encore une tête de pont en aval. Les tranchées autrichiennes étaient situées plus haut, à flanc de coteau, à quelques mètres seulement des lignes italiennes. Autrefois, il y avait là une petite ville, mais elle n'était plus qu'un amas de décombres. On pouvait voir encore les restes d'une gare et un pont démoli qu'on ne pouvait ni réparer ni utiliser car il était exposé de tous côtés au feu de l'ennemi.

Je descendis par la petite route jusqu'à la rivière. Je laissai l'auto au poste de secours, au pied de la colline; je traversai le pont qu'un versant de la montagne protégeait et, suivant les tranchées, j'arrivai dans la ville détruite et atteignis l'arête de la colline. Tout le monde était dans les abris. Des rangées de fusées attendaient toutes droites, prêtes à partir, soit pour demander le secours de l'artillerie, soit pour signaler, au cas où les communications téléphoniques seraient coupées. Tout n'était que silence, chaleur et saleté. Par-dessus les fils de fer, je regardai les lignes autrichiennes. Il n'y avait personne en vue. Je bus un verre avec un capitaine que je connaissais dans un des abris, puis je retraversai le pont.

On était en train de finir une nouvelle route, très large qui, franchissant la montagne, descendait en zigzag jusqu'au pont. On attendait que cette route fût finie pour déclencher l'offensive. Elle traversait la montagne en lacets brusques. L'idée était de tout faire descendre par cette route et d'utiliser l'ancienne petite route pour les mouvements de retour, camions vides, charrettes, ambulances chargées. Le poste de secours se trouvait sur la rive autrichienne, sous l'arête de la colline, et les brancardiers devaient utiliser le ponton pour le transport des blessés. Il en serait de même après le déclenchement de l'offensive. Il me sembla que la nouvelle route, à l'endroit où elle arrivait en terrain plat, avait, sur un parcours d'environ un kilomètre, bien des chances d'être copieusement bombardée par les Autrichiens. Ce serait vraisemblablement une effroyable pagaille. Mais je trouvai un endroit où les ambulances pourraient se réfugier après avoir traversé ce secteur inquiétant, et où elles pourraient attendre les blessés qu'on leur amènerait par le ponton. J'aurais bien aimé rouler sur la nouvelle route, mais elle n'était pas finie. Elle avait l'air spacieuse et bien faite, d'une pente raisonnable, et les tournants faisaient un effet impressionnant, entre les arbres de la forêt, à flanc de montagne. Il n'y avait aucun danger pour nos voitures munies de freins d'acier; du reste, en descendant, elles ne seraient pas chargées. Je remontai par la petite route.

Deux carabiniers arrêtèrent mon auto. Un obus venait de tomber et, tandis que nous attendions, il en tomba trois sur la route. C'étaient des soixante-dix-sept. Ils arrivaient dans un frémissement de courant d'air, ensuite un bruit sec, éclatant, un éclair, et de la fumée grise qui balayait la route. Les carabiniers nous firent signe d'avancer. En passant aux endroits où les obus étaient tombés, j'évitai les petits entonnoirs et je notai les odeurs combinées de poudre brisante, d'argile pulvérisée, de pierre et de silex broyés. Je rentrai à Gorizia, à notre villa, et comme je l'ai dit, j'allai rendre visite à Miss Barkley qui était de service.

J'expédiai rapidement mon dîner et je retournai à la villa où les Anglais avaient installé leur hôpital. La maison était vraiment belle et spacieuse, et elle était entourée de beaux arbres. Miss Barkley était assise sur un banc,

27

dans le jardin. Miss Ferguson était avec elle. Elles semblèrent heureuses de me voir, et, au bout d'un instant, Miss Ferguson s'excusa et partit.

— Je vous laisse ensemble, dit-elle, vous vous entendez très bien sans moi.

— Ne partez pas, Helen, dit Miss Barkley.

— Si, je préfère. J'ai des lettres à écrire.

— Bonsoir, dis-je.

— Bonsoir, Mr. Henry.

— N'écrivez rien qui puisse inquiéter la censure.

— N'ayez pas peur. Je ne fais que parler du bel endroit où nous vivons et du courage des Italiens.

— De ce train-là vous serez vite décorée.

— Ce sera charmant. Bonsoir, Catherine.

— Je vous reverrai tout à l'heure, dit Miss Barkley.

Miss Ferguson disparut dans l'obscurité.

— Elle est gentille, dis-je.

— Oui, elle est très gentille. Elle est infirmière.

— Et vous, n'êtes-vous pas infirmière?

— Oh! non, je ne suis que bénévole. Nous travaillons beaucoup, mais on n'a pas confiance en nous.

— Pourquoi?

— On n'a pas confiance en nous quand il ne se passe rien, mais quand il y a beaucoup de travail, alors on sait bien nous trouver.

— Quelle est la différence?

— Une infirmière, c'est comme un médecin. Il faut du temps pour le devenir. Une infirmière bénévole, c'est une espèce de raccourci.

— Je comprends.

— Les Italiens n'aiment pas voir des femmes si près du front. Aussi vivons-nous sous un régime spécial. Nous ne sortons jamais.

— Mais moi, je peux venir?

— Oh! oui, nous ne sommes pas cloîtrées.

— Si nous laissions tomber cette conversation guerrière?

— C'est difficile. On ne sait où la laisser tomber.

— Laissons-la tomber tout de même.

— Volontiers.

Nous nous regardâmes dans le noir. Je la trouvais très belle et je lui pris la main. Elle me la laissa prendre, et je la serrai dans la mienne, puis, passant mon bras sous le sien, je l'enlaçai.

— Non, dit-elle.

Je laissai mon bras où il était.

— Pourquoi pas?

— Non.

— Si, dis-je. Je vous en prie.

Je me penchai dans le noir pour l'embrasser. Un éclair passa, aigu, cinglant. Elle venait de me gifler violemment. Sa main m'avait heurté le nez et les yeux et par réflexe mes yeux s'emplirent de larmes.

— Je suis désolée, dit-elle.

Je sentis que j'avais un certain avantage.

— Vous avez bien fait.

— Je suis vraiment navrée, dit-elle, mais, voyez-vous, c'était tellement « permission de minuit d'une infirmière » que je n'ai pu me retenir. Je n'avais pas l'intention de vous faire mal. Je vous ai fait mal, n'est-ce pas?

Elle me regarda dans le noir. J'étais furieux et pourtant bien tranquille, car je prévoyais ce qui allait arriver aussi aisément qu'on prévoit le mouvement des pièces au jeu d'échecs.

— Vous avez eu tout à fait raison, dis-je. Je ne vous en veux pas le moins du monde.

— Pauvre garçon!

— Voyez-vous, j'ai mené une drôle de vie tous ces temps. Je ne parle même jamais anglais. Et puis vous êtes si belle!...

Je la regardai.

— Inutile de dire des sottises. Je vous ai dit que je regrettais... Nous nous entendons si bien!

— Oui, dis-je, et du coup nous en avons oublié la guerre.

Elle rit. C'était la première fois que je l'entendais rire. Je surveillai son expression.

— Vous êtes gentil, dit-elle.

— Non.

— Si, vous êtes très gentil. Je ne demande pas mieux que de vous embrasser si vous n'y voyez pas d'inconvénients.

Je la regardai dans les yeux. Je l'enlaçai comme auparavant et l'embrassai. Je l'embrassai violemment en l'étreignant très fort, et j'essayai d'entrouvrir ses lèvres contractées. J'étais encore furieux et, sous mon étreinte, je la sentis frissonner. Je la serrai tout contre moi. J'entendais battre son cœur. Elle écarta les lèvres et renversa la tête sous ma main, puis elle se mit à pleurer sur mon épaule.

— Oh! mon chéri, vous serez gentil avec moi, n'est-ce pas?

« Et ta sœur! » pensai-je. Je lui caressai les cheveux et lui tapotai l'épaule. Elle pleurait.

— N'est-ce pas? Elle leva les yeux vers moi. Parce que nous allons avoir une vie bien étrange.

Quelques instants après je l'accompagnais jusqu'à la porte de la villa. Elle entra et je rentrai chez moi. Arrivé à la villa, je montai jusqu'à ma chambre. Rinaldi était couché sur son lit. Il me regarda.

— Alors, ça avance avec Miss Barkley?

— Nous sommes bons amis.

— Tu as un gentil petit air de chien en rut.

Je ne compris pas le mot.

— Un petit air de quoi?

Il m'expliqua :

— Tu as, dit-il, ce gentil petit air qu'ont les chiens quand...

— Assez, dis-je, dans une minute tu vas me dire des choses blessantes.

Il se mit à rire.

— Bonne nuit, dis-je.

— Bonne nuit, toutou.

D'un coup d'oreiller je renversai la bougie et je me couchai au noir. Rinaldi ramassa la bougie, la ralluma et se remit à lire.

CHAPITRE VI

Je restai deux jours aux postes. Je rentrai très tard et je ne pus voir Miss Barkley que le lendemain soir. Elle n'était pas dans le jardin et je dus attendre dans le bureau de l'hôpital. Dans la pièce qui servait de bureau il y avait beaucoup de bustes de marbre sur des colonnes de bois peint, le long des murs. Le vestibule sur lequel ouvrait le bureau en était également rempli. Ils avaient cette parfaite propriété qu'ont les marbres de tous se ressembler. J'ai toujours trouvé la sculpture assommante, mais au moins les bronzes ont l'air de quelque chose, tandis que les bustes de marbre ressemblent toujours à un cimetière. Il y a pourtant un joli cimetière, celui de Pise. C'est à Gênes qu'il faut aller pour voir de mauvais marbres. La villa avait appartenu à un Allemand très riche, et les bustes avaient dû lui coûter très cher. Je me demandai qui les avait faits et quel avait pu en être le prix. Je tâchai de me rendre compte si c'étaient des marbres de famille ou d'autres personnes. Mais ils étaient tous uniformément classiques. Ils n'inspiraient aucune réflexion.

Je m'assis sur une chaise, mon képi à la main. Nous étions censés porter des casques d'acier même à Gorizia, mais ils étaient incommodes et grotesquement théâtraux dans une ville dont la population civile n'avait même pas été évacuée. J'en portais un quand nous montions aux positions et je portais aussi un masque à gaz anglais. Nous venions juste d'en recevoir. C'étaient de vrais masques. On nous recommandait aussi de porter un revolver automatique, même les médecins et autres membres du corps de santé. Je sentais le mien contre le dossier de ma chaise. On risquait de se faire arrêter si l'on n'en portait pas un ostensiblement. Rinaldi portait

31

une fonte bourrée de papier hygiénique. Moi, j'en portais un véritable, et je me crus un grand tireur jusqu'au jour où j'eus à m'en servir. C'était un Astra, calibre 7,65. Le canon était très court et, quand on tirait, le recul était si brusque qu'il ne fallait pas songer à atteindre un but quelconque. Je m'étais exercé en visant au-dessous du but et en tâchant de réprimer la secousse du ridicule petit canon, si bien qu'à vingt pas je finis par pouvoir loger mes balles à un mètre environ de l'endroit où j'avais visé. Le ridicule de porter un revolver me vint alors à l'esprit. Bientôt je n'y pensai plus. Je le portais ballant sur les reins, sans autre réaction qu'un vague sentiment de honte chaque fois que je rencontrais des personnes de langue anglaise. Et j'étais là, assis sur une chaise, et un secrétaire me regardait sans indulgence de derrière son bureau, tandis que j'attendais Miss Barkley en contemplant le sol de marbre, les colonnes aux bustes de marbre, et les fresques sur le mur. Les fresques n'étaient pas mauvaises. Mais toutes les fresques paraissent bonnes quand elles commencent à peler et à s'écailler.

J'aperçus Catherine Barkley dans le corridor. Je me levai. Elle n'avait pas l'air grande tandis qu'elle s'avançait vers moi, mais elle était charmante.

— Bonsoir, Mr. Henry, dit-elle.

— Comment allez-vous? dis-je.

Le secrétaire écoutait derrière son bureau.

— Voulez-vous que nous restions ici ou préférez-vous aller au jardin?

— Sortons, il fait plus frais dehors.

Je la suivis dans le jardin. Le secrétaire nous regardait. Tout en marchant dans l'allée sablée elle me dit :

— Où avez-vous été?

— Je suis allé inspecter nos postes.

— Vous n'auriez pas pu m'envoyer un mot?

— Non, dis-je, pas facilement. Je pensais bien revenir.

— Vous auriez dû m'avertir, chéri.

Nous avions quitté l'allée et nous marchions sous les arbres. Je lui pris les mains, puis je m'arrêtai et l'embrassai.

— N'y a-t-il pas un endroit où nous pourrions aller?

— Non, dit-elle. Nous ne pouvons que nous promener ici. Vous avez été absent bien longtemps.

— Trois jours. Mais me voilà revenu.

Elle me regarda :

— Et c'est vrai que vous m'aimez?

— Oui.

— Vous avez bien dit que vous m'aimiez, n'est-ce pas?

— Oui. (Je mentais.) Je vous aime. Je ne l'avais encore jamais dit.

— Et vous m'appellerez Catherine?

— Catherine.

Nous fîmes quelques pas et nous nous arrêtâmes sous un arbre.

— Dites : Je suis revenu voir Catherine ce soir.

— Je suis revenu voir Catherine ce soir.

— Oh! mon chéri, c'est donc vrai que vous êtes revenu?

— Oui.

— Je vous aime tellement. Ces trois jours ont été horribles. Vous ne repartirez plus?

— Non, je reviendrai toujours.

— Oh! je vous aime tellement. Je vous en prie, mettez votre main là.

— Elle y a toujours été.

Je l'attirai vers moi de façon à pouvoir regarder son visage en l'embrassant, et je vis que ses yeux étaient clos. J'embrassai ses deux yeux fermés. Je pensais qu'elle était un peu folle. Personnellement je n'y voyais aucun inconvénient. Peu m'importait l'aventure dans laquelle je me lançais. Ça valait mieux que d'aller chaque soir dans la maison pour officiers où les femmes vous grimpaient sur les genoux et vous mettaient le képi à l'envers en signe d'affection, entre deux excursions au premier étage en compagnie de vos frères d'armes. Je savais que je n'aimais pas Catherine Barkley et que je n'avais nulle intention de l'aimer. C'était un peu, comme le bridge, dans lequel on disait des mots au lieu de jouer des cartes. Comme au bridge, il fallait faire semblant de jouer pour de l'argent ou pour un enjeu quelconque. Personne n'avait encore mentionné la nature de l'enjeu. Cela me convenait parfaitement.

— Si seulement il y avait un endroit où nous pourrions aller, dis-je.

Je commençais en effet à éprouver cette difficulté toute masculine de rester debout longtemps avec une femme dans les bras.

— Je ne connais pas d'endroit, dit-elle.

Elle sortit de sa rêverie.

— Asseyons-nous ici un petit moment.

Nous nous assîmes sur le banc de pierre et je pris la main de Catherine Barkley. Elle ne me permit pas de l'enlacer.

— Êtes-vous très fatigué? demanda-t-elle.

— Non.

Elle regarda l'herbe.

— C'est un bien vilain jeu que nous jouons là, vous ne trouvez pas?

— Quel jeu?

— Ne faites donc pas l'innocent.

— Je vous assure que je ne le fais pas exprès.

— Vous êtes un brave garçon, dit-elle, et vous faites de votre mieux pour bien jouer. Mais c'est un vilain jeu.

— Savez-vous toujours ce que les gens pensent?

— Pas toujours. Mais en ce qui vous concerne, oui. Inutile de me dire que vous m'aimez. C'est fini pour ce soir. Y a-t-il un sujet dont vous aimeriez parler?

— Mais je vous aime!

— Je vous en prie. Pourquoi mentir quand c'est inutile? Vous avez très bien joué votre petite comédie et tout est pour le mieux. Vous voyez bien que je ne suis pas folle. Rien qu'un petit peu, par moments.

Je lui pressai la main.

— Chère Catherine.

— Ça sonne drôle maintenant, Catherine... vous ne le dites pas de la même façon... Mais vous êtes très gentil, vous êtes un très bon garçon.

— C'est ce que me dit l'aumônier.

— Oui, vous êtes un très bon garçon... Et vous viendrez me voir?

— Mais naturellement.

— Et il ne sera pas nécessaire de me dire que vous m'aimez. C'est fini pour le moment.

Elle se leva et me tendit la main.

— Bonsoir.

Je voulus l'embrasser.

— Non, dit-elle, je suis horriblement fatiguée.

— Embrassez-moi quand même, dis-je.

— Je suis horriblement fatiguée, mon chéri.

— Embrassez-moi.

— Vous en avez tellement envie?

— Oui.

Nous nous embrassâmes et elle s'écarta brusquement.

— Non, bonsoir, je vous en prie, mon chéri.

Nous nous dirigeâmes vers la porte. Elle entra et je la regardai s'éloigner dans le couloir. Je retournai chez moi. La nuit était très chaude et l'on notait une grande agitation dans les montagnes. Je regardai les éclairs sur le San Gabriele.

Je m'arrêtai devant la villa Rossa. Les contrevents étaient fermés, mais il y avait encore du monde à l'intérieur. Quelqu'un chantait. Je rentrai chez moi. Rinaldi entra tandis que je me déshabillais.

— Ah! ah! dit-il, ça ne va pas tout seul? Bébé est perplexe.

— D'où viens-tu?

— De la villa Rossa. C'était très édifiant, bébé. Nous avons tous chanté. Et toi, où as-tu été?

— En visite chez les Anglaises.

— Grâce à Dieu, je ne me suis pas laissé accaparer par ces Anglaises.

CHAPITRE VII

Le lendemain après-midi, en revenant de notre premier poste de montagne, j'arrêtai mon auto au *smista-*

35

mento où les blessés et les malades étaient triés d'après les feuilles d'évacuation sur lesquelles on inscrivait le nom de l'hôpital. Je conduisais. Je restai dans la voiture et le chauffeur emporta les papiers. Il faisait chaud et le ciel était très lumineux et très bleu, et la route très blanche et couverte de poussière. J'étais assis au volant de la Fiat et je ne pensais à rien. Un régiment déboucha sur la route et je le regardai passer. Les hommes avaient chaud et suaient. Quelques-uns étaient coiffés de leur casque de tranchée, mais la majorité le portait pendu au sac. La plupart des casques étaient trop grands et descendaient sur les oreilles des hommes qui les portaient. Les officiers aussi avaient des casques, des casques mieux ajustés. C'était la moitié de la Brigata Basilicata. Je les reconnus aux raies rouges et blanches de leurs cols. Des traînards suivaient le régiment, des hommes qui ne pouvaient rattraper leur peloton. Ils étaient éreintés, couverts de sueur et de poussière. Quelques-uns paraissaient très malades. Un soldat apparut derrière tous les autres. Il boitait. Il s'arrêta et s'assit sur le bord de la route. Je descendis de ma voiture et allai vers lui.

— Qu'est-ce qu'il y a?

Il me regarda et se leva.

— J'vais repartir.

— Qu'avez-vous?

— Sacrée bougresse de guerre!

— Qu'est-ce que qu'elle a à votre jambe?

— C'n'est pas ma jambe. J'ai une hernie.

— Pourquoi n'avez-vous pas pris l'ambulance? demandai-je. Pourquoi n'allez-vous pas à l'hôpital?

— On n'me laissera pas y aller. L'aide-major a prétendu que j'avais enlevé mon bandage exprès.

— Laissez-moi vous examiner.

— Elle est toute ressortie.

— De quel côté?

— Ici.

Je tâtai.

— Toussez, dis-je.

— J'ai peur que ça la fasse ressortir davantage. Elle est déjà deux fois plus grosse que c'matin.

— Asseyez-vous, dis-je. Dès que j'aùrai tous les papiers de ces blessés, je vous prendrai avec moi et vous remettrai entre les mains de vos médecins.

— Ils diront que j'l'ai fait exprès.

— Ils ne peuvent rien vous faire, dis-je. Ce n'est pas une blessure. Vous aviez cette hernie avant la guerre, n'est-ce pas?

— Mais j'ai perdu mon bandage.

— On vous enverra à l'hôpital.

— Est-ce que je n'pourrais pas rester avec vous, Tenente?

— Non, je n'ai pas vos papiers.

Le chauffeur arriva avec les papiers de tous les blessés de ma voiture.

— Quatre pour le 105, deux pour le 132, dit-il.

Ces deux hôpitaux se trouvaient de l'autre côté de la rivière.

— Prenez le volant, dis-je.

J'aidai le hernieux à monter et je l'installai près de nous, sur le siège.

— Vous parlez anglais? me demanda-t-il.

— Bien sûr.

— Qu'est-ce que vous pensez de cette nom de Dieu de guerre?

— Une poisse.

— Ah! j'vous crois que c'est une poisse. Nom de Dieu, j'vous crois que c'est une poisse.

— Vous avez été aux États-Unis?

— Oui, à Pittsburgh. J'me doutais qu'vous étiez Américain.

— Mon italien est donc si mauvais que ça?

— Oh! j'me doutais que vous étiez Américain!

— Un autre Américain, dit le chauffeur en italien, en regardant le hernieux.

— Écoutez, mon lieutenant, est-ce qu'il faut vraiment que vous m'rameniez à mon régiment?

— Oui.

— C'est que l'aide-major sait que j'ai une hernie.

J'ai jeté l'sacré bandage pour la faire grossir. Comme ça j'pensais qu'on n'pourrait pas me renvoyer au front.

— Je comprends.

— Est-ce que vous n'pourriez pas m'emmener ailleurs?

— Si nous étions plus près du front je pourrais vous déposer dans un poste de secours. Mais ici, à l'arrière, il vous faudrait une feuille d'évacuation.

— Si j'retourne, on m'opérera et on m'renverra en première ligne pour toujours.

Je réfléchis.

— Ça n'vous dirait rien à vous d'être renvoyé en première ligne pour toujours, hein? me demanda-t-il.

— Non...

— Ah! nom de Dieu, la sacrée guerre!

— Écoutez, dis-je. Descendez, laissez-vous tomber sur la route et blessez-vous à la tête. Je vous ramasserai en revenant et vous conduirai dans un hôpital. Aldo, nous allons arrêter ici.

Nous stoppâmes sur le bord de la route. Je l'aidai à descendre.

— Vous m'retrouverez ici, mon lieutenant, dit-il.

— A tout à l'heure, dis-je.

Nous continuâmes et, au bout d'un kilomètre environ, nous dépassâmes le régiment. Ensuite, après avoir traversé la rivière qui, troublée par la fonte des neiges, coulait, rapide, entre les piles du pont, nous suivîmes la route à travers la plaine et déposâmes les blessés dans les deux hôpitaux. Je pris le volant au retour et je me hâtai avec ma voiture vide afin de retrouver l'homme de Pittsburg. D'abord nous croisâmes le régiment, plus suant et plus lent que jamais; ensuite les traînards; puis nous trouvâmes une ambulance à chevaux arrêtée sur la route. Deux hommes y portaient le hernieux. Ils étaient revenus le chercher. Il secoua la tête dans ma direction. Son casque était tombé et son front saignait à la limite des cheveux. Il avait le nez écorché, de la poussière sur sa plaie sanglante et de la poussière dans les cheveux.

— Vous parlez d'une bosse, mon lieutenant, cria-t-il. Rien à faire. Ils sont revenus m'chercher.

Il était cinq heures quand je rentrai à la villa et j'allai à l'endroit où on lavait les voitures pour prendre une douche. Après quoi, en pantalon et en gilet de dessous, je me mis à rédiger mon rapport dans ma chambre, devant la fenêtre ouverte. L'offensive allait commencer dans deux jours, et il me faudrait aller à Plava avec les autos. Il y avait longtemps que je n'avais écrit aux États-Unis et je savais que je devais écrire, mais j'avais tellement tardé que maintenant il m'était presque impossible d'écrire. Du reste je n'avais rien à dire. J'envoyai deux ou trois cartes militaires, *Zona di Guerra*, sur lesquelles je rayai tout sauf : Je me porte bien. Ça leur ferait prendre patience. Ces cartes, en Amérique, auraient un gros succès; étranges et mystérieuses. Certes notre secteur aussi était étrange et mystérieux. Mais je pensais qu'il était assez bien commandé, et dangereux, comparé aux autres guerres avec l'Autriche. L'armée autrichienne a été créée pour permettre à Napoléon de remporter des victoires, à n'importe quel Napoléon. J'aurais bien voulu que nous eussions un Napoléon, mais à la place nous avions il Generale Cadorna, gras et prospère, et Vittorio Emanuele, le petit homme à long cou et à barbe de bouc. De l'autre côté, sur l'aile droite, ils avaient le duc d'Aoste. Il était peut-être trop beau garçon pour être un bon général, mais en tout cas, il avait l'air d'un homme. Beaucoup auraient aimé l'avoir pour roi. Il avait vraiment l'air d'un roi. C'était l'oncle du roi et il commandait la troisième armée. Nous, nous faisions partie de la deuxième armée. Il y avait quelques batteries anglaises avec la troisième armée. A Milan, j'avais rencontré deux canonniers qui en faisaient partie. Ils étaient très gentils et nous avions passé une bonne soirée ensemble. Ils étaient grands, timides et gênés, et ils savaient apprécier les événements. J'aurais voulu être avec les Anglais. Ç'aurait été bien plus simple. Il est vrai que j'aurais pu être tué. Non, pas dans les ambulances. Eh! si cependant, même dans les ambulances. Les chauffeurs des ambulances britanniques étaient tués parfois. Oh! je savais que je ne serais pas tué. Pas dans cette guerre. Elle ne m'intéressait pas personnellement et elle ne me semblait pas plus dangereuse qu'une guerre de cinéma. Dieu sait que j'aurais voulu la voir finir. Peut-être finirait-elle cet été. Les Autrichiens céderaient peut-être. Ils avaient toujours cédé dans les guerres précédentes. Qu'est-ce qu'elle avait donc cette guerre? Tout le monde disait que les Français étaient à bout. Rinaldi m'avait dit que les Français s'étaient révoltés et que les troupes avaient marché sur Paris. Je lui avais demandé ce qui était arrivé et il avait répondu : « Oh! on les a arrêtés. » Je voudrais aller en Autriche, en temps de paix. Je voudrais aller dans la Forêt-Noire. Je voudrais aller dans le massif du Harz. Au fait où se trouve le massif du Harz? On se battait dans les Carpates, mais je n'avais pas envie d'y aller. Pourtant, ça ne serait peut-être pas désagréable. Je pourrais aller en Espagne si ce n'était pas la guerre. Le soleil baissait et l'air fraîchissait. Après dîner j'irai voir Catherine Barkley. Je voudrais bien qu'elle soit ici en ce moment. Je voudrais être à Milan avec elle. J'aimerais dîner à la Cova, descendre la Via Manzoni par une chaude soirée, traverser la rue, tourner le long du canal et aller à l'hôtel avec Catherine Barkley. Elle accepterait peut-être. Elle se figurerait peut-être que je suis son ami, celui qui a été tué. Nous entrerions par la grande porte. Le concierge soulèverait sa casquette. Je m'arrêterais au bureau pour demander la clef et elle m'attendrait, debout, près de l'ascenseur, et nous entrerions dans l'ascenseur qui monterait doucement avec un petit déclic à chaque étage. Le garçon ouvrirait la porte et attendrait, et elle sortirait, et je sortirais après elle, et nous suivrions le couloir, et je mettrais la clef dans la serrure, et j'ouvrirais, et j'entrerais, et je décrocherais le téléphone, et je commanderais une bouteille de capri bianco, dans un seau d'argent plein de glace, et on entendrait le cliquetis de la glace contre le seau, le long du corridor, et le garçon frapperait et je dirais : « Posez tout devant la porte, je vous prie », parce que nous n'aurions pas de vêtements à cause de la chaleur. La fenêtre serait ouverte et les hirondelles survoleraient le toit des maisons, et plus tard, la nuit venue, en nous approchant de la fenêtre, nous pourrions voir de toutes petites chauves-souris, en chasse au-dessus des maisons et tout contre la cime des arbres, et nous boirions le capri, la porte fermée à clef; chaleur, rien qu'un drap. Toute la nuit. Nous ferions l'amour toute la nuit, la chaude nuit de Milan. C'est ainsi que les choses devraient se passer. Il faut que je me dépêche de dîner pour aller voir Catherine Barkley.

Ils parlaient trop au mess et je bus du vin parce que ce soir-là, si je n'avais pas bu je n'aurais pas pu avoir l'impression que nous étions tous frères. Je causai avec l'aumônier de l'archevêque Ireland qui était, paraît-il, un noble personnage, dont je feignis de connaître les injustices, les injustices qu'on lui avait faites et aux-quelles je participais en tant qu'Américain. Je n'en avais jamais entendu parler, mais il eût été impoli de sembler ignorer après en avoir entendu expliquer si bien les raisons qui se bornaient, semblait-il, à des mésin-telligences. Je trouvais que son nom était joli, et il venait de Minnesota, ce qui faisait un nom charmant : Ireland de Minnesota... Ireland de Wisconsin... Ireland de Michigan. Ce qui rendait ce nom si joli, c'était sa ressemblance avec Islande. Non ce n'était pas cela. Il y avait quelque chose de plus. Oui, mon père. C'est vrai, mon père. Peut-être bien, mon père. Non, mon père. Voyons, mais oui peut-être bien, mon père. Vous en savez plus long que moi là-dessus, mon père. L'au-mônier était bon, mais embêtant. Les officiers n'étaient pas bons, mais ils étaient embêtants. Le roi était bon, mais embêtant. Le vin était mauvais, mais pas embê-tant. Il vous soulevait l'émail des dents et vous le collait au palais.

— Et le prêtre a été coffré, dit Rocca, parce qu'on a trouvé sur lui les obligations 3 %. C'était en France naturellement. Dans ce pays-ci on ne l'aurait jamais arrêté. Il prétendit ne rien savoir des obligations 3 %. Cela se passait à Béziers. Je m'y trouvais alors et je suivais l'affaire dans les journaux. J'allai à la prison et je demandai à voir le prêtre. Il était évident qu'il avait volé les obligations.

— Je n'en crois pas un mot, dit Rinaldi.

— A votre aise, dit Rocca, mais ce que j'en dis, c'est pour notre aumônier. C'est très instructif. En tant que prêtre, il saura apprécier.

L'aumônier sourit.

— Continuez, dit-il, j'écoute.

— Naturellement, il y a certaines obligations dont on n'a jamais rien su; mais le prêtre avait toutes les obligations 3 % et plusieurs obligations locales, je ne me rappelle plus exactement lesquelles. J'allai donc à la prison. C'est là où je voulais en venir. Je restai debout à la porte de la cellule et je dis, comme si je venais me confesser : « Bénissez-moi, mon père, parce que vous avez péché. »

Tout le monde éclata de rire.

— Et qu'a-t-il répondu? demanda l'aumônier.

Rocca feignit de ne pas entendre et se mit en devoir de m'expliquer la plaisanterie : « Vous saisissez bien, n'est-ce pas? » Il paraît que la plaisanterie était très drôle quand on la comprenait comme il faut. Ils me versèrent du vin et je leur racontai l'histoire du soldat anglais auquel on fit prendre une douche. Ensuite le major raconta l'histoire des onze Tchécoslovaques et du caporal hongrois. Après quelques verres de plus, je racontai l'histoire du jockey qui avait trouvé un penny. Le major dit qu'il y avait une histoire italienne dans ce genre-là, une histoire de duchesse qui ne pouvait pas dormir la nuit. A ce moment-là, l'aumônier sortit, et je racontai l'histoire du commis voyageur qui arrive à Marseille à cinq heures du matin, un jour de mistral. Le major dit que j'avais la réputation d'être un grand buveur. Je niai. Il dit que c'était vrai et que par Bacchus on allait bien voir si c'était vrai ou non. « Pas Bacchus, dis-je, pas Bacchus. — Si, Bacchus », dit-il. J'allais faire un concours tasse pour tasse et verre pour verre avec Bassi Filippo Vicenza. Bassi dit que non, que ce ne serait pas une bonne épreuve parce qu'il avait déjà bu deux fois plus que moi. Je dis que c'était un affreux mensonge et que, Bacchus ou non Bacchus, Filippo Vicenza Bassi ou Bassi Filippo Vicenza n'avait pas bu une goutte de toute la soirée; et puis, au fait, comment s'appelait-il? Il me demanda si je m'appelais Frederico Enrico ou Enrico Frederico. Je dis : « Voyons celui de nous deux qui fera rouler l'autre sous la table. Bacchus hors concours. » Le major commença par nous verser du vin rouge dans des chopes. Arrivé à la moitié du vin je refusai d'en boire davantage. Je me rappelai où je devais aller.

— C'est Bassi qui a gagné, dis-je. Il est plus fort que moi. Il faut que je parte.

— C'est vrai, dit Rinaldi. Il a un rendez-vous. Je suis au courant.

— Il faut que je parte.

— Un autre soir, dit Bassi, un autre soir, quand vous serez plus en forme.

Il me donna une claque sur l'épaule. Il y avait des bougies allumées sur la table. Tous les officiers étaient très heureux.

— Bonne nuit, messieurs, dis-je.

Rinaldi sortit avec moi. Nous nous arrêtâmes sur la pelouse et il me dit :

— Tu ferais mieux de ne pas y aller, saoul comme tu es.

— Je ne suis pas saoul, Rinin, sans blague.

— Tu ferais aussi bien de mâcher des grains de café.

— Bah!

— Je vais t'en chercher, bébé. Reste ici à faire les cent pas.

Il revint, la main pleine de café grillé.

— Mâche ça, bébé, et que Dieu te garde.

— Bacchus, dis-je.

— Je vais t'accompagner.

— Je me sens très bien.

Nous descendîmes en ville ensemble. Je croquais les grains de café. Devant la grille de l'allée qui conduisait à l'hôpital britannique, Rinaldi me souhaita le bonsoir.

— Bonsoir, dis-je. Pourquoi n'entres-tu pas?

Il secoua la tête.

— Non, dit-il, je préfère les plaisirs plus simples.

— Merci pour les grains de café.

— De rien, bébé, de rien.

Je m'engageai dans l'allée. De chaque côté les cyprès dressaient leur profil aigu et net. Je me retournai et vis Rinaldi debout qui me surveillait. Je lui fis un signe de la main.

Je m'assis dans le parloir de la villa en attendant l'arrivée de Catherine. Quelqu'un marcha dans le corridor. Je me levai mais ce n'était pas Catherine. C'était Miss Ferguson.

— *Hello!* dit-elle. Catherine me charge de vous dire qu'elle est désolée mais qu'elle ne pourra pas vous voir ce soir.

— Oh! je suis navré. J'espère qu'elle n'est pas malade.

— Elle n'est pas très bien.

— Voulez-vous lui dire combien je regrette?

— Oui, certainement.

— Croyez-vous que je pourrai tenter de la voir demain?

— Oh! oui, je crois.

— Merci beaucoup, dis-je. Au revoir.

Je sortis et je ressentis soudain une impression de vide et de solitude. J'avais pris ce rendez-vous avec Catherine très à la légère. Je m'étais quelque peu saoulé et j'avais failli oublier de venir et maintenant que je ne pouvais la voir, je me sentais seul et abandonné.

CHAPITRE VIII

Le lendemain, on nous dit qu'il allait y avoir une attaque sur la rivière, en amont, et qu'il nous fallait envoyer quatre voitures. Personne ne savait rien, mais tout le monde parlait avec la plus grande assurance et la science stratégique la plus profonde. Je me trouvais dans la première voiture et, en passant devant l'hôpital britannique, je dis au chauffeur d'arrêter. Les autres voitures vinrent se ranger derrière nous. Je descendis et dis aux chauffeurs de continuer et d'attendre au croisement de la route de Cormons, au cas où nous ne les aurions pas rattrapés.

Je suivis l'allée et, arrivé à la salle des visiteurs, je demandai Miss Barkley.

— Elle est de service.

— Est-ce que je ne pourrais pas la voir, ne serait-ce qu'un instant?

On envoya un planton s'informer, et elle revint avec lui.

— Je suis venu voir si vous alliez mieux. On m'a dit que vous étiez de service, alors... j'ai demandé à vous voir.

— Je vais bien, dit-elle. Je crois que c'est la chaleur qui m'a incommodée hier soir.

— Il est temps que je parte.

— Je vais aller jusqu'à la porte.

— Et... vous allez bien? demandai-je une fois dehors.

— Mais, oui, mon chéri. Viendrez-vous ce soir?

— Non, je pars tout de suite pour une petite représentation, là-bas au-dessus de Plava.

— Une petite représentation?

— Ça ne sera pas très sérieux, je crois.

— Et vous reviendrez?

— Demain.

Elle détacha quelque chose de son cou et me le glissa dans la main.

— C'est un saint Antoine, dit-elle, et venez demain soir.

— Seriez-vous catholique par hasard?

— Non, mais on dit qu'un saint Antoine est très utile.

— J'en prendrai soin pour vous. Adieu.

— Non, dit-elle, pas adieu.

— Bon.

— Soyez sage et prudent. Non, vous ne pouvez pas m'embrasser ici... Impossible.

— Très bien.

Je me retournai et la vis debout sur le perron. Elle

agita la main. J'embrassai la mienne et la tendis vers elle. Elle me fit signe à nouveau et je m'éloignai. Je remontai dans la voiture d'ambulance et nous partîmes. Le saint Antoine était dans une petite capsule de métal blanc. J'ouvris la capsule et le fis tomber dans ma main.

— Saint Antoine? demanda le chauffeur.

— Oui.

— J'en ai un.

Sa main droite quitta le volant. Il déboutonna sa tunique et le sortit de dessous sa chemise.

— Vous voyez?

Je remis mon saint Antoine dans sa capsule. J'enroulai la chaînette d'or et mis le tout dans la poche de ma tunique.

— Vous ne le portez pas sur vous?

— Non.

— Il vaut mieux le porter. C'est fait pour ça.

— Très bien, dis-je.

J'ouvris le fermoir de la chaîne, je la passai autour de mon cou et je le refermai. Le saint pendait sur mon uniforme. J'ouvris le devant de ma tunique, et, déboutonnant mon col, je le fis glisser sous ma chemise. Pendant un moment je le sentis contre ma poitrine, dans son étui de métal. Puis je cessai d'y penser. Après avoir été blessé, je ne pus le retrouver. Vraisemblablement quelqu'un s'en était emparé à l'un des postes de secours.

Nous franchîmes le pont aussi vite que possible, et, bientôt nous aperçûmes, devant nous, sur la route, la poussière des autres autos. La route tournait, et nous distinguâmes les trois autos qui semblaient toutes petites; et la poussière que soulevaient les roues tourbillonnait entre les arbres. Nous les eûmes bientôt rattrapées et dépassées, et nous tournâmes sur une route qui montait dans les collines. Rouler en convoi n'est pas désagréable quand on est dans la première voiture. Je m'installai confortablement sur mon siège et je regardai la campagne. Nous étions dans les premiers contreforts, sur le versant le plus près de la rivière; et, à mesure que nous montions, de hautes montagnes apparaissaient au nord, encore toutes couronnées de neige. Je regardai derrière moi et je vis les trois voitures qui grimpaient, séparées par leur nuage de poussière. Nous croisâmes une longue colonne de mulets chargés. Les conducteurs, coiffés de fez rouges, marchaient à côté des mules. C'étaient des bersagliers.

Passé le train de mules, la route était libre. Nous montâmes à travers des collines, et, après avoir franchi un col, nous redescendîmes dans une vallée. Il y avait des arbres en bordure de la route et, à travers la rangée d'arbres, à droite, je pouvais voir la rivière, l'eau claire, rapide, peu profonde. La rivière était basse et il y avait des bancs de sable et de galets entre lesquels coulait un simple filet d'eau. Parfois l'eau s'étalait en nappe lumineuse sur un lit de cailloux. Tout contre la rive, je voyais des trous profonds où l'eau était bleue comme le ciel. Les chemins de traverse franchissaient la rivière sur des ponts de pierre en dos d'âne, et nous passâmes devant des fermes en pierre. Contre les murs, au midi, des poiriers se dressaient, semblables à des candélabres, et il y avait des petits murs bas dans les champs. La route suivait la vallée sur un assez long parcours, puis elle tournait et remontait dans les collines. La route montait à pic, et en tous sens, à travers des bois de châtaigniers, pour s'aplanir finalement sur les hauteurs. Quand je plongeais mes regards à travers les bois, j'apercevais, tout à fait en bas, étincelante de soleil, la rivière qui séparait les deux armées. Nous suivîmes la nouvelle et mauvaise route militaire qui longeait la crête du plateau, et, au nord, je vis les deux chaînes de montagnes. Elles étaient d'un vert sombre jusqu'à la limite des neiges, et d'une adorable blancheur sur les sommets ensoleillés. Puis, à mesure que la route remontait la crête, j'apercevais une troisième chaîne de montagnes, une chaîne neigeuse plus haute que les autres. Elle était blanche comme de la craie et toute crevassée, avec d'étranges surfaces planes et, derrière ces montagnes, il y en avait d'autres, si loin qu'on n'était pas bien sûr de les voir réellement. C'étaient des montagnes autrichiennes. Nous n'avions rien de semblable en Italie. Devant nous, à droite, la route tournait et, en regardant en bas, je pouvais la voir dégringoler à travers les arbres. Il y avait des troupes sur cette route et des camions et des mules avec de l'artillerie de campagne et, tandis que nous descendions, rangés sur le côté, je voyais la rivière, tout en bas, la ligne des traverses et des rails qui la longeait, le vieux pont du chemin de fer, et plus loin, au pied d'une colline, au-delà de la rivière, les maisons démolies de la petite ville dont nous devions nous emparer.

Il faisait presque noir quand, arrivés en bas, nous débouchâmes sur la route qui longeait la rivière.

CHAPITRE IX

La route était encombrée, et, des deux côtés, il y avait des paillassons et des écrans faits en chaumes de maïs. Le tout était recouvert de nattes, de sorte qu'on eût dit l'entrée d'un cirque ou d'un village nègre. Nous franchîmes lentement ce tunnel de paille et débouchâmes sur un terrain désolé où jadis se trouvait la gare. A cet endroit, la route se trouvait au-dessous du niveau de la rivière et, tout le long de cette route en contrebas, l'infanterie occupait des trous creusés dans le talus. Le soleil baissait, et, en levant les yeux au-dessus du remblai, je vis, de l'autre côté, au-dessus des collines, les saucisses autrichiennes, noires sur les feux du couchant. Nous garâmes les voitures derrière une briqueterie. Les fours et de grands trous avaient été aménagés en postes de secours. Il y avait là trois médecins que je connaissais. Je causai avec le major et j'appris que, dès le début de l'offensive, une fois nos voitures pleines, nous aurions à les conduire, par la route couverte, jusqu'à la crête en suivant la grand-route. Là-haut, nous trouverions un poste et d'autres voitures pour l'évacuation. Il espérait que la route ne serait pas obstruée. C'était une opération à route unique. La route avait été couverte parce que de l'autre côté de la rivière, elle se trouvait sous le feu de l'ennemi. Ici, dans la briqueterie, le remblai de la rivière nous protégeait contre le tir des fusils et des mitrailleuses. Un pont démoli traversait la rivière. On songeait à construire un autre pont quand le bombardement commença, et certaines troupes devaient passer à gué, en amont, au coude de la rivière. Le major était un petit homme à moustaches retroussées. Il avait fait la guerre en Libye et avait deux chevrons de blessures. Il me dit que si tout allait bien, il tâcherait de me faire décorer. Je répondis que j'espérais que tout irait bien mais qu'il était trop aimable... Je lui demandai s'il y avait un grand abri où mes chauffeurs pourraient se réfugier, et il appela un soldat pour m'accompagner. Je le suivis jusqu'à l'abri qui était très bon. Les chauffeurs s'en déclarèrent satisfaits et je les y laissai. Le major m'invita à prendre un verre avec lui et deux autres officiers. Nous bûmes du rhum dans une atmosphère fort amicale. Dehors, la nuit tombait. Je m'informai de l'heure de l'attaque. Dès qu'il fera noir, me répondit-on. Je retournai trouver mes chauffeurs. Ils causaient, assis dans l'abri, et quand j'arrivai, ils se turent. Je leur donnai à chacun un paquet de cigarettes — Macedonias —, cigarettes mal roulées dont le tabac s'éparpillait et qu'il fallait tordre aux deux bouts avant de les fumer. Manera alluma son briquet et le passa à la ronde. Le briquet ressemblait au radiateur d'une Fiat. Je leur dis ce que j'avais appris.

— Comment qu'ça s'fait qu'on a pas vu le poste en descendant? demanda Passini.

— Il était juste après le tournant.

— La route va être une belle pagaille! dit Manera.

— On va s'faire canarder à en chier partout.

— C'est probable.

— Si on mangeait, mon lieutenant? On n'aura guère le temps d'manger après que ce sera commencé.

— Je vais m'informer, dis-je.

— Est-ce qu'on peut aller faire un tour ou faut-il qu'on reste ici?

— Il vaut mieux que vous restiez ici.

J'allai trouver le major. Il me dit que les cuisiniers n'allaient pas tarder à arriver et que les conducteurs pourraient venir chercher leur rata. On leur fournirait des gamelles s'ils n'en avaient pas. Je dis que je croyais bien qu'ils en avaient. Je retournai dire aux chauffeurs que je viendrais les chercher dès que la soupe serait arrivée. Manera dit qu'il espérait qu'elle arriverait avant le début du bombardement. Ils ne parlèrent point jusqu'à mon départ. Ils étaient tous mécaniciens et ils haïssaient la guerre.

Je sortis pour inspecter mes autos et voir ce qui se passait, puis je revins m'asseoir dans l'abri avec mes quatre conducteurs. Assis par terre, le dos au mur, nous fumions. Dehors, il faisait presque noir. La terre de l'abri était chaude et sèche. Je m'appuyai des épaules contre le mur et me laissai glisser sur les reins pour me délasser.

— Qui va attaquer? demanda Gavuzzi.

— Les bersagliers.

— Rien que les bersagliers?

— Je crois.

— Il n'y a pas assez de troupes ici pour une attaque sérieuse.

— C'est probablement pour détourner l'attention de l'endroit où la véritable offensive aura lieu.

— Est-ce que les hommes qui attaquent savent cela?

— Je ne pense pas.

— Bien sûr que non, dit Manera. Ils n'attaqueraient pas s'ils le savaient.

— Si, ils attaqueraient, dit Passini, les bersagliers sont des idiots.

— Ils sont braves et disciplinés, dis-je.

— Ils ont un beau tour de poitrine et de la santé, mais ça ne les empêche pas d'être des idiots.

— Les grenadiers sont grands, dit Manera.

C'était une plaisanterie. Tout le monde éclata de rire.

— Est-ce que vous étiez là, Tenente, le jour où ils ont refusé d'attaquer et qu'on en a fusillé un sur dix?

— Non.

— C'est pas de la blague. On les a fait aligner et on a

50

pris un homme sur dix. C'est les carabiniers qui les ont fusillés.

— Les carabiniers! dit Passini, et il cracha par terre. Mais ces grenadiers! tous de plus de six pieds. Ils ont refusé d'attaquer.

— Si personne n'attaquait, la guerre serait finie, dit Manera.

— Ce n'était pas le cas pour les grenadiers. Ils avaient peur. Tous leurs officiers appartenaient à de si bonnes familles!

— Quelques-uns des officiers sont allés à l'assaut tout seuls.

— Un sergent a tué deux officiers qui ne voulaient pas marcher.

— Mais il y a des troupes qui ont marché.

— Celles qui ont marché n'ont pas eu à s'aligner quand on a choisi les hommes à fusiller.

— Un d'ceux que les carabiniers ont fusillés était de mon pays. Un beau grand gars pour être dans les grenadiers! Toujours à Rome. Toujours avec les femmes. Toujours avec les carabiniers. (Il se mit à rire.) Maintenant, il y a une sentinelle en permanence devant chez lui, baïonnette au canon, et personne ne peut venir voir sa mère, ni son père, ni ses sœurs; et son père a perdu ses droits de citoyen. Il ne peut même plus voter. Ils ne sont plus protégés par la loi. N'importe qui peut s'emparer de c'qu'ils ont.

— Si ça n'était pas à cause de tous les embêtements qu'ça occasionne aux familles, personne n'attaquerait.

— Si, les Alpins le feraient et les V. E. aussi, et quelques-uns des bersagliers.

— Les bersagliers ont fichu le camp eux aussi. Maintenant ils essaient de l'faire oublier.

— Vous n'devriez pas nous laisser parler comme ça, Tenente. *Evviva l'Esercito!* dit Passini ironiquement.

— Oh! je connais vos façons de parler, dis-je, mais tant que vous mènerez vos voitures et que vous vous conduirez...

— Et que vous ferez en sorte que les autres officiers n'vous entendent pas, termina Manera.

— Il faut mener cette guerre jusqu'au bout, dis-je. Si un des adversaires cessait de se battre, ça ne la terminerait pas. Ça n'en serait que pire si nous cessions de nous battre.

— Ça ne pourrait pas être pire, dit Passini respectueusement. Il n'y a rien de pire que la guerre.

— La défaite est pire.

— J'crois pas, dit Passini, toujours respectueusement. Qu'est-ce que c'est que la défaite? Chacun rentre chez soi.

— Oui, mais on vous prend vos maisons, on vous prend vos sœurs.

— J'crois pas à tout ça, dit Passini. On n'peut pas faire ça à tout le monde. Chacun n'a qu'à défendre sa maison. On n'a qu'à garder ses sœurs chez soi.

— On vous pend, on vous force encore à être soldat, et pas dans les ambulances, cette fois, dans l'infanterie.

— On n'peut pas pendre tout le monde.

— Une nation étrangère ne peut pas vous obliger à être soldat, dit Manera. A la première bataille on ficherait le camp.

— Comme les Tchèques.

— On voit bien que vous ne savez pas ce que c'est que d'être vaincus, c'est pourquoi vous ne pensez pas que c'est un mal.

— Tenente, dit Passini, nous comprenons bien que vous nous laissez parler. Écoutez. Il n'y a rien de pire que la guerre. Nous, ici, dans les ambulances, on n'peut pas bien s'rendre compte combien c'est terrible. Quand les gens s'rendent compte de c'que c'est, ils ne peuvent rien faire pour l'arrêter, parce qu'ils deviennent fous. Il y a des gens qui n'se rendent jamais compte. Il y a des types qui ont peur de leurs officiers. C'est ces types-là qui font la guerre.

— Je sais bien que c'est terrible, mais il faut aller jusqu'au bout.

— Ça ne finit jamais. Une guerre, ça ne finit jamais.

— Mais si, voyons, ça finit.

Passini secoua la tête.

— La guerre ne s'gagne pas par la victoire. A quoi ça

nous avancerait-il de prendre le San Gabriele? A quoi ça nous avancerait-il de prendre le Carso et Monfalcone et Trieste? Ça nous ferait une belle jambe! Avez-vous vu toutes ces montagnes à l'horizon, aujourd'hui! Est-ce que vous vous figurez que nous pourrions toutes les prendre? Ça ne serait possible que si les Autrichiens cessaient de se battre. Il faut qu'un des combattants s'arrête. Pourquoi ne nous arrêtons-nous pas? S'ils descendent en Italie, ils en auront vite assez et ils repartiront. Ils ont leur patrie à eux. Mais pas du tout, au lieu d'ça, on s'amuse à faire la guerre!

— Vous parlez comme un vrai orateur.

— On pense, on lit. On n'est pas des paysans, on est des mécaniciens. Mais même les paysans ne sont pas assez gourdes pour croire à la guerre. Tout le monde la hait, cette guerre.

— A la tête des pays, il y a une classe qui est stupide et qui n'comprend rien et qui n'pourra jamais rien comprendre. C'est à cause de ça que nous avons cette guerre.

— Ça leur rapporte de l'argent aussi.

— La plupart n'en gagnent pas, dit Passini. Ils sont trop bêtes. Ils font ça pour rien... par bêtise.

— Faut s'taire, dit Manera. Nous parlons trop, même pour le Tenente.

— Il aime ça, dit Passini. Nous le convertirons.

— Mais pour le moment, il faut se taire, dit Manera.

— Alors, est-ce qu'on mange, Tenente? demanda Gavuzzi.

— Je vais voir, dis-je.

Gordini se leva et sortit avec moi.

— Est-ce que je peux faire quelque chose, Tenente? Est-ce que je peux vous être utile?

C'était le plus calme des quatre.

— Venez avec moi si vous voulez, dis-je, nous verrons.

Il faisait noir et les longs faisceaux des projecteurs balayaient les montagnes. Sur notre front, il y avait des grands projecteurs montés sur camions. On en croisait parfois la nuit, sur les routes, tout près des lignes. Le camion s'arrêtait légèrement en retrait de la route et un officier dirigeait la lumière au milieu de ses hommes épouvantés. A travers la briqueterie nous nous rendîmes au poste de secours principal. Au-dessus de l'entrée il y avait un petit auvent de branchages, et, dans l'obscurité, la brise du soir faisait murmurer les feuilles que le soleil avait séchées. A l'intérieur, il y avait de la lumière. Le major téléphonait, assis sur une caisse. Un des médecins de deuxième classe me dit que l'attaque avait été avancée d'une heure. Il m'offrit un verre de cognac. Sur les planches servant de tables, je vis les instruments qui miroitaient sous la lumière, les cuvettes, les fioles à bouchons de verre. Gordini se tenait derrière moi. Le major se leva.

— L'offensive commence, dit-il. On l'a remise à l'heure primitive.

Je regardais au-dehors. Il faisait noir et, derrière nous, les projecteurs autrichiens balayaient les montagnes. Le silence dura encore quelques minutes, puis tous les canons derrière nous entrèrent en action.

— Savoia, dit le major.

— Et la soupe, monsieur le médecin-major? dis-je.

Il ne m'entendit pas. Je répétai ma question.

— On ne l'a pas encore apportée.

Une marmite éclata dans la briqueterie. Nouvelle détonation et, au milieu du fracas, le bruit plus ténu de la pluie de brique et de terre.

— Qu'y a-t-il à manger?

— Nous avons un peu de *pasta asciutta*, dit le major.

— Je prendrai ce que vous pourrez me donner.

Le major parla à un soldat qui disparut dans le fond et rapporta un plat en métal plein de macaroni froid. Je le passai à Gordini.

— Avez-vous du fromage?

Le major grogna quelque chose à l'ordonnance qui plongea de nouveau dans le trou et en ressortit avec le quart d'un fromage blanc.

— Merci beaucoup, dis-je.

— Vous feriez mieux de ne pas sortir.

Deux hommes venaient de déposer quelque chose devant l'entrée. L'un d'eux regarda à l'intérieur.

— Apportez-le, dit le major. Qu'est-ce qui vous prend? Est-ce que vous croyez que nous allons sortir le chercher nous-mêmes?

Les deux brancardiers saisirent l'homme sous les aisselles et l'amenèrent dans l'abri.

— Fendez la tunique, dit le major.

Il tenait un morceau de gaze au bout de ses pinces. Les deux majors de seconde classe enlevèrent leurs vestes.

— Sortez, dit le major aux brancardiers.

— Venez, dis-je à Gordini.

— Vous feriez mieux d'attendre la fin du bombardement, dit le major par-dessus son épaule.

— Ils ont faim, dis-je.

— Comme vous voudrez.

Une fois dehors nous traversâmes la briqueterie en courant. Un obus éclata tout près de la rivière. Un autre arriva sur nous, si brusquement que nous eûmes à peine le temps de l'entendre venir. Nous nous jetâmes à plat ventre, percevant à la fois l'éclair, le choc de l'explosion, l'odeur, le sifflement des éclats dispersés et le crépitement de la pluie de brique. Gordini se releva et s'élança vers l'abri. Je le suivis portant le fromage dont la surface lisse était couverte de brique pulvérisée. Dans l'abri, les trois chauffeurs fumaient, assis le dos contre le mur.

— Tenez, tas de patriotes, dis-je.

— Comment sont les voitures?

— Très bien.

— Avez-vous eu peur, Tenente?

— Foutre oui, dis-je.

Je sortis mon couteau, l'ouvris, en essuyai la lame et raclai le dessus sali du fromage. Gavuzzi me tendit le plat de macaroni.

— Mangez le premier, Tenente.

— Non, dis-je. Posez le plat par terre. Nous mangerons tous ensemble.

— On n'a pas de fourchettes.

— *What the hell* [1], dis-je en anglais.

1. Synonyme de : Qu'est-ce que ça fout? *(N. d. T.)*

Je partageai le fromage et posai les morceaux sur le macaroni.

— Asseyez-vous et mangez.

Tous s'assirent et attendirent. Je mis les quatre doigts dans le macaroni et je tirai. Il en vint tout un paquet.

— Levez-le bien haut, Tenente.

Je levai le bras aussi haut que possible et les tuyaux se détachèrent. J'abaissai le tout vers ma bouche, j'aspirai, tranchai les bouts d'un coup de dents et mastiquai. Ensuite, je pris un morceau de fromage, je mâchai et bus un coup de vin. Il avait goût de fer rouillé. Je passai le bidon à Passini.

— Quelle saleté, dit-il. Il est resté trop longtemps dans le bidon. Je l'avais dans la voiture.

Ils mangeaient, le menton tout près du plat, la tête renversée, aspirant les extrémités du macaroni. J'avalai une autre bouchée, pris du fromage et une lampée de vin. Au-dehors quelque chose tomba, ébranlant la terre.

— 420 ou minnenwerfer, dit Gavuzzi.

— Il n'y a pas de 420 dans les montagnes, dis-je.

— Ils ont de gros canons Skoda. J'ai vu les entonnoirs.

— Des 305.

Nous nous remîmes à manger. Il se produisit alors une espèce de toussotement, un bruit semblable à une locomotive qui démarre, puis une explosion qui de nouveau fit trembler la terre.

— Cet abri n'est pas profond, dit Passini.

— Ça, c'était un gros mortier de tranchée.

— Oui.

Je terminai mon fromage et bus une gorgée de vin. Au milieu du bruit je distinguai de nouveau un toussotement, puis le tchu, tchu, tchu, puis un éclair comme lorsque la porte d'un haut fourneau s'ouvre brusquement, un grondement, blanc d'abord, rouge ensuite, accompagné d'un violent courant d'air. J'essayai de respirer, mais j'avais le souffle coupé et je me sentis sortir tout entier de moi-même, emporté loin, bien loin par le vent. Tout mon être s'enfuyait rapidement et je savais que j'étais mort et que c'était une erreur de croire qu'on mourait comme ça, sans s'en apercevoir; puis j'eus l'impression de flotter et, au lieu de continuer dans mon vol, je me sentis retomber. Je respirai, j'étais revenu à moi. Le sol était défoncé et, en face de moi, il y avait une poutre déchiquetée. Dans le chaos de ma tête j'entendis quelqu'un crier. Je crus entendre quelqu'un hurler. J'essayai de bouger, mais je ne pouvais pas bouger. J'entendais les détonations des mitrailleuses et la fusillade de l'autre côté et tout du long de la rivière. Dans une éblouissante clarté je voyais les obus à étoiles monter, éclater, flotter dans l'air, tout blancs. Les fusées s'élançaient et j'entendais les bombes, tout cela en quelques minutes. Ensuite, près de moi, j'entendis quelqu'un crier « *Mamma mia! Oh! Mamma mia!* » Je tirai, je me tordis, et je finis par dégager mes jambes. Alors je pus me retourner et le toucher. C'était Passini, et, quand je le touchai, il hurla. Il avait les jambes tournées de mon côté et, dans les alternatives d'ombre et de lumière, je vis qu'elles étaient toutes deux broyées au-dessus des genoux. Une des jambes était sectionnée; l'autre ne tenait plus que par les tendons et un morceau du pantalon; et le moignon se crispait et se tordait comme s'il était entièrement détaché. Passini se mordit le bras et gémit : « *Oh! Mamma mia, mamma mia!* » puis « *Dio ti salvi, Maria. Dio ti salvi, Maria.* Oh! Jésus, achevez-moi; Jésus-Christ, achevez-moi. *Mamma mia, mamma mia.* Oh! Marie, ma bonne Sainte Vierge, achevez-moi. Assez. Assez. Oh! Jésus, oh! Marie, assez! Oh, oh, oh, oh! » Enfin d'une voix étranglée : « *Mamma mia, mamma mia!* » Et il resta tranquille, le bras dans la bouche, le moignon secoué de réflexes.

— *Porta feriti!* criai-je dans l'entonnoir de mes deux mains. *Porta feriti!*

J'essayai de m'approcher de Passini dans l'espoir de pouvoir lui mettre un tourniquet aux jambes, mais je ne pus remuer. Je fis un nouvel effort et, cette fois, mes jambes bougèrent un peu. Je parvins à me traîner à reculons sur les bras et sur les coudes. Passini ne bougeait plus. Je m'assis près de lui, je déboutonnai ma tunique et j'essayai de déchirer le pan de ma chemise.

Ne pouvant y parvenir, je tâchai d'entamer le bord de l'étoffe avec mes dents. C'est alors que je pensai à ses bandes molletières. Je portais des bas de laine, mais Passini portait des molletières. Tous les chauffeurs portaient des molletières. Mais Passini n'avait plus qu'une jambe. Tout en déroulant la bande, je m'aperçus qu'il était inutile d'essayer de faire un tourniquet car il était déjà mort. Je m'assurai qu'il était bien mort. Il s'agissait maintenant de retrouver les trois autres. Je me mis sur mon séant et j'eus alors l'impression que quelque chose remuait dans ma tête et venait me frapper au fond des yeux, comme les contrepoids des yeux d'une poupée. Je sentais mes jambes chaudes et humides, et l'intérieur de mes souliers était également chaud et humide. Je compris que j'étais blessé. Je me penchai et voulus poser ma main sur mon genou. Mon genou n'était plus là. Ma main ne trouva que le vide; mon genou était descendu sur mon tibia. Je m'essuyai la main à ma chemise. Une chandelle romaine descendit très lentement. Je regardai ma jambe et je fus effrayé. « Oh! bon Dieu, dis-je, qu'on me sorte d'ici. » Je savais pourtant qu'il y en avait trois autres. Ils étaient bien quatre chauffeurs? Passini était mort. Il en restait donc trois. Quelqu'un me prit sous le bras et une autre personne s'empara de mes jambes.

— Il y en a trois autres, dis-je, il y en a un de mort.

— C'est moi, Manera. Nous avons essayé de trouver un brancard, mais il n'y en a pas. Comment ça va, Tenente?

— Où sont Gordini et Ganuzzi?

— Gordini est au poste de secours à se faire panser. Ganuzzi tient vos jambes. Cramponnez-vous à mon cou, Tenente. Êtes-vous gravement blessé?

— A la jambe. Comment est Gordini?

— Il est bien. C'était un gros mortier de tranchée.

— Passini est mort.

— Oui. Il est mort.

Un obus tomba près de nous. Tous les deux s'aplatirent par terre et me laissèrent tomber.

— Faites excuse, Tenente, dit Manera. Tenez-vous à mon cou.

— Si vous me laissez retomber...

— C'est parce qu'on a eu peur.

— Vous n'êtes pas blessés?

— Si, on est un peu blessés tous les deux.

— Est-ce que Gordini pourra conduire?

— Je n'crois pas.

Ils me lâchèrent encore une fois avant d'arriver au poste.

— Enfants de putain, criai-je.

— Faites excuse, Tenente, dit Manera. Nous n'vous laisserons plus tomber.

Devant le poste de secours nous étions pour la plupart étendus par terre, dans le noir. On entrait et on sortait les blessés. Chaque fois que le rideau de la porte se soulevait pour laisser entrer ou sortir quelqu'un, je pouvais voir la lumière dans le poste. Les morts étaient mis à part. Les médecins, les manches retroussées jusqu'aux épaules, étaient rouges comme des bouchers. Il n'y avait pas assez de brancards. Quelques blessés étaient bruyants mais, en général, la plupart étaient calmes. Au-dessus de l'entrée du poste de secours les feuilles de l'auvent frissonnaient dans la brise. La nuit fraîchissait. Des brancardiers arrivaient sans cesse. Ils posaient leurs brancards par terre, les déchargeaient et repartaient. Dès que je fus arrivé au poste de secours, Manera ramena un sergent-infirmier qui me banda les deux jambes. Il me dit que, grâce à la terre qui recouvrait les plaies, l'hémorragie avait été insignifiante. On allait s'occuper de moi le plus tôt possible. Il rentra dans le poste. Manera me dit que Gordini ne pourrait plus conduire. Il avait l'épaule fracassée et une blessure à la tête. Au début ça n'allait pas trop mal, mais maintenant il avait l'épaule ankylosée. Il était assis contre un des murs de brique. Manera et Ganuzzi partirent chacun avec un chargement de blessés. Ils pouvaient aisément conduire. Les Anglais étaient arrivés avec trois ambulances et, dans chaque ambulance, il y avait deux hommes. Un de leurs chauffeurs s'approcha de moi, accompagné de Gordini, très pâle, l'air malade. L'Anglais se pencha vers moi.

— Êtes-vous grièvement blessé? me demanda-t-il.

Il était grand et portait des lunettes d'acier.

— Aux jambes...

— Ce n'est rien de sérieux, j'espère. Voulez-vous une cigarette?

— Merci.

— On m'a dit que vous aviez perdu deux de vos chauffeurs.

— Oui, un qui a été tué, et l'homme qui vous a amené.

— Sale guigne. Voulez-vous que nous nous chargions des voitures?

— C'est justement ce que je voulais vous demander.

— Nous en prendrons soin et nous les ramènerons à la villa. Vous êtes bien au 206, n'est-ce pas?

— Oui.

— C'est un endroit charmant. Je vous y ai vu, il paraît que vous êtes Américain?

— Oui.

— Moi, je suis Anglais.

— Non?

— Parfaitement, Anglais, pensiez-vous que j'étais Italien? Il y a eu des Italiens dans une de nos unités.

— Ce serait parfait si vous pouviez vous charger des voitures, dis-je.

— Nous en prendrons le plus grand soin. (Il se redressa.) Ce garçon-là tenait absolument à ce que je vienne vous voir.

Il frappa sur l'épaule de Gordini. Gordini tressaillit et sourit. L'Anglais se mit à parler avec volubilité en parfait italien.

— Tout est arrangé. J'ai vu votre lieutenant. Nous allons emmener les deux autos. Ne vous en faites pas.

Il ajouta :

— Il faut essayer de sortir d'ici. Je vais aller voir les autorités médicales. Nous vous ramènerons avec nous.

Il se dirigea vers le poste de secours, marchant soigneusement entre les blessés. Je vis le rideau se soulever. La lumière apparut et il entra.

— Il va s'occuper de vous, Tenente, dit Gordini.

— Comment vous sentez-vous, Franco?

— Ça va.

Il s'assit près de moi. Au bout d'un moment le rideau du poste se souleva. Deux brancardiers en sortirent suivis du grand Anglais. Il les conduisit vers moi.

— Voilà le lieutenant américain, dit-il en italien.

— J'aimerais autant attendre, dis-je. Il y en a de bien plus blessés que moi. Je me sens très bien.

— Allons, allons, dit-il. Ne jouez donc pas au héros.

Puis en italien :

— Soulevez-lui les jambes avec précaution. Ses jambes sont très douloureuses. C'est le fils légitime du président Wilson.

Ils me soulevèrent et me portèrent dans le poste. On y opérait sur des tables. Le petit major me regarda, furieux. Il me reconnut et agita ses pinces.

— *Ça va bien?*

— *Ça va* [1].

— C'est moi qui l'ai apporté, dit le grand Anglais, en italien. C'est le fils unique de l'ambassadeur des États-Unis. Il attendra ici jusqu'à ce qu'on s'occupe de lui. Je le mettrai ensuite dans un de mes convois. (Il se pencha sur moi.) Je vais aller trouver leur secrétaire pour faire mettre vos papiers en règle. Ça ira beaucoup plus vite.

Il dut se baisser pour passer sous la porte et il disparut. Le major démontait ses pinces et les mettait dans une cuvette. Je suivais des yeux tous ses mouvements. Maintenant il faisait un bandage. Puis les brancardiers enlevèrent l'homme de dessus la table.

— Je vais m'occuper du lieutenant américain, dit un des médecins de seconde classe.

On me porta sur la table. Elle était dure et visqueuse. Il y avait des odeurs fortes, odeurs de produits chimiques, et la fade odeur du sang. On m'enleva mon

1. En français dans le texte. *(N. d. T.)*

61

pantalon, et le docteur commença à dicter à l'adjudant-secrétaire, tout en travaillant : « Blessures multiples et superficielles des deux cuisses, des deux genoux et du pied droit. Blessures profondes du genou et du pied droit. Lacération du cuir chevelu » (il sonda. « Est-ce sensible? Nom de Dieu, oui! ») « avec possibilité de fracture du crâne. Blessé dans l'exercice de ses fonctions. C'est ça qui vous empêchera de passer au conseil de guerre pour mutilations volontaires, dit-il. Voulez-vous un verre de cognac? Comment avez-vous fait votre compte? Qu'est-ce que vous vouliez faire? Vous suicider? Le sérum antitétanique, je vous prie, et faites une croix sur les deux jambes. Merci. Je vais nettoyer un peu tout ça et faire un pansement. Votre sang se coagule admirablement. »

Le secrétaire leva les yeux de dessus son papier.

— Qu'est-ce qui a causé les blessures?

Le médecin :

— Par quoi avez-vous été blessé?

Moi, les yeux fermés :

— Crapouillot.

Le médecin (débridant les plaies et faisant des choses qui me causaient une douleur aiguë) :

— Êtes-vous sûr?

Moi (essayant de rester tranquille et sentant mon estomac défaillir chaque fois qu'il incisait la chair) :

— Oui, je crois.

Le médecin (intéressé par quelque chose qu'il venait de découvrir) :

— Des éclats d'obus de crapouillot. Si vous voulez, je vais sonder un peu pour voir s'il y en a d'autres, mais je ne crois pas que ce soit nécessaire. Nous allons badigeonner tout ça. Ça pique? Bon, ça n'est rien en comparaison de ce que vous allez ressentir tout à l'heure. La douleur n'a pas encore commencé. Apportez-lui un verre d'eau-de-vie. Le choc endort la douleur, mais tout va bien. Ne vous en faites pas tant qu'il n'y aura pas d'infection, et il y en a bien rarement. Comment va votre tête?

— Oh! sacré nom de Dieu! dis-je.

— Si c'est comme ça, ne buvez pas trop de cognac. Au cas où vous auriez une fracture, il ne vous faut pas d'inflammation. Et là, est-ce que c'est douloureux?

La sueur me coulait sur tout le corps.

— Sacré nom de Dieu! dis-je.

— Je crois que vous avez une fracture. Je vais vous faire un bandage. N'agitez pas la tête.

Il me banda. Ses mains allaient très vite. L'enroulement se faisait, serré et régulier.

— Voilà. Bonne chance et *Vive la France* [1]!

— Il est Américain, dit un des autres majors.

— Oh! je croyais qu'il était Français. Il parle français, dit le médecin. Je l'ai déjà vu. J'avais toujours cru qu'il était Français.

Il avala un demi-verre d'eau-de-vie.

— Amenez un grand blessé et apportez-moi du sérum antitétanique.

Le médecin fit un signe de la main. On me souleva et, quand nous sortîmes, le rideau de l'entrée me balaya la figure. Une fois dehors, le secrétaire s'agenouilla près de moi.

— Nom? me dit-il doucement. Second nom? Prénom? Grade? Lieu de naissance? Quelle classe? Quel corps? etc. Je regrette à cause de votre tête, Tenente. J'espère que vous vous sentez mieux. Je vous évacue par l'ambulance anglaise.

— Je me sens bien. Merci beaucoup, dis-je.

La douleur dont le major m'avait parlé venait de commencer et je ne prêtais plus aucune attention à ce qui se passait. Au bout d'un instant, l'ambulance anglaise arriva. On me déposa sur un brancard, on leva le brancard au niveau de la voiture, et on m'y enfourna. Sur un autre brancard, à côté de moi, il y avait un homme dont je pouvais voir le nez cireux sortant des bandages. Il avait la respiration oppressée. On souleva et glissa d'autres brancards dans les bretelles au-dessus de moi. Le grand chauffeur anglais vint jeter un coup d'œil à l'intérieur.

1. En français dans le texte. *(N. d. T.)*

— Je vais aller doucement. J'espère que vous ne serez pas trop mal.

Je sentis le moteur tourner, je sentis l'homme monter sur le siège, et je sentis desserrer les freins et embrayer, et nous partîmes. J'étais étendu, tranquille, abandonné à la douleur.

A cause de l'encombrement, l'ambulance montait lentement. Parfois, elle s'arrêtait, parfois elle reculait à un tournant. Elle finit cependant par pouvoir accélérer. Soudain, quelque chose se mit à goutter sur moi. L'égouttement, régulier au début, se changea peu à peu en un ruissellement. J'appelai le chauffeur. Il arrêta et regarda par le trou, derrière lui.

— Qu'est-ce qu'il y a?

— L'homme sur le brancard au-dessus de moi a une hémorragie.

— Nous sommes presque en haut. Je ne pourrais pas sortir le brancard tout seul.

Il repartit. Le ruissellement continuait. Dans l'obscurité, je ne pouvais pas distinguer de quelle partie de la toile il venait, au-dessus de ma tête. J'essayai de me pousser de côté pour éviter que le sang ne tombât sur moi. Là où il avait coulé, sous ma chemise, c'était chaud et gluant. J'avais froid et ma jambe me faisait si mal que je craignais de m'évanouir. Au bout d'un moment le ruissellement diminua pour reprendre ensuite, et j'entendis remuer la toile au-dessus de moi quand l'homme sur le brancard tenta de se coucher plus confortablement.

— Comment va-t-il? demanda l'Anglais. Nous sommes presque arrivés.

— Je crois qu'il est mort, dis-je.

Les gouttes tombaient très lentement, comme d'une stalactite de glace après le coucher du soleil. Il faisait froid dans la voiture, au noir, sur cette route qui montait. Au poste, en haut de la côte, on enleva le brancard et on en glissa un autre à la place.

CHAPITRE X

Dans la salle, à l'hôpital, on m'annonça une visite pour l'après-midi. Il faisait très chaud et il y avait des mouches. Mon infirmier avait coupé des bandes de papier et les avait attachées à un bâton, en guise de chasse-mouches. Je regardais les mouches se réfugier au plafond. Quand, cessant de les pourchasser, l'infirmier s'endormit, elles s'empressèrent de revenir. Je soufflai dessus, et finalement, les deux mains sur la figure, je cédai moi-même au sommeil. Il faisait très chaud et quand je m'éveillai la jambe me démangeait. Je réveillai l'infirmier et il versa de l'eau minérale sur le pansement. Cela rendait le lit humide et frais. Tous ceux d'entre nous qui ne dormaient pas causaient d'un bout à l'autre de la salle. L'après-midi était toujours calme. Le matin, trois infirmiers et un docteur visitaient les blessés les uns après les autres. Ils nous sortaient du lit et nous portaient dans la salle de pansement afin qu'on pût faire nos lits pendant qu'on pansait nos blessures. Le trajet à la salle de pansement n'avait rien d'agréable et je n'appris que plus tard qu'on pouvait faire les lits sans en enlever les malades. Mon infirmier avait fini de verser l'eau et le lit était délicieusement frais, et je venais de lui demander de me gratter la plante des pieds qui me démangeait quand un des docteurs amena Rinaldi. Il courut vers moi, se pencha sur mon lit et m'embrassa. Je remarquai qu'il portait des gants.

— Comment ça va, bébé? Comment te sens-tu? Regarde ce que je t'apporte.

C'était une bouteille de cognac. L'infirmier lui avança une chaise et il s'assit.

— Je t'apporte aussi de bonnes nouvelles. Tu vas

être décoré. On voudrait te faire obtenir la *medaglia d'argento*, mais on ne pourra peut-être t'avoir que celle de bronze.

— En quel honneur?

— Comme grand blessé. Il paraît que si tu peux prouver que tu as fait un acte d'héroïsme, tu pourras recevoir la médaille d'argent. Sans cela ce sera celle de bronze. Dis-moi exactement ce qui s'est passé. As-tu fait un acte héroïque?

— Pas du tout, dis-je. J'ai été amoché pendant que je mangeais un morceau de fromage.

— Ne plaisante pas. Tu as certainement fait quelque chose d'héroïque, soit avant, soit après. Rappelle-toi bien.

— Mais non.

— Tu n'as porté personne sur ton dos? Gordini dit que tu as porté plusieurs hommes sur ton dos; mais le major du poste de secours déclare que c'est impossible. C'est lui qui doit signer la proposition de citation.

— Je n'ai porté personne. Je ne pouvais pas remuer.

— Ça n'a pas d'importance, dit Rinaldi.

Il enleva ses gants.

— Je crois que nous pourrons t'obtenir la médaille d'argent. N'as-tu pas refusé d'être soigné avant les autres?

— Sans beaucoup de conviction.

— Ça ne fait rien. Rappelle-toi que tu es grièvement blessé. Rappelle-toi ta courageuse insistance à être toujours en première ligne. En outre, le coup de main a très bien réussi.

— Oh! on a franchi la rivière?

— Admirablement. On a fait près de mille prisonniers. C'est dans le communiqué. Tu ne l'as pas lu?

— Non.

— Je te l'apporterai. C'est une opération très réussie.

— Comment vont les choses?

— Épatamment. Nous sommes des gens épatants. Nous sommes tous fiers de toi. Dis-moi exactement comment ça s'est passé. Je suis sûr que tu obtiendras la médaille d'argent. Allons, dis-moi vite. Dis-moi bien tout.

Il s'arrêta et réfléchit.

— Mais, au fait, tu recevrais peut-être aussi une décoration anglaise. Il y avait un Anglais là-bas. Je vais aller le voir et lui demander de te recommander. Il doit pouvoir faire quelque chose. Souffres-tu beaucoup? Bois donc. Infirmier, apportez-moi un tire-bouchon. Oh! j'aurais voulu que tu me voies procéder à l'ablation de trois mètres d'intestin grêle. Mieux que jamais cette fois-ci. Ce serait à publier dans *The Lancet*. Tu m'en feras la traduction et je l'enverrai au *Lancet*. Je fais des progrès chaque jour. Ce pauvre vieux bébé! Comment ça va? Où est donc passé ce sacré tire-bouchon? Et tu es là si brave et si tranquille, et j'oublie que tu souffres!

Il fit claquer ses gants sur le bord du lit...

— Voilà le tire-bouchon, Signor Tenente, dit l'infirmier.

— Débouchez cette bouteille. Apportez un verre. Bois ça, bébé. Comment va cette pauvre tête? J'ai regardé tes papiers. Tu n'as pas de fracture. Le major du poste de secours n'est qu'un charcutier. Si c'était moi, je ne te ferais pas de mal. Je ne fais jamais de mal à personne. Je fais des progrès. Chaque jour j'apprends à faire les choses plus légèrement et mieux. Pardonne-moi de tant parler, bébé, mais ça me bouleverse de te voir si grièvement blessé. Allons, bois ça. C'est bon. Ça coûte quinze lires. Si ça n'est pas bon à ce prix-là! Cinq étoiles. En sortant d'ici, j'irai voir cet Anglais. Il te fera avoir une décoration anglaise.

— On ne les donne pas comme ça.

— Tu es trop modeste. J'enverrai notre officier de liaison. Il sait comment manier les Anglais.

— As-tu vu Miss Barkley?

— Je te l'amènerai. Je vais la chercher tout de suite.

— Ne t'en va pas, dis-je. Parle-moi de Gorizia. Comment vont les femmes?

— Il n'y a pas de femmes. Voilà quinze jours qu'on ne les a pas renouvelées. Je n'y vais plus. C'est dégoûtant. Ce ne sont plus des femmes, ce sont de vieux compagnons d'armes.

— Tu n'y vas plus du tout?

— J'y vais juste pour voir s'il y a du nouveau. Je ne fais qu'entrer et sortir. Elles s'informent toutes de toi. C'est dégoûtant qu'elles restent assez longtemps pour devenir des amies.

— Les femmes ne veulent peut-être plus aller au front.

— Mais si, il y en a des tas de femmes. Tout ça, c'est la faute de la mauvaise administration. On les garde pour le plaisir de messieurs les embusqués de l'arrière.

— Mon pauvre Rinaldi, dis-je, tout seul à la guerre, sans nouvelles femmes.

Rinaldi emplit un autre verre de cognac.

— Tiens, bois ça, bébé, je ne crois pas que ça puisse te faire mal.

Je bus le cognac et j'en ressentis la chaleur jusqu'au fond de l'estomac. Rinaldi se versa un autre verre. Il était plus calme. Il leva le verre :

— A tes glorieuses blessures. A la médaille d'argent. Dis-moi, bébé, de rester couché comme ça, tout le temps, par cette chaleur, ça ne t'excite pas?

— Quelquefois.

— Je ne peux pas comprendre comment on peut rester couché ainsi. Moi, ça me rendrait fou.

— Tu l'es déjà.

— Je voudrais que tu reviennes. Je ne vois plus personne rentrer le soir après avoir fait la noce. Je n'ai plus personne à taquiner. Plus personne à qui emprunter de l'argent. Plus de vieux frère, plus de camarade de chambre. Pourquoi diable t'es-tu fait blesser?

— Tu peux toujours taquiner l'aumônier.

— L'aumônier! Ce n'est pas moi qui le taquine. C'est le major de seconde. Moi, je l'aime. Tant qu'à faire d'avoir un aumônier, autant celui-là qu'un autre. Il a l'intention de venir te voir. Il fait de grands préparatifs.

— Je l'aime.

— Oh! je m'en suis bien aperçu. Quelquefois je me demande si, toi, et lui, vous n'êtes pas un peu comme ça... Tu comprends?

— Non, tu ne crois pas ça.

— Si, je t'assure, quelquefois. Un peu comme ça... comme le numéro du premier régiment de la Brigata Ancona.

— Oh! va te faire foutre!

Il se leva et remit ses gants.

— Oh! j'aime à te taquiner, bébé. Malgré ton aumônier et ta petite Anglaise, tu es juste comme moi, dans le fond.

— Pas du tout.

— Si, nous sommes pareils. Tu es un vrai Italien. Tout feu et flamme et rien dedans. Tu fais juste semblant d'être Américain. Nous sommes frères et nous nous aimons.

— Sois sage pendant mon absence, dis-je.

— Je vais t'envoyer Miss Barkley. Tu te conduis beaucoup mieux avec elle, sans moi. Tu es plus pur et plus gentil.

— Oh! fous-moi la paix!

— Je vais te l'envoyer. Ton adorable et froide déesse. Déesse anglaise. Bon Dieu, qu'est-ce qu'un homme peut faire avec une femme comme ça, sinon la vénérer. Est-ce qu'une Anglaise est bonne à autre chose?

— Tu n'es qu'un sale *dago* [1] ignorant et mal embouché.

— Un quoi?

— Un sale *wop* [2] ignorant.

— *Wop*. Et toi, tu es... tu es... tu es un *wop* à figure glacée.

— Tu es ignorant et stupide. (Je vis que le mot portait et je continuai.) Sans culture, sans expérience, idiot à force d'inexpérience.

— Vraiment? Eh bien, écoute, je vais te dire quelque chose, moi, au sujet de tes honnêtes femmes, tes déesses.

1 et 2. Termes de mépris que les Américains emploient pour désigner les Italiens. *(N. d. T.)*

La seule différence entre posséder une jeune fille qui a toujours été sage et une poule, c'est qu'avec la jeune fille c'est toujours douloureux. C'est tout ce que je sais.

Il fit claquer ses gants sur le lit.

— Et en plus, on ne sait jamais si ça lui plaira, à la jeune fille.

— Ne te fâche pas.

— Je ne me fâche pas. Ce que j'en dis c'est pour ton bien, bébé, pour t'éviter des embêtements.

— C'est vraiment la seule différence?

— Oui, mais des millions d'idiots comme toi ne s'en doutent pas.

— Tu es bien gentil de me l'apprendre.

— On ne va pas se chamailler, bébé. Je t'aime bien trop. Seulement, ne fais pas l'idiot.

— Non, je serai sage et sérieux comme toi.

— Ne te fâche pas, bébé. Allons, ris. Bois un coup. Il faut que je parte, vraiment.

— Tu es un brave type.

— Tu vois bien. Au fond on est tous les deux pareils. On est des frères d'armes. Embrasse-moi avant que je parte.

— Tu es collant.

— Non, je suis affectueux, voilà tout.

Je sentis son haleine s'approcher.

— Adieu, je reviendrai te voir bientôt.

Son haleine s'éloigna.

— Je ne t'embrasserai pas si ça te déplaît. Je t'enverrai ta petite Anglaise. Adieu, bébé. Le cognac est sous le lit. Dépêche-toi de guérir.

Et il disparut.

CHAPITRE XI

L'aumônier arriva au crépuscule. On avait apporté la soupe et remporté les bols, et je regardais la rangée des lits, et, par la fenêtre, le faîte des arbres qu'agitait doucement la brise du soir. La brise entrait par la fenêtre et la chaleur tombait avec la nuit. Les mouches s'étaient posées au plafond et sur les ampoules électriques qui pendaient au bout des fils. On n'allumait que lorsqu'on apportait un blessé la nuit, ou quand on faisait quelque chose. Cela me rajeunissait de voir la nuit succéder au crépuscule. J'avais l'impression d'avoir été mis au lit sitôt après dîner. L'infirmier s'avança entre les lits et s'arrêta. Quelqu'un l'accompagnait. C'était l'aumônier. Il était là, debout, tout petit, avec son visage brun et son air embarrassé.

— Comment allez-vous? me demanda-t-il. Il déposa des paquets par terre, près du lit.

— Très bien, mon père.

Il s'assit sur la chaise qu'on avait apportée pour Rinaldi et regarda par la fenêtre d'un air gêné. Je remarquai qu'il avait le visage fatigué.

— Je ne puis rester qu'une minute, dit-il. Il est tard.

— Non, il n'est pas tard. Comment va-t-on au mess? Il sourit.

— Je suis toujours le sujet des plaisanteries.

Sa voix aussi était fatiguée.

— Dieu merci, tout le monde est en bonne santé. Je suis très heureux que vous alliez bien, dit-il. J'espère que vous ne souffrez pas.

Il paraissait très fatigué et je n'étais pas habitué à le voir fatigué.

— Non, plus maintenant.

— Vous me manquez au mess.

— Je voudrais bien y être encore. J'ai toujours aimé nos conversations.

— Je vous ai apporté quelques petites choses, dit-il. (Il prit les paquets.) Ça c'est une moustiquaire. Ça c'est une bouteille de vermouth. Vous aimez le vermouth? et voilà des journaux anglais.

— Je vous en prie, défaites tout cela.

Il parut content et ouvrit les paquets. Je pris la moustiquaire dans mes mains. Il leva la bouteille de vermouth pour me la montrer, puis il la posa par terre, près du lit. Je pris une liasse de journaux anglais. J'en pus lire les manchettes en me tournant vers le demi-jour de la fenêtre. C'était *The News of the World*.

— Les autres sont illustrés, dit-il.

— Cela me fera un immense plaisir de les lire. Où les avez-vous trouvés?

— Je les ai envoyé chercher à Mestre. Je m'en procurerai d'autres.

— Vous avez été bien aimable de venir me voir, mon père. Voulez-vous un verre de vermouth?

— Merci. Gardez-le. C'est pour vous.

— Non. Prenez-en un verre.

L'infirmier apporta les verres et déboucha la bouteille. Il cassa le bouchon et dut en enfoncer la moitié dans la bouteille. Je compris que l'aumônier était désappointé, mais il dit :

— Ça ne fait rien. Ça n'a aucune importance.

— À votre santé, mon père.

— À votre prompt rétablissement.

Après quoi il leva son verre et nous nous regardâmes. Parfois nous nous sentions bons amis quand nous causions ensemble, mais, ce soir-là, c'était difficile.

— Qu'avez-vous, mon père? Vous avez l'air fatigué.

— Je suis fatigué et je n'ai pas le droit de l'être.

— C'est la chaleur.

— Non, c'est simplement le printemps. Je me sens très déprimé.

— Vous avez le cafard.

— Non, mais je hais la guerre.

— Je ne l'aime pas non plus, dis-je.

Il secoua la tête et regarda par la fenêtre.

— Elle vous touche peu. Vous ne la voyez pas. Pardonnez-moi. Je sais bien que vous êtes blessé.

— C'est un accident.

— Et pourtant, même blessé, vous ne la voyez pas. Moi, je puis en parler. Je ne la vois pas moi-même mais je la sens... un peu.

— Nous en parlions justement au moment où j'ai été blessé. Passini en parlait.

L'aumônier posa son verre. Il pensait à autre chose.

— Je les connais parce que je suis comme eux.

— Vous êtes différent cependant.

— Oui, mais au fond, je suis comme eux.

— Les officiers ne voient rien.

— Si, quelques-uns. Il y en a de très sensibles et qui se sentent plus misérables qu'aucun de nous.

— La plupart sont différents.

— Ce n'est ni une question d'éducation, ni une question de fortune. C'est autre chose. Même s'ils avaient de l'éducation ou de l'argent, des hommes comme Passini ne voudraient pas être officiers. Je ne voudrais pas être officier.

— Vous êtes considéré comme officier, et moi, je suis officier.

— Au fond, je ne le suis pas. Vous, vous n'êtes même pas Italien. Vous êtes étranger. Mais vous êtes plus près des officiers que des hommes.

— Quelle est la différence?

— C'est difficile à dire. Il y a des gens qui sont partisans de la guerre. Dans ce pays, il y en a beaucoup. Il y en a d'autres qui sont contre.

— Mais les premiers obligent les autres à la faire.

— Oui.

— Et je les aide.

— Vous êtes étranger. Vous êtes un patriote.

— Et ceux qui sont contre la guerre, peuvent-ils l'arrêter?

— Je ne sais pas.

Il regarda de nouveau par la fenêtre. J'étudiai son visage.

— Ont-ils jamais été capables d'arrêter la guerre?

— Ils ne sont pas organisés pour arrêter les choses, et, chaque fois qu'ils réussissent à s'organiser, leurs chefs les vendent.

— Alors, il n'y a pas d'espoir?

— Il y a toujours de l'espoir. Mais parfois, je ne peux pas espérer. Je m'efforce toujours d'espérer, mais parfois je ne le peux pas.

— La guerre finira peut-être.

— Je l'espère.

— Qu'est-ce que vous ferez alors?

— Si c'est possible, je retournerai dans les Abruzzes. Son visage brun s'illumina brusquement.

— Vous aimez les Abruzzes?

— Oui, beaucoup.

— Alors c'est là qu'il faudra aller.

— Je serais trop heureux. Oh! pouvoir aller vivre là-bas, aimer Dieu et le servir!

— Et être respecté, dis-je. Pourquoi pas?

— Oui, et être respecté.

— Aucune raison pour que vous ne le soyez pas. Vous avez droit au respect.

— Peu importe. Mais là-bas, dans mon pays, on admet qu'un homme puisse aimer Dieu. Ce n'est pas une sale plaisanterie.

— Je comprends.

Il me regarda et sourit.

— Vous comprenez, mais vous n'aimez pas Dieu.

— Non.

— Vous ne l'aimez pas du tout?

— Quelquefois, la nuit, j'ai peur de lui.

— Vous devriez l'aimer.

— Je ne suis pas d'un caractère à aimer.

— Mais si, dit-il. Ce que vous me racontiez de vos nuits quelquefois, ce n'est pas de l'amour. Ce n'est que de la passion et de la luxure. Quand on aime, on veut faire quelque chose pour ce qu'on aime. On veut se sacrifier, servir.

— Je n'aime pas.

— Vous aimerez. Je sais que vous aimerez. Et alors vous serez heureux.

— Je suis heureux. J'ai toujours été heureux.

— Ce n'est pas la même chose. Vous ne pouvez pas savoir ce que c'est avant de l'avoir éprouvé.

— Eh bien, si jamais cela m'arrive, je vous le dirai.

— Je reste trop longtemps et je parle trop.

Il le croyait réellement.

— Non, ne partez pas. Et que pensez-vous de l'amour des femmes? Si j'aimais vraiment une femme est-ce que ce serait comme ça?

— Ça, je ne le sais pas. Je n'ai jamais aimé de femme.

— Et votre mère?

— Oui, je dois avoir aimé ma mère.

— Avez-vous toujours aimé Dieu?

— Oui, même quand j'étais tout petit garçon.

— Oh! dis-je. (Je ne savais que dire.) Vous êtes toujours un brave petit garçon.

— Je suis un petit garçon, dit-il, et vous m'appelez mon père.

— C'est par politesse.

Il sourit.

— Il faut que je parte, sérieusement, dit-il. Bien vrai, vous n'avez pas besoin de moi... pour rien? demanda-t-il avec une lueur d'espoir.

— Non, pour causer seulement.

— Je transmettrai vos amitiés au mess.

— Merci pour tous vos beaux cadeaux.

— De rien.

— Revenez me voir.

— Oui. Adieu.

Il me tapota la main.

— Au revoir, dis-je en dialecte.

— *Ciao*, répéta-t-il.

Il faisait noir dans la chambre et l'infirmier qui était assis au pied du lit se leva et sortit avec lui. Je l'aimais beaucoup et je souhaitais qu'il pût un jour retourner dans les Abruzzes. Il était très malheureux au mess et il faisait contre mauvaise fortune bon cœur, mais je pensais à l'existence qu'il pourrait avoir dans son pays. Il m'avait raconté qu'à Capracotta, en aval de la ville, il y avait des truites dans la rivière. Il était interdit de jouer de la flûte la nuit. Quand les jeunes gens donnaient une sérénade, la flûte seule était interdite. Pourquoi? avais-je demandé. Parce que le son de la flûte, la nuit, est dangereux pour les filles. Les paysans vous appelaient tous Don et ils se découvraient sur votre passage. Son père allait chaque jour à la messe et mangeait chez les paysans. C'était toujours un honneur pour eux. Un étranger ne pouvait chasser sans présenter un certificat comme quoi il n'avait jamais fait de prison. Il y avait des ours sur le Gran Sasso d'Italia, mais c'était loin. Aquila était une belle ville. L'été les nuits étaient fraîches, et le printemps des Abruzzes était le plus beau de toute l'Italie. Mais ce qu'il y avait de plus agréable, c'était l'automne, la saison des chasses dans les châtaigneraies. Les oiseaux étaient tous bons à manger parce qu'ils se nourrissaient de raisins et vous n'aviez jamais besoin d'emporter votre déjeuner parce que les paysans étaient toujours très flattés si vous alliez chez eux partager leur repas. Au bout d'un moment je m'endormis.

CHAPITRE XII

La salle était longue avec des fenêtres à droite. Tout au bout il y avait une porte qui ouvrait sur la salle de pansement. La rangée où se trouvait mon lit faisait face aux fenêtres, et une autre rangée, sous les fenêtres, regardait le mur. En me couchant sur le côté gauche, je pouvais voir la porte de la salle de pansement. Au fond, il y avait aussi une autre porte par laquelle on faisait parfois entrer les visiteurs. Quand quelqu'un était à la mort on entourait le lit d'un paravent, afin qu'on ne le vît pas mourir. Seuls, les souliers et les bandes molletières des docteurs et des infirmiers apparaissaient au bas du paravent, et quelquefois, à la fin, on entendait chuchoter. Ensuite l'aumônier sortait de derrière le paravent et les infirmiers passaient derrière le paravent, et ils en ressortaient portant le cadavre sous une couverture entre les deux rangées de lits; et quelqu'un repliait le paravent et l'emportait.

Ce matin-là, le major de ma salle me demanda si je croyais pouvoir voyager le lendemain. Je répondis que oui. Il me dit alors qu'on m'évacuerait le matin de bonne heure. Il dit qu'il valait mieux voyager ainsi avant la chaleur.

Quand on vous enlevait de votre lit pour vous transporter dans la salle de pansement, vous pouviez voir par la fenêtre. Vous aperceviez alors les tombes fraîchement creusées dans le jardin. Un soldat était assis à la porte de ce jardin. Il fabriquait des croix et y peignait les noms, le grade et le régiment des hommes qu'on enterrait dans le jardin. Il faisait aussi les commissions pour la salle et, dans ses moments perdus, il me confectionna un briquet avec une cartouche autrichienne. Les médecins étaient très gentils et semblaient très capables. Il leur tardait de m'envoyer à Milan où les services de radiographie étaient mieux organisés et où, après l'opération, je pourrais faire de la mécanothérapie. J'avais moi-même grande envie d'aller à Milan. Ils voulaient nous évacuer tous aussi loin que possible, car sitôt l'offensive commencée, ils auraient besoin de tous les lits.

Le soir qui précéda mon départ Rinaldi vint me voir avec le major de notre mess. Ils me dirent que j'allais être hospitalisé à Milan dans un hôpital américain récemment installé. Des ambulances américaines allaient être envoyées, et cet hôpital s'occuperait d'elles ainsi que de tous les autres Américains d'Italie. Il y en avait beaucoup dans la Croix-Rouge. Les États-Unis avaient déclaré la guerre à l'Allemagne, mais pas à l'Autriche. Les Italiens étaient sûrs que l'Amérique déclarerait aussi la guerre à l'Autriche, et ils s'intéressaient vivement à tous les Américains qui arrivaient, même dans la Croix-Rouge. Ils me demandèrent si le président Wilson déclarerait la guerre à l'Autriche et je répondis que ce n'était plus qu'une question de jours. Je ne savais point quels griefs nous pouvions avoir contre l'Autriche, mais il me semblait logique qu'on lui déclarât la guerre tout comme à l'Allemagne. Ils me demandèrent si nous déclarerions la guerre à la Turquie. Je répondis que c'était douteux. « *Turkey* [1], dis-je, est notre oiseau national »; mais le calembour traduit était très mauvais; ils avaient l'air de ne pas comprendre et de se méfier, aussi dis-je que oui, que probablement nous déclarerions la guerre à la Turquie. Et à la Bulgarie? Nous avions bu plusieurs verres d'eau-de-vie et je répondis que oui, par Dieu, à la Bulgarie aussi et au Japon. Mais, dirent-ils, le Japon est l'allié de l'Angleterre. On ne sait jamais avec ces sacrés Anglais. Les Japonais convoitent les îles Hawaï, dis-je. Où sont les îles Hawaï? Dans l'océan Pacifique. Pourquoi les Japonais les convoitent-ils? Ils ne les convoitent pas absolument, dis-je. Tout ça, ce ne sont que des mots. Les Japonais sont des petits bonshommes épatants qui aiment la danse et les vins légers. Comme les Français, dit le major. Nous reprendrons Nice et la Savoie aux Français. Nous reprendrons la Corse et toute la côte de l'Adriatique, dit Rinaldi. L'Italie va connaître de nouveau les splendeurs de Rome, dit le major. Je n'aime pas Rome, dis-je. Il y fait chaud et c'est plein de puces. Vous n'aimez pas Rome? Si, j'aime Rome. Rome est la mère des nations. Je n'oublierai jamais Romulus tétant le Tibre. Quoi? Rien. Si on partait tous pour Rome? Si on partait pour Rome ce soir et qu'on ne reviendrait pas? Rome est une belle ville, dit le major. Le père et la mère des nations, dis-je. Rome est du féminin, dit Rinaldi, elle ne peut donc pas être le père. Alors, qui est le père, le Saint-Esprit? Ne blasphème pas. Je ne blasphème pas, je demande un renseignement.

1. *Turkey* signifie en anglais Turquie et dinde. *(N. d. T.)*

Tu es saoul, bébé. Qui m'a saoulé? C'est moi qui vous ai saoulé, dit le major. Je vous ai saoulé parce que je vous aime et parce que l'Amérique est entrée en guerre. Jusqu'à la garde, dis-je. Tu t'en vas demain bébé, dit Rinaldi. A Rome, dis-je. Non, à Milan. A Milan, dit le major, au palais de Cristal, à la Cova, chez Campari, chez Biffi, à la Galleria. Sacré veinard. A la Gran Italia, dis-je, où j'emprunterai de l'argent à George. A la Scala, dit Rinaldi. Tu iras à la Scala. Tous les soirs, dis-je. Vous ne pourrez pas vous payer ce luxe-là tous les soirs, dit le major.

Les places sont très chères. Je tirerai un billet à vue sur mon grand-père, dis-je. Un quoi? Un billet à vue. Il faudra qu'il paie s'il ne veut pas que j'aille en prison. Mr. Cunningham se charge de cela à la banque. Je vis de billets à vue. Est-ce qu'un grand-père peut laisser mettre en prison un patriotique petit-fils qui se meurt pour que l'Italie vive? Vive le Garibaldi américain, dit Rinaldi. Vivent les billets à vue, dis-je. Il faut nous tenir tranquilles, dit le major. On nous a déjà dit plusieurs fois de nous tenir tranquilles. Partez-vous vraiment demain, Frederico? Puisque je vous dis qu'il s'en va à l'hôpital américain, dit Rinaldi. Trouver les belles infirmières. Non pas les infirmières à barbe des ambulances du front. Oui, oui, dit le major. Je sais, il va à l'hôpital américain. La barbe, ça m'est égal, dis-je. Chacun est libre de se laisser pousser la barbe. Pourquoi ne vous laissez-vous pas pousser la barbe, Signor Maggiore? Elle ne pourrait pas rentrer dans mon masque à gaz. Mais si, tout peut rentrer dans un masque à gaz. J'ai même vomi dans le mien, un jour. Pas tant de bruit, bébé, dit Rinaldi. Tout le monde sait que tu as été au front. Oh! mon joli bébé, qu'est-ce que je vais devenir quand tu seras parti? Il est temps de nous en aller, dit le major. Ça commence à devenir sentimental. Écoute, j'ai une surprise pour toi. Tu sais bien, ta petite Anglaise, la petite Anglaise que tu allais voir tous les soirs à l'hôpital? Elle va à Milan, elle aussi. Elle s'en va avec une autre, à l'hôpital américain. Il n'est pas encore arrivé une seule infirmière d'Amérique. J'ai causé

79

aujourd'hui avec le chef de leur *riparto*. Il y a trop de femmes sur notre front. On en renvoie à l'arrière. Qu'est-ce que tu dis de ça, bébé? C'est chic, hein? Tu vas aller habiter la grande ville et te faire dorloter par ton Anglaise. Pourquoi n'ai-je pas été blessé? Tu le seras peut-être, dis-je. Il est temps de partir, dit le major. Nous sommes là à boire et à faire du bruit. Nous fatiguons Frederico. Ne vous en allez pas. Si, il le faut. Adieu. Bonne chance, bien des choses. *Ciao. Ciao. Ciao.* Reviens bien vite, bébé. Rinaldi m'embrassa. Tu sens le lysol. Adieu, bébé. Adieu. Bien des choses. Le major me tapota l'épaule. Ils sortirent sur la pointe des pieds. Je m'aperçus alors que j'étais très ivre et je m'endormis.

Le lendemain matin nous partîmes pour Milan où nous arrivâmes au bout de quarante-huit heures. Le voyage fut pénible. On nous gara longtemps près de Mestre et des enfants vinrent nous examiner. J'envoyai un petit garçon me chercher une bouteille de cognac, mais il revint en me disant qu'il n'y avait que de la grappa. Je lui dis d'en acheter et, quand il me la rapporta, je lui laissai la monnaie. Nous nous saoulâmes, mon voisin et moi, et je dormis jusqu'après Vincenza. Je m'éveillai et vomis sur le plancher. Ça n'avait pas d'importance parce que mon voisin avait déjà fait la même chose plusieurs fois auparavant. Ensuite, je crus être capable de supporter la soif et quand le train s'arrêta aux portes de Vérone, j'appelai un soldat qui faisait les cent pas le long du train et il m'apporta de l'eau. J'éveillai Georgetti, l'autre type qui était saoul, et je lui offris de l'eau. Il me dit d'en verser sur son épaule et il se rendormit. Le soldat refusa le sou que je voulais lui donner et m'apporta une orange charnue. Je la suçai, crachant la pulpe, et je regardai le soldat qui faisait les cent pas devant un train de marchandises; et au bout d'un moment le train donna une secousse et démarra.

LIVRE II

CHAPITRE XIII

Nous arrivâmes à Milan, le matin, de bonne heure, et on nous débarqua dans la gare des marchandises. Une ambulance m'emporta à l'hôpital américain. Étendu sur un brancard, dans la voiture, je ne pouvais me rendre compte de la partie de la ville que nous traversions, mais, quand on descendit mon brancard, je vis un marché et un cabaret ouvert qu'une femme balayait. On arrosait la rue et un parfum matinal flottait dans l'air. Les brancardiers posèrent mon brancard devant la porte et entrèrent. Le concierge ressortit avec eux. Il avait des moustaches grises et une casquette de portier. Il était en bras de chemise. Le brancard ne put entrer dans l'ascenseur et ils discutèrent sur le point de savoir s'il valait mieux m'enlever du brancard et me monter dans l'ascenseur ou me faire passer sur mon brancard par l'escalier. Ils se décidèrent pour l'ascenseur. Ils me soulevèrent :

— Doucement, dis-je. Faites attention.

Nous étions serrés dans l'ascenseur et mes jambes repliées me faisaient très mal.

— Étendez-moi les jambes, dis-je.

— Nous ne pouvons pas, Signor Tenente. Il n'y a pas la place.

L'homme qui parlait ainsi avait passé son bras autour de ma taille et je le tenais par le cou. Son haleine m'arrivait en pleine figure, chargée d'ail et de vin rouge.

— Fais attention, dit l'autre homme.

81

— Est-ce que tu me prends pour un salaud?

— Fais attention que j'te dis, répéta l'homme qui me tenait les pieds.

Je vis le concierge fermer les portes de l'ascenseur, puis la grille. Il poussa le bouton du quatrième étage. Le concierge avait l'air préoccupé. L'ascenseur montait lentement.

— Lourd? demandai-je à l'homme qui sentait l'ail.

— Pas du tout, dit-il.

Il avait le visage couvert de sueur et il geignait. L'ascenseur monta sans secousses et s'arrêta. L'homme qui me tenait les pieds ouvrit la porte et sortit. Nous nous trouvions sur une galerie. Il y avait plusieurs portes à poignées de cuivre. L'homme qui me tenait les pieds poussa un bouton qui actionna un timbre. Nous entendîmes le tintement de la sonnerie. Personne ne vint. Le concierge apparut alors au haut de l'escalier.

— Il n'y a personne ici? demandèrent les brancardiers.

— Je ne sais pas, dit le concierge. Tout le monde couche en bas.

— Prévenez quelqu'un.

Le concierge sonna, puis frappa à la porte, l'ouvrit et entra. Il revint avec une femme âgée qui portait des lunettes. Ses cheveux mal épinglés menaçaient de tomber. Elle portait l'uniforme d'infirmière.

— Je ne comprends pas, dit-elle. Je ne comprends pas l'italien.

— Je parle anglais, dis-je. Ils veulent savoir où me déposer.

— Les salles ne sont pas prêtes. Nous n'attendions pas de blessés. Elle consolida sa chevelure et m'examina avec ses yeux de myope.

— Dites-leur dans quelle salle ils pourraient me porter.

— Je ne sais pas, dit-elle. Nous n'attendions pas de blessés. Je ne peux pourtant pas vous mettre n'importe où.

— N'importe où, ça m'est égal, dis-je.

Puis au concierge en italien :

— Trouvez-moi une chambre vide.

— Elles sont toutes vides, dit le concierge. Vous êtes le premier blessé.

Il tenait sa casquette à la main et regardait la vieille infirmière.

— Pour l'amour de Dieu, mettez-moi quelque part.

Dans mes jambes repliées, la douleur augmentait. Des élancements me lancinaient jusqu'à l'os. Le concierge franchit la porte avec la femme aux cheveux gris, puis il revint en hâte.

— Suivez-moi, dit-il.

Ils me portèrent par un long corridor jusqu'à une chambre dont les persiennes étaient fermées. Il y avait un lit et une grande armoire à glace. Ils me déposèrent sur le lit.

— Je ne peux pas mettre de draps, dit la femme. Les draps sont sous clef.

Je ne lui adressai pas la parole.

— Il y a de l'argent dans ma poche, dis-je au concierge, dans la poche à bouton.

Le concierge prit l'argent. Les deux brancardiers étaient debout près du lit, leur casquette à la main.

— Donnez cinq lires à chacun, et gardez cinq lires pour vous. Mes papiers sont dans l'autre poche. Donnez-les à l'infirmière.

Les brancardiers saluèrent et remercièrent.

— Adieu, dis-je, et merci bien. Ils saluèrent de nouveau et sortirent.

— Ces papiers, dis-je à l'infirmière, renferment toutes les indications concernant ma blessure et le traitement qu'on m'a appliqué.

La femme prit les papiers et les examina à travers ses lunettes. Il y avait trois feuilles pliées.

— Je ne sais que faire, dit-elle. Je ne sais pas l'italien. Je ne peux rien faire sans les ordres du docteur. Elle se mit à pleurer et glissa les papiers dans la poche de son tablier.

— Vous êtes Américain? me demanda-t-elle à travers ses larmes.

— Oui, posez mes papiers sur la table de nuit, je vous prie.

La chambre était obscure et il faisait frais. Couché sur le lit, je pouvais voir le grand miroir à l'autre bout de la chambre, mais je ne pouvais distinguer ce qui s'y reflétait. Le concierge était debout près du lit. Il avait une figure agréable et était très aimable.

— Vous pouvez vous en aller, lui dis-je. Vous pouvez vous en aller aussi, dis-je à l'infirmière. Comment vous appelez-vous?

— Mrs. Walker.

— Vous pouvez vous en aller, Mrs. Walker. Je crois que je vais dormir.

J'étais seul dans la chambre. Elle était fraîche et ne sentait pas l'hôpital. Le matelas était ferme et confortable. Étendu, respirant à peine, j'étais heureux de sentir la douleur s'atténuer. Au bout d'un instant j'eus envie d'un verre d'eau. Je trouvai un cordon de sonnette près du lit. Je sonnai, mais personne ne vint. Je m'endormis.

Quand je me réveillai, je regardai autour de moi. Le soleil filtrait à travers les persiennes. Je vis la grande armoire, les murs nus et les deux chaises. Mes jambes, dans leurs bandages sales, sortaient du lit, toutes droites. Je prenais soin de ne pas les remuer. J'avais soif. J'atteignis la sonnette et pressai le bouton. J'entendis une porte s'ouvrir. Je regardai. C'était une infirmière. Elle était jeune et jolie.

— Bonjour, dis-je.

— Bonjour, dit-elle en s'approchant du lit. Nous n'avons pas pu trouver le docteur. Il est allé au lac de Côme. Personne ne savait qu'on attendait quelqu'un. A propos, qu'est-ce que vous avez?

— Je suis blessé. Aux jambes et aux pieds. Ma tête aussi a été touchée.

— Comment vous appelez-vous?

— Henry. Frederic Henry.

— Je vais vous laver. Mais nous ne pouvons toucher aux pansements avant l'arrivée du docteur.

— Est-ce que Miss Barkley est ici?

— Non, nous n'avons personne de ce nom-là.

— Qui est cette femme qui s'est mise à pleurer quand on m'a amené?

L'infirmière éclata de rire.

— C'est Mrs. Walker. Elle était de garde cette nuit et elle s'était endormie. Elle n'attendait personne.

Tout en parlant elle me déshabillait et quand je fus nu, à l'exception de mes bandages, elle me lava très délicatement et très doucement. Ces ablutions me firent grand bien. Ma tête était bandée, mais elle lava tout autour des linges.

— Où avez-vous été blessé?

— Sur l'Isonzo, au nord de Plava.

— Où ça se trouve-t-il?

— Au bord de Gorizia.

Je vis que tous ces noms ne lui disaient rien.

— Souffrez-vous beaucoup?

— Non, pas maintenant.

Elle me mit un thermomètre dans la bouche.

— Les Italiens le mettent sous le bras, dis-je.

— Ne parlez pas.

Elle retira le thermomètre, le regarda et le secoua.

— Quelle est ma température?

— Vous n'êtes pas censé le savoir.

— Dites-moi tout de même.

— Elle est presque normale.

— Je n'ai jamais de fièvre. Mes jambes sont pleines de ferraille aussi.

— Que voulez-vous dire?

— Elles sont pleines d'éclats d'obus, de vieux écrous, de ressorts de sommier... un tas de trucs.

Elle secoua la tête et sourit.

— Si vous aviez des corps étrangers dans les jambes, vous auriez de l'inflammation et de la température.

— Bon, bon, dis-je, on verra bien ce qu'il arrivera.

Elle quitta la chambre et revint avec la vieille infirmière. A elles deux elles firent mon lit sans m'en sortir. C'était une chose toute nouvelle pour moi et je la trouvai admirable.

— Qui est à la tête de cet hôpital?

— Miss Van Campen.

— Combien y a-t-il d'infirmières?

— Juste deux.

— Est-ce qu'il n'y en aura pas d'autres?

— Si, nous en attendons.

— Quand arriveront-elles?

— Je ne sais pas. Vous posez bien des questions pour un malade.

— Je ne suis pas malade, dis-je, je suis blessé.

Elles avaient fini de faire le lit et j'étais couché sur un drap propre et doux, un autre drap me recouvrait. Mrs. Walker sourit et revint avec une veste de pyjama. Elles me la passèrent, et je me sentis tout propre et bien habillé.

— Vous êtes bien bonnes pour moi, dis-je.

L'infirmière nommée Miss Gage ricana.

— Est-ce que je pourrais avoir un verre d'eau? demandai-je.

— Certainement, et après vous pourrez déjeuner.

— Je ne veux pas déjeuner. Voulez-vous ouvrir les contrevents?

Dès que les contrevents furent ouverts la chambre qui, jusqu'alors, était plongée dans la pénombre s'emplit d'une vive lumière. Je regardai par la fenêtre et je vis un balcon et, plus loin, des cheminées et les toits en tuiles des maisons. Par-delà les toits en tuiles, je vis des nuages blancs et le ciel très bleu.

— Vous ne savez pas quand les autres infirmières arriveront?

— Pourquoi? Est-ce que nous ne vous soignons pas bien?

— Si, vous êtes très bonnes.

— Voulez-vous que je vous donne le bassin?

— Oui, je pourrais essayer.

Elles me soutinrent, mais ce fut en vain. Ensuite, une fois recouché, je contemplai le balcon par la fenêtre ouverte.

— Quand est-ce que le docteur viendra?

— Dès qu'il sera de retour. Nous avons essayé de lui téléphoner au lac de Côme.

— Est-ce qu'il n'y a pas d'autres docteurs?

— C'est lui qui est attaché à l'hôpital.

Miss Gage apporta une carafe d'eau et un verre. Je bus trois verres, et elles me laissèrent seul, et je m'endormis après avoir regardé par la fenêtre un moment. Je déjeunai et, dans l'après-midi, la directrice, Miss Van Campen, vint me voir. Je ne lui plus pas et elle ne me plut pas. Elle était petite, poliment soupçonneuse, et au-dessus de sa position. Elle me posa beaucoup de questions et eut l'air de trouver que c'était quelque peu déshonorant de servir dans l'armée italienne.

— Pourrais-je avoir du vin à mes repas? demandai-je.

— A la condition que le docteur l'ordonne.

— Il n'y aurait pas moyen d'en avoir avant qu'il vienne?

— C'est absolument impossible.

— Avez-vous l'intention de le faire appeler un jour ou l'autre?

— Nous lui avons téléphoné au lac de Côme.

Elle s'en alla et Miss Gage revint.

— Pourquoi avez-vous été grossier envers Miss Van Campen? me demanda-t-elle après m'avoir fort adroitement donné quelques soins.

— Je n'avais nullement l'intention d'être grossier. C'est elle qui est une pimbêche.

— Elle m'a dit que vous aviez été hautain et grossier.

— Pas du tout. Mais a-t-on idée d'un hôpital sans docteur?

— Il va venir. On lui a téléphoné au lac de Côme.

— Qu'est-ce qu'il fait là-bas? De la natation?

— Non, il dirige une clinique.

— Pourquoi ne prend-on pas un autre docteur?

— Allons, allons, soyez gentil. Il viendra.

Je fis appeler le concierge et, quand il fut arrivé, je l'envoyai chez le marchand de vin m'acheter une bouteille de Cinzano, un carafon de chianti et les journaux du soir. Il partit et revint avec les bouteilles enveloppées dans un journal. Il défit le paquet et, sur ma demande, il enleva les bouchons et posa le vin et le vermouth sous le lit. On me laissa seul et je restai là, couché. Je lus les journaux pendant un petit moment, les nouvelles du front et la liste des officiers tués, avec leurs décorations. Puis je cherchai sous le lit la bouteille de Cinzano et je la tins toute droite sur mon ventre, le verre froid contre mon ventre, et je bus à petits coups, faisant des cercles sur mon ventre chaque fois qu'entre deux lampées je reposais la bouteille; et je regardai la nuit descendre sur les toits de la ville. Les hirondelles décrivaient des cercles. Je voyais des éperviers planer au-dessus des toits et je buvais du Cinzano. Miss Gage m'apporta un lait de poule. Je fis disparaître la bouteille de l'autre côté du lit quand elle entra.

— Miss Van Campen y a fait mettre du xérès, dit-elle. Il ne faut pas être grossier avec elle. Elle n'est plus jeune et cet hôpital est une lourde responsabilité pour elle. Mrs. Walker est trop vieille et ne lui est d'aucun secours.

— C'est une femme remarquable, dis-je, faites-lui tous mes remerciements.

— Je vais vous monter votre dîner tout de suite.

— Bon, dis-je, je n'ai pas faim.

Elle apporta le plateau et le posa sur le lit. Je la remerciai et mangeai un peu. Il faisait tout à fait noir maintenant et je pouvais voir les projecteurs balayer le ciel de leurs faisceaux. Je m'amusai à les regarder pendant un moment, puis je m'endormis. Je dormis profondément, cependant je me réveillai une fois, tout en sueur et angoissé, et je me rendormis, m'efforçant d'échapper à mon rêve. Je m'éveillai pour de bon, bien avant le jour. J'entendis les coqs chanter et je restai éveillé jusqu'à l'aube. J'étais fatigué et, quand il fit grand jour, je me rendormis.

CHAPITRE XIV

Quand je m'éveillai le soleil entrait à flots dans ma chambre. Je me crus au front et je m'étirai dans mon lit. Je ressentis une douleur aiguë dans les jambes. Je les regardai dans leurs bandages salés, et cette vue me rappela où j'étais. J'atteignis le cordon de la sonnette et je pressai le bouton. Le timbre résonna dans le couloir. J'entendis s'approcher des semelles en caoutchouc. C'était Miss Gage. En pleine lumière, elle semblait plus vieille et bien moins jolie.

— Bonjour, dit-elle. Vous avez passé une bonne nuit?

— Oui, merci bien, dis-je. Est-ce que je pourrais me faire raser?

— Je suis venue vous voir et je vous ai trouvé dormant avec ça à côté de vous.

Elle ouvrit l'armoire et me montra la bouteille de vermouth. Elle était presque vide. J'ai également serré ici l'autre bouteille qui était sous le lit, dit-elle. Pourquoi ne m'avez-vous pas demandé un verre?

— J'avais peur que vous refusiez.

— Mais non, j'en aurais pris un peu avec vous.

— Vous êtes une bonne fille.

— Ce n'est pas bon pour vous de boire seul, dit-elle. Il ne faut plus le faire.

— Bon.

— Votre amie, Miss Barkley, est arrivée, dit-elle.

— Vraiment?

— Oui. Elle ne me plaît pas.

— Elle vous plaira. Elle est gentille.

Elle secoua la tête.

— Je ne doute pas qu'elle soit très bien. Pouvez-vous vous pousser un peu de ce côté? C'est ça. Je vais vous laver avant de vous donner votre premier déjeuner. (Elle me lava avec une serviette, du savon et de l'eau chaude.) Relevez l'épaule, dit-elle. Très bien.

— Est-ce que je pourrais me faire raser avant de déjeuner?

— Je vais envoyer le concierge chercher le coiffeur.

Elle sortit et revint.

— Il est parti le chercher, dit-elle, et elle trempa la serviette dans la cuvette.

Le coiffeur arriva avec le concierge. Il pouvait avoir cinquante ans et il portait une moustache retroussée. Miss Gage en avait fini avec moi, et le coiffeur me savonna la figure et me rasa. Il était très digne et ne desserrait pas les dents.

— Qu'avez-vous? Vous ne savez donc aucune nouvelle? demandai-je.

— Quelles nouvelles?

— N'importe quoi. Que se passe-t-il en ville?

— Nous sommes en guerre, dit-il, les oreilles ennemies nous écoutent.

Je levai les yeux sur lui.

— Veuillez rester tranquille, dit-il, en continuant à me raser. Je ne dirai rien.

— Qu'avez-vous donc? demandai-je.

— Je suis Italien. Je ne veux avoir aucun rapport avec l'ennemi.

Je n'insistai plus. Il était fou et moins je resterais sous son rasoir mieux cela vaudrait. A un moment j'essayai de le regarder en face.

— Attention, dit-il, le rasoir coupe bien.

Quand il eut fini je le payai et lui laissai une demi-lire de pourboire. Il me rendit l'argent.

— Non. Je ne suis pas au front, mais je suis Italien.

— Foutez-moi le camp.

— Avec votre permission, dit-il, et il enveloppa son rasoir dans un journal.

Il sortit, laissant les cinq pièces de cuivre sur la table de nuit. Je sonnai. Miss Gage entra.

— Voulez-vous faire monter le concierge, je vous prie.

— Tout de suite.

Le concierge entra. Il s'efforçait de ne pas rire.

— Est-ce que ce coiffeur est fou?

— Non, signorino. Il s'est trompé. Il ne comprend pas très bien et il s'est figuré que vous étiez un officier autrichien.

— Oh! dis-je.

Le concierge se mit à rire.

— Ah, ah, ah! Il était drôle! Il m'a dit que si vous aviez fait un mouvement il vous aurait... (Il se passa l'index sur la gorge.) Ah, ah, ah! (Il faisait son possible pour ne pas rire.) Quand je lui ai dit que vous n'étiez pas Autrichien... Ah, ah, ah!

— Ah, ah, ah! dis-je amèrement. (C'eût été drôle, en effet, s'il m'avait coupé la gorge.) Ah, ah, ah!

— Non, signorino, non, non. Mais avoir peur comme ça d'un Autrichien! Ah, ah, ah!

— Ah, ah, ah! dis-je. Fichez-moi le camp.

Il sortit et je l'entendis qui riait dans le corridor. J'entendis des pas qui s'approchaient. Je tournai les yeux vers la porte. C'était Catherine Barkley.

Elle entra dans ma chambre et vint jusqu'à mon lit.

— *Hello*, chéri, dit-elle.

Elle était fraîche et jeune et très belle. Il me semblait que je n'avais jamais vu de femme aussi belle.

— *Hello*, dis-je.

Quand je la vis je sentis que j'en étais amoureux. Tout mon être fut bouleversé. Elle jeta un regard vers la porte pour s'assurer qu'il n'y avait personne. Alors, elle s'assit sur le bord du lit, se pencha et m'embrassa. Je l'attirai contre moi et l'embrassai, et je sentis battre son cœur.

— Mon amour, dis-je, comme c'est gentil à vous d'être venue.

— Ça n'a pas été très difficile. Ça sera peut-être plus difficile de rester.

— Il faut que vous restiez, dis-je. Oh! vous êtes merveilleuse.

J'étais fou d'elle. Je ne pouvais pas croire qu'elle était vraiment là, et je la serrais étroitement dans mes bras.

— Il ne faut pas, dit-elle. Non, vous n'êtes pas assez bien.

— Si, dites oui.

— Non, vous êtes encore trop faible.

— Non, je suis assez fort. Oh! je vous en prie.

— Vous m'aimez vraiment?

— Oui, je vous aime vraiment. Je vous aime à la folie. Je vous en prie, dites...

— Écoutez battre nos deux cœurs.

— Peu m'importe nos cœurs. Je vous veux. Je suis fou de vous.

— Vous m'aimez vraiment?

— Ne répétez donc pas cela tout le temps. Dites, je vous en prie, je t'en prie, Catherine.

— Bon, mais rien qu'une minute.

— Oui, dis-je. Ferme la porte.

— Vous ne pouvez pas... Il ne faut pas.

— Si... Viens... Ne parle pas... Oh! je t'en prie, viens!...

Catherine était assise sur une chaise, près du lit. La porte était ouverte sur le couloir. Ma bestialité apaisée, je me sentais plus dispos que jamais.

Elle me demanda :

— Crois-tu maintenant que je t'aime?

— Tu es charmante, dis-je. Il faut que tu restes. Ils ne peuvent pas te renvoyer. Je t'aime à en perdre la raison.

— Il faudra être prudents. C'est fou ce que nous avons fait là. Il ne faudra pas le refaire.

— Si, la nuit.

— Il faudra être prudents. Et toi, il faudra que tu sois prudent devant les autres.

— Je te le promets.

— Il le faudra. Tu es gentil. Tu m'aimes, dis?

— Ne répète donc pas toujours la même chose. Tu ne sais pas à quel point cela me trouble.

— Je ferai attention. Je ne veux plus te troubler. Il faut que je parte, mon chéri, vraiment.

— Reviens tout de suite.

— Je reviendrai dès que je pourrai.

— Au revoir.

— Au revoir, chéri.

Elle sortit. Dieu sait que je ne voulais pas tomber amoureux d'elle. Je ne voulais tomber amoureux de personne. Mais Dieu sait aussi que, malgré cela, j'étais amoureux, et j'étais là, dans ce lit d'hôpital, à Milan, et toutes sortes de choses me passaient par la tête, et je me sentais merveilleusement bien, et à la fin Miss Gage entra.

— Le docteur va venir, dit-elle. Il a téléphoné du lac de Côme.

— Quand sera-t-il ici?
— Il sera ici dans l'après-midi.

CHAPITRE XV

Il ne se passa rien jusqu'à l'arrivée du docteur, dans l'après-midi. Le docteur était un petit homme menu, silencieux, qui semblait tout déconcerté par la guerre. Avec un air de dégoût raffiné, il retira délicatement de mes cuisses un certain nombre de petits éclats d'acier. Il employa un anesthésique local appelé d'un nom en « neige » qui congelait les tissus et supprimait la douleur jusqu'au moment où la sonde, le scalpel ou les pinces atteignaient le fond de la zone insensibilisée. La section anesthésiée était aisément déterminée par le patient, et, au bout d'un instant, la fragile délicatesse du docteur fut épuisée, et il jugea préférable d'avoir une radiographie. Les résultats du sondage étaient insuffisants, dit-il.

On me radiographia à l'Ospedale Maggiore, et le docteur qui s'en chargea était agité, actif et plein d'entrain. Tout était installé de façon à ce que, en redressant les épaules, le patient pût voir lui-même, dans l'appareil, quelques-uns des plus gros corps étrangers. On nous enverrait les clichés. Le docteur me pria d'écrire sur son carnet mon nom, mon régiment et une pensée. Il déclara que les corps étrangers étaient laids, dégoûtants et brutaux. Les Autrichiens étaient des enfants de putain. Combien en avais-je tué? Je n'en avais tué aucun, mais comme je voulais lui plaire, je lui dis que j'en avais tué des tas. Miss Gage était avec moi. Le docteur la prit par la taille et lui dit qu'elle était plus belle que Cléopâtre. Elle avait bien compris? Cléopâtre, la reine d'Égypte. Oui, parbleu, c'était la vérité. Nous retournâmes au petit hôpital dans la voiture d'ambulance et, après une longue ascension, je me retrouvai dans mon lit. Les clichés arrivèrent dans l'après-midi. Le docteur avait dit que, parbleu oui, il pourrait bien les envoyer dans l'après-midi, et il avait tenu parole. Catherine Barkley me les montra. Ils étaient renfermés dans des enveloppes rouges. Elle les fit glisser des enveloppes, les tint à contre-jour, et nous les regardâmes ensemble.

— Ça, c'est ta jambe droite, dit-elle, et elle remit la plaque dans l'enveloppe. Ça, c'est la gauche...

— Serre-les et viens sur le lit, dis-je.

— Impossible, dit-elle. Je ne suis venue qu'une seconde, pour te les montrer.

Elle partit et je restai seul, étendu. L'après-midi était brûlant, et j'étais fatigué d'être au lit. J'envoyai le concierge m'acheter des journaux, tous les journaux qu'il pourrait trouver.

Avant son retour, trois docteurs entrèrent dans la chambre. J'ai remarqué que les médecins sans clientèle ont une tendance à se réunir et à s'entraider en consultations. Un docteur qui est incapable de vous enlever proprement l'appendice vous recommandera un docteur qui ne pourrait pas arriver à vous couper les amygdales. C'est à cette catégorie qu'appartenaient ces trois docteurs.

— Voici le jeune homme, dit le médecin-chef aux mains délicates.

— Comment allez-vous? dit le grand médecin dégingandé et barbu.

Le troisième docteur qui tenait les clichés de radiographie dans leurs enveloppes ne dit rien.

— Il vaudrait peut-être mieux défaire le pansement, suggéra le docteur barbu.

— Certainement. Défaites le pansement, je vous prie, mademoiselle, dit le médecin-chef à Miss Gage.

Miss Gage défit le pansement. Je regardai mes jambes. A l'ambulance du front elles avaient l'air de saucisses de Hambourg pas très fraîches. Maintenant la croûte s'était formée et le genou était enflé et livide, et il y avait une dépression dans le mollet, mais il n'y avait pas de pus.

— Très propre, dit le médecin-chef. Très propre, très joli.

— Hum, dit le docteur barbu.

Le troisième docteur regardait par-dessus l'épaule du médecin-chef.

— Veuillez remuer le genou, dit le docteur barbu.

— Je ne peux pas.

— Nous pourrions peut-être essayer de faire jouer l'articulation, proposa le docteur barbu.

Sur sa manche il y avait un galon en plus des trois étoiles. Cela indiquait qu'il avait le grade de capitaine.

— Certainement, dit le médecin-chef. Tous les deux me saisirent la jambe droite très délicatement et la plièrent.

— Vous me faites mal, dis-je.

— Oui, oui, un peu plus, docteur.

— C'est assez. Ça ne peut pas aller plus loin, dis-je.

— Articulation partielle, dit le major de seconde classe. (Il se redressa.) Puis-je revoir les radiographies, docteur? (Le troisième docteur lui passa un des clichés.) Non, la jambe gauche, s'il vous plaît.

— C'est la jambe gauche, docteur.

— Vous avez raison. Je regardais sous un angle différent. (Il rendit la plaque. Il examina l'autre cliché pendant un moment.) Vous voyez, docteur?

Il montra un des corps étrangers qui apparaissait, sphérique et net, à contre-jour. Ils examinèrent le cliché pendant quelque temps.

— Je ne puis dire qu'une chose, dit le major barbu. C'est une affaire de temps, trois mois, six mois probablement.

— Il faut certainement laisser à la synovie le temps de se reformer.

— Certainement. C'est une affaire de temps. Je ne pourrais pas, en toute conscience, ouvrir un genou comme celui-là avant que le projectile ne soit enkysté.

— Je suis de votre avis, docteur.

— Six mois pour quoi? demandai-je.

— Comment?

— Six mois pour que le projectile s'enkyste et que je puisse opérer le genou en toute sûreté.

— Je n'en crois rien, dis-je.

— Désirez-vous garder votre genou, jeune homme?

— Non, dis-je.

— Comment?

— Je veux qu'on me le coupe, dis-je, pour pouvoir y mettre un crochet.

— Que voulez-vous dire? Un crochet?

— Il plaisante, dit le médecin-chef. (Il me tapota l'épaule très délicatement.) Il désire garder son genou. C'est un garçon très brave. Il a été proposé pour la médaille d'argent.

— Toutes mes félicitations, dit le major de seconde classe. (Il me serra la main.) Tout ce que je puis vous dire c'est que, si vous voulez avoir toutes les chances de succès, il vous faudra attendre six mois avant de vous faire ouvrir le genou. Maintenant libre à vous d'avoir une autre opinion.

— Merci beaucoup, dis-je, j'apprécie la valeur de votre opinion.

Le major regarda sa montre.

— Il faut que nous partions, dit-il. Bonne chance.

— Au revoir et merci, dis-je. (Je serrai la main au troisième docteur.) Capitano Varini... Tenente Henry.

Et le trio s'en alla.

— Miss Gage, criai-je. (Elle entra.) Je vous en prie, dites au médecin-chef de revenir une minute.

Il rentra, son képi à la main, et s'arrêta près du lit.

— Vous désirez me parler?

— Oui. Je ne peux pas attendre six mois pour me faire opérer. Bon Dieu, docteur, êtes-vous jamais resté six mois au lit?

— Vous ne resterez pas tout le temps au lit. On vous fera d'abord de l'héliothérapie, ensuite vous pourrez circuler avec des béquilles.

— Pendant six mois, et ensuite une opération?

— C'est le moyen le plus sûr. Il faut laisser les corps étrangers s'enkyster et la synovie se reformer. Alors

96

seulement on pourra ouvrir le genou en toute sécurité.

— Est-ce que vous croyez vraiment, vous-même, qu'il me faudra attendre tout ce temps-là?

— C'est le moyen le plus sûr.

— Qui est ce major?

— C'est un excellent chirurgien de Milan.

— Il est médecin-major de seconde classe, n'est-ce pas?

— Oui, mais c'est un excellent chirurgien.

— Je ne veux pas me laisser charcuter par un major de seconde classe. S'il avait quelque valeur, il serait major de première. Je sais ce que c'est qu'un major de seconde classe, docteur.

— C'est un excellent chirurgien et je préfère son opinion à celle de tous les chirurgiens que je connais.

— Est-ce que je pourrais voir un autre chirurgien?

— Certainement, si vous voulez. Mais, quant à moi, je suivrais l'opinion du docteur Varella.

— Pourriez-vous demander à un autre chirurgien de venir voir ma jambe?

— J'appellerai Valentini.

— Qui est-ce?

— C'est le chirurgien de l'Ospedale Maggiore.

— Bon. Je vous en serai très reconnaissant. Vous comprenez, docteur, je ne pourrais pas rester six mois au lit.

— Vous ne resteriez pas au lit. D'abord on vous ferait de l'héliothérapie, ensuite vous pourriez prendre un peu d'exercice et quand l'enkystement serait terminé, on vous opérerait.

— Mais je ne peux pas attendre six mois.

Le docteur allongea ses doigts délicats sur son képi et sourit :

— Vous êtes donc si pressé de retourner au front?

— Pourquoi pas?

— C'est beau, dit-il. Vous êtes un noble caractère.

Il se pencha et m'embrassa fort délicatement sur le front.

— Je vais faire appeler Valentini. Ne vous tourmentez pas et ne vous énervez pas. Soyez raisonnable.

— Voulez-vous prendre un verre? demandai-je.

— Non, merci. Je ne bois jamais d'alcool.

— Rien qu'un.

Je sonnai le concierge pour avoir deux verres.

— Non, non, merci. Ils m'attendent.

— Au revoir, dis-je.

— Au revoir.

Deux heures plus tard le docteur Valentini entrait dans la chambre. Il était très pressé et les pointes de sa moustache se dressaient toutes droites. Il avait le grade de commandant. Son visage était tanné, et il riait tout le temps.

— Comment avez-vous fait pour attraper cette sale affaire? me demanda-t-il. Laissez-moi voir les clichés. Oui. Oui. C'est ça. Vous avez l'air de vous porter comme un charme. Qui est cette jolie fille? C'est votre bonne amie? Je m'en doutais. Quelle sacrée guerre, hein? Sentez-vous quelque chose? Vous êtes un brave type. Je vous remettrai d'aplomb. Ça fait mal? Vous parlez que ça fait mal! Comme ils aiment à vous faire souffrir ces docteurs, hein? Quel traitement vous a-t-on fait jusqu'à présent? Est-ce que la jeune fille parle italien? Elle devrait l'apprendre. Quelle jolie fille! Je pourrais lui donner des leçons. Je voudrais moi-même être en traitement ici. Non, mais je vous accoucherais pour rien. Est-ce qu'elle comprend ça? Elle vous fera un joli petit garçon, une petite blonde comme elle. Bien. Ça va. Parfait. Quelle jolie fille! Demandez-lui si elle veut dîner avec moi. Non, je ne vous l'enlèverai pas. Merci, merci beaucoup, mademoiselle. C'est tout. C'est tout ce que je voulais savoir. (Il me frappa sur l'épaule.) Ne refaites pas le pansement.

— Voulez-vous prendre un verre, docteur Valentini?

— Un verre, certainement. Dix verres même si vous voulez. Où sont-ils?

— Dans l'armoire. Miss Barkley va aller chercher la bouteille.

— A votre santé. A votre santé, mademoiselle. Quelle

jolie fille! Je vous apporterai du cognac meilleur que ça. Il s'essuya la moustache.

— Quand pensez-vous pouvoir m'opérer?

— Demain matin. Pas avant. Il faut que votre estomac soit vide. Il faut qu'on vous purge. Je vais voir la vieille dame en bas, et je lui laisserai mes instructions. Au revoir. A demain. Je vous apporterai du cognac meilleur que ça. C'est très confortable, ici. Au revoir. A demain. Dormez bien. Je serai ici de bonne heure.

Sur le seuil, il agita la main. Ses moustaches se dressaient toutes droites. Son visage brun souriait. Comme il était médecin-major de première classe, il avait sur la manche une étoile dans un carré.

CHAPITRE XVI

Cette nuit-là une chauve-souris entra dans la chambre par la porte-fenêtre du balcon d'où nous pouvions contempler la nuit sur les toits de la ville. Tout était noir dans la chambre à l'exception du pâle reflet de la nuit sur la ville; et la chauve-souris n'avait pas peur, et elle poursuivait sa chasse dans la chambre, comme dehors. Nous étions couchés et nous la regardions, et je ne crois pas qu'elle remarquât notre présence tant nous restions tranquilles. Après qu'elle fut partie nous vîmes un projecteur dont le faisceau lumineux traversa le ciel et disparut. Et ce fut de nouveau l'obscurité. La brise nocturne se leva et nous entendîmes les artilleurs de la défense aérienne qui causaient sur le toit voisin. Il faisait frais et ils s'enroulaient dans leurs manteaux. Au cours de la nuit j'eus peur que quelqu'un ne nous surprît, mais Catherine me dit que tout le monde dormait. Il vint un moment où nous nous endormîmes et, quand je m'éveillai, elle n'était plus là, mais j'entendis son pas dans le corridor et la porte s'ouvrit; et elle s'approcha du lit, et elle me dit que tout allait bien, qu'elle était descendue et que tout le monde dormait. Elle avait écouté à travers la porte de Miss Van Campen et elle l'avait entendue respirer profondément. Elle apporta des biscuits que nous croquâmes en buvant du vermouth. Nous avions très faim, mais elle me dit qu'il faudrait me débarrasser de tout ça dans quelques heures. Je me rendormis au petit jour et quand je m'éveillai je m'aperçus qu'elle était repartie. Elle revint, fraîche et charmante, et s'assit sur le lit; le soleil se leva tandis que j'avais le thermomètre dans la bouche; et le parfum de la rosée sur les toits parvenait jusqu'à nous avec l'odeur du café que les artilleurs buvaient sur le toit voisin.

— Comme je voudrais que nous puissions aller nous promener, dit Catherine. Si nous avions un fauteuil roulant je pourrais te pousser.

— Comment pourrait-on m'asseoir dans un fauteuil?

— Oh! on trouverait bien un moyen.

— Nous pourrions aller jusqu'au parc et déjeuner dehors.

Je regardai par la porte ouverte.

— Oui, mais pour l'instant, dit-elle, il va falloir te préparer pour la visite de ton ami le docteur Valentini.

— Je l'ai trouvé épatant.

— Il ne me plaît pas autant qu'à toi. Mais je me figure qu'il est très bon.

— Viens te recoucher, Catherine... Je t'en prie, dis-je.

— Impossible. N'avons-nous pas eu une belle nuit?

— Et tu pourras encore être de garde cette nuit?

— Probablement, mais tu n'auras pas envie de moi.

— Si, bien sûr.

— Oh! non. Tu n'as jamais été opéré. Tu ne sais pas dans quel état tu seras.

— Je serai très bien.

— Tu seras malade et tu ne feras aucun cas de moi.

— Alors, reviens maintenant.

— Non, dit-elle. Il faut que je mette à jour ta feuille de température et que je te prépare.

— Tu ne m'aimes pas. Si tu m'aimais vraiment tu reviendrais.

— Gros bêta! (Elle m'embrassa.) Ta feuille est parfaite. Ta température est toujours normale. Ta température est belle comme tout.

— Et toi, c'est tout entière que tu es belle.

— Oh! non, mais ta température est belle comme tout. Je suis extrêmement fière de ta température.

— Peut-être que nos enfants auront aussi de belles températures.

— Nos enfants auront probablement des températures détestables.

— Qu'est-ce que tu vas me faire pour me préparer à la visite du docteur Valentini?

— Pas grand-chose, mais c'est plutôt désagréable.

— Je voudrais bien que tu n'aies pas à le faire.

— Pas moi. Je ne veux pas te laisser toucher par personne. Je suis stupide, mais cela me rend furieuse de voir quelqu'un te toucher.

— Même Ferguson?

— Surtout Ferguson, et Gage, et l'autre, comment s'appelle-t-elle déjà?

— Walker.

— C'est ça. Il y a trop d'infirmières ici maintenant. Il faudrait que nous recevions d'autres blessés, sans quoi on nous renverra. Nous sommes quatre infirmières à présent.

— Il en viendra peut-être. On a besoin de toutes ces infirmières. L'hôpital est grand.

— J'espère qu'il en arrivera. Qu'est-ce que je deviendrais si on me renvoyait? Et on me renverra sûrement s'il n'arrive pas de blessés.

— Je partirai aussi.

— Ne dis pas de bêtises. Tu ne peux pas encore partir. Mais dépêche-toi de guérir, mon chéri, et nous nous en irons quelque part.

— Et après?

— Après, la guerre sera peut-être finie. Elle ne peut pas durer éternellement.

— Je guérirai, dis-je. Valentini va me retaper.

— Sûrement. Avec des moustaches pareilles! Et puis écoute, mon chéri, quand on te donnera de l'éther, pense à autre chose, pas à nous. Parce qu'on devient très bavard sous l'influence des anesthésiques.

— A quoi faut-il que je pense?

— A n'importe quoi... n'importe quoi sauf nous... Pense à tes parents, ou même à une autre femme.

— Non.

— Alors, récite tes prières. Ça ferait une impression énorme.

— Mais je ne parlerai peut-être pas.

— C'est vrai. Souvent les gens ne parlent pas.

— Je ne parlerai pas.

— Ne te vante pas, mon chéri. Je t'en prie, ne te vante pas. Tu es si gentil, tu n'as pas à te vanter.

— Je ne dirai pas un mot.

— Encore de la vantardise, chéri. Tu sais bien que tu n'as pas besoin de te vanter. Quand on te dira de respirer profondément, commence tout simplement à réciter ta prière, ou des vers, ou quelque chose... Tu seras gentil tout plein comme ça, et je serai si fière de toi! De toute façon je suis fière de toi. Ta température est si belle et tu dors comme un petit enfant, avec ton bras autour de l'oreiller, comme si c'était moi... ou peut-être une autre femme... une jolie petite Italienne.

— Non, toi.

— Moi, bien sûr. Oh! je t'aime tant!... Et Valentini va te refaire une belle jambe. Je suis bien contente de n'avoir pas à y assister.

— Et tu seras de garde cette nuit?

— Oui, mais ça te sera bien égal.

— Nous verrons bien.

— Là, chéri, c'est fait. Te voilà tout propre, dedans comme dehors. Dis-moi, combien de femmes as-tu aimées?

— Aucune.

— Pas même moi?

— Si, toi.

— Et combien d'autres?

— Aucune.

102

— Avec combien d'autres as-tu... comment dis-tu ça?... as-tu marché?

— Avec aucune.

— Tu mens.

— Oui.

— C'est bien. Mens-moi toujours. C'est ce que je veux que tu fasses. Est-ce qu'elles étaient jolies?

— Je n'ai jamais marché avec personne.

— C'est entendu. Est-ce qu'elles avaient beaucoup de charme?

— Je n'en sais rien.

— Tu n'appartiens qu'à moi. C'est vrai. Et tu n'as jamais appartenu à aucune autre. Du reste, peu importe si ça n'est pas vrai. Je n'ai pas peur d'elles. Mais ne m'en parle pas. Quand un homme marche avec une femme, quand est-ce qu'elle lui indique son prix?

— Je ne sais pas.

— Non, bien sûr. Est-ce qu'elle lui dit qu'elle l'aime? Dis-moi ça, je voudrais tant savoir.

— Oui, s'il veut qu'elle le lui dise.

— Et lui, est-ce qu'il lui dit qu'il l'aime? Réponds, c'est très important.

— Il le dit si ça lui fait plaisir.

— Mais toi, tu ne l'as jamais dit, n'est-ce pas?

— Non.

— Bien vrai? Dis-moi la vérité.

— Non.

Je mentais.

— Oh! je savais bien que tu n'avais jamais fait cela.

Dehors le soleil était haut sur les toits, et je pouvais le voir étinceler sur les flèches de la cathédrale. J'étais propre à l'intérieur comme à l'extérieur. Je n'attendais plus que le docteur.

— Alors, c'est comme ça, reprit Catherine. Elle ne dit que ce qu'il veut qu'elle dise?

— Pas toujours.

— Moi si. Je ne dirai jamais que ce que tu voudras, et je ferai tout ce que tu voudras, et comme ça tu n'auras jamais envie d'une autre femme, n'est-ce pas? (Elle me regardait, l'air très heureux.) Je ferai tout ce que tu

voudras, je dirai tout ce que tu voudras et je suis sûre
de triompher, n'est-ce pas?

— Oui.

— Qu'est-ce que tu veux que je fasse maintenant que
tout est prêt?

— Reviens te coucher avec moi.

— Bon. Me voilà.

— Oh! ma chérie, ma chérie, ma chérie! dis-je.

— Tu vois, dit-elle. Je fais tout ce que tu veux.

— Tu es adorable.

— J'ai peur de ne pas très bien savoir encore...

— Tu es adorable.

— Je veux ce que tu veux. Je n'existe plus... rien que
ce que tu veux.

— Mon amour!

— Je suis gentille. N'est-ce pas que je suis gentille?
Tu n'as pas envie d'autres femmes, dis?

— Non.

— Tu vois? Je suis gentille. Je fais tout ce que tu
veux.

CHAPITRE XVII

Quand je m'éveillai après l'opération, je compris que
je n'avais jamais cessé d'exister. On ne cesse pas d'exister. On ne fait que vous étouffer. Cela ne ressemble en
rien à la mort. C'est simplement un moyen chimique de
vous étouffer afin que vous ne sentiez rien. Et après,
c'est exactement comme si vous vous étiez soûlé, avec
cette différence que lorsque vous vomissez, vous ne
rendez que de la bile et vous ne vous en sentez pas mieux
pour ça. Je vis des poids au pied du lit. Ils étaient suspendus à des tubes qui sortaient de la gouttière en
plâtre. Au bout d'un instant je vis Gage et elle me dit :

— Comment vous sentez-vous à présent?

— Mieux, dis-je.

— Il a fait un travail remarquable sur votre genou.

— Combien de temps ça a-t-il duré?

— Deux heures et demie.

— Est-ce que j'ai raconté des bêtises?

— Pas un mot. Ne parlez pas. Restez tranquille.

J'avais mal au cœur et Catherine avait raison. Je ne fis point attention à l'infirmière cette nuit-là.

Il y avait maintenant trois autres soldats à l'hôpital. Un garçon de Georgia qui faisait partie de la Croix-Rouge, il était maigre et souffrait de paludisme; un gentil garçon de New York, maigre également, atteint de paludisme et de jaunisse; et un brave garçon qui avait essayé de dévisser, pour la garder en souvenir, la fusée d'un shrapnel à poudre brisante. Les Autrichiens employaient ces sortes d'obus dans les montagnes. Après que l'obus avait éclaté, la fusée partait et explosait au premier contact.

Catherine Barkley était fort aimée des autres infirmières, parce qu'elle était toujours disposée à assurer le service de nuit. Les paludéens lui donnaient un peu de travail et le jeune homme qui avait dévissé la fusée était notre ami. Il ne sonnait jamais la nuit, sauf en cas de nécessité. Nous passions ensemble tous les moments de loisir. Je l'aimais beaucoup et elle m'aimait. Je dormais le jour et nous nous envoyions des billets toute la journée quand nous étions éveillés. Ferguson se chargeait de les transmettre. Ferguson était une brave fille. Je ne sus jamais rien d'elle, sauf qu'elle avait un frère dans la 52e division et un autre frère en Mésopotamie. Elle était très bonne pour Catherine Barkley.

— Viendrez-vous à notre mariage, Ferguson? lui demandai-je un jour.

— Vous ne vous marierez jamais.

— Si.

— Non, jamais.

— Pourquoi?

— Vous vous fâcherez avant de vous marier.

— Nous ne nous fâchons jamais.

— Vous avez encore le temps.

— Nous ne nous fâchons pas.

— Alors vous mourrez. On se fâche ou on meurt. C'est toujours comme ça. On ne se marie pas.

Je cherchai sa main.

— Ne me touchez pas, dit-elle. Je ne pleure pas. Ça ira peut-être bien vous deux. Mais prenez garde. Faites en sorte de ne pas lui occasionner d'ennuis. Si jamais vous la mettez dans une sale position, je vous tue.

— Je ne la mettrai pas dans une sale position.

— Enfin, faites attention. J'espère que tout ira bien. Vous êtes heureux?

— Nous sommes heureux.

— Alors ne vous brouillez pas, et ne la mettez pas dans une sale position.

— Non.

— Faites bien attention. Je ne veux pas la voir avec un de ces enfants de la guerre.

— Vous êtes une brave fille, Ferguson.

— Non. N'essayez pas de me flatter. Comment va votre jambe?

— Très bien.

— Et votre tête?

Elle en toucha le sommet avec ses doigts. J'éprouvai une sensation analogue à celle qu'on ressent quand on a des fourmis dans un pied.

— Je n'en ai jamais beaucoup souffert.

— Un coup comme ça aurait pu vous rendre fou. Vous ne sentez jamais rien?

— Non.

— Vous avez de la chance. Votre lettre est finie? Je descends.

— La voilà, dis-je.

— Vous devriez lui demander de s'abstenir des gardes de nuit pendant quelque temps. Elle est très fatiguée.

— C'est bien, je le ferai.

— Je les prendrais bien moi-même, mais elle ne veut pas. Les autres sont trop contentes de les lui laisser. Vous devriez lui accorder un peu de repos.

— Entendu.

— Miss Van Campen a fait allusion à votre habitude de dormir jusqu'à midi.

— Naturellement!

— Il vaudrait beaucoup mieux que vous lui laissiez abandonner le service de nuit pendant quelques jours.

— Je ne désire que cela.

— Non. Mais si vous obtenez cela d'elle je vous en respecterai d'autant plus.

— Je le ferai.

— Je n'en crois rien.

Elle prit mon billet et sortit. Je sonnai, et au bout d'un instant Miss Gage entra.

— Qu'est-ce qu'il y a?

— Je n'ai qu'un mot à vous dire. Ne pensez-vous pas que Miss Barkley devrait être dispensée du service de nuit pendant quelque temps? Elle a l'air horriblement fatiguée. Pourquoi veille-t-elle ainsi depuis si longtemps?

Miss Gage me regarda.

— Je suis une amie, dit-elle. Inutile de me parler ainsi.

— Que voulez-vous dire?

— Ne faites pas l'imbécile. C'est tout ce que vous vouliez?

— Voulez-vous prendre un vermouth?

— Volontiers, mais il faudra que je parte ensuite.

Elle sortit la bouteille de l'armoire et apporta un verre.

— Prenez le verre, dis-je. Je boirai à la bouteille.

— A votre santé, dit Miss Gage.

— Qu'est-ce que la Van Campen a dit au sujet de mes grasses matinées?

— Rien, des commérages. Elle vous appelle notre malade privilégié.

— Le diable l'emporte!

— Elle n'est pas méchante, dit Miss Gage. Elle est vieille et grincheuse, c'est tout. Elle ne vous a jamais aimé.

— Je le sais.

— Eh bien, moi, moi, c'est le contraire. Je suis votre amie. Ne l'oubliez pas.

— Vous êtes bougrement gentille.

— Non. Je sais bien quelle est celle que vous trouvez gentille. Mais je suis votre amie. Comment va votre jambe?

— Très bien.

— Je vais vous apporter de l'eau minérale pour l'arroser. Vous devez avoir des démangeaisons dans cette gouttière. Il fait très chaud dehors.

— Vous êtes trop gentille.

— Est-ce que ça vous gratte beaucoup?

— Non. Ça va.

— Je vais arranger les poids.

Elle se pencha.

— Je suis votre amie.

— Je le sais.

— Non, vous ne le savez pas. Mais vous le saurez un jour.

Catherine Barkley abandonna ses gardes de nuit pendant trois jours, puis elle revint. Et ce fut comme si nous nous retrouvions tous les deux après un long voyage.

CHAPITRE XVIII

L'été fut charmant. Dès que je pus sortir, nous fîmes des promenades en voiture dans le parc. Je me rappelle la voiture, le cheval qui marchait lentement, et, devant nous, le dos du cocher avec son haut-de-forme verni, et Catherine Barkley assise à côté de moi. Si nos mains se touchaient, juste le bord de ma main contre la sienne, cela suffisait à nous exciter. Plus tard, quand je pus circuler avec des béquilles, nous allâmes dîner chez Biffi ou à la Gran Italia et nous choisissions de préférence les tables à l'extérieur sous la *galleria*. Les garçons s'approchaient. Des gens allaient et venaient. Sur les nappes il y avait des bougies avec des abat-jour, et après que nous eûmes définitivement jeté notre dévolu sur la Gran Italia, Georges, le maître d'hôtel, nous y réserva une table. C'était un garçon remarquable et nous le laissions commander les repas. Cependant nous regardions les passants, et la longue galerie dans le crépuscule; et nous nous regardions l'un l'autre. Nous buvions du capri blanc sec, frappé, mais nous goûtions aussi beaucoup d'autres crus, fresa, barbera, et des vins blancs doux. Il n'y avait pas de sommelier à cause de la guerre et Georges souriait, embarrassé, quand nous lui demandions des vins comme le fresa.

— Pensez un peu, un pays qui fabrique un vin rien que pour son goût de fraise! nous dit-il.

— Pourquoi pas? demanda Catherine. Ça doit être merveilleux.

— Goûtez-le, madame, si ça vous fait plaisir, dit Georges, mais permettez-moi d'apporter une petite bouteille de margaux pour le Tenente.

— Je veux le goûter aussi, Georges.

— Monsieur, je ne puis vraiment pas vous le recommander. Ça n'a même pas le goût de fraise.

— Qui sait? dit Catherine. Ce serait merveilleux si ça avait goût de fraise.

— Je vais vous en apporter, dit Georges, et quand Madame sera satisfaite je le remporterai.

Ce n'était pas fameux. Comme il l'avait dit, ça n'avait même pas le goût de fraise. Nous revînmes au capri. Un soir, comme je me trouvais à court d'argent, Georges me prêta cent lires.

— Ne vous en faites pas, Tenente, dit-il. Je sais ce que c'est. Je sais comment on se trouve à court. Si vous, ou madame, avez besoin d'argent, j'ai toujours de l'argent, moi.

Après dîner, nous longions la galerie, devant les autres restaurants et les boutiques aux rideaux de fer baissés, et nous nous arrêtions sur la petite place où on vendait des sandwiches, sandwiches au jambon et à la laitue, sandwiches aux anchois faits de tout petits pains bis et glacés, pas plus longs que le doigt. C'était pour les manger la nuit quand nous avions faim. Nous prenions alors une voiture devant la *galleria*, en face de la cathédrale, et nous retournions à l'hôpital. A la porte de l'hôpital, le concierge venait m'aider avec mes béquilles. Je payais le cocher et nous montions dans l'ascenseur. Catherine s'arrêtait au premier étage où se trouvaient les logements des infirmières. Je continuais et, par le corridor, je me rendais à ma chambre, appuyé sur mes béquilles. Parfois je me déshabillais et me couchais; parfois je m'asseyais sur le balcon, la jambe étendue sur une chaise, et je regardais les hirondelles voler au-dessus des toits, en attendant Catherine. Quand elle arrivait, c'était comme si elle revenait d'un long voyage. Je la suivais sur mes béquilles. Je portais les cuvettes et j'attendais à la porte ou parfois j'entrais avec elle. Cela dépendait si c'étaient des amis ou non, et quand elle avait fini tout ce qu'elle avait à faire, nous nous asseyions sur le balcon de ma chambre. Ensuite, je me mettais au lit, et quand tout dormait et qu'elle était sûre qu'on ne l'appellerait pas, elle venait me retrouver. J'aimais à défaire sa chevelure. Elle restait assise sur le lit sans bouger, sauf quand elle se penchait soudain pour m'embrasser tandis que je la décoiffais. J'enlevais les épingles et je les posais sur le drap; les cheveux se relâchaient et je la contemplais, assise immobile sur le bord du lit; alors j'enlevais les deux dernières épingles et tout dégringolait; et elle laissait retomber sa tête et nous nous trouvions enfouis tous les deux, avec la sensation d'être sous une tente ou derrière une cascade.

Elle avait des cheveux magnifiques, et souvent je la regardais les tordre dans la lueur de la fenêtre ouverte, et, même la nuit, ils brillaient comme de l'eau brille parfois juste avant l'aurore. Elle avait un visage et un corps charmants, et une peau douce, charmante aussi. Couché près d'elle, je lui caressais du bout des doigts les joues, le front, le dessous des yeux, le menton, la gorge et je disais : « Doux comme des touches de piano. » Alors de son doigt elle me touchait le menton et disait : « Doux comme du papier de verre, et bien trop dur pour les touches de piano. »

— Ça gratte vraiment tant que ça?

— Non, chéri, c'était pour rire.

Les nuits étaient merveilleuses et il nous suffisait de pouvoir nous toucher pour être heureux. Outre les moments de grande jouissance, nous avions mille petits moyens de nous aimer; et quand nous n'étions pas ensemble, nous tâchions de nous transmettre nos pensées l'un à l'autre. Parfois cela avait l'air de réussir, mais probablement parce que nous pensions tous les deux à la même chose en même temps.

Nous aimions à nous figurer que nous nous étions mariés le jour de son arrivée, et nous comptions les mois à partir du jour de notre mariage. Je désirais vraiment me marier, mais Catherine disait que si nous étions mariés on la renverrait, et que le simple fait de commencer les formalités la ferait surveiller, et que cela bouleverserait notre vie. Il nous faudrait nous marier sous la loi italienne et les formalités étaient effrayantes. J'aurais voulu que nous fussions mariés, parce que, quand j'y réfléchissais, j'avais peur d'avoir un enfant; mais nous prétendions que nous étions mariés et nous ne nous préoccupions guère, et au fond j'étais peut-être heureux de n'être pas marié. Je me rappelle qu'une nuit nous en parlions et Catherine me dit :

— Mais, mon chéri, on me renverrait.

— Ce n'est pas sûr.

— Oh! si. On me renverrait en Écosse et nous serions séparés pour jusqu'à la fin de la guerre.

— J'irais en permission.

— Tu n'aurais pas le temps d'aller en Écosse et d'en revenir pendant une permission. Du reste, je ne te quitterai pas. A quoi ça nous avancerait-il de nous marier maintenant? Nous sommes réellement mariés. Je ne pourrais pas être plus mariée que je ne suis.

— C'était pour toi ce que j'en disais.

— Il n'y a pas de moi. Moi, c'est toi. Ne me donne pas un moi séparé.

— Je croyais que le rêve de toutes les jeunes filles était de se marier!

— Oui, mais moi, mon chéri, je suis mariée. Je suis mariée avec toi. Est-ce que je ne suis pas une bonne petite femme?

— Tu es une petite femme adorable.

— Tu comprends, chéri, ça m'est déjà arrivé une fois d'attendre pour me marier.

— Je ne veux pas que tu m'en parles.

— Tu sais bien que je n'aime que toi. Qu'est-ce que ça fait que quelqu'un m'ait aimée avant toi?

— Cela fait beaucoup.

— Il ne faut pas être jaloux d'un mort, alors que toi tu as tout.

— C'est vrai, mais je ne veux pas que tu m'en parles.

— Mon pauvre chéri! Et moi, je sais bien que tu as eu des tas de femmes, et pourtant ça m'est égal.

— Est-ce que nous ne pourrions pas nous marier secrètement d'une façon ou d'une autre? Comme ça, si quelque chose m'arrivait ou si tu avais un enfant...

— Il n'y a pas d'autre moyen de se marier que religieusement ou civilement. Nous sommes mariés secrètement. Tu comprends, mon chéri, ça aurait une grande importance pour moi si j'avais une religion, mais je n'ai pas de religion.

— Pourtant, tu m'as donné un saint Antoine.

— C'était pour te porter chance. Quelqu'un me l'avait donné.

— Alors tu ne te préoccupes vraiment de rien?

— Seulement de la possibilité d'être séparée de toi. Tu es ma religion. Je n'ai que toi au monde.

— Bon, mais je t'épouserai le jour que tu voudras.

— Ne parle pas comme si tu avais à faire de moi une femme honnête, chéri. Je suis une très honnête femme. On ne peut pas avoir honte d'une chose dont on est heureux et fier. Est-ce que tu n'es pas heureux?

— Mais tu ne m'abandonneras jamais pour un autre?

— Non, chéri, je ne t'abandonnerai jamais pour un autre. Je suppose qu'il nous arrivera un tas de choses épouvantables, mais pour ce qui est de te laisser, tu n'as pas à t'inquiéter de cela.

— Je ne m'inquiète pas. Mais je t'aime tant, et toi, tu as aimé quelqu'un avant moi.

— Et que lui est-il arrivé?

— Il est mort.

— Précisément. Et s'il n'était pas mort, je ne t'aurais jamais connu. Je ne suis pas infidèle, chéri. J'ai beaucoup de défauts, mais je suis très fidèle. Tu en auras vite par-dessus la tête de ma fidélité.

— Il faudra que je retourne au front bientôt.

— N'y pense pas à l'avance. Tu vois, je suis heureuse, chéri, et nous menons une vie charmante. Il y a longtemps que je ne connaissais plus le bonheur et quand je l'ai rencontré j'étais peut-être à moitié folle. Peut-être suis-je folle. Mais maintenant nous sommes heureux et nous nous aimons. Soyons heureux, tout simplement. Tu es heureux, n'est-ce pas? Est-ce que je fais des choses qui te déplaisent? Qu'est-ce que je pourrais faire pour te faire plaisir? Veux-tu que je dénoue mes cheveux? Veux-tu qu'on s'amuse un peu?

— Oui, viens te coucher.

— Tout de suite. Mais il faut d'abord que j'aille voir mes malades.

CHAPITRE XIX

C'est ainsi que s'écoula l'été. Je ne me souviens pas très bien des journées, sinon qu'elles étaient très chaudes et que les journaux ne parlaient que de victoires. Je me portais très bien et mes jambes guérissaient si rapidement que je ne tardai guère à remplacer mes béquilles par une canne. Ensuite je suivis un traitement pour la flexion des genoux à l'Ospedale Maggiore. Mécanothérapie, rayons ultra-violets dans une caisse à miroirs, massages et bains. J'allais à l'hôpital trois après-midi par semaine. Au retour, je m'arrêtais au café pour prendre une consommation et lire les journaux. Je ne circulais pas en ville. J'avais toujours envie de rentrer à l'hôpital sitôt que je sortais du café. Je n'avais qu'un désir, voir Catherine. A part cela, je ne songeais qu'à tuer le temps. Le plus souvent je dormais le matin et l'après-midi. Quelquefois j'allais aux courses, et, dans la soirée, à la mécanothérapie. Parfois je m'arrêtais au Club Anglo-Américain. Je m'y installais dans un ample fauteuil de cuir, près de la fenêtre et je lisais les magazines. On ne nous laissait plus sortir ensemble depuis que j'avais abandonné mes béquilles, car il n'était guère naturel de voir une infirmière seule avec un blessé dont l'état ne semblait pas nécessiter la présence d'une garde. Aussi ne pouvions-nous guère nous voir l'après-midi. Pourtant, quelquefois, nous pouvions dîner ensemble si Ferguson nous accompagnait. Miss Van Campen avait fini par admettre le fait que nous étions grands amis parce qu'elle obtenait de Catherine un travail énorme. Elle pensait que Catherine était d'excellente famille et cela contribua à la bien disposer en sa faveur. Miss Van Campen attachait une grande importance aux questions de famille. Elle-même était de très bonne maison. De plus, l'hôpital était en pleine activité et cela lui donnait fort à faire. L'été était très chaud et j'avais beaucoup de relations à Milan. Néanmoins il me tardait toujours de rentrer à l'hôpital dès la fin de l'après-midi. Au front nous avancions sur le Carso. Nous avions pris Kuk, de l'autre côté de Plava, et nous cherchions à nous emparer du plateau de Bainsizza. Le front occidental n'avait pas l'air si brillant. La guerre semblait devoir se prolonger. L'Amérique venait d'entrer en guerre, mais je pensais qu'il faudrait bien un an avant qu'on pût envoyer des contingents suffisants et les entraîner au combat. L'année prochaine serait une mauvaise année, ou peut-être une bonne année. Les Italiens employaient un nombre d'hommes considérable. Je ne voyais pas comment cela pourrait durer. Même s'ils s'emparaient de tout le plateau de Bainsizza et du mont San Gabriele, cela laissait encore bien des montagnes derrière pour les Autrichiens. Je les avais vues. Tous les plus hauts sommets étaient derrière. Nous avancions sur le Carso, mais dans le bas, près de la mer, il y avait des marais et des tourbières. Napoléon avait chassé les Autrichiens vers les plaines. Il ne les aurait jamais attaqués dans les montagnes. Il les aurait laissés descendre et les aurait rossés près de Vérone. Mais on ne rossait personne sur le front occidental. Peut-être de nos jours était-il impossible de gagner les guerres. Peut-être continuaient-elles indéfiniment. C'était peut-être une nouvelle guerre de Cent ans. Je remis le journal à sa place et quittai le club. Je descendis les marches prudemment et remontai la Via Manzoni. Devant le Grand Hôtel je rencontrai le vieux Meyers et sa femme qui descendaient de voiture. Ils revenaient des courses. Mrs. Meyers était une femme à poitrine opulente, tout habillée de satin noir. Quant à lui, c'était un petit vieux à moustaches blanches qui s'aidait d'une canne pour marcher sur ses pieds plats.

— Bonjour, bonjour. Elle me serra la main.

— *Hello*, dit Meyers.

— Et les courses?

— Superbes. Vraiment très belles. J'ai eu trois gagnants.

— Et vous? demandai-je à Meyers.

— Pas mal. J'ai eu un gagnant.

— Je ne sais jamais ce qu'il fait, dit Mrs. Meyers. Il ne me le dit jamais.

— Ça va, ça va, dit Meyers. (Il devenait cordial.) Vous devriez venir.

Quand il vous parlait, on avait l'impression qu'il ne vous regardait pas ou qu'il vous prenait pour un autre.

— Certainement, dis-je.

— J'irai vous voir à l'hôpital, dit Mrs. Meyers. J'ai quelques petites choses pour mes garçons. Vous êtes tous mes enfants, vous savez. Oui, certes, mes bien chers enfants.

— Ils seront heureux de vous voir.

— Ces chers garçons! Et vous aussi, vous savez, vous êtes un de mes garçons.

— Il faut que je rentre, dis-je.

— Faites mes amitiés à tous ces chers garçons. J'ai des tas de choses à leur apporter. J'ai du bon marsala et des gâteaux.

— Au revoir, dis-je. Ils seront enchantés de vous voir.

— Au revoir, dit Meyers. Venez à la Galleria. Vous

savez où est ma table. Nous y sommes tous les après-midi.

Je remontai la rue. Je voulais acheter quelque chose à la Cova pour Catherine. A la Cova j'achetai une boîte de chocolats et, tandis que la factrice l'enveloppait, j'allai au bar. J'y trouvai deux Anglais et des aviateurs. Je restai seul à boire un martini, je payai, pris ma boîte de chocolats sur le comptoir et m'acheminai vers l'hôpital. Devant le petit bar de la Scala il y avait des gens que je connaissais, un vice-consul, deux individus qui étudiaient le chant, et Ettore Moretti, un Italien de San Francisco qui servait dans l'armée italienne. Je pris un verre avec eux. Un des chanteurs s'appelait Ralph Simmons, et il chantait sous le pseudonyme de Enrico del Credo. Je n'ai jamais su comment il chantait, mais il était toujours à la veille de quelque formidable événement. Il était gros et il avait les ailes du nez et les coins de la bouche défraîchis comme quelqu'un qui souffre de la fièvre des foins. Il revenait de chanter à Piacenza. Il avait chanté la *Tosca* et avait été merveilleux.

— Naturellement vous ne m'avez jamais entendu chanter, dit-il.

— Quand allez-vous chanter ici?

— Je serai à la Scala cet automne.

— Je te parie qu'on te lancera les banquettes, dit Ettore. Avez-vous entendu raconter qu'on lui a lancé les banquettes à Modène?

— C'est un ignoble mensonge.

— On lui a lancé les banquettes, dit Ettore. J'en ai lancé six moi-même.

— Tu n'es qu'un sale *wop* de Frisco.

— Il ne peut pas prononcer l'italien, dit Ettore. Partout où il va on lui lance les banquettes.

— Piacenza est un des plus sales théâtres du nord de l'Italie, dit l'autre ténor. Vous pouvez m'en croire, c'est une sale boîte pour un chanteur.

Ce ténor s'appelait Edgar Saunders et chantait sous le nom d'Edoardo Giovanni.

— Je voudrais bien être là pour les voir te lancer les banquettes, reprit Ettore. Tu ne sais pas chanter en italien.

— Il est piqué, dit Edgar Saunders. Lancer les banquettes, voilà tout ce qu'il sait dire.

— Et eux, c'est tout ce qu'ils savent faire chaque fois que l'un de vous entreprend de chanter, dit Ettore. Et après ça, vous retournez en Amérique et vous parlez de vos triomphes à la Scala. On ne vous laisserait même pas finir la première note à la Scala.

— Je chanterai à la Scala, dit Simmons. J'y chanterai la *Tosca* en octobre.

— Nous irons, hein, Mac? dit Ettore au vice-consul. Il leur faudra quelqu'un pour les protéger.

— L'armée américaine sera peut-être là pour les protéger, dit le vice-consul. Vous prendrez bien un autre verre, Simmons, et vous, Saunders?

— Volontiers, dit Saunders.

— J'ai entendu dire qu'on allait vous donner la médaille d'argent, me dit Ettore. Quelle citation comptez-vous recevoir?

— Je ne sais pas. Je ne sais même pas si j'en aurai une.

— Mais oui vous en aurez une. Vous parlez, mon vieux, si les femmes de la Cova vont vous trouver épatant! Elles vont toutes croire que vous avez tué deux cents Autrichiens et pris une tranchée à vous tout seul. Mes décorations m'ont coûté du travail, je vous le garantis.

— Combien en avez-vous? demanda le vice-consul.

— Il les a toutes, dit Simmons. C'est pour lui qu'on fait la guerre.

— J'ai eu deux fois la médaille de bronze et trois fois la médaille d'argent, dit Ettore. Mais je n'ai les brevets que pour une seule.

— Et les autres?

— L'opération a échoué, dit Ettore. Quand l'opération échoue on retient les décorations.

— Combien de fois avez-vous été blessé, Ettore?

— Trois fois grièvement. Vous voyez, j'ai trois brisques.

Il tourna sa manche. Les brisques étaient des galons d'argent parallèles sur un fond noir, cousus sur l'étoffe de la manche à environ huit pouces au-dessous de l'épaule.

— Vous en avez une aussi, me dit Ettore. C'est vraiment chic. Moi, je préfère ça aux décorations. Et vous pouvez me croire, mon vieux, trois, ça représente quelque chose. On ne vous en donne qu'une pour une blessure qui vous tient trois mois à l'hôpital.

— Où avez-vous été blessé, Ettore? demanda le vice-consul.

Ettore releva sa manche.

— Ici. (Il montra la cicatrice, rouge, profonde et lisse.) Ici, à la jambe. Je ne peux pas vous la faire voir à cause de mes bandes molletières, et au pied. J'ai une carie de l'os du pied. Il pue encore. Tous les matins, j'enlève de nouvelles esquilles et ça continue à puer.

— Par quoi avez-vous été blessé? demanda Simmons.

— Par une grenade à main. Une de ces espèces de presse-purée. Elle m'a emporté tout le côté du pied. Vous les connaissez, ces presse-purée, hein?

Il se tourna vers moi.

— Je vous crois.

— J'ai vu le salaud qui l'a lancée, dit Ettore. Ça m'a foutu par terre et j'ai bien cru que j'étais mort, mais ces sacrés presse-purée, ça n'a rien dedans. J'ai tué l'enfant de garce d'un coup de fusil. Je porte toujours un fusil pour qu'on ne voie pas que je suis officier.

— Quelle tête a-t-il fait? demanda Simmons.

— Il n'en avait pas d'autres, continua Ettore. Je ne sais pas pourquoi il l'a lancée. Je suppose que ça avait toujours été son ambition d'en lancer une. Il n'avait jamais vu de vraie bataille, probablement. En tout cas, je l'ai bel et bien tué, l'enfant de putain.

— Quelle tête a-t-il fait quand vous l'avez tué? demanda Simmons.

— Je n'en sais foutre rien, dit Ettore. Je lui ai tiré dans le ventre. J'avais peur de le rater si j'avais visé dans la tête.

— Il y a combien de temps que vous êtes officier, Ettore? demandai-je.

— Deux ans. Je vais passer capitaine. Il y a combien de temps que vous êtes lieutenant?

— Bientôt trois ans.

— Vous ne pouvez pas être capitaine parce que vous ne savez pas l'italien assez bien, dit Ettore. Vous pouvez parler, mais vous ne pouvez pas lire ni écrire correctement. Il faut avoir de l'éducation pour être capitaine. Pourquoi n'allez-vous pas dans l'armée américaine?

— Je le ferai peut-être.

— Bon Dieu, je voudrais bien pouvoir le faire. Combien touche un capitaine, Mac?

— Je ne sais pas au juste. Environ deux cent cinquante dollars, je pense.

— Sacré nom de Dieu! je pourrais en faire des choses avec deux cent cinquante dollars. Vous devriez bien vous dépêcher de joindre l'armée américaine, Fred. Vous pourriez peut-être trouver le moyen de m'y faire entrer.

— Entendu.

— Je peux commander une compagnie en italien. Je pourrais facilement apprendre à le faire en anglais.

— Vous seriez promu général, dit Simmons.

— Non, je n'en sais pas assez long pour être général. Un général doit savoir bougrement de choses. Vous êtes des types rigolos, vous, vous avez l'air de croire que la guerre c'est de la foutaise. Vous n'avez même pas assez de cervelle pour être caporaux de seconde classe.

— Dieu merci, je n'ai pas à l'être, dit Simmons.

— Ça vous arrivera peut-être bien si on vous ramasse un jour, tas de tire-au-flanc. Bon Dieu, ce que j'aimerais vous avoir tous les deux dans mon peloton! Mac aussi. Je vous prendrais comme ordonnance, Mac.

— Vous êtes un type à la hauteur, Ettore, dit Mac, mais j'ai peur que vous ne soyez militariste.

— Je veux être colonel avant la fin de la guerre.

— Si vous n'êtes pas tué.

— Je ne serai pas tué. (Il toucha les étoiles de son cou avec son pouce et son index.) Vous voyez ce que j'ai fait? Nous touchons nos étoiles quand quelqu'un parle d'être tué.

— Allons-nous-en, Simmons, dit Saunders en se levant.

— Si tu veux.

— Au revoir, dis-je. Il faut que je parte aussi. (Il était six heures moins le quart à la pendule.) *Ciao*, Ettore.

— *Ciao*, Fred, dit Ettore. C'est vraiment chic que vous receviez la médaille d'argent.

— Ce n'est pas encore fait.

— Mais si, vous l'avez, Fred. J'ai entendu dire que vous l'auriez sans difficultés.

— Enfin, au revoir, dis-je. Et soyez prudent, Ettore.

— Ne vous en faites pas pour moi. Je ne bois pas et je ne cours pas. Je n'aime pas plus l'alcool que les filles. Je sais ce qui me convient.

— Au revoir, dis-je, je suis content de savoir que vous allez passer capitaine.

— Je n'aurai pas à attendre mon tour. Je passerai au choix, pour services exceptionnels. Vous savez, les trois étoiles avec les sabres en croix surmontés d'une couronne... c'est moi!

— Bonne chance.

— Bonne chance. Quand retournez-vous au front?

— Bientôt.

— Alors, on se reverra là-bas.

— Au revoir.

— Au revoir. Évitez les mauvais coups.

Je regagnai l'hôpital par une petite rue qui menait à un raccourci. Ettore avait vingt-trois ans. Il avait été élevé par un oncle à San Francisco, et il était en visite chez ses parents, à Turin, au moment de la déclaration de guerre. Il avait une sœur qui avait été envoyée en Amérique avec lui pour habiter chez l'oncle et qui allait sortir de l'École normale cette année. Il appartenait à ce genre de héros qui assomment tous ceux qu'ils rencontrent. Catherine ne pouvait pas le sentir.

— Nous en avons aussi des héros, dit-elle, mais en général, chéri, ils sont plus discrets.

— Il m'est indifférent.

— Il me serait indifférent s'il n'était pas si vaniteux

et s'il n'était pas si assommant, oh! mais assommant à un point!

— Il m'assomme aussi.

— C'est gentil de dire ça, chéri. Mais ce n'était pas la peine. Toi, tu peux te le figurer au front où tu sais qu'il est utile, mais pour moi, il représente tellement le type d'homme que je déteste!

— Je sais.

— C'est gentil à toi de savoir. Je fais mon possible pour l'aimer, mais c'est un garçon exécrable, exécrable vraiment.

— Cet après-midi, il nous a dit qu'il allait être nommé capitaine.

— Tant mieux, dit Catherine. Ça doit lui faire plaisir.

— Est-ce que tu n'aimerais pas que j'aie un grade un peu plus élevé?

— Mais non, mon chéri. Tout ce que je demande c'est que tu aies un grade suffisant pour être admis dans les meilleurs restaurants.

— C'est justement le grade que j'ai.

— C'est un grade splendide. Je ne tiens pas à ce que tu aies un grade supérieur. Ça pourrait te monter à la tête. Oh! chéri, je suis tellement contente que tu ne sois pas vaniteux. Si tu étais vaniteux je t'aurais épousé tout de même, mais c'est si reposant d'avoir un mari qui n'est pas vaniteux.

Nous parlions doucement sur le balcon. La lune devait être levée, mais il y avait du brouillard sur la ville et elle était invisible; et bientôt il se mit à bruiner et nous rentrâmes. Dehors le brouillard s'était changé en pluie et l'averse ne tarda pas à tambouriner sur le toit. Je me levai et j'allai jusqu'à la porte-fenêtre pour voir si la pluie entrait. Elle n'entrait pas et je laissai la fenêtre ouverte.

— Qui as-tu vu encore? demanda Catherine.

— Mr. et Mrs. Meyers.

— Des drôles de gens.

— On dit qu'il a été au bagne dans son pays. On l'a renvoyé mourir dehors.

— Et depuis ce temps-là il a vécu heureux à Milan.

— Heureux! Je ne sais pas jusqu'à quel point.

— Plutôt heureux, j'imagine, après le régime de la prison.

— Elle va nous apporter des paquets.

— Elle apporte toujours des choses splendides. T'at-elle appelé son cher garçon?

— Un de ses chers garçons.

— Vous êtes tous ses chers garçons, dit Catherine. Elle a un faible pour les chers garçons. Écoute la pluie.

— Il pleut très fort.

— Et tu m'aimeras toujours, dis?

— Oui.

— Ça n'aura jamais d'importance qu'il pleuve?

— Non.

— Tant mieux, parce que j'ai peur de la pluie.

— Pourquoi?

J'avais sommeil. Dehors, il pleuvait à verse.

— Je ne sais pas, chéri. J'ai toujours eu peur de la pluie.

— Moi, je l'aime.

— J'aime me promener quand il pleut. Mais c'est mauvais pour l'amour.

— Je t'aime toujours.

— Moi, je t'aime quand il pleut, quand il neige, quand il grêle, et quoi encore?

— Je ne sais pas. Je crois que j'ai sommeil.

— Alors dors, mon chéri, et je t'aimerai n'importe comment.

— Tu n'as pas réellement peur de la pluie, n'est-ce pas?

— Pas quand je suis avec toi.

— Pourquoi as-tu peur?

— Je ne sais pas.

— Dis-moi.

— Non, n'insiste pas.

— Dis-moi quand même.

— Puisque tu le veux. Eh bien, j'ai peur de la pluie parce que quelquefois je m'y vois morte.

— Non.

— Et quelquefois c'est toi que je vois mort sous la pluie.

— C'est plus vraisemblable.

— Non, pas du tout, mon chéri. Parce que je peux te garder du danger. Je sais que je le peux. Mais quand il s'agit de soi, c'est plus difficile.

— Je t'en prie, assez. Je ne veux pas t'entendre parler comme une Écossaise et comme une folle ce soir. Nous n'en avons plus pour si longtemps à être ensemble.

— C'est vrai, mais que veux-tu, je suis Écossaise et folle. Mais je ne le ferai plus. Ce sont des bêtises.

— Oui, ce sont des bêtises.

— Ce sont des bêtises, rien que des bêtises. Je n'ai pas peur de la pluie. Je n'ai pas peur de la pluie... Oh! Oh! mon Dieu, je voudrais tant n'avoir pas peur...

Elle pleurait. Je la consolai et elle arrêta ses larmes. Mais dehors, il pleuvait toujours.

CHAPITRE XX

Un après-midi nous allâmes aux courses. Ferguson nous accompagna ainsi que Crowell Rodgers, le soldat qui avait été blessé aux yeux par l'explosion de la fusée d'obus. Les deux jeunes filles s'habillèrent après déjeuner. Cependant Crowell et moi assis sur le lit, dans sa chambre, lisions dans le journal des courses les anciens exploits des chevaux et les pronostics. Crowell avait la tête bandée et les courses ne lui disaient pas grand-chose, mais, pour tuer le temps, il lisait régulièrement les journaux hippiques et se tenait au courant des chevaux. Il disait que les chevaux ne valaient rien, mais nous n'avions pas l'embarras du choix. Le vieux Meyers l'aimait et lui donnait des tuyaux. Meyers gagnait presque à chaque course mais il n'aimait pas donner ses tuyaux parce que ça faisait baisser les prix. Les courses étaient fort peu honnêtes. Des gens qu'on avait chassés du turf partout ailleurs venaient courir en Italie. Les tuyaux de Meyers étaient bons, mais j'avais horreur de les lui demander, car parfois il ne répondait pas, et on avait toujours l'impression que ça le faisait souffrir de vous les donner. Cependant, pour certaines raisons, il se croyait obligé de nous en donner et c'est encore à Crowell qu'il le faisait le plus volontiers. Crowell avait été blessé aux yeux et Meyers avait également des ennuis avec ses yeux. C'est pourquoi il aimait Crowell. Meyers ne disait jamais à sa femme sur quel cheval il pariait. Elle gagnait ou perdait; le plus souvent elle perdait, et elle pariait tout le temps.

Nous nous rendîmes tous les quatre à San Siro en voiture découverte. Il faisait un temps délicieux. Nous traversâmes le parc, suivîmes la ligne du tramway et après être sortis de la ville nous nous engageâmes sur la route poussiéreuse. Il y avait des villas avec des grilles en fer et de grands jardins luxuriants, et des fossés où l'eau coulait, et des potagers aux feuilles couvertes de poussière. Dans la plaine, nous pouvions voir des propriétés et des fermes prospères, toutes vertes, avec leurs canaux d'irrigation. Des montagnes se dressaient au nord. Beaucoup de voitures pénétraient sur le champ de courses et les employés, à la grille, nous laissèrent entrer sans cartes parce que nous étions en uniforme. Nous descendîmes de voiture et, après avoir acheté des programmes, nous nous rendîmes au paddock à travers la pelouse et la piste épaisse et moelleuse. Sur la pelouse, le long des barrières, il y avait un grand nombre de soldats. Le paddock était assez bien garni. On y promenait les chevaux en rond, sous les arbres, derrière la tribune principale. Nous aperçûmes quelques personnes de connaissance et, après avoir été chercher des chaises pour Ferguson et Catherine, nous examinâmes les chevaux.

Ils tournaient les uns derrière les autres, la tête basse, conduits par leurs palefreniers. Un des chevaux était d'un noir violacé et Crowell affirma qu'on l'avait teint. Il était sorti juste au moment où la cloche donnait le signal de se mettre en selle. Nous cherchâmes sur le programme d'après le numéro que le palefrenier portait au bras. Il était inscrit comme hongre noir et s'appelait

124

Japalac. La course était réservée aux chevaux qui n'avaient jamais gagné de course de plus de mille lires. Catherine soutenait qu'on l'avait changé de couleur. Ferguson lui dit qu'elle n'en savait rien. Moi, je lui trouvais un air suspect. Nous tombâmes tous d'accord qu'il fallait parier sur lui et nous jouâmes cent lires. Sur le barème des tarifs il était isolé comme rapportant 35 pour 1. Crowell alla prendre les tickets tandis que nous regardions les jockeys, après un dernier tour, se rendre, à travers les arbres, jusqu'à la piste et gagner au petit galop le tournant où devait se faire le départ.

Nous montâmes dans la grande tribune pour voir le départ. On n'employait pas encore la corde à San Siro. Le starter fit aligner les chevaux qui avaient l'air tout petits, là-bas, au bout de la piste, et il donna le signal en faisant claquer son grand fouet. Ils passèrent devant nous. Le cheval noir tenait la tête et, au tournant, il avait déjà distancé les autres. Je le suivis avec mes jumelles pendant tout le parcours et je vis que le jockey s'efforçait de le retenir, mais ce fut en vain, et, quand ils arrivèrent au poteau, le cheval noir était à quinze longueurs en avant des autres. Il continua à galoper jusqu'au tournant après que la course fut finie.

— C'est merveilleux, dit Catherine. Nous allons gagner plus de trois mille lires. Ce doit être un cheval remarquable.

— J'espère qu'il attendra pour déteindre qu'on nous ait payés, dit Crowell.

— C'était vraiment un bon cheval, dit Catherine. Je me demande si M. Meyers avait joué sur lui.

— Aviez-vous parié sur le gagnant? criai-je à Meyers. Il acquiesça de la tête.

— Pas moi, dit Mrs. Meyers. Et vous, mes enfants, sur lequel aviez-vous parié?

— Sur Japalac.

— Vraiment? Il est coté 35 pour 1.

— Nous aimions sa couleur.

— Pas moi. Je lui trouvais l'air râpé. On m'avait conseillé de ne pas le jouer.

— Il ne rapportera pas beaucoup, dit Meyers.

— Il est marqué 35 pour 1 sur la cote.

— Il ne rapportera pas beaucoup. Au dernier moment on a misé de grosses sommes sur lui, dit Meyers.

— Qui?

— Kempton et les autres. Vous verrez. Il ne rapportera pas 2 pour 1.

— Alors nous ne gagnerons pas trois mille lires, dit Catherine. Je n'aime pas ces courses truquées.

— Nous aurons deux cents lires.

— Ce n'est rien. Ça ne changera pas beaucoup notre situation. Moi qui croyais que nous allions gagner trois mille lires.

— C'est une filouterie dégoûtante, dit Ferguson.

— Il est vrai que s'il n'avait pas eu l'air truqué nous n'aurions jamais joué sur lui. Mais j'aurais pourtant bien aimé les trois mille lires.

— Descendons prendre quelque chose et voir ce qu'on paie.

Nous allâmes à l'endroit où on affichait les numéros. La cloche donna le signal des paiements et Japalac, gagnant, fut coté 18,50, ce qui voulait dire qu'on ne recevait même pas le pair d'un pari de dix lires.

Nous nous rendîmes au bar sous la grande tribune pour prendre un whisky-soda. Nous y trouvâmes deux Italiens que nous connaissions et Mc Adams, le vice-consul. Ils remontèrent avec nous quand nous allâmes retrouver les dames. Les Italiens avaient de belles manières et Mc Adams resta à causer avec Catherine quand nous redescendîmes pour parier. Mr. Meyers se trouvait près du pari mutuel.

— Demandez-lui sur quel cheval il a joué, dis-je à Crowell.

— Sur lequel avez-vous parié, Mr. Meyers? demanda Crowell.

Meyers sortit son programme et du bout de son crayon montra le numéro 5.

— Est-ce que ça vous ennuierait si nous jouions le même? demanda Crowell.

— Faites, faites, mais ne dites pas à ma femme que je vous l'ai indiqué.

— Voulez-vous prendre quelque chose?

— Non, merci. Je ne bois jamais.

Nous pariâmes sur le 5, cent lires gagnant et cent lires placé, puis nous retournâmes prendre un autre whisky-soda. Je me sentais très bien. Nous racolâmes deux autres Italiens. Ils prirent une autre consommation avec nous et nous retournâmes vers les dames. Les Italiens avaient également de fort belles manières et ils assortissaient très bien ceux que nous avions ramenés la première fois. Pendant un instant personne ne put s'asseoir. Je donnai les tickets à Catherine.

— Quel cheval est-ce?

— Je ne sais pas. C'est M. Meyers qui l'a choisi.

— Tu ne sais même pas comment il s'appelle?

— Non. Tu peux trouver le nom sur le programme, c'est le numéro 5, je crois.

— Tu as une confiance touchante, dit-elle.

Le 5 gagna mais ne rapporta rien. Mr. Meyers était furieux.

— Il faut miser deux cents lires pour en gagner vingt, dit-il. Douze lires pour dix. Ça ne vaut pas la peine. Ma femme a perdu vingt lires.

— Je vais descendre avec toi, me dit Catherine.

Les Italiens se levèrent. Nous descendîmes et nous nous dirigeâmes vers le paddock.

— Tu te plais ici? demanda Catherine.

— Mais oui, je crois.

— Je suppose que c'est très amusant, dit-elle, mais moi, mon chéri, je déteste tous ces gens-là.

— Nous ne voyons pas tellement de monde.

— C'est vrai, mais ces Meyers, et ce type de la banque avec sa femme et ses filles.

— Il accepte mes billets à vue, dis-je.

— Oui, mais un autre le ferait tout aussi bien. Ces quatre Italiens que tu as ramassés étaient horribles.

— Nous pouvons rester ici et regarder la course derrière la barrière.

— Oh! oui, et puis écoute, chéri, jouons un cheval dont nous n'avons jamais entendu parler et sur lequel Mr. Meyers ne parie pas.

— Entendu.

Nous pariâmes sur un cheval appelé Light For Me qui arriva quatrième sur cinq. Appuyés contre la barrière nous regardâmes passer les chevaux dans un grand bruit de sabots. Les montagnes se dressaient au loin, et au-delà des champs, Milan s'étendait derrière les arbres.

— Comme je me sens mieux! dit Catherine.

Les chevaux revenaient. Ils franchissaient la grille, ruisselant de sueur, leurs jockeys les calmaient et mettaient pied à terre sous les arbres.

— Tu n'as pas envie de boire? Nous pourrions prendre quelque chose ici tout en regardant les chevaux.

— J'y vais, dis-je.

— Laisse donc, dit Catherine. Le garçon peut bien nous servir.

Elle leva la main et le garçon sortit de Pagoda Bar, à côté des écuries. Nous nous assîmes à un guéridon de fer.

— Tu n'es pas plus heureux quand nous sommes seuls?

— Si, dis-je.

— Je me sentais tellement perdue au milieu de tous ces gens.

— On est bien ici, dis-je.

— Oui. Ces courses sont vraiment belles.

— Oui, c'est agréable.

— Je ne veux pas gâter ton plaisir, chéri. Je retournerai dès que tu le voudras.

— Non, dis-je. Restons tranquillement ici à boire. Après nous descendrons jusqu'à la rivière pour voir le steeple-chase.

— Comme tu es gentil pour moi, dit-elle.

Après être restés seuls ensemble un moment, nous fûmes contents de retrouver les autres. Ce fut une bonne journée.

CHAPITRE XXI

En septembre, les nuits fraîchirent. Les journées étaient fraîches aussi et, dans le parc, les arbres commençaient à changer de couleur. Nous comprîmes alors que l'été était fini. Au front, les affaires allaient très mal. Nous n'avions pas pu nous emparer du San Gabriele. Les combats sur le plateau de Bainsizza étaient terminés et, vers le milieu du mois, les combats pour le San Gabriele étaient presque finis également. On ne réussit pas à s'en emparer. Ettore était retourné au front. Les chevaux avaient été renvoyés à Rome et il n'y avait plus de courses. Crowell aussi était parti pour Rome avant d'être renvoyé en Amérique. En ville, il y eut deux manifestations contre la guerre et, à Turin, il y eut une sérieuse émeute. Un commandant anglais me dit un jour, au club, que les Italiens avaient perdu cent cinquante mille hommes sur le plateau de Bainsizza et sur le San Gabriele. Il ajouta qu'en outre ils en avaient perdu quarante mille sur le Carso. Nous bûmes ensemble, et il se mit à parler. Il me dit que dans notre secteur les combats étaient finis pour cette année et que les Italiens avaient les yeux plus grands que le ventre. Il dit que l'offensive en Flandre allait mal tourner. Si on leur tuait autant d'hommes qu'au début de cet automne, les alliés seraient fichus avant la fin de l'année prochaine. Il dit que nous étions tous fichus mais que ça n'avait pas d'importance tant qu'on ne s'en doutait pas. Nous étions tous fichus. Le gros point était de ne pas l'admettre. La victoire resterait au pays qui serait le dernier à s'apercevoir qu'il était fichu. Nous prîmes une autre consommation. Est-ce que je faisais partie d'un état-major? Non. Lui, si. Tout ça, c'était de la couillonnade. Nous étions seuls dans le club, vautrés sur un des grands divans de cuir. Il avait des bottes de cuir foncé, bien cirées, des bottes magnifiques. Il dit que tout ça c'était de la couillonnade. On ne pensait qu'aux divisions et au commandement. On passait son temps à se chamailler au sujet des divisions et sitôt qu'on en obtenait une, c'était pour la faire massacrer. Nous étions fichus. C'étaient les Allemands qui remportaient les victoires. De fameux soldats, nom de Dieu! Ces vieux Huns, en voilà des soldats! Mais ils étaient fichus eux aussi. Nous étions tous fichus. Je lui demandai ce qu'il pensait de la Russie. Il dit qu'elle était déjà fichue. Je ne tarderais pas à voir qu'elle était fichue. Et les Autrichiens aussi étaient fichus. S'ils obtenaient quelques divisions de Huns ils pourraient peut-être s'en tirer. Croyait-il à une attaque cet automne? Certainement. Les Italiens étaient fichus. Tout le monde le savait qu'ils étaient fichus. Les vieux Huns vont descendre par le Trentin et couper le chemin de fer à Vicenza et alors qu'est-ce qu'ils feront les Italiens? « Ils ont essayé cela en 16, dis-je. — Mais ils ne le feront probablement pas, dit-il. C'est trop simple. Ils essayeront quelque chose de compliqué et se feront royalement rosser. » Je dis qu'il était temps que je parte. Je devais rentrer à l'hôpital. « Au revoir », dit-il. Puis gaiement : « Bonne chance. » Il y avait un grand contraste entre sa vision pessimiste du monde et sa jovialité personnelle.

Je m'arrêtai chez le coiffeur pour me faire raser et je rentrai à l'hôpital. Ma jambe allait bien. Je ne pouvais espérer une amélioration d'ici longtemps. J'avais été me faire examiner trois jours auparavant. J'avais encore quelques traitements à suivre avant d'en avoir fini avec l'Ospedale Maggiore, et je longeais le trottoir en m'efforçant de ne pas boiter. Sous un porche, un vieillard découpait des silhouettes. Je m'arrêtai à le regarder. Deux jeunes filles posaient, et il coupait leurs silhouettes ensemble, à coups de ciseaux rapides, en les regardant, la tête de côté. Les jeunes filles riaient. Il me montra les silhouettes puis il les colla sur du papier blanc et les donna aux jeunes filles.

— Elles sont bien réussies, dit-il. A votre tour maintenant, Tenente.

Les jeunes filles s'éloignaient. Elles contemplaient leurs silhouettes et riaient. Elles étaient très gentilles. Une d'elles travaillait chez le marchand de vin, en face de l'hôpital.

— Je veux bien.

— Enlevez votre képi.

— Non, je veux le garder.

— Ça ne fera pas si bien, dit le vieillard, mais ça sera plus martial.

Son visage s'épanouit.

Il entama le papier noir puis, séparant les deux épaisseurs, il colla les profils sur un carton et me les tendit.

— Combien?

— Rien du tout. (Il agita la main.) Je vous les offre.

— Je vous en prie.

Je lui tendis de la menue monnaie.

— Faites-moi ce plaisir.

— Non, c'est pour le plaisir que je vous les ai faites. Donnez-les à votre petite amie.

— Merci bien. A une autre fois.

— Au revoir.

Je continuai ma route vers l'hôpital. J'y trouvai des lettres, une officielle et deux ou trois autres. J'allais avoir trois semaines de convalescence avant d'être renvoyé au front. Je relus la lettre soigneusement. Eh oui, c'était bien cela. La convalescence commencerait le 4 octobre, sitôt mon traitement fini. Trois semaines, ça fait vingt et un jours. Donc ça portait au 25 octobre. Je prévins que je ne rentrais pas et j'allai dans un restaurant, un peu plus haut dans la rue de l'hôpital, pour y dîner, y lire mes lettres et le *Corriere della Sera*. Il y avait une lettre de mon grand-père contenant des nouvelles de la famille, des encouragements patriotiques, un chèque de deux cents dollars et des coupures de journaux; une lettre ennuyeuse de l'aumônier du mess; une lettre d'un ami aviateur qui volait avec les Français, où il n'était question que du groupe de noceurs dont il faisait partie; un mot de Rinaldi me demandant combien de temps j'allais

131

encore me terrer à Milan et quelles étaient les nouvelles. Il me priait de lui rapporter des disques de phonographe et m'en donnait la liste. Je bus une petite bouteille de chianti à mon repas. Je pris du café et un verre de cognac, je finis le journal, mis mes lettres dans ma poche, posai le journal sur ma table avec le pourboire et je sortis. Dans ma chambre, à l'hôpital, je me déshabillai, je mis mon pyjama et ma robe de chambre, baissai les stores de la porte-fenêtre qui donnait sur le balcon et, assis dans mon lit, je me mis à lire les journaux de Boston que Mrs. Meyers avait envoyés à l'hôpital pour ses chers garçons. Les *Chicago White Sox* avaient gagné le championnat de l'American League et l'équipe de *New York Giants* était à la tête de la National League. Babe Ruth, le *pitcher*, jouait pour Boston. Les journaux étaient assommants. Ils ne contenaient que des nouvelles locales déjà vieilles, et les nouvelles de la guerre étaient vieilles aussi. Les nouvelles américaines ne parlaient que des camps d'instruction. J'étais heureux de n'être pas dans un camp d'instruction. Je n'avais à lire que les résultats du base-ball et cela ne m'intéressait pas le moins du monde. Il était impossible de lire un tel tas de journaux avec intérêt. Peut-être n'était-ce pas très à-propos, mais je m'y attelai pourtant pendant un moment. Je me demandai, au cas où l'Amérique entrerait sérieusement en guerre, si cela abolirait les grandes corporations athlétiques. Probablement non. Il y avait encore des courses à Milan et la situation ne pouvait guère être pire. Les courses avaient été supprimées en France. C'est de là que venait notre cheval Japalac. Catherine ne devait prendre son service qu'à neuf heures. Je l'entendis marcher quand elle prit son service et, une fois, je la vis passer dans le corridor. Elle alla dans différentes chambres et finalement entra dans la mienne.

— Je suis en retard, chéri, dit-elle. Il y avait beaucoup à faire. Comment vas-tu?

Je lui parlai de mes journaux et de la permission.

— Quel bonheur, dit-elle. Où veux-tu aller?

— Nulle part. Je veux rester ici.

— C'est stupide. Il faut que tu choisisses un endroit et j'irai avec toi.

— Comment feras-tu?

— Je ne sais pas, mais je trouverai bien un moyen.

— Tu es rudement chic, tu sais.

— Mais non. Seulement la vie est si facile quand on n'a rien à perdre.

— Que veux-tu dire?

— Rien. Je pensais seulement combien les obstacles qui autrefois semblaient si grands semblent petits aujourd'hui.

— Je me figure que ce sera difficile à obtenir.

— Mais non, mon chéri. Si c'est nécessaire je donnerai ma démission, tout simplement. Mais je n'aurai pas à en venir là.

— Où irons-nous?

— Ça m'est égal. Où tu voudras. Dans un endroit où nous ne connaîtrons personne.

— Ça t'est vraiment indifférent?

— Oui, je me plairai n'importe où.

Elle semblait préoccupée, les nerfs tendus.

— Qu'est-ce que tu as, Catherine?

— Rien. Absolument rien.

— Si, tu as quelque chose.

— Non, rien... rien, bien vrai.

— Je sais bien que si. Dis-moi, ma chérie, tu peux bien me dire, voyons.

— Ce n'est rien.

— Dis-moi.

— Non, je ne veux pas. J'ai peur que ça ne te rende malheureux et que tu ne te tourmentes.

— Non, je ne me tourmenterai pas.

— Bien vrai? Moi, ça ne me tourmente pas, mais toi, j'ai peur que ça ne te tourmente.

— Pas du tout, ça ne me tourmentera pas.

— Je ne veux pas te le dire.

— Si, dis-moi.

— Il faut?

— Oui.

— Je vais avoir un bébé, chéri. Presque trois mois

133

déjà. Ça ne t'ennuie pas, dis? Je t'en supplie, il ne faut pas que ça te tourmente.

— Cela m'est égal.

— Vraiment?

— Mais bien sûr.

— J'ai tout fait. J'ai pris tout ce qu'il fallait. Ça a été inutile.

— Il n'y a pas de quoi se tourmenter.

— Je n'y peux rien, mon chéri. Je ne m'en suis jamais tourmentée. Toi non plus il ne faut ni t'en tourmenter ni t'en attrister.

— C'est pour toi seulement que je me préoccupe.

— Voilà. C'est justement ce que je ne veux pas. Ça arrive tous les jours qu'on ait des enfants. Tout le monde a des enfants. C'est une chose toute naturelle.

— Tu es rudement chic, tu sais.

— Mais non. Il ne faut plus y penser, mon chéri. Je tâcherai de ne pas te causer d'ennuis. Je sais que je viens de t'en causer maintenant, mais jusqu'alors est-ce que je n'avais pas été une gentille petite femme? Tu ne t'en étais jamais douté, n'est-ce pas?

— Non.

— Ce sera toujours comme ça. Il n'y a qu'une chose à faire, ne pas se tracasser. Je vois bien que tu te tourmentes. Il ne faut pas. Veux-tu boire quelque chose, mon chéri? Je sais que quand tu bois tu deviens tout de suite gai.

— Non. Je suis gai, et tu es rudement chic.

— Mais non. Mais je me débrouillerai pour aller avec toi quand tu auras choisi l'endroit. Ce sera charmant en octobre. Tu verras comme nous nous amuserons, mon chéri, et je t'écrirai tous les jours quand tu seras au front.

— Où seras-tu, toi?

— Je ne sais pas encore. Mais quelque part dans un joli endroit. Je m'occuperai de tout ça.

Pendant un instant nous restâmes tranquilles sans dire un mot. Catherine était assise sur le lit. Je la regardais, mais nous ne nous touchions pas. Nous étions séparés comme des gens qui se trouvent embarrassés parce que

quelqu'un est entré brusquement dans la chambre.
Elle avança la main et prit la mienne.

— Tu n'es pas fâché, mon chéri?

— Non.

— Tu n'as pas l'impression d'être pris au piège?

— Peut-être un peu, mais pas par toi.

— Je ne voulais pas dire par moi. Il ne faut pas dire
de sottises. Je veux dire pris au piège, en général.

— On se trouve toujours pris au piège, au sens biolo-
gique.

Elle ne bougea pas, elle ne retira pas sa main, mais
je la sentis s'en aller loin, très loin.

— Toujours est un bien vilain mot.

— Pardon.

— Ça ne fait rien. Seulement, tu vois, je n'ai jamais
eu d'enfant et je n'avais même jamais aimé jusqu'à
présent... et j'ai fait de mon mieux pour être telle que tu
me désirais, et voilà que tu dis : « toujours ».

— Veux-tu que je me coupe la langue? proposai-je.

— Oh! chéri! (Elle revint de ces régions lointaines où
elle était allée.) Ne fais pas attention.

Nous étions de nouveau ensemble. Toute gêne avait
disparu.

— Nous ne sommes en réalité qu'une seule et même
personne et il ne faut pas faire exprès de ne pas nous
comprendre.

— C'est vrai.

— Ça arrive pourtant. Les gens s'aiment et ils font
exprès de ne pas se comprendre, et ils se disputent et
alors, tout d'un coup, ils cessent de n'être plus qu'une
seule et même personne.

— Nous ne nous disputerons jamais.

— Non, il ne faut pas. Parce que nous sommes seuls,
nous deux; et dans le monde il y a tous les autres. Si
quelque chose se mettait entre nous, nous serions perdus
et le monde nous reprendrait.

— Non, il ne nous reprendra pas, dis-je, parce que tu
es trop brave. Il n'arrive jamais rien aux braves.

— Ils meurent naturellement.

— Oui, mais une fois seulement.

— Je ne sais pas. Qui a dit cela?

— Le lâche souffre mille morts, mais le brave n'en souffre qu'une.

— Oui. Qui a dit cela?

— Je ne sais pas.

— C'est un lâche probablement, dit-elle. Il connaissait bien les lâches, mais il ne connaissait pas les braves. Le brave souffre peut-être deux mille morts s'il est intelligent. Seulement il n'en parle pas.

— Je ne sais pas. C'est difficile de lire dans le cerveau d'un brave.

— Oui. C'est pour cela qu'ils le restent.

— Tu es une autorité.

— Tu as raison, chéri. C'était mérité.

— Tu es brave.

— Non, dit-elle. Mais je voudrais l'être.

— Moi, je ne le suis pas, dis-je. Je me connais. J'ai assez vécu pour le savoir. Je suis comme un joueur de base-ball qui fait une moyenne de deux cent trente et sait qu'il ne peut mieux faire.

— Qu'est-ce que c'est qu'un joueur de base-ball qui fait une moyenne de deux cent trente? C'est terriblement impressionnant.

— Pas du tout. Cela veut dire qu'il est un joueur bien maladroit.

— Mais un joueur tout de même, lança-t-elle.

— Je crois que nous sommes deux orgueilleux, dis-je. Mais tu es brave.

— Non, mais je tâcherai de l'être.

— Nous sommes braves tous les deux. Moi, dis-je, je suis toujours très brave sitôt que j'ai bu.

— Nous sommes des gens très chics, dit Catherine.

Elle alla ouvrir l'armoire et en rapporta l'eau-de-vie et un verre.

— Prends un peu de cognac, mon chéri, tu as été si gentil.

— Non, vraiment, je n'en sens pas le besoin.

— Rien qu'un peu.

— Si tu veux.

Je remplis le tiers du verre et l'avalai d'un seul trait.

— Tu y as été un peu fort, dit-elle. Je sais bien que l'eau-de-vie est la boisson des héros, mais il ne faudrait tout de même pas exagérer.

— Où habiterons-nous, après la guerre?

— Dans un asile de vieillards probablement, dit-elle. Pendant trois ans j'ai espéré puérilement que la guerre finirait à Noël. Mais maintenant je n'y compte pas avant le jour où notre fils sera lieutenant de vaisseau.

— Il sera peut-être général.

— Si c'est une guerre de cent ans, il aura le temps de servir à la fois dans la marine et dans l'armée.

— Tu ne veux pas boire?

— Non. Toi, ça te rend toujours heureux, mon chéri, mais moi ça ne fait que me monter à la tête.

— Tu n'as jamais bu d'eau-de-vie?

— Non, mon chéri. Je suis une femme très vieux jeu.

Je pris la bouteille que j'avais posée par terre et me versai un autre verre.

— Je ferais bien d'aller voir un peu tes compatriotes, dit Catherine. Tu voudras peut-être lire tes journaux avant mon retour.

— Faut-il vraiment que tu t'en ailles?

— Si ce n'est pas maintenant, ce sera plus tard.

— Bon. Alors maintenant.

— Je reviendrai tout à l'heure.

— Et j'aurai fini mes journaux, dis-je.

CHAPITRE XXII

La température s'abaissa dans la nuit, et le lendemain il pleuvait. Il pleuvait très fort quand je revins de l'Ospedale Maggiore et j'arrivai trempé. La pluie tombait à verse sur le balcon de ma chambre et, sous la poussée du vent, elle cinglait les vitres. Je me changeai et bus un verre d'eau-de-vie, mais l'eau-de-vie n'avait pas bon goût. J'eus mal au cœur pendant la nuit et, le matin, après mon premier déjeuner, je fus pris de nausées.

— Il n'y a aucun doute, dit le médecin-chef, regardez le blanc de ses yeux, mademoiselle.

Miss Gage regarda. Ils me firent me regarder dans une glace. J'avais le blanc des yeux tout jaune. C'était la jaunisse. Je fus malade deux semaines. Et pour cette raison nous ne pûmes passer ensemble mon congé de convalescence. Nous avions formé le projet d'aller à Pallanza, sur le lac Majeur. C'est très beau en automne, quand les arbres changent de feuillage. Il y a des promenades à faire et on peut pêcher la truite dans le lac. C'eût été mieux que Stresa parce qu'il y a moins de monde à Pallanza. Il est si facile d'aller de Milan à Stresa qu'on y rencontre toujours des connaissances. Il y a un joli village à Pallanza et on peut aller en barque jusqu'aux îles où habitent les pêcheurs et il y a un restaurant dans la plus grande des îles. Mais nous ne pûmes y aller.

Un jour que j'étais au lit avec la jaunisse, Miss Van Campen entra dans la chambre, ouvrit la porte de l'armoire et vit les bouteilles vides. J'en avais fait descendre des tas par le concierge et je suppose qu'elle les avait vues passer, aussi était-elle montée pour voir s'il y en avait d'autres. C'étaient surtout des bouteilles de vermouth, des bouteilles de marsala, des bouteilles de capri, des fiasques de chianti et quelques bouteilles de cognac. Le concierge avait emporté les grandes bouteilles, les fiasques de chianti gainées de paille, et il avait laissé les bouteilles d'eau-de-vie pour la fin. Ce sont ces bouteilles d'eau-de-vie et une bouteille de kummel en forme d'ours que Miss Van Campen trouva. La bouteille en forme d'ours la mit particulièrement en rage. Elle la tint en l'air. L'ours, assis sur son derrière, faisait le beau. Il avait un bouchon dans sa tête de verre et quelques cristaux visqueux étaient restés collés au fond. Je me mis à rire.

— C'était du kummel, dis-je. Le meilleur kummel est expédié dans ces bouteilles en forme d'ours. Il vient de Russie.

— Toutes ces bouteilles sont des bouteilles d'eau-de-vie, n'est-ce pas? demanda Miss Van Campen.

— Je ne peux pas les voir toutes, dis-je, c'est probable.

— Et depuis quand est-ce que cela dure?

— Je les ai achetées et les ai rapportées moi-même, dis-je. J'ai eu souvent la visite d'officiers italiens et j'ai toujours fait en sorte d'avoir de l'eau-de-vie à leur offrir.

— Vous n'en avez pas bu vous-même? dit-elle.

— Si, j'en ai bu moi-même.

— De l'eau-de-vie! dit-elle. Onze bouteilles d'eau-de-vie vides et ce liquide d'ours!

— Kummel.

— Je vais envoyer quelqu'un les chercher. C'est tout ce que vous avez comme bouteilles vides?

— Pour le moment.

— Et moi qui vous plaignais d'avoir la jaunisse! Ah! c'est bien perdre son temps que de vous plaindre!

— Merci.

— Je suppose qu'on ne peut pas vous blâmer de ne pas vouloir retourner au front, mais j'aime à croire que vous auriez pu trouver quelque chose de plus intelligent que de vous donner la jaunisse en vous alcoolisant.

— En faisant quoi?

— En vous alcoolisant. Vous m'avez fort bien entendue.

Je ne répondis rien.

— A moins que vous ne trouviez autre chose, je crains que vous n'ayez à retourner au front sitôt votre jaunisse finie. Je ne crois pas qu'une jaunisse contractée volontairement vous donne aucun droit à un congé de convalescence.

— Oh! vraiment?

— Non, je ne le crois pas.

— Avez-vous jamais eu la jaunisse, Miss Van Campen?

— Non, mais j'en ai vu beaucoup.

— Vous avez remarqué la jouissance qu'en éprouvent les malades?

139

— Je m'imagine que cela vaut mieux que le front.

— Miss Van Campen, dis-je, avez-vous jamais vu un homme essayer de se faire réformer en se donnant lui-même des coups de pied dans le scrotum?

Miss Van Campen ignora la question. Elle devait ou l'ignorer ou quitter la chambre. Or, elle ne voulait pas encore partir, car elle me détestait depuis longtemps et maintenant son heure était venue.

— J'ai connu bien des hommes qui ont échappé au front en s'infligeant des blessures volontaires.

— Ce n'est pas ce que je vous demandais. Moi aussi, j'ai vu des blessures volontaires. Je vous demandais si vous aviez jamais vu un homme essayer de se faire réformer en se donnant lui-même des coups de pied dans le scrotum? Parce que c'est, de toutes les sensations, celle qui ressemble le plus à la jaunisse, et c'est une sensation que, vraisemblablement, bien peu de femmes ont éprouvée. C'est pourquoi je vous demandais si vous aviez jamais eu la jaunisse, Miss Van Campen, parce que...

Miss Van Campen avait quitté la chambre. Un peu plus tard Miss Gage entra.

— Qu'avez-vous dit à Van Campen? Elle était furieuse.

— Nous avons comparé des sensations. J'allais lui suggérer qu'elle n'avait jamais éprouvé les douleurs de l'enfantement.

— Vous êtes idiot, dit Gage. Elle aura votre peau.

— Elle l'a déjà, répondis-je. Elle m'a fait perdre mon congé de convalescence et elle pourrait bien essayer de me faire passer en conseil de guerre. Elle est assez vache pour ça.

— Elle ne vous a jamais aimé, dit Gage. A propos de quoi tout ça?

— Elle prétend que je me suis donné la jaunisse exprès en buvant, afin de ne pas retourner au front.

— Peuh! dit Miss Gage. Je suis prête à jurer que vous n'avez jamais touché un verre. Tout le monde jurera que vous n'avez jamais touché un verre.

— Elle a trouvé les bouteilles.

— Je vous ai dit cent fois de vous débarrasser de ces bouteilles. Où sont-elles?

— Dans l'armoire.

— Avez-vous une valise?

— Non. Mettez-les dans mon sac.

Miss Cage mit les bouteilles dans le havresac.

— Je vais les donner au concierge, dit-elle.

Et elle se dirigea vers la porte.

— Une minute, dit Miss Van Campen. Je désire prendre ces bouteilles moi-même.

Le concierge l'accompagnait.

— Emportez tout cela, je vous prie, dit-elle. Je veux les montrer au docteur quand je ferai mon rapport.

Elle s'éloigna dans le corridor. Le concierge portait le sac. Il savait ce qu'il y avait dedans.

J'en fus quitte pour perdre mon congé de convalescence.

CHAPITRE XXIII

Le soir de mon départ pour le front, j'envoyai le concierge me garder une place dans le train de Turin. Le train partait à minuit. Il se formait à Turin et arrivait à Milan vers dix heures du soir. Il attendait en gare jusqu'à l'heure du départ. Il fallait être là à l'arrivée pour avoir une place. Le concierge se fit accompagner par un de ses amis, un mitrailleur en permission qui travaillait chez un tailleur. A eux deux, ils étaient sûrs de pouvoir me garder une place. Je leur donnai de l'argent pour leurs billets de quai et leur fis porter mes bagages. Il y avait un grand havresac et deux musettes.

Je fis mes adieux à l'hôpital vers cinq heures et je partis. Mes bagages se trouvaient dans la loge du concierge, et je lui dis que je serais à la gare un peu

141

avant minuit. Sa femme m'appela Signorino et pleura. Elle s'essuya les yeux, me serra la main et se remit à pleurer. Je lui tapai sur l'épaule et elle n'en pleura que de plus belle. Elle avait fait tous mes raccommodages. C'était une petite boulotte, à figure réjouie et à cheveux blancs. Quand elle pleurait, tout son visage se décomposait. Je descendis jusqu'au coin où il y avait un cabaret dans lequel j'attendis en regardant par la fenêtre. Dehors il faisait noir et froid, et il y avait du brouillard. Je payai mon café et mon grappa, et je regardai passer les gens dans la lumière de la fenêtre. Quand j'aperçus Catherine je frappai au carreau. Elle tourna la tête, me vit et sourit; et je sortis à sa rencontre. Elle portait une cape bleu foncé et un chapeau en feutre souple. Nous partîmes ensemble sur le trottoir, le long des cabarets. Nous traversâmes la place du marché, remontâmes la rue, puis, passant sous l'arcade, nous arrivâmes sur la place de la cathédrale. Il y avait des rails de tramway et, dans le fond, la cathédrale. Elle se dressait dans le brouillard, blanche et mouillée. Nous traversâmes les lignes de tramway. A gauche se trouvaient les magasins aux devantures éclairées et le commencement de la *galleria*. Il y avait du brouillard sur la place et, quand nous arrivâmes devant la cathédrale, elle nous fit l'effet d'être immense, et les pierres étaient mouillées.

— Veux-tu entrer?

— Non, dit Catherine.

Nous continuâmes notre chemin. Un soldat se tenait debout avec son amie dans l'ombre d'un des arcs-boutants de pierre. Nous passâmes près d'eux. Ils se tenaient tout droits contre la pierre, étroitement enlacés, et il l'avait enveloppée dans son manteau.

— Ils sont comme nous, dis-je.

— Personne n'est comme nous, dit Catherine; et il y avait une grande tristesse dans cette réflexion.

— Si seulement ils avaient un endroit où aller.

— Ils n'en seraient pas plus heureux pour cela.

— Je ne sais pas. Tout le monde devrait avoir un endroit où se réfugier.

142

— Il y a toujours la cathédrale, dit Catherine.

Nous l'avions dépassée. Nous nous trouvions maintenant de l'autre côté de la place et nous regardions la cathédrale. Elle était belle dans le brouillard. Nous étions arrêtés devant un magasin d'articles en cuir. A l'étalage, il y avait des bottes, un havresac, des souliers de ski. Chaque article semblait exposé à part. Le sac au milieu, les bottes d'un côté et les souliers de ski de l'autre. Le cuir était foncé et huileux, luisant comme une selle culottée, et, sur ce cuir foncé et huileux, la lumière électrique posait des reflets brillants.

— Nous ferons du ski, un jour.

— Dans deux mois on fera du ski à Mürren, dit Catherine.

— Si on y allait?

— Entendu, dit-elle.

Nous longeâmes d'autres étalages et tournâmes dans une rue transversale.

— Je n'ai jamais été par là.

— C'est par là que j'allais à l'hôpital, dis-je.

La rue était étroite. Nous marchions à droite. Beaucoup de gens passaient dans le brouillard. Il y avait des magasins et toutes les devantures étaient éclairées. Nous regardâmes la vitrine d'un marchand de fromages. Je m'arrêtai devant la boutique d'un armurier.

— Entrons une minute. Il faut que j'achète une arme.

— Quelle espèce d'arme?

— Un revolver.

Nous entrâmes. Je dégrafai mon ceinturon et le posai sur le comptoir avec sa fonte vide. Il y avait deux femmes derrière le comptoir. Elles apportèrent plusieurs revolvers.

— Il faut qu'il puisse entrer dans cet étui, dis-je en ouvrant la fonte. C'était une fonte en cuir gris. Je l'avais achetée d'occasion pour la porter en ville.

— Est-ce que ce sont de bons revolvers? demanda Catherine.

— Ils sont tous à peu près pareils. Puis-je essayer celui-ci? demandai-je à la femme.

— Je n'ai pas d'endroit pour tirer, dit-elle, mais il est très bon. On ne rate jamais son but avec un revolver pareil.

Je pressai la détente, je rabattis le chien. Le ressort était plutôt dur, mais le fonctionnement en était doux. Je visai et tirai de nouveau.

— Il a servi, dit la femme. Il appartenait à un officier qui était très bon tireur.

— Vous le lui aviez vendu?

— Oui.

— Comment avez-vous pu le ravoir?

— Par son ordonnance.

— Vous avez peut-être le mien aussi, dis-je. Quel en est le prix?

— Cinquante lires. C'est pour rien.

— Bon. Je voudrais deux chargeurs de rechange et une boîte de balles.

Elle les sortit de dessous le comptoir.

— Vous n'avez pas besoin d'un sabre? demanda-t-elle. J'ai des sabres d'occasion très bon marché.

— Je vais au front, dis-je.

— Oh! alors, vous n'avez pas besoin de sabre, dit-elle.

— Le revolver a un tire-feu, dit-elle.

— Je l'ai remarqué.

La femme aurait bien voulu me vendre autre chose.

— Vous n'avez pas besoin d'un sifflet?

— Je ne crois pas.

La femme nous souhaita le bonsoir et nous ressortîmes sur le trottoir. Catherine regarda par la vitrine. La femme tourna les yeux vers nous et s'inclina.

— Qu'est-ce que c'est que ces petits miroirs incrustés dans ces morceaux de bois?

— C'est pour attirer les oiseaux. On les fait tourner dans les champs, les alouettes les voient et s'approchent et les Italiens les tuent.

— Ce sont des gens ingénieux, dit Catherine. Vous ne tuez pas les alouettes en Amérique, n'est-ce pas, chéri?

— Pas spécialement.

Nous traversâmes la rue et la remontâmes de l'autre côté.

— Je me sens mieux, dit Catherine. Ça n'allait pas du tout au départ.

— Nous nous sentons toujours bien quand nous sommes ensemble.

— Nous serons toujours ensemble.

— Oui, mais je pars à minuit.

— Il ne faut pas y penser, mon chéri.

Nous remontions la rue. Le brouillard jaunissait les lumières.

— Tu n'es pas fatigué? demanda Catherine.

— Et toi?

— Moi ça va. C'est amusant de marcher.

— Oui, mais il ne faut pas le faire trop longtemps.

— Non.

Nous tournâmes dans une rue où il n'y avait pas de lumière. Je m'arrêtai pour embrasser Catherine. Tout en l'embrassant, je sentais sa main sur mon épaule. Elle s'était enroulée dans ma pèlerine de façon à ce qu'elle nous recouvrît tous les deux. Nous étions debout, dans la rue, adossés à un grand mur.

— Allons quelque part, dis-je.

— Je veux bien, dit Catherine.

Nous continuâmes notre route jusqu'à une rue plus large qui longeait un canal. De l'autre côté il y avait un mur en briques et des bâtiments. En face de nous, au bout de la rue, je vis un tramway qui traversait un pont.

— Nous pouvons prendre un fiacre au coin du pont, dis-je.

Nous attendîmes le fiacre sur le pont, dans le brouillard. Plusieurs tramways passèrent pleins de gens qui rentraient chez eux. Une voiture arriva, mais elle n'était pas libre. Le brouillard se changeait en pluie.

— Nous pourrions aller à pied ou prendre un tram, dit Catherine.

— Il va bien en venir, dis-je. Il en passe beaucoup par ici.

— En voilà un, dit-elle.

Le cocher arrêta son cheval et rabattit le pavillon de

métal du taximètre. La capote était relevée et il y avait des gouttes d'eau sur le vêtement du cocher. Son chapeau verni brillait sous la pluie. Nous nous blottîmes dans la voiture, et il faisait très noir sous la capote relevée.

— Où lui as-tu dit d'aller?

— A la gare. Il y a un hôtel en face de la gare où nous pourrons trouver une chambre.

— On nous y acceptera comme ça, sans bagages?

— Mais oui, dis-je.

Le trajet jusqu'à la gare fut très long, à travers des petites rues, sous la pluie.

— Est-ce que nous n'allons pas dîner? demanda Catherine, je crois que je ne vais pas tarder à avoir faim.

— Nous dînerons dans notre chambre.

— Je n'ai rien à me mettre, même pas une chemise de nuit.

— Nous allons en acheter une, dis-je, et j'appelai le cocher.

— Remontez la Via Manzoni.

Il acquiesça de la tête et prit la première rue à gauche. Dans la grande rue, Catherine chercha un magasin.

— En voilà un, dit-elle.

J'arrêtai le cocher. Catherine descendit. Elle traversa le trottoir et entra. J'attendis, assis dans le fond de la voiture. Il pleuvait et je percevais l'odeur de la rue mouillée et du cheval fumant sous la pluie. Elle revint avec un paquet et monta. Nous repartîmes.

— J'ai fait des folies, mon chéri, dit-elle, mais c'est une belle chemise.

A l'hôtel, je priai Catherine d'attendre dans la voiture pendant mes pourparlers avec le gérant. Il y avait beaucoup de chambres. Je revins alors vers la voiture, je payai le cocher et j'entrai avec Catherine. Le chasseur en livrée à boutons portait le paquet. Le gérant nous accompagna obséquieusement jusqu'à l'ascenseur. Il y avait partout une abondance de peluche rouge et de cuivre. Le gérant monta dans l'ascenseur avec nous.

— Monsieur et Madame désirent-ils dîner dans leur chambre?

146

— Oui. Veuillez nous faire monter le menu, dis-je.

— Désirez-vous quelque chose de spécial pour dîner, du gibier ou un soufflé?

L'ascenseur franchit trois étages, indiquant chacun d'eux par un petit déclic. Après un nouveau déclic, il s'arrêta.

— Qu'avez-vous en fait de gibier?

— Je pourrais vous donner du faisan ou du coq de bruyère.

— Du coq de bruyère, dis-je.

Nous longeâmes le couloir. Le tapis était usé. Il y avait beaucoup de portes. Le gérant s'arrêta, mit la clef à une porte et ouvrit.

— Voilà une chambre ravissante.

Le chasseur à boutons posa le paquet sur la table au milieu de la chambre. Le gérant ouvrit les rideaux.

— Il y a du brouillard dehors, dit-il.

La chambre était en peluche rouge. Il y avait beaucoup de miroirs, deux chaises et un grand lit avec un couvre-pied en satin. Une porte ouvrait dans la salle de bains.

— Je vais vous faire monter le menu, dit le gérant.

Il s'inclina et sortit.

J'allai à la fenêtre et regardai au-dehors, puis je tirai un cordon pour fermer les épais rideaux de peluche. Catherine s'était assise sur le lit et regardait le lustre en cristal taillé. Elle avait enlevé son chapeau et ses cheveux brillaient sous la lumière. Elle se vit dans une des glaces et porta la main à sa coiffure. Je la vis dans trois autres miroirs. Elle n'avait pas l'air heureux. Elle laissa glisser sa cape sur le lit.

— Qu'est-ce qu'il y a, chérie?

— C'est la première fois que j'ai l'impression d'être une grue, dit-elle.

Je retournai à la fenêtre. J'écartai le rideau et je regardai au-dehors. Je n'avais pas prévu que les choses tourneraient ainsi.

— Mais tu n'es pas une grue.

— Je le sais bien, mon chéri, mais ce n'est pas agréable

147

d'avoir l'impression d'en être une. Sa voix était sèche et sans timbre.

— Nous ne pouvions pas aller dans un meilleur hôtel.

Je regardais par la fenêtre. De l'autre côté de la place les lumières de la gare brillaient. Des voitures passaient dans la rue et je voyais les arbres du parc. Les lumières de l'hôtel se reflétaient sur les pavés. « Nom de Dieu, pensai-je, va-t-il falloir discuter maintenant? »

— Viens ici, veux-tu, dit Catherine. (Sa voix était redevenue naturelle.) Viens ici, dis. Je suis raisonnable à présent.

Je tournai mes regards vers le lit. Elle souriait. Je m'approchai et m'assis sur le lit près d'elle et je l'embrassai.

— Tu es ma bonne petite femme.

— Ah! certes oui, je suis bien à toi, dit-elle.

Après avoir mangé, nous nous sentîmes plus en train, et, plus tard, nous nous sentîmes parfaitement heureux; et au bout de très peu de temps il nous sembla que nous étions chez nous dans cette chambre. Ma chambre, à l'hôpital, avait été notre chez-nous aussi, exactement de la même façon.

Pendant tout le dîner, Catherine garda ma tunique sur ses épaules. Nous avions très faim et le repas était très bon, et nous bûmes une bouteille de capri et une bouteille de saint-estèphe. J'en bus la plus grande partie, mais Catherine en but aussi et cela la mit en gaieté. On nous servit un coq de bruyère avec des pommes de terre soufflées et de la purée de marrons, une salade et du *zabaione* comme dessert.

— C'est une belle chambre, dit Catherine. C'est une chambre ravissante. C'est ici que nous aurions dû habiter pendant tout notre séjour à Milan.

— C'est une drôle de chambre, mais elle est agréable.

— Le vice est une chose merveilleuse, dit Catherine. Les gens qui s'y adonnent semblent avoir bon goût. Cette peluche rouge est vraiment très bien. C'est tout à fait ce qui convient, et les miroirs sont très séduisants.

— Tu es une charmante petite femme.

— Je me demande l'effet qu'une chambre comme ça

peut produire au réveil; mais c'est vraiment une chambre splendide.

Je me versai un autre verre de saint-estèphe.

— Je voudrais que nous puissions commettre un vrai péché, dit Catherine. Tout ce que nous faisons ensemble paraît si innocent et si simple. Je ne peux pas croire que nous fassions rien de mal.

— Tu es une gosse épatante.

— J'ai tout simplement très faim. J'ai une faim de loup.

— Tu es une petite femme toute simple.

— Oui, je suis une petite femme toute simple. Tu es le seul à l'avoir compris.

— Un jour, peu de temps après t'avoir connue, j'ai passé un après-midi à imaginer que nous allions ensemble à l'hôtel Cavour... et tout ce qui s'y passait.

— C'était du toupet! Nous ne sommes pas au Cavour ici?

— Non. On ne nous y aurait pas admis.

— On nous y admettra un jour. Mais tu vois, c'est en ça que nous différons, mon chéri. Moi je n'ai jamais rien imaginé.

— Jamais? Jamais rien?

— Un tout petit peu, dit-elle.

— Tu es une gosse épatante.

Je me versai un autre verre de vin.

— Je suis une petite femme toute simple, dit Catherine.

— Je ne le croyais pas au début. Je croyais que tu étais folle.

— J'étais un peu folle. Mais je n'étais pas folle d'une manière compliquée. Je ne t'ai jamais déconcerté, hein, mon chéri?

— Le vin est une grande chose, dis-je. Ça vous fait oublier tout ce qui est mauvais.

— C'est charmant, dit Catherine. Mais ça a donné la goutte à mon père.

— Tu as un père?

— Oui, dit Catherine. Il a la goutte. Tu n'auras jamais à faire sa connaissance. Et toi, tu n'as pas de père?

— Non, dis-je, j'ai un beau-père.

— Est-ce que je l'aimerai?

— Tu n'auras jamais à faire sa connaissance.

— Nous sommes si heureux, dit Catherine, que je m'intéresse plus à rien d'autre. Je suis si heureuse d'être mariée avec toi.

Le garçon entra et emporta les affaires. Au bout d'un moment, nous étions si tranquilles que nous pouvions entendre tomber la pluie. En bas, dans la rue, une auto cornait.

> But at my back I always hear
> Time's winged chariot hurrying near [1],

dis-je.

— Je connais ces vers, dit Catherine. Ils sont de Marvel. Mais c'est l'histoire d'une jeune fille qui refusait de vivre avec un homme.

Je me sentais la tête tout à fait libre et j'avais tout mon sang-froid, et je voulais aborder les questions concrètes.

— Où veux-tu avoir ton bébé?

— Je ne sais pas. Dans le meilleur endroit que je pourrai trouver.

— Comment vas-tu te débrouiller?

— Le mieux possible. Ne te préoccupe pas de ça, mon chéri. Nous avons le temps d'avoir plusieurs bébés avant la fin de la guerre.

— Il va être bientôt temps de partir.

— Je sais. Nous pouvons partir tout de suite, si tu veux.

— Non.

— Alors, ne te préoccupe pas, mon chéri. Tu as été gentil jusqu'à présent, et maintenant voilà que tu commences à te préoccuper.

— Non. Tu m'écriras souvent?

— Tous les jours. Est-ce qu'on lit tes lettres?

1.   Mais derrière moi, j'entends toujours
      Le char ailé du Temps qui vite se rapproche.

— En tout cas ils ne savent pas l'anglais assez bien pour que ce soit dangereux.

— Je les ferai très embrouillées, dit Catherine.

— Pas trop embrouillées.

— Non, un tout petit peu embrouillées seulement.

— Je crains qu'il ne soit l'heure de partir.

— Très bien, chéri.

— Ça m'embête de quitter notre beau « chez-nous ».

— Moi aussi.

— Mais il faut partir.

— Oui, nous ne restons jamais bien longtemps dans nos « chez-nous ».

— Ça viendra un jour.

— J'aurai un beau « chez-nous » pour quand tu reviendras.

— Je vais peut-être revenir tout de suite.

— Tu seras peut-être blessé, juste un petit peu, au pied.

— Ou au lobe de l'oreille.

— Non, je veux tes oreilles telles qu'elles sont.

— Et pas mes pieds?

— Tes pieds ont déjà été blessés.

— Il faut partir, ma chérie, sérieusement.

— Bon. Passe le premier.

CHAPITRE XXIV

Nous descendîmes l'escalier au lieu de prendre l'ascenseur. Le tapis de l'escalier était usé. J'avais payé le dîner quand on nous l'avait monté, et le garçon qui l'avait apporté était assis sur une chaise près de la porte. Il bondit et s'inclina; et j'entrai avec lui dans le bureau pour payer la chambre. Le gérant, se souvenant de moi comme d'un vieil ami, n'avait pas voulu me faire payer d'avance, mais quand il était parti, il n'avait pas oublié de mettre le garçon en faction à la porte au cas où je voudrais m'en aller sans payer. Je suppose que cela lui était arrivé d'autres fois, même avec ses amis. On a tant d'amis en temps de guerre.

Je demandai au garçon d'aller nous chercher une voiture. Il me prit des mains le paquet de Catherine et sortit avec un parapluie. Par la fenêtre nous le vîmes traverser la rue sous l'averse. Nous attendîmes debout devant la fenêtre.

— Comment te sens-tu, Catherine?

— J'ai sommeil.

— Moi, je me sens creux. J'ai faim.

— As-tu emporté de quoi manger?

— Oui, dans ma musette.

Je vis arriver la voiture. Elle s'arrêta. Le cheval baissait la tête sous la pluie. Le garçon descendit, ouvrit son parapluie et s'avança vers l'hôtel. Nous le rejoignîmes à la porte et, abrités sous le parapluie, nous traversâmes le trottoir mouillé jusqu'à la voiture. De l'eau coulait dans le caniveau.

— Votre paquet est là, sur la banquette, dit le garçon.

Il attendit, le parapluie à la main, jusqu'à ce que nous fussions montés et qu'il eût son pourboire.

— Merci beaucoup. Bon voyage, dit-il.

Le cocher secoua ses guides et le cheval partit. Le garçon fit demi-tour sous son parapluie et rentra dans l'hôtel. Nous descendîmes la rue. Nous tournâmes à gauche et nous nous arrêtâmes à droite, en face de la gare. Deux carabiniers stationnaient dans la lumière, à l'abri de la pluie. La lumière brillait sur leurs chapeaux. La pluie semblait très claire et transparente dans la lumière de la gare. Un porteur sortit de la gare. Il courbait les épaules sous la pluie.

— Non, dis-je, merci. Je n'ai pas besoin de toi.

Il retourna s'abriter sous le porche. Je me tournai vers Catherine. Son visage était dans l'ombre, sous la capote

— Autant se dire adieu maintenant.

— Je ne peux pas entrer?

— Non. Adieu, Catherine.

— Veux-tu lui donner l'adresse de l'hôpital?

— Oui.

Je donnai l'adresse au cocher. Il opina de la tête.

— Adieu, dis-je. Prends bien soin de toi et de la petite Catherine.

— Adieu, chéri.

Je descendis sous la pluie et la voiture partit. Catherine se pencha et je vis son visage dans la lumière. Elle sourit et agita la main. La voiture remonta la rue. Catherine pointa son doigt dans la direction du porche. Je regardai. Je ne vis que les deux carabiniers et le porche. Je compris qu'elle me faisait signe d'aller m'abriter. J'obéis et restai debout, les yeux fixés sur la voiture qui tournait au coin de la rue. Alors seulement je traversai le hall et passai sur la voie.

Le concierge me cherchait sur le quai. Je le suivis dans le train. Je me frayai un passage parmi les gens, dans le couloir jusqu'au compartiment dont le mitrailleur occupait un coin. Mon bissac et mes musettes étaient au-dessus de sa tête, dans le filet. Il y avait beaucoup d'hommes debout dans le couloir, et ceux du compartiment nous dévisagèrent quand nous entrâmes. Il n'y avait pas assez de places dans le train et tout le monde était hargneux. Le mitrailleur se leva pour me céder sa place. Quelqu'un me frappa sur l'épaule. Je regardai autour de moi. C'était un capitaine d'artillerie, grand et maigre, avec une cicatrice rouge à la mâchoire. Du couloir, il avait regardé à travers la vitre, et il était entré.

— Qu'est-ce que vous voulez? demandai-je.

Je m'étais détourné et le dévisageais. Il était plus grand que moi. Sa figure s'effilait dans l'ombre de sa visière, et la cicatrice était toute fraîche et luisante. Tout le monde, dans le compartiment, me regardait.

— Vous n'avez pas le droit de faire cela, dit-il. Vous n'avez pas le droit de faire garder votre place par un soldat.

— Je l'ai fait quand même.

Il avala sa salive et je vis sa pomme d'Adam monter

153

et redescendre. Le mitrailleur était debout devant la place. D'autres hommes regardaient à travers la vitre. Personne ne parlait dans le compartiment.

— Vous n'avez pas le droit de faire cela. J'étais ici deux heures avant vous.

— Qu'est-ce que vous voulez?

— Cette place.

— Moi aussi.

J'observai sa physionomie. Je sentais que tout le compartiment était contre moi. Je ne pouvais les en blâmer. Il avait raison. Mais je voulais cette place. Cependant personne ne parlait.

— Oh! après tout je m'en fous, pensais-je.

— Asseyez-vous, Signor Capitano, dis-je.

Le mitrailleur s'effaça et le grand capitaine s'assit. Il me regarda. Il avait l'air offensé, mais il avait la place.

— Prenez mes affaires, dis-je au mitrailleur.

Nous sortîmes dans le couloir. Le train était bondé et je savais que je n'avais aucune chance de trouver une place. Je donnai dix lires au concierge ainsi qu'au mitrailleur. Ils longèrent le couloir et descendirent sur le quai en regardant par toutes les portières, mais il n'y avait pas de places.

— Il descendra peut-être du monde à Brescia, dit le concierge.

— Il en montera à Brescia, reprit le mitrailleur.

Je leur dis adieu. Ils me serrèrent la main, et partirent. Ils étaient tristes. Dans le wagon nous étions tous debout, au départ du train. Je regardai passer les lumières de la gare et les chantiers. Il pleuvait toujours et bientôt les vitres furent si mouillées qu'on ne pouvait plus rien voir. Plus tard je m'endormis, couché dans le couloir. J'avais placé mon portefeuille contenant mon argent et mes papiers sous ma chemise, dans mon caleçon, de sorte qu'il se trouvait dans la jambe de ma culotte. Je dormis toute la nuit. Je ne m'éveillai qu'à Brescia et à Vérone quand des hommes montèrent dans le wagon, mais je me rendormis ensuite. J'avais la tête sur une de mes musettes et les bras autour de l'autre, et je pouvais sentir mon havresac contre moi; et ceux qui ne voulaient pas me marcher dessus étaient forcés de m'enjamber. Des hommes dormaient par terre, tout le long du couloir. D'autres se tenaient aux barres d'appui des fenêtres ou restaient adossés aux portes. Ce train était toujours bondé.

LIVRE III

CHAPITRE XXV

C'était l'automne. Les arbres étaient nus et les routes
boueuses. D'Udine je me rendis à Gorizia sur un camion.
Nous croisâmes d'autres camions sur la route. Je regardais le paysage. Les mûriers avaient perdu leurs feuilles
et les champs étaient bruns. Des feuilles mortes, tom-
bées des rangées d'arbres nus, gisaient mouillées, sur
la route, et, sur la route, des hommes travaillaient à
combler les ornières avec les pierres qui s'élevaient
en tas de chaque côté, entre les arbres. Nous pouvions
voir la ville sur laquelle pesait une brume qui voilait
les montagnes. Nous traversâmes la rivière et je vis
qu'elle était très haute. Il avait plu dans la montagne.
Nous entrâmes en ville, passant d'abord devant les
usines, puis devant les maisons et les villas; et je
remarquai qu'il y avait beaucoup plus de maisons
endommagées. Dans une rue étroite nous croisâmes
une ambulance de la Croix-Rouge anglaise. Le chauffeur
portait un képi. Son visage était fin et bronzé. Je ne le
connaissais pas. Je descendis du camion sur la grande
place, devant la mairie. Le chauffeur me passa mon
havresac. Je le mis sur mon dos, et balançant mes deux
musettes, je m'acheminai vers la villa. Je n'avais nullement l'impression de rentrer chez moi.

Je suivis l'allée au gravier mouillé, tout en regardant
la villa à travers les arbres. Toutes les fenêtres étaient
fermées, mais la porte était ouverte. J'entrai. Le major
était assis à une table dans la salle nue aux murs couverts
de cartes et de circulaires tapées à la machine.

— Tiens! dit-il, comment ça va?

Il semblait plus vieux et plus sec.

— Ça va bien, dis-je. Où en sont les choses?

— Tout est fini. Débarrassez-vous et asseyez-vous.

Je posai mon sac et mes deux musettes par terre et je plaçai mon képi sur le sac. J'allai chercher l'autre chaise contre le mur et je m'assis près de la table.

— L'été a été mauvais, dit le major. Vous êtes tout à fait remis?

— Oui.

— Avez-vous fini par être décoré?

— Oui, parfaitement. Merci beaucoup.

— Faites-moi voir ça.

J'entrouvris mon manteau afin qu'il pût voir les deux rubans.

— Avez-vous reçu les écrins avec les médailles?

— Non, les papiers seulement.

— Les écrins viendront plus tard. Ça demande un certain temps.

— Qu'est-ce que vous voulez que je fasse?

— Toutes les voitures sont parties. Il y en a dix dans le nord, à Caporetto. Vous connaissez Caporetto?

— Oui, dis-je.

Autant qu'il m'en souvînt, c'était une petite ville blanche avec un campanile, dans une vallée. Une petite ville proprette, avec une jolie fontaine sur la place.

— C'est là que nous travaillons maintenant. Il y a beaucoup de malades. Les combats sont finis.

— Où sont les autres?

— Il y en a deux dans la montagne et quatre encore sur le Bainsizza. Les deux autres sections d'ambulance sont sur le Carso avec la troisième armée.

— Que voulez-vous que je fasse?

— Vous pouvez vous charger des quatre voitures du Bainsizza, si vous voulez. Gino y est depuis long-temps. Vous n'avez pas été là-haut, n'est-ce pas?

— Non.

— Ça a été très dur. Nous avons perdu trois voitures.

— Je l'ai entendu dire.

— Oui, Rinaldi vous a écrit.

— Où est Rinaldi?

— Il est ici, à l'hôpital. Il se souviendra de son été et de son automne.

— Je le crois.

— Ça a été terrible, dit le major. Vous n'avez pas idée de ce que ça a été. J'ai souvent pensé que vous aviez eu bien de la chance d'être blessé dès le début.

— Je le sais bien.

— L'année prochaine ce sera pire, dit le major. Ils vont peut-être attaquer maintenant. On dit qu'ils vont attaquer, mais je ne peux pas le croire. C'est trop tard. Vous avez vu la rivière?

— Oui, elle est déjà très haute.

— Je ne crois pas qu'ils attaquent, maintenant que les pluies ont commencé. Nous aurons bientôt de la neige. Mais parlez-moi de vos compatriotes. Verrons-nous jamais d'autres Américains que vous?

— On est en train d'entraîner une armée de dix mille hommes.

— J'espère que nous en recevrons quelques-uns. Mais les Français vont tout rafler. Nous n'en verrons jamais un seul ici. Enfin! Restez ici ce soir, et demain vous prendrez la petite voiture pour aller relever Gino. Je vous ferai accompagner par quelqu'un qui connaît la route. Gino vous mettra au courant. Les Autrichiens bombardent encore un peu, mais en réalité c'est fini. Ça vous intéressera de voir le Bainsizza.

— Certainement. Je suis enchanté d'être de nouveau sous vos ordres, Signor Maggiore.

Il sourit :

— C'est gentil à vous de dire cela. J'en ai par-dessus la tête de cette guerre. Si je partais, je crois que je ne reviendrais pas.

— Ça va si mal que ça?

— Oui, de mal en pis. Allez faire votre toilette et dire bonjour à votre ami Rinaldi.

Je sortis et montai avec mes sacs. Rinaldi n'était pas dans la chambre, mais toutes ses affaires y étaient. Je m'assis sur le lit. Je déroulai mes molletières et j'enlevai le soulier de mon pied droit. Ensuite je m'étendis sur le lit. J'étais fatigué et mon pied droit me faisait mal. J'avais l'air un peu bête, couché sur mon lit, avec un seul pied déchaussé. Je me redressai, délaçai l'autre soulier et le laissai tomber à terre. Après quoi je me recouchai sur le dos. La chambre sentait le renfermé, car la fenêtre était close, mais j'étais trop las pour aller l'ouvrir. Je vis que toutes mes affaires étaient dans un coin de la chambre. Dehors, il commençait à faire noir. Couché sur le lit, je pensais à Catherine et j'attendais Rinaldi. J'allais essayer de ne penser à Catherine que le soir avant de m'endormir. Mais maintenant j'étais fatigué et je n'avais rien à faire. Je pouvais donc penser à elle. C'est à elle que je pensais quand Rinaldi entra. Il n'avait pas changé. Peut-être avait-il un peu maigri.

— Alors, bébé, dit-il.

Je me soulevai sur le lit. Il s'approcha, s'assit et passa son bras autour de moi.

— Ce bon vieux bébé!

Il me donna une grande claque sur le dos et je lui saisis les deux bras.

— Mon vieux bébé, dit-il. Fais-moi voir ton genou.

— Il faut que j'enlève ma culotte.

— Eh bien, enlève ta culotte, bébé. On est entre amis. Je veux voir quel genre de travail on t'a fait.

Je me levai et rabaissai ma culotte, puis j'enlevai ma genouillère. Rinaldi s'assit par terre et me fit ployer le genou doucement, d'avant en arrière. Il passa son doigt sur la cicatrice, mit ses deux pouces sur la rotule et fit rouler le genou délicatement entre ses doigts.

— C'est tout ce que tu as comme articulation?

— Oui.

— C'est un crime de t'avoir renvoyé. Ils auraient dû attendre que l'articulation fût complètement revenue.

— Il y a beaucoup d'amélioration. J'avais le genou raide comme un morceau de bois.

Rinaldi accentua la flexion. J'observai ses mains. Il avait de belles mains de chirurgien. Je regardai le dessus de sa tête, ses cheveux luisants et bien peignés. Il me ploya le genou un peu trop.

— Aïe, dis-je.

— Il te faudrait davantage de mécanothérapie, dit Rinaldi.

— Il y a une grande amélioration.

— Je le vois bien, bébé. J'en sais plus long que toi là-dessus.

Il se releva et s'assit sur le lit.

— Le genou en lui-même c'est du beau travail. (Il en avait fini avec mon genou.) Maintenant raconte-moi tout ce que tu as fait.

— Il n'y a rien à raconter, dis-je. J'ai mené une vie bien tranquille.

— Tu as l'air d'un homme marié, dit-il. Qu'est-ce que tu as?

— Rien, dis-je. Et toi?

— Moi? Cette guerre me tue, dit Rinaldi. Elle me déprime beaucoup.

Il croisa les mains sur son genou.

— Oh! dis-je.

— Quoi? n'ai-je pas la permission d'avoir des impulsions humaines?

— Non. Je crois comprendre que tu ne t'es pas embêté. Raconte-moi.

— Tout l'été et tout l'automne j'ai opéré. Je travaille tout le temps. Je fais le travail de tout le monde. On me laisse tous les cas sérieux. Bon Dieu, bébé, je deviens un chirurgien épatant.

— J'aime mieux ça.

— Je ne pense jamais. Ah! bon Dieu non, je ne pense jamais, j'opère.

— C'est parfait.

— Mais maintenant, bébé, tout est fini. Je n'opère plus et j'ai un cafard du diable. C'est une guerre terrible, bébé. Tu peux me croire, va, quand je te le dis. Il faut que tu me remontes le moral. Tu m'as apporté des disques de phono?

— Oui.

Ils étaient dans mon sac, enveloppés de papier dans une boîte en carton. J'étais trop fatigué pour les sortir.

— Et toi, ça ne va pas non plus, bébé?

— Ah! bougre non.

— Cette guerre est terrible, dit Rinaldi. Allons, on va se saouler tous les deux pour se mettre en gaieté et puis on ira au bobinard. Tu verras que ça nous remettra d'aplomb.

— Je viens d'avoir la jaunisse, dis-je, et je ne peux plus me saouler.

— Oh! bébé, c'est comme ça que tu me reviens, sérieux et avec un foie? Je te le dis, cette guerre ne vaut rien. Pourquoi la faisons-nous après tout?

— Buvons un peu. Je ne veux pas me saouler, mais je prendrai bien un verre.

Rinaldi traversa la chambre, alla à la table de toilette et en rapporta deux verres et une bouteille de cognac.

— C'est du cognac autrichien, dit-il. Sept étoiles. C'est tout le butin qu'on a fait sur le San Gabriele.

— Tu étais là-bas?

— Non, je n'ai été nulle part. Je suis resté tout le temps ici à opérer. Regarde, bébé, c'est ton vieux verre à dents. Je l'ai gardé précieusement en souvenir de toi.

— Et pour te faire penser à te laver les dents.

— Non. J'en ai un à moi. J'ai gardé celui-là pour me rappeler ce que tu faisais le matin. Je te vois encore, jurant, avalant de l'aspirine, pestant contre les putains, essayant d'effacer sur tes dents les traces de la villa Rossa. Chaque fois que je vois ce verre, je pense à tes efforts pour te nettoyer la conscience avec ta brosse à dents. (Il s'approcha du lit.) Embrasse-moi et dis-moi que tu n'es pas devenu sérieux.

— Je ne t'embrasserai jamais. Tu n'es qu'un vieux singe.

— Je sais, et toi, tu es le type idéal de l'Anglo-Saxon. Je sais. Tu es le garçon à remords. Je sais. J'attends le moment où l'Anglo-Saxon lavera sa débauche avec sa brosse à dents.

— Verse du cognac dans ce verre.

Nous trinquâmes et bûmes. Rinaldi se moquait de moi.

— Je vais te saouler et t'enlever ton foie, et je te mettrai un bon foie italien à la place pour te faire redevenir un homme.

Je lui tendis mon verre pour avoir d'autre cognac. Dehors, il faisait tout à fait noir. Mon verre à la main, j'allai ouvrir la fenêtre. La pluie avait cessé. Il faisait plus frais dehors, avec du brouillard dans les arbres.

— Ne jette pas ton cognac par la fenêtre, dit Rinaldi. Si tu ne peux pas le boire, donne-le-moi.

— Tu peux courir, dis-je.

J'étais content de revoir Rinaldi. Il y avait deux ans qu'il me taquinait et cela m'avait toujours plu. Nous nous entendions très bien.

— Es-tu marié? me demanda-t-il.

Il était sur le lit. J'étais adossé au mur, près de la fenêtre.

— Pas encore.

— Es-tu amoureux?

— Oui.

— La petite Anglaise?

— Oui.

— Mon pauvre bébé! Est-elle gentille avec toi au moins?

— Naturellement.

— Je veux dire, est-elle gentille d'une façon... pratique?

— Tais-toi.

— Oui. Je vais même te prouver que je suis un homme du plus grand tact. Est-ce qu'elle b...?

— Rinin! dis-je, je te prie de te taire. Si tu veux être mon ami, tais-toi.

— Je ne veux pas être ton ami, bébé. Je *suis* ton ami.

— Alors, tais-toi.

— Bon.

Je m'approchai du lit et m'assis à côté de Rinaldi. Il tenait son verre à la main et regardait par terre.

— Tu comprends, Rinin?

— Oh! oui. Toute ma vie je me suis trouvé en face de sujets tabou. Mais avec toi il y en avait très peu. Je suppose qu'il faut bien que tu en aies, toi aussi. Il contemplait le plancher.

— Tu n'en as pas, toi?

— Non.

163

— Pas un seul?

— Non.

— Je pourrais raconter n'importe quoi sur ta mère ou sur ta sœur?

Rinaldi répéta très vite : « ou sur ta sœur. » Et nous éclatâmes de rire.

— Le vieux surhomme, dis-je.

— Peut-être suis-je jaloux, dit Rinaldi.

— Non, tu n'es plus jaloux.

— Je ne veux pas dire ce genre de jalousie... Je veux dire autre chose. As-tu des amis mariés?

— Oui, dis-je.

— Pas moi, dit Rinaldi. Pas s'ils s'aiment.

— Pourquoi?

— Parce qu'alors ils ne m'aiment pas.

— Pourquoi?

— Je suis le serpent... Je suis le serpent de la raison.

— Tu embrouilles tout. C'est la pomme qui était la raison.

— Non, c'est le serpent.

Il était plus gai.

— Tu es beaucoup mieux quand tu ne penses pas si profondément, dis-je.

— Je t'aime, bébé, dit-il. Tu me dégonfles dès que je pose au grand penseur italien. Mais je sais bien des choses que je ne peux dire. J'en sais plus long que toi.

— Oui, certainement.

— Mais tu seras plus heureux... Même avec tes remords, tu seras plus heureux.

— J'en doute.

— Oh! si. C'est vrai. Déjà maintenant je ne suis heureux que quand je travaille.

Il contempla de nouveau le plancher.

— Tu reprendras le dessus.

— Non. Il n'y a que deux choses que j'aime. L'une est mauvaise pour mon travail, l'autre ne dure qu'une demi-heure, ou un quart d'heure, quelquefois moins.

— Quelquefois beaucoup moins.

— J'ai peut-être fait des progrès, bébé, tu ne sais pas. Mais il n'y a que ces deux choses-là et le travail.

— Tu trouveras d'autres choses.

— Non. On ne trouve jamais rien. Nous naissons avec tout notre avoir et nous ne changeons jamais. Nous n'acquérons jamais rien de nouveau. Nous sommes complets dès le début. J'aimerais n'être pas un Latin.

— Ca n'existe pas, les Latins. Je veux dire la pensée latine. Vous êtes si fiers de vos défauts.

Rinaldi leva les yeux et se mit à rire.

— Assez, bébé, ça me fatigue de tant penser.

Il avait déjà l'air fatigué quand il était entré.

— Il est bientôt l'heure de dîner. Je suis content que tu sois de retour. Tu es mon meilleur ami, mon frère d'armes.

— Quand est-ce que les frères d'armes vont manger? demandai-je.

— Tout de suite. Nous allons prendre encore un verre pour le bien de ton foie.

— Comme saint Paul.

— Ce n'est pas exact. C'était du vin et il s'agissait de l'estomac.

— Quoi que tu aies dans ta bouteille, dis-je, et pour le bien de qui tu voudras.

— A ton amie! dit Rinaldi.

Il leva son verre.

— Très bien.

— Je ne dirai plus jamais de cochonneries à son sujet.

— Ne fais pas trop d'efforts.

Il avala son cognac.

— Je suis pur, dit-il. Pur comme toi, bébé. Je vais me trouver une petite Anglaise, moi aussi. Mais, après tout, je l'ai connue avant toi, ton Anglaise, seulement elle était un peu trop grande pour moi. Une grande femme c'est bon comme sœur, cita-t-il.

— Tu as un esprit d'une pureté charmante, dis-je.

— N'est-ce pas? C'est pour ça qu'on m'appelle Rinaldo Purissimo.

— Rinaldo Sporchissimo.

— Viens, bébé. Allons dîner tant que mon esprit est encore pur.

Je me lavai, me peignai, et nous descendîmes l'escalier, Rinaldi était un peu ivre. Dans la salle à manger le dîner n'était pas encore prêt.

— Je vais aller chercher la bouteille, dit Rinaldi.

Il remonta. Je me mis à table. Il revint et emplit deux verres de cognac.

— Trop, dis-je.

Je levai mon verre dans la direction de la lampe sur la table.

— Pas pour un estomac vide. C'est merveilleux. Ça vous brûle complètement l'estomac. Rien de pire pour le foie.

— Parfait.

— Autodestruction, jour par jour, dit Rinaldi. Ça vous démolit l'estomac et ça vous fait trembler la main. Tout à fait indiqué pour un chirurgien.

— Tu le recommandes?

— En toute confiance. Je le fais moi-même. Avale ça, bébé, et attends-toi à être malade.

Je bus la moitié du verre. Dans le couloir j'entendis notre garçon de mess qui criait : « La soupe, la soupe est servie. »

Le major entra, nous salua d'un signe de tête et s'assit. A table, il avait l'air tout petit.

— Nous ne sommes pas plus nombreux que cela? demanda-t-il.

Le serveur posa la soupe sur la table. Il emplit son assiette.

— Non, dit Rinaldi. A moins que l'aumônier ne vienne. S'il savait que Frederico est ici, il viendrait.

— Où est-il? demandai-je.

— Il est au 307, dit le major.

Il termina sa soupe et s'essuya la bouche, séchant avec soin sa moustache retroussée.

— Il va venir, je pense. J'ai téléphoné et j'ai recommandé qu'on lui dise que vous étiez là.

— Le bruit du mess me manque, dis-je.

— Oui, c'est calme, dit le major.

— Je vais faire du bruit, dit Rinaldi.

— Prenez du vin. Enrico, dit le major.

Il emplit mon verre. On nous servit des spaghetti, ce

qui nous occupa pendant un moment. Nous finissions les spaghetti quand l'aumônier entra. Il était toujours le même, petit, brun, lourdaud. Je me levai et lui serrai la main. Il mit sa main sur mon épaule.

— Je suis venu dès que j'ai su... dit-il.

— Asseyez-vous, dit le major. Vous êtes en retard.

— Bonsoir, *priest*, dit Rinaldi, employant le mot anglais.

C'était une habitude lancée par le médecin anticlérical qui savait un peu d'anglais.

— Bonsoir, Rinaldi, répondit l'aumônier.

Le garçon de mess lui apporta de la soupe, mais il dit qu'il commencerait par les spaghetti.

— Comment allez-vous? me demanda-t-il.

— Très bien, dis-je. Et vous?

— Prenez du vin, *priest*, dit Rinaldi. Prenez un peu de vin pour la santé de votre estomac. C'est du saint Paul, vous savez.

— Oui, je sais, dit l'aumônier poliment.

Rinaldi lui emplit son verre.

— Ce sacré saint Paul, dit Rinaldi. C'est de lui que vient tout le mal.

L'aumônier me regarda et sourit. Je vis que les brocards ne le touchaient plus.

— Ce sacré saint Paul, reprit Rinaldi. C'était un noceur et un coureur, et une fois qu'il a été impuissant il s'est mis à raconter que la noce, ça ne valait rien. Quand il a été refroidi, il a établi des règles pour ceux qui avaient encore le sang chaud. Est-ce que ça n'est pas vrai, Frederico?

Le major sourit. Nous mangions du rata.

— Je ne discute jamais les saints après le coucher du soleil, dis-je.

L'aumônier leva les yeux de dessus son rata et me sourit.

— Voyez-moi ça, le voilà du côté des curés maintenant, dit Rinaldi. Où sont-ils tous les bons anticalotins? Où est Cavalcanti? Où est Brundi? Où est Cesare? Il n'y a donc plus personne pour m'aider à charrier l'aumônier.

— C'est un bon prêtre, dit le major.

— C'est un bon prêtre, mais c'est un prêtre tout de même, dit Rinaldi. J'essaie de ressusciter le vieux mess d'autrefois. Je veux que Frederico soit heureux. Allez vous faire foutre, l'abbé!

Je vis que le major le regardait et comprenait qu'il était ivre. Son fin visage était pâle. La ligne des cheveux tranchait en noir sur le blanc du front.

— C'est bon, Rinaldi, c'est bon, dit l'aumônier.

— Allez vous faire foutre, dit Rinaldi, vous et tout le sacré bazar.

Il se renversa sur sa chaise.

— Il s'est surmené et il est fatigué, me dit le major.

Il termina sa viande et ramassa la sauce avec un morceau de pain.

— J'm'en fous, dit Rinaldi. Au diable le sacré bazar.

Il jeta un regard de défi à toute la table, les yeux hagards, le visage livide.

— C'est entendu, dis-je. Au diable tout le sacré bazar.

— Non, non, dit Rinaldi. C'est impossible, impossible. Je vous dis que c'est impossible. On est vide et desséché. Il n'y a rien d'autre. Il n'y a rien, je vous dis, pas la moindre petite chose. Je m'en rends bien compte dès que je cesse de travailler.

L'aumônier hocha la tête. Le garçon enleva le plat de rata.

— Pourquoi mangez-vous de la viande? dit Rinaldi en se tournant vers l'aumônier. Vous ne savez donc pas que c'est vendredi?

— C'est jeudi, dit l'aumônier.

— Vous mentez. C'est vendredi. Vous êtes en train de manger la chair du Seigneur. C'est de la viande de Dieu. Je le sais bien. C'est de la viande d'Autrichien. Voilà ce que vous êtes en train de manger.

— Le blanc c'est de la viande d'officier, dis-je pour achever la plaisanterie classique.

Rinaldi se mit à rire. Il emplit son verre.

— Ne faites pas attention, dit-il, je suis un peu fou.

— Vous devriez prendre un congé, dit l'aumônier.

Le major lui fit un signe de tête. Rinaldi regarda l'aumônier.

— Ah! vous croyez que je devrais prendre un congé?

Le major fit un signe de tête à l'aumônier. Rinaldi le regardait toujours.

— C'est comme vous voudrez, dit l'aumônier. Ne le faites pas si vous ne voulez pas.

— Allez vous faire foutre, dit Rinaldi. Ils essaient de se débarrasser de moi. Mais je me défends. Qu'est-ce que ça peut vous faire si je l'ai? Tout le monde l'a. Le monde entier l'a. Au début (il imita le conférencier), au début, ce n'est qu'un petit bouton, ensuite on remarque une éruption entre les épaules. Puis on ne remarque plus rien du tout. Mettons toute notre confiance dans le mercure...

— Ou le 606, plaça le major tranquillement.

— Un produit arsenical, dit Rinaldi, qui semblait tout fier maintenant. Mais je connais quelque chose qui vaut mieux que tout ça. Ce bon vieil aumônier! Vous ne l'attraperez jamais, vous. Bébé l'attrapera. C'est un accident du travail, un simple accident du travail.

Le serveur apporta le dessert et le café. Le dessert se composait d'une sorte de gâteau de mie de pain arrosé de sucre fondu. La lampe filait. La fumée noire montait droite le long des parois du verre.

— Apportez-nous deux bougies et emportez cette lampe, dit le major.

Le garçon apporta deux bougies allumées, chacune dans une soucoupe. Il souffla la lampe et l'emporta. Rinaldi était calmé. Il paraissait normal. La conversation continua et, après le café, nous allâmes tous dans le couloir.

— Tu veux causer avec l'aumônier? Moi, il faut que j'aille en ville, dit Rinaldi. Bonsoir, *priest.*

— Bonsoir, Rinaldi, dit l'aumônier.

— A tout à l'heure, Fredi, dit Rinaldi.

— Oui, dis-je, ne rentre pas trop tard.

Il fit une grimace et sortit. Le major était debout près de nous.

— Il est surmené et très fatigué, dit-il. Il croit qu'il a la syphilis. Je ne le crois pas, mais tout de même,

ça pourrait bien être. Il s'applique le traitement...
Bonsoir. Vous partirez au petit jour, Enrico?

— Oui.

— Alors, adieu, dit-il. Bonne chance. Peduzzi vous
réveillera et vous accompagnera.

— Adieu, Signor Maggiore.

— Adieu. On parle d'une offensive autrichienne,
mais je n'y crois pas. J'espère que ce n'est pas vrai.
Mais en tout cas, ce ne sera pas dans ce secteur. Gino
vous mettra au courant. Le téléphone marche bien
maintenant.

— Je téléphonerai régulièrement.

— Je vous en prie. Bonne nuit. Empêchez donc
Rinaldi de boire tant d'eau-de-vie.

— Je ferai mon possible.

— Bonsoir, monsieur l'aumônier.

— Bonsoir, Signor Maggiore.

Il entra dans son bureau.

CHAPITRE XXVI

J'allai à la porte et regardai au-dehors. Il ne pleuvait
plus, mais il y avait du brouillard.

— Montons-nous? demandai-je à l'aumônier.

— Je n'ai que quelques minutes.

— Venez.

Nous montâmes l'escalier et entrâmes dans ma
chambre. Je me couchai sur le lit de Rinaldi. L'aumônier s'assit sur le mien que mon ordonnance venait
de faire. Il faisait noir dans la chambre.

— Alors, dit-il. Vous allez tout à fait bien, vraiment?

— Oui. Je suis fatigué, ce soir.

— Je suis fatigué aussi, mais sans raison.

— Et la guerre?

— Je crois qu'elle va finir bientôt. Je ne sais pas
pourquoi, mais j'ai cette impression.

— Comment cela?

— Vous connaissez votre major, si doux? Eh bien, beaucoup de gens sont comme lui maintenant.

— Je me sens comme cela moi-même, dis-je.

— Nous avons eu un terrible été, dit l'aumônier. (Il avait plus d'assurance que le jour où j'étais parti.) Vous ne saurez jamais ce que ça a été. Mais tout de même, vous avez été là-bas et vous pouvez vous figurer ce que cela peut être. Bien des gens ne se sont rendu compte de la guerre que cet été. Des officiers que je croyais incapables de comprendre comprennent maintenant.

— Que va-t-il arriver?

Je promenais ma main sur la couverture.

— Je ne sais pas, mais je crois que ça ne pourra pas continuer bien longtemps.

— Que va-t-il arriver?

— On cessera de se battre.

— Qui?

— Des deux côtés.

— Je l'espère, dis-je.

— Vous ne croyez pas?

— Je ne crois pas que des deux côtés on puisse cesser de se battre en même temps.

— Je ne pense pas non plus. Ce serait trop demander. Mais quand je constate tous ces changements dans les hommes, je pense que ça ne peut pas continuer.

— Qui a été victorieux, cet été?

— Personne.

— Les Autrichiens ont été victorieux, dis-je. Ils nous ont empêchés de prendre le San Gabriele. Ils ont été victorieux. Ils ne cesseront pas de se battre.

— S'ils pensent comme nous, ils s'arrêteront. Ils ont souffert autant que nous.

— Jamais les vainqueurs ne s'arrêtent.

— Vous êtes décourageant.

— Je vous dis ce que je pense.

— Alors vous croyez que ça va continuer indéfiniment? Il n'arrivera jamais rien?

— Je ne sais pas. Tout ce que je peux vous dire c'est

171

que je ne crois pas que les Autrichiens s'arrêtent tant qu'ils seront victorieux. C'est quand on est vaincu qu'on devient chrétien.

— Les Autrichiens sont chrétiens, sauf les Bosniens.

— Je ne veux pas dire chrétiens au sens littéral, je veux dire comme Notre-Seigneur.

Il se tut.

— Nous sommes plus doux maintenant parce que nous sommes battus. Comment Notre-Seigneur aurait-il été si Pierre l'avait sauvé dans le Jardin des Oliviers?

— Il aurait été tout pareil.

— Je ne crois pas, dis-je.

— Vous êtes décourageant, dit-il. Je crois que quelque chose va arriver et je ne cesse de prier pour cela. Je l'ai senti déjà bien près.

— Il se peut que quelque chose arrive, dis-je, mais ça n'arrivera qu'à nous. S'ils pensaient comme nous, ce serait parfait. Mais ils nous ont battus. Ils pensent différemment.

— Bien des soldats ont toujours raisonné ainsi. Ce n'est pas parce qu'ils étaient battus.

— Ils étaient battus dès le début. Ils ont été battus le jour où on les a enlevés à leurs fermes pour les enrôler dans l'armée. C'est pour cette raison que le paysan a du bon sens, parce qu'il a été vaincu dès le commencement. Donnez-lui le pouvoir et vous verrez ce que deviendra son bon sens.

Il ne dit rien. Il réfléchissait.

— Mon moral est bas en ce moment, dis-je. C'est pourquoi je ne réfléchis jamais à tout cela. Je ne réfléchis jamais, et cependant quand je commence à parler, je dis ce que j'ai conçu dans ma tête sans réfléchir.

— J'avais espéré quelque chose.

— La défaite?

— Non, quelque chose de plus.

— Il n'y a rien de plus. Sauf la victoire, et c'est peut-être pire.

— Pendant longtemps j'ai espéré la victoire.

— Moi aussi.

— Maintenant je ne l'espère plus.

— Il faut que ce soit l'une ou l'autre.

— Je ne crois plus à la victoire.

— Moi non plus. Mais je ne crois pas à la défaite, ce qui pourtant vaudrait peut-être mieux.

— A quoi croyez-vous?

— Au sommeil, dis-je.

Il se leva.

— Je regrette d'être resté si longtemps, mais j'aime tellement causer avec vous.

— Je suis très heureux d'avoir pu causer encore une fois. Je n'avais aucune arrière-pensée en parlant de sommeil.

Nous nous levâmes et nous serrâmes la main dans l'obscurité.

— Je couche au 307, maintenant.

— Je monte aux postes demain de bonne heure.

— Nous ferons une promenade ensemble et nous causerons.

Je l'accompagnai jusqu'à la porte.

— Ne descendez pas, dit-il. Je suis content que vous soyez revenu, quoique ça n'ait rien d'agréable pour vous.

Il posa sa main sur mon épaule.

— Oh! moi, cela m'est égal, dis-je. Bonne nuit.

— Bonne nuit. *Ciao!*

— *Ciao!* dis-je.

Je tombais de sommeil.

CHAPITRE XXVII

Je m'éveillai quand Rinaldi rentra, mais il ne me parla pas et je me rendormis. Le matin j'étais habillé et parti avant le jour, et Rinaldi ne se réveilla pas quand je partis.

Je n'avais jamais vu le Bainsizza et je trouvais étrange de gravir ces pentes qui avaient appartenu aux Autrichiens, par-delà l'endroit où j'avais été blessé, sur la rivière. Il y avait une nouvelle route à pente très rapide et beaucoup de camions. Plus loin, le terrain s'aplanissait et, dans le brouillard, j'aperçus des bois et des collines escarpées. Quelques bois avaient été pris très rapidement et n'avaient pas été anéantis. Plus loin, à l'endroit où les collines cessaient de l'abriter, la route était prolongée par des espèces de nattes, des deux côtés et par-dessus. La route aboutissait à un village en ruine. Les tranchées se trouvaient un peu plus haut. Il y avait beaucoup d'artillerie dans les alentours. Les maisons étaient complètement démolies mais tout était fort bien organisé, et il y avait des écriteaux partout. Nous trouvâmes Gino. Il nous donna du café. Ensuite je l'accompagnai. Je fis la connaissance de plusieurs personnes et je visitai les postes. Gino me dit que les voitures anglaises assuraient le service un peu plus bas, à Ravne. Il avait une grande admiration pour les Anglais. On bombardait encore un peu, me dit-il, mais il n'y avait pas beaucoup de blessés. Il y aurait beaucoup de malades bientôt à cause des pluies. Les Autrichiens étaient censés devoir attaquer mais il n'en croyait rien. Nous étions supposés attaquer nous aussi, mais on n'avait point amené de troupes fraîches, ce qui lui donnait à penser que cela n'arriverait pas davantage. La nourriture se faisait rare et il serait bien content de pouvoir faire un vrai repas à Gorizia. Qu'est-ce que j'avais mangé à mon dîner? Je le lui dis, et il trouva cela merveilleux. Il était particulièrement impressionné par le *dolce*. Je n'en fis pas une description bien détaillée. Je lui dis seulement que c'était un *dolce*, et je crois qu'il s'imagina quelque chose de plus raffiné qu'un simple gâteau de mie de pain.

Savais-je où on allait l'envoyer? Je répondis que je ne le savais pas, mais que quelques-unes de nos voitures étaient à Caporetto. Il espérait qu'on l'enverrait là-bas. C'était un gentil petit endroit, et il aimait les grandes montagnes qui s'élevaient derrière. C'était un garçon très sympathique et tout le monde semblait l'aimer. Il me dit que le San Gabriele avait été un véritable enfer, de même que l'affaire de Lom qui avait mal tourné. Il dit que les Autrichiens avaient beaucoup d'artillerie dans les bois sur la crête de Ternova, plus loin et au-dessus de nous, et que, la nuit, ils bombardaient violemment les routes. Il y avait une batterie de pièces de marine qui l'exaspérait. Il en reconnaissait les obus à leur basse trajectoire. On entendait la détonation, et le sifflement suivait aussitôt. Ils tiraient d'habitude deux canons à la fois, coup sur coup, et les éclats d'obus étaient énormes. Il m'en fit voir un, un morceau de métal poli et dentelé qui avait plus d'un pied de long. On aurait dit du métal antifriction.

— Je ne crois pas qu'ils soient tellement efficaces, dit Gino, mais ils me font peur. On dirait toujours qu'ils vous arrivent dessus. On entend d'abord la détonation et tout de suite après le sifflement et l'explosion. A quoi bon n'être pas blessé, si c'est pour mourir de peur?

Il dit qu'il y avait des Croates dans les tranchées en face de nous et quelques Magyars. Nos troupes tenaient encore les positions d'attaque. Il n'y avait pour ainsi dire pas de fils de fer et nul endroit où se retrancher en cas d'une attaque autrichienne. Il y avait de bonnes positions de défense le long des petites montagnes qui s'élevaient sur le plateau, mais on n'avait rien fait pour les organiser en vue de la défense. Mais, au fait, qu'est-ce que je pensais du Bainsizza?

Je m'attendais à le trouver plus plat, plus comme un plateau. Je ne me figurais pas qu'il était si accidenté.

— *Alto piano*, dit Gino, mais pas *piano*.

Nous retournâmes dans la cave de la maison où il habitait. Je lui dis qu'à mon avis, une arête, plate au sommet mais d'une certaine profondeur, devait être plus facile et plus pratique à défendre qu'une série de petites montagnes. Il n'était pas plus difficile d'attaquer sur une montagne qu'en terrain plat, dis-je.

— Cela dépend des montagnes, dit-il. Regardez le San Gabriele.

— Oui, dis-je, mais le mal a commencé en haut, là où c'était plat. On a atteint le sommet assez facilement.

175

— Pas si facilement que ça.

— Je vous l'accorde, dis-je, mais c'était un cas spécial, parce que c'était beaucoup plus une forteresse qu'une montagne. C'est-à-dire, en me plaçant du point de vue tactique, que, dans une guerre de mouvement, une série de montagnes ne vaut rien en tant que ligne, parce qu'il est trop facile de les tourner. Il faut qu'une certaine mobilité soit possible et une montagne n'est pas particulièrement mobile. De plus, on tire toujours trop haut quand on vise en bas. Quand les flancs sont tournés, les meilleurs hommes se trouvent sur les plus hauts sommets.

J'ajoutai que je ne croyais pas à la guerre en montagnes. J'y avais beaucoup réfléchi. On s'empare d'une montagne, l'ennemi s'empare d'une autre, mais dès que l'affaire devient sérieuse on s'empresse de redescendre dans la plaine.

— Que faire quand on a une frontière montagneuse? dit-il.

Je répondis que je n'avais pas encore étudié cette question et nous nous mîmes à rire. Mais, dis-je, dans l'ancien temps, les Autrichiens étaient toujours rossés dans le quadrilatère près de Vérone. On les laissait arriver dans la plaine et on les y rossait.

— Oui, dit Gino, mais c'étaient des Français et il est bien plus facile de résoudre les problèmes militaires quand on se bat dans le pays du voisin.

— C'est vrai, approuvai-je, quand il s'agit de la patrie on ne peut pas traiter les choses aussi scientifiquement.

— Les Russes l'ont fait pour prendre Napoléon au piège.

— Oui, mais leur pays était grand. Si vous essayiez de battre en retraite pour prendre Napoléon au piège, vous vous trouveriez à Brindisi.

— Une ville abominable, dit Gino. Y avez-vous jamais été?

— Pas pour y séjourner.

— Je suis bon patriote, dit Gino, mais je ne puis aimer ni Brindisi, ni Tarente.

— Aimez-vous le Bainsizza? demandai-je.

— Le sol est sacré, dit-il. Je voudrais seulement qu'il y poussât plus de pommes de terre. Savez-vous que, quand nous sommes arrivés ici, nous avons trouvé des champs où les Autrichiens avaient planté des pommes de terre?

— Y a-t-il vraiment eu pénurie de vivres?

— Moi personnellement je n'ai jamais eu assez à manger, mais je suis gros mangeur, et pourtant je ne suis pas mort de faim. Le mess est comme tous les mess. Aux tranchées, les troupes sont assez bien nourries, mais les troupes de renfort ne sont pas aussi bien partagées. Il y a quelque chose qui cloche quelque part. Nous devrions avoir des vivres en abondance.

— Les riz-pain-sel les vendent ailleurs.

— Oui, ils distribuent tout ce qu'ils peuvent aux bataillons de première ligne, et ceux de l'arrière se trouvent à court. Ils ont mangé toutes les pommes de terre autrichiennes et les châtaignes des bois. On devrait les nourrir mieux que ça. Nous sommes gros mangeurs. Je suis sûr qu'il y a beaucoup de vivres. C'est très mauvais pour les soldats d'être à court de nourriture. Avez-vous jamais remarqué combien cela influe sur le moral?

— Oui, dis-je. Ça ne peut pas faire gagner une guerre, mais ça peut la faire perdre.

— Ne parlons pas de perte. On n'en parle que trop. Les événements de cet été ne peuvent pas s'être passés en vain.

Je ne dis rien. J'ai toujours été embarrassé par les mots : sacré, glorieux, sacrifice, et par l'expression « en vain ». Nous les avions entendus debout, parfois, sous la pluie, presque hors de la portée de l'ouïe, alors que seuls les mots criés nous parvenaient. Nous les avions lus sur les proclamations que les colleurs d'affiches placardaient depuis longtemps sur d'autres proclamations. Je n'avais rien vu de sacré, et ce qu'on appelait glorieux n'avait pas de gloire, et les sacrifices ressemblaient aux abattoirs de Chicago avec cette différence que la viande ne servait qu'à être enterrée. Il y avait beaucoup de mots qu'on ne pouvait plus tolérer et, en fin de compte, seuls les noms des localités avaient conservé quelque dignité. Il en était de même de certains numéros et de certaines dates. Avec les noms des localités c'était tout ce qui avait encore un semblant de signification. Les mots abstraits tels que gloire, honneur, courage ou sainteté étaient indécents, comparés aux noms concrets des villages, aux numéros des routes, aux noms des rivières, aux numéros des régiments, aux dates. Gino était patriote, aussi disait-il des choses qui parfois nous séparaient; mais c'était un gentil garçon et je comprenais son patriotisme. Il était né patriote. Il partit avec Peduzzi dans l'auto pour rentrer à Gorizia.

Il fit mauvais toute la journée. Le vent fouettait la pluie et ce n'était partout que flaques d'eau et boue. Le plâtre des maisons démolies était gris et mouillé. Dans la soirée la pluie cessa et, du poste numéro deux, je pouvais voir la campagne d'automne, nue et mouillée, les nuages sur le sommet des montagnes et sur la route, les tunnels de paille, mouillés et dégouttants. Le soleil se montra un instant avant de se coucher et illumina les bois dénudés au-delà de l'arête. Il y avait beaucoup de canons autrichiens dans les bois, sur cette arête, mais seuls quelques-uns tiraient. Je m'amusai à regarder les bouffées de fumée des shrapnels qui soudain apparaissaient dans le ciel au-dessus de quelque ferme démolie, près de la ligne de feu; bouffées molles, avec, au centre, un éclair blanc jaunâtre. On voyait l'éclair, on entendait la détonation, puis on voyait le panache se déformer et s'évanouir dans le vent. Les moellons des maisons étaient criblés de balles de shrapnels. Il y en avait aussi sur la route, près de la maison écroulée où le poste de secours était installé; mais ce jour-là ils ne bombardèrent pas le poste. Nous chargeâmes deux voitures et nous descendîmes la route qui était protégée par des paillassons mouillés; et les derniers rayons du soleil filtraient à travers les interstices des nattes. Nous n'étions pas sortis sur la route découverte, derrière la colline, que le soleil était déjà couché.

Nous suivîmes la route découverte et, comme nous arrivions à l'endroit où, dans un tournant, elle s'enfonçait à nouveau dans l'ouverture carrée d'un tunnel de paille, la pluie se remit à tomber.

Le vent s'éleva dans la nuit et, à trois heures du matin, sous une pluie torrentielle, le bombardement commença. Les Croates s'avancèrent, à travers les prairies et les bosquets, jusqu'aux tranchées de première ligne. Ils se battirent dans l'obscurité, sous la pluie, et une contre-attaque d'hommes effrayés de la deuxième ligne les refoula. Sur tout le front il y eut un gros bombardement et beaucoup de fusées dans la pluie, et un tir violent de mitrailleuses et de fusils. Ils ne revinrent pas et le calme se rétablit, et entre les rafales de vent et de pluie, nous pouvions entendre le grondement d'un bombardement intense très loin, dans le nord.

Les blessés affluaient au poste. Les uns étaient portés sur des brancards, d'autres marchaient, d'autres arrivaient hissés sur le dos de soldats qui s'avançaient à travers champs. Ils étaient trempés jusqu'aux os et terrifiés. Nous remplîmes deux voitures avec les brancards qu'on remontait de la cave du poste de secours, et, comme je fermais la porte de la deuxième voiture, je sentis que la pluie sur mon visage s'était changée en neige. Les flocons tombaient épars et rapides dans la pluie.

Au lever du jour la tempête durait encore mais la neige avait cessé. Elle avait fondu à mesure qu'elle tombait sur la terre mouillée et il s'était remis à pleuvoir. Il y eut une autre attaque au petit jour, mais elle échoua. Nous comptions sur une attaque dans l'après-midi mais elle ne se produisit qu'au coucher du soleil. Le bombardement commença au sud sous la longue crête boisée où les canons autrichiens étaient concentrés. Nous nous attendions à être bombardés aussi, mais il n'en fut rien. La nuit tombait. Les canons tiraient dans le champ, derrière le village, et les obus qui tombaient au loin rendaient un son confortable.

Nous apprîmes que l'attaque au sud avait échoué.

Cette nuit-là, les ennemis n'attaquèrent pas, mais le bruit courut qu'ils avaient fait une brèche au nord. Dans la nuit nous reçûmes l'ordre de nous préparer à reculer. Le major de deuxième classe m'en informa au poste de secours. Il l'avait appris par l'état-major de la brigade. Un peu plus tard il revint du téléphone disant que c'était faux. La brigade avait reçu l'ordre de conserver la ligne du Bainsizza coûte que coûte. Je m'enquis de la brèche et il me répondit que, d'après l'état-major de la brigade, les Autrichiens auraient percé les troupes du 27e corps, près de Caporetto. Il y avait eu une grande bataille au nord toute la journée.

— Si ces salauds les laissent passer, nous sommes fichus, dit-il.

— Ce sont les Allemands qui attaquent, dit l'un des médecins.

Le mot Allemands avait quelque chose d'effrayant. Nous ne voulions pas avoir affaire aux Allemands.

— Il y a quinze divisions d'Allemands, dit le médecin. Ils ont passé et nous allons être cernés.

— La brigade veut que nous conservions cette ligne. Il paraît que la brèche n'est pas sérieuse et que nous allons nous retrancher sur une ligne partant de Monte Maggiore, à travers la montagne.

— Qui leur a dit ça?

— L'état-major de la division.

— L'ordre de nous replier venait de la division.

— Nous sommes sous les ordres du corps d'armée, dis-je, mais moi ici, je suis sous vos ordres. Naturellement quand vous me direz de partir je partirai, mais tâchez d'obtenir des ordres précis.

— L'ordre est de rester ici. Transportez les blessés au poste d'évacuation.

— Quelquefois il nous arrive aussi de les transporter du poste d'évacuation aux ambulances du front, dis-je. Dites-moi, je n'ai jamais vu de retraite, mais en cas de retraite comment évacue-t-on tous les blessés?

— On ne les évacue pas tous. On emmène ceux qu'on peut, et on laisse le reste.

— Qu'est-ce qu'il faudra que j'emporte dans ma voiture?

— Du matériel d'hôpital.

— Très bien, dis-je.

La nuit suivante la retraite commença. Nous apprîmes que les Allemands et les Autrichiens avaient percé au nord et qu'ils descendaient de la montagne vers Cividale et Udine. La retraite s'effectua, méthodique, mouillée, lugubre. Dans la nuit, sur les routes où nous avancions lentement, nous rencontrâmes des troupes qui marchaient sous la pluie, des chevaux qui tiraient des voitures, des mules, des camions, et tout cela s'éloignait du front. Il n'y avait pas plus de désordre que quand on avançait.

Cette nuit-là, nous aidâmes à l'évacuation des ambulances qui avaient été installées sur le plateau, dans les villages les moins démolis. Nous transportâmes les blessés à Plava par le lit de la rivière. Le lendemain, sous la pluie, nous passâmes toute la journée à évacuer les hôpitaux et le poste d'évacuation de Plava. Il pleuvait sans arrêt et l'armée du Bainsizza quitta le plateau sous la pluie d'octobre, et traversa la rivière, là où avaient commencé les grandes victoires, au printemps de cette même année. Nous arrivâmes à Gorizia le lendemain, dans l'après-midi. La pluie avait cessé et la ville était presque vide. Au moment où nous passions on embarquait sur un camion les femmes du bordel à soldats. Il y en avait sept. Elles avaient leurs chapeaux et leurs manteaux et elles portaient de petites valises. Il y en avait deux qui pleuraient. Une autre nous sourit, tira la langue et l'agita à petits coups, de haut en bas. Elle avait de grosses lèvres et des yeux noirs.

Je descendis de ma voiture et j'allai parler à la maquerelle.

Elle me dit que les femmes de la maison pour officiers étaient parties le matin de bonne heure. Où allaient-elles? A Conegliano, dit-elle. Le camion s'ébranla. La fille aux grosses lèvres recommença son petit jeu de langue. La maquerelle agita la main. Les deux filles continuaient à pleurer. Les autres regardaient la ville avec intérêt. Je revins à la voiture.

— Nous devrions aller avec elles, dit Bonello, ça serait un voyage agréable.

— Oh! notre voyage sera agréable, dis-je.

— Il sera bougrement désagréable.

— C'est ce que je voulais dire, dis-je.

Nous prîmes le chemin de la villa.

— J'voudrais bien être là quand un costaud essaiera de grimper dans le camion, histoire de rigoler un peu.

— Vous croyez que ça arrivera?

— Pour sûr. Tout le monde dans l'armée connaît la maquerelle.

Nous étions près de la villa.

— On l'appelle la Mère Supérieure, dit Bonello. Les femmes sont nouvelles, mais elle, tout le monde la connaît. On a dû les amener juste avant la retraite.

— Elles ne vont pas s'embêter.

— J'comprends. J'aimerais bien pouvoir m'en envoyer une pour rien. C'est trop cher dans cette maison. Le gouvernement nous exploite.

— Sortez la voiture et faites-la réviser par les mécaniciens, dis-je. Mettez de l'huile, vérifiez le différentiel, graissez-le et allez dormir.

— Bien, Signor Tenente.

La villa était vide. Rinaldi était parti avec l'hôpital. Le major avait emmené le personnel avec lui. Il y avait une note pour moi sur la fenêtre, me recommandant de remplir mes voitures avec le matériel empilé dans le vestibule et de me diriger sur Pordenone. Les mécaniciens étaient déjà partis. Je retournai au garage. Les deux autres autos venaient juste d'arriver et leurs chauffeurs descendaient. La pluie avait recommencé.

— J'ai tellement sommeil que je me suis endormi trois fois depuis Plava, dit Piani. Qu'est-ce qu'on va faire, Tenente?

— Il faut mettre de l'huile, graisser, faire le plein d'essence, puis emmener les voitures devant la maison pour y charger tout le bazar qu'ils ont laissé.

— Et après, est-ce qu'on partira?

— Non, nous dormirons trois heures.

— Bon Dieu, ça m'fera du bien de dormir, dit Bonello. J'pouvais pas m'tenir éveillé au volant.

— Votre voiture marche. Aymo? demandai-je.

— Très bien.

— Passez-moi un bourgeron, je vais vous aider à huiler.

— Non, n'faites pas ça, Tenente, c'n'est rien à faire. Allez préparer vos affaires.

— Mes affaires sont toutes prêtes, dis-je. Je vais sortir tout le fourbi qu'ils nous ont laissé. Amenez les voitures dès qu'elles seront prêtes.

Ils amenèrent les voitures devant la maison et nous y chargeâmes le matériel qui était empilé dans le vestibule. Quand tout fut casé, les trois autos restèrent alignées dans l'allée sous les arbres et la pluie.

— Faites du feu dans la cuisine et séchez-vous, dis-je.

— Je m'fous d'avoir des vêtements secs, dit Piani, tout ce que j'veux, c'est dormir.

— J'vais dormir dans le lit du major. J'vais dormir dans l'plumard où le vieux toubib en écrase.

— Je m'fous d'l'endroit pourvu que j'dorme, dit Piani.

— Il y a deux lits ici, dis-je en ouvrant la porte.

— Je m'étais toujours demandé ce qu'il y avait dans cette chambre, dit Bonello.

— C'était la chambre du vieux merlan, dit Piani.

— Vous allez dormir ici tous les deux, dis-je, je vous réveillerai.

— Les Autrichiens se chargeront de nous réveiller si vous dormez trop longtemps, Tenente, dit Bonello.

— Je ne dormirai pas trop longtemps, dis-je. Où est Aymo?

— Il est allé dans la cuisine.

— Allez dormir, dis-je.

— Sûr que j'vais dormir. J'ai dormi debout toute la journée. C'était comme si tout le dessus du crâne me tombait sur les yeux.

— Enlève tes bottes, dit Bonello, c'est le lit du vieux merlan.

— Le vieux merlan ou rien, c'est la même chose.

Piani se coucha sur le lit, avec ses bottes boueuses et mit sa tête sur son bras. J'allai à la cuisine. Aymo avait allumé le fourneau et y avait placé une bouilloire d'eau.

— J'ai pensé qu'il serait bon de préparer un peu de *pasta asciutta*, dit-il. On aura faim quand on se réveillera.

— Vous n'avez pas sommeil, Bartolomeo?

— Pas trop. Dès que l'eau bouillira je la laisserai. Le feu tombera de lui-même.

— Vous feriez mieux d'aller dormir, dis-je. Nous pourrions manger du fromage et du singe.

— Ça, c'est meilleur, dit-il. Quelque chose de chaud, ça vaudra mieux pour ces deux anarchistes. Mais allez dormir, vous, Tenente.

— Il y a un lit dans la chambre du major.

— Allez-y dormir.

— Non, je vais monter dans mon ancienne chambre. Voulez-vous boire un coup, Bartolomeo?

— Quand on partira, Tenente. Maintenant ça n'servirait à rien.

— Si vous vous réveillez dans trois heures et si vous ne m'entendez pas, réveillez-moi, voulez-vous?

— Je n'ai pas de montre, Tenente.

— Il y a un cartel sur le mur, dans la chambre du major.

— Très bien.

Je traversai la salle à manger, suivis le vestibule et montai par l'escalier de marbre jusqu'à la chambre où j'avais vécu avec Rinaldi. Il pleuvait. J'allai à la fenêtre et regardai au-dehors. La nuit tombait et je vis les trois autos alignées sous les arbres. Les arbres dégouttaient sous la pluie. Il faisait froid et les gouttes pendaient aux branches. Je revins vers le lit de Rinaldi. Je m'y étendis et me laissai envahir par le sommeil.

Nous mangeâmes dans la cuisine avant de partir. Aymo avait préparé un plat de spaghetti qu'il avait agrémentés d'un hachis d'oignons et de viande de conserve. Nous nous assîmes autour de la table et bûmes deux bouteilles de vin qu'on avait oubliées dans la cave de la villa. Dehors, il faisait noir et la pluie tombait toujours. Piani se mit à table tout ensommeillé.

— J'aime mieux reculer qu'avancer, dit Bonello. Quand on recule on boit du barbera.

— Nous en buvons aujourd'hui, mais demain, nous boirons peut-être bien de l'eau de pluie, dit Aymo.

— Demain, nous serons à Udine. Nous boirons du champagne. C'est la ville des embusqués. Réveille-toi, Piani. On boira du champagne demain, à Udine.

— Je suis réveillé, dit Piani. (Il se servit une assiettée de spaghetti et de viande.) T'aurais pas pu trouver de la sauce tomate, Barto?

— Y en avait pas, dit Aymo.

— On boira du champagne à Udine, dit Bonello.

Il emplit son verre de barbera rouge clair.

— On boira peut-être de la pisse avant d'être à Udine, dit Piani.

— Vous avez assez mangé, Tenente? demanda Aymo.

— J'ai eu grandement assez. Donnez-moi la bouteille, Bartolomeo.

— Il y aura une bouteille pour chacun dans les voitures, dit Aymo.

— Vous n'avez pas du tout dormi?

— Je n'ai pas besoin de beaucoup de sommeil. J'ai dormi un peu.

— Demain on couchera dans le lit du roi, dit Bonello.

Il se sentait très émoustillé.

— Demain on couchera peut-être dans la merde, dit Piani.

— Je coucherai avec la reine, dit Bonello.

Il me regarda pour voir comment je prenais la plaisanterie.

— Tu coucheras peut-être avec la merde, dit Piani à moitié endormi.

— Ça, c'est de la trahison, Tenente, dit Bonello, n'est-ce pas que c'est de la trahison?

— Taisez-vous, dis-je. Le vin vous fait aller un peu trop loin.

Dehors il pleuvait à verse. Je regardai ma montre. Il était neuf heures et demie.

— Il est temps de rouler, dis-je en me levant.

185

— Avec qui voulez-vous aller, Tenente? demanda Bonello.

— Avec Aymo. Vous nous suivrez, et Piani viendra ensuite. Nous partirons par la route de Cormons.

— J'ai peur de tomber endormi, dit Piani.

— Alors, c'est avec vous que j'irai. Bonello nous suivra et ensuite Aymo.

— Ça vaut mieux, dit Piani, parce que j'ai tellement sommeil.

— Je conduirai et vous pourrez dormir un moment.

— Non, j'peux conduire pourvu que j'sois sûr que quelqu'un me réveillera si j'm'endors.

— Je vous réveillerai. Éteignez les lumières, Barto.

— Pourquoi pas les laisser? dit Bonello. Nous n'avons plus besoin de cette maison.

— J'ai une cantine dans ma chambre, dis-je. Voulez-vous m'aider à la descendre Piani?

— On y va, dit Piani. Viens, Aldo.

Il sortit dans le couloir avec Bonello. Je les entendis monter l'escalier.

— C'était chic, ici, dit Bartolomeo Aymo. (Il mit deux bouteilles de vin et une moitié de fromage dans son havresac.) On n'retrouvera jamais un endroit pareil. Où va-t-on se retirer, Tenente?

— Derrière le Tagliamento, paraît-il. L'hôpital et le secteur doivent s'établir à Pordenone.

— Ici, c'est mieux que Pordenone.

— Je ne connais pas Pordenone, dis-je. Je n'ai fait qu'y passer.

— Ce n'est pas grand-chose comme patelin, dit Aymo.

CHAPITRE XXVIII

Nous traversâmes la ville déserte, dans la pluie et l'obscurité. Seuls quelques régiments et des canons défilaient dans la grand-rue. Il y avait aussi beaucoup de camions et des charrettes qui, par d'autres rues, convergeaient vers la route nationale. Quand, après avoir passé devant les tanneries, nous nous trouvâmes sur la route, les troupes, les camions, les charrettes et les canons y formaient une large colonne qui se déplaçait lentement. Nous avancions lentement mais régulièrement sous la pluie. Le bouchon du radiateur de notre auto frôlait l'arrière d'un camion dont le chargement était recouvert d'une bâche. Toute la colonne s'arrêta, repartit, avança encore un peu et s'arrêta. Je descendis et me faufilai entre les camions et les charrettes et sous le cou mouillé des chevaux. C'était plus haut, tout à fait en tête, qu'on était bloqué. Je quittai la route, franchis le fossé sur une planche et partis à travers champ. Tout en marchant je pouvais voir la colonne en panne, entre les arbres, sous la pluie. Je fis environ un mille. La colonne ne bougeait pas, cependant, de l'autre côté, au-delà des véhicules bloqués, je pouvais voir les troupes avancer. Je revins vers nos voitures. Vraisemblablement, tout était immobilisé jusqu'à Udine. Piani dormait sur son volant. Je grimpai près de lui et m'endormis également. Quelques heures plus tard, le camion qui nous précédait embraya. Averti par le bruit, je réveillai Piani et nous partîmes. Au bout de quelques mètres, nouvel arrêt, puis nouveau départ. Il pleuvait toujours. La colonne s'arrêta encore dans la nuit et ne bougea plus. Je descendis voir Aymo et Bonello. Bonello avait deux sergents du génie avec lui, sur le siège de sa voiture. Ils se redressèrent à mon approche.

— On les avait laissés derrière pour faire quelque chose à un pont, dit Bonello. Ils ne peuvent pas retrouver leur unité, alors je les ai pris avec moi.

— Avec votre permission, mon lieutenant.

— Accordée, dis-je.

— Le lieutenant est Américain, dit Bonello. Il transporterait n'importe qui.

Un des sergents sourit. L'autre demanda à Bonello si j'étais un Italien d'Amérique du Nord ou du Sud.

— Il n'est pas Italien. Il est Américain anglais, Américain du Nord.

Les sergents, bien que polis, ne le crurent pas. Je les quittai et allai voir Aymo. Deux jeunes filles étaient assises près de lui, sur le siège. Il s'était poussé tout à fait au bout et fumait.

— Barto, Barto, dis-je.

Il se mit à rire.

— Parlez-leur, Tenente, dit-il. Je ne peux pas les comprendre. Hé! (Il posa sa main sur la cuisse de la jeune fille et la pinça amicalement. La jeune fille se drapa dans son châle et repoussa la main.) Hé! dit-il, dites votre nom au lieutenant et ce que vous faites ici.

La jeune fille me jeta un regard féroce. L'autre s'obstinait à regarder par terre. Celle qui me regardait dit quelque chose dans un dialecte dont je ne compris pas un mot. Elle était brune et dodue, et semblait avoir environ seize ans.

— Sorella? demandai-je en montrant l'autre jeune fille.

Elle fit oui avec la tête et sourit.

— Très bien, dis-je en lui tapotant le genou.

Je la sentis se contracter quand je la touchai. Sa sœur ne bronchait pas. Elle semblait d'un an plus jeune. Aymo mit sa main sur la cuisse de l'aînée. Elle le repoussa. Il se moqua d'elle.

— Brave homme. (Il se montra lui-même.) Brave. (Il me montra.) Faut pas vous en faire.

La jeune fille le regardait, farouche. Elles avaient l'air de deux oiseaux sauvages.

— Pourquoi est-elle venue avec moi si je ne lui plais pas? demanda Aymo. Dès que je leur ai fait signe, elles sont montées. (Il se tourna vers la jeune fille.) Faut pas vous en faire, dit-il. Pas de danger de b... (Il employa le mot cru.) Pas assez de place pour b... (Je vis qu'elle comprenait le mot et c'était tout. Elle le regarda avec des yeux pleins d'effroi et s'enroula dans son châle.) La voiture est pleine, continua Aymo, pas de danger de b... Pas assez de place pour b...

Chaque fois qu'il prononçait le mot la jeune fille se raidissait. A la fin, assise toute droite, les yeux fixés sur lui, elle se mit à pleurer. Je vis ses lèvres trembler, puis des larmes coulèrent sur ses joues rondes. Sa sœur, sans la regarder, lui prit la main, et elles restèrent ainsi, assises côte à côte. L'aînée qui s'était montrée si farouche se mit à sangloter.

— J'crois qu'je lui ai fait peur, dit Aymo. Je n'avais pas l'intention de lui faire peur.

Bartolomeo prit son havresac et coupa deux morceaux de fromage.

— Tenez, dit-il, ne pleurez plus.

L'aînée secoua la tête et continua de pleurer, mais la plus jeune prit le fromage et l'entama. Au bout d'un instant, elle donna à sa sœur le second morceau de fromage et elles mangèrent toutes les deux. L'aînée sanglotait encore un peu.

— Elle va se remettre dans un moment, dit Aymo.

Une idée lui vint. « Vierge? » demanda-t-il à sa voisine. Elle fit oui de la tête énergiquement. « Vierge aussi? » Il montra la sœur.

Les deux jeunes filles remuèrent affirmativement la tête et l'aînée dit quelque chose en dialecte.

— Parfait, dit Bartolomeo, parfait.

Les deux jeunes filles semblaient réconfortées. Je les laissai seules avec Aymo, assis dans son coin, et je retournai à la voiture de Piani. La file des véhicules ne bougeait pas, mais les troupes continuaient à défiler sur le côté. Il pleuvait toujours très fort et je pensai que les arrêts de la colonne étaient peut-être dus à l'influence de l'eau sur les moteurs. Plus vraisemblablement ils étaient occasionnés par des chevaux ou des hommes qui tombaient endormis. Pourtant, dans les villes, la circulation est arrêtée parfois et tout le monde cependant est bien éveillé. C'était le mélange des chevaux et des autos. Ils ne s'aidaient certainement pas les uns les autres. Les charrettes des paysans n'aidaient pas non plus. Elles étaient gentilles, les deux petites de Barto. Une retraite n'est guère à propos pour deux vierges. De vraies vierges. Probablement très pieuses. Sans la guerre nous serions sans doute tous au lit. Au lit où je repose ma tête. Le gîte et le couvert. Couvert comme dans mon lit et raide comme une trique. Catherine devait être au lit entre deux draps, un dessus, l'autre dessous. Sur quel côté était-elle couchée? Elle ne dormait peut-être pas. Peut-être, étendue, pensait-elle à moi. Souffle, souffle, vent d'ouest. Oui, il soufflait en effet et ce n'était pas de la petite pluie qui tombait. La flotte toute la nuit. Et quelle flotte, mes amis, quelle flotte! Regardez-moi ça. Ah! nom de Dieu, si seulement j'étais au lit avec ma bien-aimée dans mes bras, ma bien-aimée Catherine. Si ma douce Catherine bien-aimée pouvait se changer en pluie. Souffle-la encore vers moi. Eh bien oui, ça y était. Tout le monde y était pris; et la petite pluie n'arrangeait pas les choses. « Bonne nuit, Catherine, dis-je tout haut. J'espère que tu vas bien dormir. Si tu es trop mal à l'aise, ma chérie, couche-toi sur l'autre côté, dis-je. Je vais aller te chercher de l'eau froide. Il va faire bientôt jour et ça ira mieux. Ça m'ennuie que tu te sentes si mal à l'aise. Essaie de dormir, ma chérie.

— Je dormais, dit-elle. Tu as parlé en dormant. Tu n'es pas malade? Tu es vraiment ici?

— Mais oui, je suis ici. Je n'ai pas envie de m'en aller. Ça n'a pas d'importance entre nous.

— Tu es si adorable, si charmante. Tu ne partirais pas la nuit, n'est-ce pas?

— Mais non, voyons, je ne partirai pas. Je suis toujours ici. Je viens te trouver dès que tu le désires...

— Merde, dit Piani, les voilà qui repartent.

— Je sommeillais, dis-je.

Je regardai ma montre. Il était trois heures du matin. Je pris la bouteille de barbera derrière moi, sous le siège.

— Vous avez parlé tout haut, dit Piani.

— Je rêvais en anglais, dis-je.

La pluie s'apaisait et nous avancions. L'aube n'avait pas encore paru que nous étions de nouveau arrêtés, et, quand le jour fut levé, comme nous nous trouvions en haut d'une côte, je vis que, sur la route, à perte de vue, tout était immobilisé à l'exception de l'infanterie qui parvenait à filtrer à travers la cohue. Nous repartîmes mais, vu la distance que nous avions parcourue dans la journée, je compris qu'il nous faudrait abandonner la grand-route et passer à travers champs si nous voulions jamais arriver à Udine.

Pendant la nuit beaucoup de paysans, venant de différents points de la campagne, avaient rejoint la colonne, et, dans la colonne, on voyait maintenant des charrettes chargées d'ustensiles de ménage. Des miroirs sortaient d'entre les matelas. Des poulets et des canards étaient attachés aux charrettes. Il y avait une machine à coudre sous la pluie dans la charrette qui nous précédait. On avait sauvé les objets les plus précieux. Des femmes entassées sur des charrettes cherchaient à s'abriter de la pluie; d'autres marchaient le plus près possible des charrettes. Il y avait des chiens maintenant dans la colonne. Ils marchaient réfugiés sous les voitures. La route était boueuse. Les fossés de chaque côté étaient pleins d'eau, et, derrière les arbres qui bordaient la route, les champs semblaient trop mouillés, trop détrempés, pour qu'on pût tenter d'y rouler. Je descendis de l'auto et me frayai un passage dans l'espoir de trouver un endroit d'où je pourrais apercevoir une route transversale qui nous permettrait de couper par les champs. Je savais qu'il y avait beaucoup de chemins, mais je ne voulais pas courir le risque de nous engager dans un cul-de-sac. Je ne pouvais me les rappeler, car je ne les avais vus que de la route, quand je la parcourais en auto, à toute vitesse, et ils se ressemblaient tous. Et pourtant je savais qu'il fallait en trouver un si nous voulions nous en tirer. Personne ne savait où étaient les Autrichiens, ni comment allaient les choses, mais j'étais sûr que, la pluie cessant, si les aéroplanes nous survolaient et se mettaient à arroser la colonne, c'en était fait de nous. Il suffirait de quelques camions abandonnés ou de quelques chevaux tués pour rendre tout mouvement impossible sur la route.

Il pleuvait moins fort et j'espérais que le temps allait s'éclaircir. J'avançai le long de la route, et, apercevant un chemin qui, entre deux haies d'arbres, s'enfonçait dans la campagne vers le nord, je jugeai qu'il valait mieux le prendre, et je me hâtai de revenir à mes autos. Je dis à Piani de tourner et j'allai en avertir Bonello et Aymo.

— Si c'est un cul-de-sac, nous pourrons toujours faire demi-tour et rejoindre la colonne.

— Qu'est-ce qu'il faut faire de ces types-là? demanda Bonello.

Les deux sergents étaient près de lui sur le siège. Ils étaient mal rasés, mais dans le petit jour, ils avaient encore l'air militaire.

— Ils pourront nous aider à pousser, dis-je.

J'allai trouver Aymo et lui dis que nous allions couper à travers champs.

— Qu'est-ce que j'vais faire de mes pucelles? demanda Aymo.

Les deux jeunes filles dormaient.

— Elles ne vous serviront pas à grand-chose, dis-je. Vous feriez mieux de prendre quelqu'un qui pourrait pousser au besoin.

— On pourrait les installer dans l'intérieur de la voiture. Il y a de la place.

— Comme vous voudrez, dis-je. Tâchez de racoler un type bien râblé pour pousser.

— Un bersaglier, dit Aymo en souriant. Ce sont eux qui ont les dos les plus larges. On les leur mesure. Comment vous sentez-vous, Tenente?

— Très bien. Et vous, comment ça va?

— Bien, mais j'ai très faim.

— On trouvera bien quelque chose au bout de cette route. Nous nous arrêterons pour manger.

— Comment va votre jambe, Tenente?

— Bien, dis-je.

Debout sur le marchepied, je regardais devant moi. Je vis la voiture de Piani qui tournait et s'éloignait dans le petit chemin. L'auto apparaissait entre les branches effeuillées. Bonello tourna aussi et le suivit. Aymo à son tour parvint à se dégager de la cohue et nous suivîmes les deux ambulances sur la route étroite, entre les haies. Le chemin conduisait à une ferme. Nous trouvâmes Piani et Bonello arrêtés dans la cour. La maison était basse et longue. Une treille encadrait la porte. Il y avait un puits dans la cour, et Piani y puisait de l'eau pour remplir son radiateur. A force de marcher en première vitesse, toute l'eau s'était évaporée. La ferme était abandonnée. Je regardai derrière moi. La ferme était légèrement surélevée et nos regards pouvaient embrasser la campagne. Nous pouvions voir le chemin, les haies, les champs, la ligne des arbres le long de la grand-route où passait l'armée en retraite. Les deux sergents inspectaient la maison. Les jeunes filles étaient réveillées et regardaient la cour, le puits, les deux grandes ambulances devant la maison et les trois conducteurs autour du puits. Un des sergents arriva portant une pendule.

— Allez reporter cela, dis-je.

Il me regarda, retourna dans la maison et revint sans la pendule.

— Où est votre camarade? demandai-je.

— Il est allé aux cabinets.

Il remonta sur le siège de l'ambulance. Il avait peur qu'on le laissât.

— Et le déjeuner, Tenente? demanda Bonello. On pourrait manger un morceau. Ça n'serait pas long.

— Je me demande si cette route qui descend de l'autre côté aboutit quelque part.

— Certainement.

— Alors, allons manger.

Piani et Bonello entrèrent dans la maison.

— Venez, dit Aymo aux jeunes filles.

Il leur tendit la main pour les aider. L'aînée secoua la tête. Elle n'entrerait pas dans la maison abandonnée. Elles nous suivirent des yeux.

— Elles ne sont pas commodes, dit Aymo.

Nous entrâmes ensemble dans la ferme. Elle était vaste et sombre. Impression de solitude. Bonello et Piani étaient dans la cuisine.

— Il n'y a pas grand-chose à manger, dit Piani. Ils ont tout emporté.

Bonello coupa un gros fromage blanc sur la table massive de la cuisine.

— Où avez-vous trouvé ce fromage?

— Dans la cave. Piani a trouvé du vin aussi et des pommes.

— C'est parfait pour un premier déjeuner.

Piani enlevait la bonde d'une dame-jeanne et remplissait une casserole de cuivre.

— Il sent bon, dit-il. Tâche de trouver des verres, Barto.

Les deux sergents entrèrent.

— Prenez du fromage, sergents, dit Bonello.

— Il serait temps de partir, dit un des sergents en mangeant son fromage et en buvant un verre de vin.

— Nous partirons, n'vous en faites pas, dit Bonello.

— Une armée marche sur son estomac, dis-je.

— Quoi? demanda le sergent.

— Il faut manger.

— Oui, mais le temps presse.

— J'ai idée que ces salauds-là ont déjà mangé, dit Piani.

Les sergents le regardèrent. Ils nous haïssaient.

— Vous connaissez la route? me demanda l'un d'eux.

— Non, dis-je.

Ils se regardèrent.

— On ferait mieux de partir, dit le premier.

— Nous partons, dis-je.

Je bus un autre verre de vin. Après le fromage et la pomme, il avait particulièrement bon goût.

— Emportez le fromage, dis-je en sortant.

Bonello arriva portant la jarre de vin.

— C'est trop gros, dis-je.

Il la regarda d'un air de regret.

— Je l'crains, dit-il. Passez-moi vos bidons que j'les remplisse.

Il emplit les bidons et un peu de vin coula sur les dalles de la cour. Ensuite il prit la dame-jeanne et la plaça juste derrière la porte.

— Les Autrichiens n'auront pas besoin de défoncer la porte pour la trouver, dit-il.

— Roulons, dis-je. J'irai en tête avec Piani.

Les deux sergents étaient déjà sur le siège à côté de

Bonello. Les jeunes filles mangeaient du fromage et des pommes. Aymo fumait. Nous reprîmes la petite route. Je me retournai pour voir les deux autos et la ferme. C'était une jolie maison de pierre, basse et solide, et la ferronnerie du puits était très belle. Devant nous, le chemin s'allongeait, étroit et boueux, et, de chaque côté, il y avait une grande haie. Derrière nous les autos suivaient de près.

CHAPITRE XXIX

A midi, nous nous embourbâmes dans un chemin détrempé, à environ dix kilomètres d'Udine, autant que nous pussions nous en rendre compte. La pluie avait cessé dans la matinée et, trois fois, nous avions entendu des aéroplanes. Ils avaient passé au-dessus de nous et s'étaient éloignés vers la gauche, et nous les avions entendu bombarder la grand-route. Nous avions peiné à travers un réseau de chemins de traverse. Nous nous étions engagés dans maint cul-de-sac; il nous avait fallu revenir en arrière prendre d'autres routes; cependant nous étions toujours parvenus à nous rapprocher d'Udine. Et maintenant voilà que la voiture d'Aymo, en reculant pour nous laisser sortir d'une impasse, s'était embourbée dans la terre molle sur le bord du chemin, et les roues, en dérapant, s'étaient enfoncées si profondément que la voiture reposait sur son différentiel. Il n'y avait plus qu'une chose à faire, creuser devant les roues, étendre des branchages afin que les chaînes pussent s'y agripper, et pousser ensuite pour remettre la voiture sur la route. Nous étions tous debout autour de l'auto. Les deux sergents la regardèrent, en examinèrent les roues, puis, sans dire un mot, ils s'éloignèrent sur la route. Je les suivis.

— Au travail, dis-je, coupez des branches.

— Il faut que nous partions, dit l'un d'eux.

L'autre ne disait rien. Ils avaient hâte de partir. Ils n'osaient pas me regarder.

— Je vous ordonne de revenir près de la voiture et de couper des branches, dis-je.

Un des sergents se retourna.

— Il faut que nous partions. Vous allez être cernés dans un moment. Vous n'avez pas le droit de nous commander. Vous n'êtes pas notre officier.

— Je vous ordonne de couper des branches, dis-je.

Ils me tournèrent le dos et s'éloignèrent sur la route.

— Halte! dis-je.

Ils continuèrent à marcher sur le chemin boueux, entre les deux haies.

— Je vous ordonne de vous arrêter, criai-je.

Ils pressèrent le pas. J'ouvris ma fonte, je pris mon revolver, visai celui qui avait le plus parlé et tirai. Je le manquai. Ils se mirent à courir. Je tirai trois fois et en abattis un. L'autre passa à travers la haie et disparut. Quand je le vis traverser le champ je tirai à travers la haie. Le revolver partit à vide. J'y mis un autre chargeur. Mais le sergent était déjà hors d'atteinte. Il était au bout du champ et courait tête baissée. Je mis des balles dans le chargeur vide. Bonello arriva.

— Laissez-moi l'achever, dit-il.

Je lui donnai mon revolver et il se rendit à l'endroit où le sergent du génie gisait, la face contre terre. Bonello se pencha sur lui, plaça le revolver contre la tête de l'homme et pressa la détente. Le coup ne partit pas.

— Il faut l'armer, dis-je.

Il l'arma et tira deux fois. Il saisit ensuite les jambes du sergent et le traîna sur le bord de la route, le long de la haie. Il revint et me rendit le revolver.

— L'enfant de garce, dit-il. (Il regarda dans la direction du sergent.) Vous m'avez vu l'achever, hein, Tenente?

— Il faut nous dépêcher de couper des branches, dis-je. Est-ce que j'ai touché l'autre?

— Je n'crois pas, dit Aymo. Il était trop loin pour qu'on puisse l'atteindre avec un revolver.

— Le bougre de salaud, dit Piani.

Nous coupions tous des branchages. Nous avions vidé la voiture. Bonello creusait devant les roues. Quand tout fut prêt, Aymo mit en marche et embraya. Les roues dérapèrent, projetant des feuilles et de la boue. Bonello et moi poussions à nous en faire craquer les jointures. La voiture ne bougeait pas.

— Faites-la osciller d'avant en arrière, Barto, dis-je.

Il mit en marche arrière, puis en marche avant. Les roues ne s'en enfoncèrent que de plus belle. La voiture reposait toujours sur le différentiel et les roues tournaient à vide dans les ornières qu'elles avaient creusées. Je me redressai.

— Essayons avec une corde, dis-je.

— Je n'crois pas qu'ce soit la peine, Tenente. On n'pourra pas tirer en droite ligne.

— On peut toujours essayer, dis-je. Il n'y a pas d'autre ressource.

Les voitures de Piani et de Bonello ne pouvaient que marcher dans le sens de la route. Nous attachâmes les deux voitures ensemble et tirâmes. Les roues forcèrent sur le côté des ornières.

— Ça ne sert à rien, criai-je. Arrêtez.

Piani et Bonello descendirent de leurs voitures et revinrent vers nous. Aymo descendit. Les jeunes filles s'étaient assises à l'écart, sur un mur de pierre, au bord de la route, à environ quarante mètres des autos.

— Qu'est-ce que vous en dites, Tenente? demanda Bonello.

— Creusons et essayons encore une fois avec des branches, dis-je.

Je regardai sur la route. C'était de ma faute. C'est moi qui les avais amenés ici. Le soleil était sur le point de percer les nuages, et le corps du sergent gisait contre la haie.

— Mettons sa vareuse et sa capote dessous, dis-je.

Bonello alla les chercher. Je coupai des branches, et Aymo et Piani creusèrent devant et entre les roues. Je coupai le manteau; je le déchirai en deux et l'étendis sous les roues, dans la boue. Ensuite j'empilai des branches pour donner prise aux roues. Nous étions prêts à commencer. Aymo monta sur le siège et mit en marche. Les roues tournèrent et nous poussâmes tant et plus. Mais ce fut en vain.

— Foutu, dis-je. Avez-vous quelque chose à prendre dans la voiture, Barto?

Aymo s'installa près de Bonello avec le fromage, les deux bouteilles de vin et son manteau. Bonello, au volant, visitait les poches de la vareuse du sergent.

— Jetez donc cette vareuse, dis-je. Qu'allons-nous faire des pucelles de Barto?

— Elles peuvent monter derrière, dit Piani. Je n'crois pas que nous allions bien loin.

J'ouvris la porte arrière de l'ambulance.

— Allons, dis-je, montez.

Les deux femmes montèrent et s'assirent dans le coin. Elles semblaient n'avoir pas remarqué les coups de revolver. Je me retournai pour les regarder sur la route. Le sergent était étendu, sale dans son gilet de flanelle à manches. Je montai près de Piani et nous partîmes. Nous allions essayer de traverser le champ. A l'endroit où le chemin débouchait dans le champ, je descendis et marchai en avant. Si nous pouvions traverser, nous trouverions une route de l'autre côté. Mais nous ne pûmes pas traverser. La terre était trop molle et trop boueuse pour des autos. Quand elles furent définitivement embourbées, les roues enfoncées jusqu'aux moyeux, nous les abandonnâmes dans le champ et partîmes à pied pour Udine.

En arrivant au chemin qui ramenait à la grand-route, j'indiquai la direction aux deux jeunes filles.

— Allez par là, dis-je, vous rencontrerez du monde. (Elles me regardèrent. Je sortis mon portefeuille et leur donnai à chacune un billet de dix lires.) Allez par là, dis-je, en leur montrant la route, amis... famille.

Elles ne comprirent pas, mais elles crispaient leurs doigts sur les billets et elles se mirent en marche. Elles se retournèrent comme si elles avaient craint que je ne reprisse l'argent. Je les regardai s'éloigner. Enveloppées dans leurs châles, elles jetaient des regards craintifs derrière elles. Les trois chauffeurs riaient.

— Combien me donneriez-vous pour partir dans cette direction, Tenente? demanda Bonello.

— Il vaut mieux qu'elles ne soient pas seules, si elles sont prises, dis-je.

— Donnez-moi deux cents lires et je m'en retourne tout droit en Autriche, dit Bonello.

— On t'les prendrait, dit Piani.

— La guerre sera peut-être finie, dit Aymo.

Nous marchions aussi vite que possible. Le soleil s'efforçait de percer les nuages. Sur le bord de la route il y avait des mûriers. A travers les arbres, je pouvais voir nos deux grandes guimbardes embourbées dans le champ. Piani aussi regardait derrière lui.

— Il faudra qu'ils fassent une route s'ils veulent les avoir, dit-il.

— Cré bon Dieu, si seulement on avait des bicyclettes, dit Bonello.

— Est-ce qu'on se sert de bicyclettes en Amérique? demanda Aymo.

— Autrefois, oui.

— Ici, on s'en sert beaucoup, dit Bonello. Une bicyclette est une chose épatante.

— Cré bon Dieu, si seulement on avait des bicyclettes, dit Bonello. J'suis pas marcheur.

— Est-ce que c'est le canon? demandai-je.

Il me semblait entendre des détonations dans le lointain.

— J'sais pas, dit Aymo. Il écouta.

— Je crois que oui, dis-je.

— La première chose qu'on verra, ça sera la cavalerie.

— Bon Dieu, j'espère que non, dit Bonello. J'tiens pas à être embroché par la lance d'un de ces bougres de cavaliers.

— Pour sûr que vous n'l'avez pas raté, l'sergent, Tenente, dit Piani.

Nous marchions vite.

— J'l'ai tué, dit Bonello. J'n'avais encore jamais tué

personne depuis le commencement de la guerre et ça avait toujours été mon rêve de tuer un sergent.

— Oui, oui, tu l'as tué au posé, dit Piani. Il n'volait pas bien vite quand tu l'as tué.

— Ça n'fait rien. C'est une chose que j'me rappellerai toujours. J'l'ai bel et bien tué, le bougre.

— Qu'est-ce que tu diras à confesse?

— J'dirai : Bénissez-moi, mon père, parce que j'ai tué un sergent.

Ils éclatèrent de rire.

— Il est anarchiste, dit Piani. Il n'va pas à l'église.

— Piani est anarchiste aussi, dit Bonello.

— Êtes-vous vraiment anarchistes? demandai-je.

— Non, Tenente. Nous sommes socialistes. Nous sommes d'Imola.

— Avez-vous jamais été là-bas?

— Non.

— Ah! nom de Dieu, c'est un chic patelin, Tenente. Faudra y venir après la guerre. Vous verrez quelque chose!

— Tout le monde y est socialiste?

— Tout le monde.

— Est-ce une jolie ville?

— Épatante. Vous n'avez jamais vu une ville pareille.

— Comment se fait-il que vous soyez socialistes?

— Nous sommes tous socialistes. Tout le monde est socialiste. Nous avons toujours été socialistes.

— Il faudra venir, Tenente. On fera d'vous un socialiste aussi.

Devant nous la route tournait à gauche. Il y avait une petite côte et, derrière un mur de pierre, une pommeraie. Ils cessèrent de parler tant que la route monta. Nous marchions tous ensemble, très vite, pour gagner du temps.

CHAPITRE XXX

Un peu plus tard nous nous trouvâmes sur une route qui menait à la rivière. Il y avait une longue file de camions et de charrettes abandonnés sur cette route. Elle passait sur un pont. Autour de nous, personne. La rivière était haute et on avait fait sauter le pont au milieu. L'arche de pierre était écroulée dans la rivière et l'eau brune passait par-dessus. Nous longeâmes la rive, à la recherche d'un endroit pour passer. Plus haut, je savais qu'il y avait un pont de chemin de fer, et je pensais que nous pourrions peut-être l'utiliser. Le chemin était boueux et mouillé! Pas de troupes en vue, seulement des camions et du matériel abandonnés. Sur la berge, il n'y avait personne. On ne voyait que des fourrés mouillés et de la boue. Nous longeâmes la berge et finalement nous aperçûmes le pont.

— Quel beau pont! dit Aymo.

C'était un grand pont de chemin de fer, très ordinaire, qui franchissait ce qui d'habitude était un lit à sec.

— Nous ferions bien de nous presser à passer avant qu'on ne le fasse sauter, dis-je.

— Il n'y a personne pour le faire sauter, dit Piani. Tout le monde est parti.

— Il est probablement miné, dit Bonello. Vous passerez le premier, Tenente.

— Écoutez-moi c't'anarchiste, dit Aymo. Faites-le donc passer le premier.

— Je passerai, dis-je. Il ne sera pas miné au point de sauter au contact d'un seul homme.

— T'entends, dit Piani, ça, c'est raisonner. T'as donc pas de cervelle, anarchiste?

— Si j'avais d'la cervelle, j'serais pas ici, dit Bonello.

— Bien répondu, Tenente, dit Aymo.

— Oui, c'est bien répondu, dis-je.

Nous étions tout près du pont. Le ciel s'était couvert de nouveau et une pluie légère s'était mise à tomber. Le pont semblait long et solide. Nous montâmes sur le remblai.

— Pas à la file indienne, dis-je, un seul à la fois.

Et je m'engageai sur le pont. Je surveillais les traverses et les rails pour voir s'il n'y avait pas des fils ou quelque indice d'explosifs, mais je ne vis rien. Sous mes pieds, entre les interstices des traverses, la rivière coulait, boueuse et rapide. En face, au fond de la campagne mouillée, je pouvais distinguer Udine à travers la pluie. Je regardai de l'autre côté du pont. Tout près, en amont, il y avait un autre pont. Tandis que je l'examinais, je vis arriver une automobile d'un jaune sale. Les parapets du pont étaient élevés, et, dès que l'auto s'y fut engagée, elle disparut. Mais je pouvais voir les têtes du chauffeur et de son voisin, et celles des deux hommes assis à l'arrière. Tous portaient des casques allemands. Quand l'auto eut franchi le pont je la perdis de vue, derrière les arbres et les véhicules abandonnés sur la route. Aymo était déjà sur le pont. Je lui fis signe de venir me rejoindre ainsi que ses compagnons. Je me laissai glisser et m'accroupis derrière l'escarpement de la voie. Aymo me suivit.

— Avez-vous vu l'auto? demandai-je.

— Non.

Nous vous regardions.

— Une auto de l'état-major allemand a traversé ce pont, là-bas.

— Une auto de l'état-major?

— Oui.

— Sainte Vierge Marie!

Les autres arrivèrent et nous restâmes accroupis, tous les quatre, derrière le remblai, surveillant par-dessus les rails, le pont, la ligne des arbres, le fossé et la route.

— Alors vous pensez que nous sommes cernés, Tenente?

— J'ignore. Tout ce que je sais c'est qu'une auto de l'état-major allemand vient de passer sur cette route.

— Vous ne vous sentez pas un peu drôle, Tenente? Vous n'avez pas des sensations étranges dans la tête?

— Ne plaisantez pas, Bonello.

— Si on buvait un coup, proposa Piani. Si nous sommes cernés autant boire un coup.

Il décrocha son bidon et le déboucha.

— Regardez, regardez, dit Aymo en montrant la route.

Le long du parapet du pont, des casques allemands s'avançaient. Ils étaient penchés en avant et se mouvaient lentement, d'une façon presque surnaturelle. Ils apparurent à la sortie du pont. C'étaient des cyclistes. Je vis le visage des deux premiers. Ils étaient colorés et pleins de santé. Leurs casques leur descendaient très bas sur le front et des deux côtés du visage. Ils portaient des carabines accrochées au cadre de leurs bicyclettes. Des grenades pendaient à leurs ceintures. Leurs casques et leurs uniformes gris étaient mouillés. Ils roulaient avec aisance, regardant devant eux et de chaque côté. Il y en avait deux en tête, puis un rang de quatre, puis deux, puis presque une douzaine, ensuite une autre douzaine, enfin un tout seul. Ils ne parlaient pas. Du reste le bruit de la rivière nous aurait empêchés de les entendre. Ils disparurent bientôt sur la route.

— Sainte Vierge Marie! dit Aymo.

— C'étaient des Allemands, dit Piani. Ce n'étaient pas des Autrichiens.

— Pourquoi n'y a-t-il personne ici pour les arrêter? dis-je. Pourquoi n'a-t-on pas fait sauter ce pont? Pourquoi n'y a-t-il pas de mitrailleuses le long de ce remblai?

— C'est pas à nous qu'il faut l'demander, Tenente, dit Bonello.

J'étais furieux.

— Tout ce sacré fourbi est idiot. En aval, ils font sauter un petit pont de rien du tout, et ils en laissent un ici, sur la grand-route. Où sont-ils donc partis? Est-ce qu'on n'essaie même pas de les arrêter?

— C'est pas à nous qu'il faut le demander, Tenente, dit Bonello.

Je me tus. Ça ne me regardait pas, après tout. Mon travail consistait à conduire trois ambulances à Pordenone. Je n'avais pas réussi. Je n'avais plus qu'une chose à faire, tâcher d'arriver moi-même à Pordenone. Or, je ne pourrais même pas arriver jusqu'à Udine, vraisemblablement. Au fait, pourquoi pas? L'important était de garder son sang-froid et de ne se faire ni tuer ni capturer. « Est-ce que vous n'aviez pas un bidon débouché? » demandai-je à Piani.

Il me le passa. Je bus un long trait.

— Nous ferions aussi bien de partir, dis-je. Pourtant rien ne nous presse. Voulez-vous manger quelque chose?

— C'n'est guère un endroit pour séjourner, dit Bonello.

— Alors partons.

— Faut-il rester de ce côté, à couvert?

— Il vaut mieux marcher en haut. Il pourrait bien en arriver par ce pont également et je n'ai pas envie d'en voir apparaître au-dessus de nous à l'improviste.

Nous suivîmes les rails. A droite et à gauche, la plaine mouillée s'étendait. Devant nous, au bout de la plaine, se dressaient la colline et le clocher d'Udine. On en pouvait distinguer le campanile et le clocher. Dans les champs, il y avait beaucoup de mûriers. Devant nous je vis un endroit où les rails avaient été arrachés. Les traverses avaient également été déterrées, et on les avait jetées en bas du remblai.

— Couchez-vous, couchez-vous, dit Aymo.

Nous nous aplatîmes derrière le remblai. Un autre groupe de cyclistes passait sur le pont. Je regardai par-dessus le talus. Je les vis s'éloigner.

— Ils nous ont vus mais ils ont continué, dit Aymo.

— Nous allons nous faire tuer, ici, Tenente, dit Bonello.

— Ils ne veulent pas de nous, dis-je. Ils ont autre chose à faire. Nous serions plus en danger s'ils nous tombaient dessus brusquement.

— J'aimerais mieux marcher ici, à l'abri, dit Bonello.

— A votre aise, dis-je. Nous, nous allons suivre les rails.

— Pensez-vous que nous pourrons passer? demanda Aymo.

— Certainement. Ils ne sont pas encore bien nombreux. Nous passerons ce soir, dans l'obscurité.

— Qu'est-ce que faisait cette auto d'état-major?

— Je n'en sais foutre rien, dis-je.

Nous suivions les rails. Bonello, fatigué de marcher dans la boue du remblai, remonta avec nous. La ligne obliquait vers le sud et s'écartait de la grand-route; et nous ne pouvions plus voir ce qui se passait sur cette route. Nous arrivâmes à un petit pont sur un canal. Il était démoli, mais nous passâmes sur ce qui restait de la voûte. Nous entendîmes des coups de feu devant nous.

Nous retrouvâmes les rails de l'autre côté du canal. Ils filaient tout droit vers la ville, à travers des champs en contrebas. En face de nous, nous apercevions la ligne de l'autre chemin de fer. Au nord se trouvait la grand-route où nous avions vu les cyclistes. Au sud, une petite route transversale coupait les champs, entre deux rangées d'arbres épais. Je jugeai préférable de couper vers le sud et, après avoir contourné la ville, de nous diriger, à travers la campagne, vers Campo-Formio et la route du Tagliamento. Nous pourrions éviter la principale colonne de retraite en restant sur les chemins vicinaux, au-delà d'Udine. Je savais que la plaine était sillonnée de chemins de traverse. Je commençai à descendre le remblai.

— Venez, dis-je, nous allons essayer d'atteindre le chemin et de gagner la ville par le sud.

Nous descendîmes tous les quatre la pente du remblai. Un coup de fusil partit de la route. La balle pénétra dans le remblai.

— Demi-tour, criai-je.

Je me mis à grimper dans la boue glissante. Les trois conducteurs me précédaient. Je grimpais le plus vite possible. Deux nouveaux coups de feu partirent des fourrés épais, et Aymo qui traversait les rails chancela, trébucha et tomba la face contre terre. Nous le fîmes glisser de l'autre côté et le couchâmes sur le dos.

— Il faudrait lui mettre la tête en haut, dis-je.

Piani le fit tourner. Il était couché dans la boue sur le talus, les pieds en bas. Sa respiration était irrégulière et chaque fois qu'il respirait, le sang lui coulait du nez. Nous étions penchés sur lui. Il pleuvait. Il avait été atteint au bas de la nuque, et la balle avait remonté et était ressortie sous l'œil droit. Il mourut pendant que j'obturais les deux trous. Piani lui laissa retomber la tête, lui essuya le visage avec un morceau de pansement de secours, et ce fut tout.

— Les salauds, dit-il.

— Ce n'étaient pas des Allemands, dis-je. Il ne peut pas y avoir d'Allemands là-bas.

— Des Italiens, dit Piani en employant le mot en guise d'épithète. *Italiani!*

Bonello ne disait rien. Assis près d'Aymo, il ne le regardait pas. Piani ramassa le képi d'Aymo qui avait roulé au bas du talus et le lui posa sur le visage. Il prit son bidon.

— Veux-tu boire?

Piani tendit le bidon à Bonello.

— Non, dit Bonello.

Il se retourna vers moi.

— Ça aurait pu nous arriver aussi bien sur les rails.

— Non, dis-je. C'est parce que nous avons marché dans le champ.

Bonello secoua la tête.

— Aymo est mort, dit-il. A qui le tour, Tenente? Qu'allons-nous faire maintenant?

— Ce sont des Italiens qui ont tiré, dis-je. Ce ne sont pas des Allemands.

— J'imagine que si c'étaient des Allemands ils nous auraient tous tués, dit Bonello.

— Les Italiens sont plus dangereux que les Allemands, dis-je. L'arrière-garde a peur de tout. Les Allemands savent ce qu'ils veulent.

— C'est bien raisonné, Tenente, dit Bonello.

— Qu'allons-nous faire maintenant? demanda Piani.

— Il vaut mieux nous cacher quelque part jusqu'à ce qu'il fasse noir. Si nous pouvions passer au sud, ce serait parfait.

— Il faudrait qu'ils nous tuent tous les trois pour prouver qu'ils avaient raison la première fois, dit Bonello. Je ne tiens pas à leur en fournir l'occasion.

— Tâchons de trouver un endroit où nous cacher, aussi près que possible d'Udine. Nous passerons plus tard, quand il fera noir.

— Allons, dit Bonello.

Nous longeâmes le côté nord du talus. Je regardai derrière moi. Aymo gisait dans la boue, sur la pente du remblai. Il semblait tout petit avec ses bras allongés de chaque côté du corps, ses jambes enveloppées de molletières, ses souliers boueux l'un contre l'autre, et son képi qui lui recouvrait le visage. Il avait bien l'air d'un cadavre. Il pleuvait. Je le préférais à tous ceux que j'avais connus. J'avais ses papiers dans ma poche. J'écrirais à sa famille. Devant nous, à l'autre bout du champ, il y avait une ferme entourée d'arbres avec des dépendances attenantes à la maison. A hauteur du deuxième étage, il y avait un balcon soutenu par des colonnes.

— Nous ferons bien de nous tenir un peu à l'écart, dis-je. Je vais marcher devant.

Je m'avançai vers la ferme. Un sentier traversait le champ.

Tout en traversant je me demandai si, de derrière les arbres qui entouraient la ferme, ou de la ferme elle-même, on n'allait pas tirer sur nous. Je me rapprochais et je voyais la maison très distinctement. Le balcon du deuxième étage aboutissait au fenil, et des bottes de foin sortaient entre les colonnes. La cour était dallée, et la pluie s'égouttait de tous les arbres. Il y avait une grande charrette à deux roues, vide, les brancards en l'air, très haut dans la pluie. Arrivé dans la cour, je la traversai et m'abritai sous le balcon. La porte de la maison était ouverte. J'entrai. Bonello et Piani me suivirent. Il faisait noir à l'intérieur. J'allai à la cuisine. Il y avait de la cendre dans la grande cheminée. Les marmites pendaient au-dessus des cendres, mais elles étaient vides. Je cherchai partout, mais je ne trouvai rien à manger.

— Montons nous coucher dans le fenil, dis-je. Pourriez-vous nous trouver quelque chose à manger, Piani, et nous l'apporter là-haut?

— J'vais voir, dit Piani.

— J'vais voir aussi, dit Bonello.

— Très bien, dis-je. Je vais aller jeter un coup d'œil dans le fenil.

Je trouvai un escalier de pierre qui partait de l'étable. Au milieu de toute cette pluie, l'étable dégageait une bonne odeur sèche. Le bétail était parti. On l'avait probablement emmené en s'enfuyant. Le grenier était à moitié rempli de foin. Il y avait deux lucarnes dans le toit. L'une était bouchée avec des planches, l'autre, du côté nord, n'était qu'un petit œil-de-bœuf. Il y avait une glissière par où on jetait le foin au bétail. Des poutres traversaient la trappe sous laquelle les charrettes s'arrêtaient pour permettre de monter le foin à coups de fourche. J'entendais la pluie sur le toit et, quand je descendis, je perçus la saine odeur de bouse sèche dans l'étable. Nous pourrions déclouer une planche et regarder dans la cour par la lucarne sud. L'autre lucarne donnait au nord sur les champs. Nous pourrions grimper sur le toit par l'une de ces ouvertures et descendre ensuite, ou bien nous échapper par la glissière au cas où l'escalier serait impraticable. Le fenil était grand et nous pourrions nous cacher dans le foin si nous entendions quelqu'un. L'endroit semblait favorable. J'étais sûr que nous aurions pu passer au sud si on ne nous avait pas tiré dessus. Il était impossible qu'il y eût des Allemands de ce côté-là. Ils arrivaient par le nord et descendaient par la route de Cividale. Ils ne pouvaient pas avoir passé par le sud. Les Italiens étaient plus dangereux. Ils avaient peur et tiraient sur tout ce qu'ils voyaient. La nuit précédente, pendant la retraite, nous avions entendu dire qu'il y avait beaucoup d'Allemands en uniforme italien qui s'étaient joints aux fuyards. Je n'en croyais rien. On raconte cela dans toutes les guerres. C'est une de ces choses que les ennemis font toujours. On n'entendait jamais dire que personne fût allé en uniforme allemand semer la confusion chez eux. C'était possible, mais cela me semblait difficile. Je ne croyais pas cela des Allemands. Je ne voyais pas pourquoi ils l'auraient fait. Il n'était pas nécessaire d'embrouiller notre retraite. La dimension de l'armée et la pénurie de routes s'en chargeaient. Personne ne donnait d'ordres. Qu'on laissât donc les Allemands tranquilles. Et cependant, on nous prenait pour des Allemands et on nous tuait. On avait tué Aymo. Le foin sentait bon et, être couché dans le foin d'un grenier, cela suffisait pour vous faire oublier toutes les années passées. Combien de fois nous étions-nous couchés dans le foin pour causer et tuer les moineaux avec nos carabines à air comprimé, quand ils se posaient dans le triangle ouvert, tout en haut, dans le mur de la grange. Le grenier avait disparu, et, une année, on avait coupé les sapins et, de ce qui avait été une sapinière, il n'était plus resté que des tronçons, des sommets d'arbres desséchés, des branches, du bois mort pour allumer le feu. Impossible de retourner en arrière. Et si nous n'avancions pas, qu'arriverait-il? Il ne fallait pas songer à retourner à Milan. Et si on retournait à Milan, qu'est-ce qui arriverait? J'écoutais la fusillade, au nord, dans la direction d'Udine. Je reconnaissais le bruit des mitrailleuses. Il n'y avait pas de bombardement. C'était toujours quelque chose. Ils doivent avoir trouvé des troupes sur la route. Je plongeai mes regards dans la pénombre du grenier, et je vis Piani debout sous la trappe. Il portait sous le bras un long saucisson, une cruche de quelque chose et deux bouteilles de vin.

— Montez, lui dis-je. Voilà l'échelle.

Ensuite, le voyant si chargé, je compris que je ferais bien de l'aider et je descendis. J'avais la tête un peu vague pour être resté étendu dans le foin. J'avais failli m'y endormir.

— Où est Bonello? demandai-je.

— J'vais vous dire, répondit Piani.

Nous montâmes l'échelle. Arrivés dans le foin nous posâmes toutes nos affaires par terre. Piani sortit son couteau à tire-bouchon et déboucha une des bouteilles de vin.

— Elles sont cachetées, dit-il. Ça doit être du bon.
Il sourit.
— Où est Bonello? demandai-je.
Piani me regarda.
— Il est parti, Tenente, dit il. Il veut se rendre.
Je ne répondis rien.
— Il avait peur que nous soyons tués.
Je pris la bouteille sans rien dire.
— Nous autres, vous savez, on n'croit pas à la guerre,
Tenente.
— Pourquoi n'êtes-vous pas parti aussi? demandai-je.
— Je n'voulais pas vous abandonner.
— Où est-il allé?
— Je n'sais pas, Tenente. Il est parti.
— C'est bon, dis-je. Voulez-vous couper le saucisson?
Piani me regarda dans le demi-jour.
— Je l'ai coupé pendant que nous causions, dit-il.
Assis dans le foin nous mangeâmes le saucisson arrosé
de vin. Ce devait être du vin qu'on gardait pour un
mariage. Il était si vieux qu'il commençait à passer.
— Vous allez guetter par cette fenêtre, Luigi, dis-je.
Moi, je surveillerai par celle-ci.
Nous avions entamé chacun une bouteille. J'emportai
ma bouteille avec moi et j'allai me coucher à plat ventre
dans le foin; et, par l'œil-de-bœuf, je regardai la campagne mouillée. Je ne sais ce que je m'attendais à voir,
mais ce qu'il y a de sûr c'est que je ne voyais rien que
les champs et les mûriers sans feuilles et la pluie qui
tombait. Je bus le vin mais sans en ressentir l'effet. On
l'avait gardé trop longtemps. Il s'était éventé et avait
perdu à la fois sa qualité et sa couleur. Je regardai la
nuit tomber. L'obscurité venait rapidement. La nuit
serait très sombre avec cette pluie. Quand il fit tout à
fait noir, n'ayant plus de raison pour surveiller, j'allai
retrouver Piani. Il dormait. Je restai un moment assis
près de lui sans le réveiller. C'était un grand gaillard et
il dormait profondément. Au bout de quelques minutes,
je le réveillai et nous nous mîmes en route.
Ce fut une nuit étrange. Je ne sais ce que je m'étais
figuré, la mort peut-être, des coups de feu dans la nuit,

la fuite; mais il ne se passa rien. Couchés à plat ventre dans le fossé, sur le bord de la grand-route, nous laissâmes passer un bataillon allemand, puis, quand ils eurent disparu, nous traversâmes la route et nous nous enfonçâmes vers le nord. A deux reprises, nous nous trouvâmes tout près des Allemands, mais, sous la pluie, ils ne nous virent pas. Nous dépassâmes la ville sans voir un seul Italien, et, peu après, nous rejoignîmes une des principales colonnes de retraite. Nous marchâmes toute la nuit dans la direction du Tagliamento. Je ne m'étais pas rendu compte de l'énormité de la retraite. Ce n'était pas seulement l'armée, mais tout le pays qui s'enfuyait. Nous marchâmes toute la nuit plus rapidement que les véhicules. La jambe me faisait mal et j'étais fatigué, mais nous allions d'un bon pas. Cela semblait si bête de la part de Bonello de se rendre à l'ennemi. Il n'y avait aucun danger. Nous avions traversé deux armées sans incidents. Si Aymo n'avait pas été tué, nous ne nous serions jamais doutés qu'il y avait du danger. Personne ne nous avait inquiétés quand nous marchions à découvert sur les rails. La mort était arrivée à l'improviste, sans raison. Je me demandais où Bonello pouvait bien être.

— Comment ça va, Tenente? demanda Piani.

Nous avancions sur le bord d'une route encombrée de véhicules et de troupes.

— Bien.

— J'en ai assez de marcher.

— Nous n'avons rien d'autre à faire maintenant. Ne nous tourmentons pas.

— Bonello est un idiot.

— Un bel idiot, en effet.

— Qu'est-ce que vous allez faire à son sujet, Tenente?

— Je ne sais pas.

— Est-ce que vous ne pourriez pas tout simplement le porter disparu?

— Je ne sais pas.

— C'est que, si la guerre continue, ça causerait de sales ennuis à sa famille.

— La guerre ne va pas continuer, dit un soldat. Nous rentrons chez nous. La guerre est finie.

— Tout le monde rentre chez soi.

— Nous rentrons tous chez nous.

— Venez, Tenente, dit Piani.

Il voulait les dépasser.

— Tenente? Qui est tenente? *Abbasso gli ufficiali!* A bas les officiers!

Piani me prit par le bras.

— Je ferais mieux de vous appeler par votre nom, dit-il. Ils pourraient nous causer des embêtements. On en a vu qui ont tué leurs officiers.

Nous les dépassâmes.

— Je ne ferai aucune déclaration susceptible de créer des ennuis à sa famille, dis-je, reprenant notre conversation.

— Si la guerre est finie ça n'a pas d'importance, dit Piani. Mais je n'la crois pas encore finie. Ça serait trop beau.

— Nous ne tarderons pas à le savoir, dis-je.

— Je n'la crois pas finie. Tout le monde croit qu'elle est finie, mais moi je n'le crois pas.

— *Viva la pace!* cria un soldat. Nous rentrons chez nous.

— Ça serait chic si nous rentrions tous chez nous, dit Piani. Vous n'aimeriez pas rentrer dans votre pays?

— Si.

— Ça n'arrivera jamais. Je n'crois pas que ça soit fini.

— *Andiamo a casa!* cria un soldat.

— Ils jettent leurs fusils, dit Piani. Ils les prennent et les jettent par terre en marchant et puis ils crient.

— Ils devraient garder leurs fusils.

— Ils croient que s'ils jettent leurs fusils on n'pourra plus les forcer à se battre.

Dans l'obscurité et la pluie, tout en suivant le bord de la route, je pus constater que beaucoup de soldats avaient encore leurs fusils. On les voyait pointer au-dessus des capotes.

— A quelle brigade appartenez vous? cria un officier.

— *Brigata di pace!* cria quelqu'un. La brigade de la paix!

L'officier ne répondit pas.

— Qu'est-ce qu'il a dit? Qu'est-ce qu'il a dit, l'officier?

212

— A bas l'officier! *Viva la pace!*

— Marchons, dit Piani.

Nous dépassâmes deux ambulances anglaises abandonnées dans la foule des véhicules.

— Elles viennent de Gorizia, dit Piani. Je reconnais les voitures.

— Elles sont allées un peu plus loin que les nôtres.

— Elles sont parties avant.

— Je me demande où sont les conducteurs.

— En tête probablement.

— Les Allemands se sont arrêtés devant Udine, dis-je. Tous ces gens-là réussiront à traverser la rivière.

— Oui, dit Piani. C'est pourquoi je pense que la guerre va continuer.

— Les Allemands pourraient avancer, dis-je. Je me demande pourquoi ils n'avancent pas.

— J'sais pas. Je n'y comprends rien à cette guerre.

— Il faut qu'ils attendent leurs moyens de transport, je suppose.

— J'sais pas, dit Piani.

Seul il était beaucoup plus doux. Avec d'autres il avait le parler très brutal.

— Êtes-vous marié, Luigi?

— Vous savez bien que j'suis marié.

— Est-ce pour cela que vous ne voulez pas être fait prisonnier?

— C'est une des raisons. Êtes-vous marié, Tenente?

— Non.

— Bonello non plus.

— Le fait d'être marié ne signifie pas grand-chose, mais je crois cependant qu'un homme marié doit avoir envie de retourner près de sa femme, dis-je.

J'avais envie de parler de femmes.

— Oui.

— Comment vont vos pieds?

— Ils me font assez mal.

Quand nous atteignîmes la rive du Tagliamento, le jour n'était pas encore levé. Nous longeâmes le fleuve débordé, jusqu'au pont où la circulation était le plus intense.

— On devrait pouvoir tenir derrière cette rivière, dit Piani.

Dans l'obscurité l'eau paraissait très haute. Elle tourbillonnait et s'étendait sur une grande largeur. Le pont de bois se trouvait à environ trois quarts de mille et le fleuve qui, d'habitude, coulait en minces filets sur un vaste lit de cailloux, très bas sous le pont, touchait presque le tablier de bois. Nous suivîmes la rive, puis nous nous faufilâmes dans la cohue qui traversait le pont. J'avançais lentement sous la pluie, à quelques pieds de l'eau, serré par la foule. Je me trouvais tout contre un caisson d'artillerie et je regardais la rivière par-dessus le parapet. Maintenant que je ne pouvais plus marcher à mon pas, je me sentais très fatigué. Le passage du pont s'effectuait sans la moindre gaieté. Je cherchais à me figurer l'effet que produirait un bombardement d'avions en plein jour.

— Piani, dis-je.

— J'suis là, Tenente.

Il était un peu en avant dans la foule. Personne ne parlait. Tout le monde ne songeait qu'à passer l'eau au plus vite. C'était la seule pensée. Nous étions presque sur l'autre rive. Au bout du pont il y avait des officiers et des carabiniers, debout de chaque côté, munis de lampes électriques. Je voyais leurs silhouettes se détacher sur le ciel. En approchant je vis un des officiers montrer du doigt un homme dans la colonne. Un carabinier alla le chercher et le ramena par le bras. Il le fit mettre à l'écart. Nous arrivions presque en face d'eux. Les officiers dévisageaient chaque homme de la colonne. Parfois ils parlaient entre eux et s'avançaient pour projeter sur un visage la lumière de leur lampe. Ils firent sortir quelqu'un juste au moment où nous passions. Je vis l'homme. C'était un lieutenant-colonel. J'aperçus les étoiles sur sa manche quand ils l'éclairèrent. Il avait les cheveux gris. Il était petit et gros. Le carabinier le poussa derrière la rangée d'officiers. Comme nous passions, j'en vis un ou deux qui me regardaient. Puis l'un d'eux me désigna du doigt et parla à un carabinier. Je vis celui-ci s'avancer vers moi. Il se fraya un passage au milieu des fuyards, et je me sentis pris au collet.

— Qu'est-ce que vous voulez? dis-je.

Je le frappai au visage. Je vis son visage sous le chapeau, ses moustaches retroussées, et le sang qui lui coulait sur la joue. Un autre se précipita vers nous.

— Qu'est-ce que vous voulez? dis-je.

Il ne répondit pas. Il guettait le moment de me saisir. Je mis mon bras derrière mon dos pour détacher mon revolver.

— Vous ne savez donc pas que vous n'avez pas le droit de toucher à un officier?

L'autre carabinier me saisit par-derrière et faillit me désarticuler le bras en me le tordant en l'air. Je tournai avec lui, et l'autre m'attrapa par le cou. Je lui donnai des coups de pied dans les tibias et, de mon genou, je le frappai dans l'aine.

— Tuez-le s'il résiste, dit quelqu'un.

— Qu'est-ce que tout cela signifie?

J'essayais de crier, mais ma voix n'était pas bien sonore. Je me trouvais sur le bord de la route.

— Tuez-le s'il résiste, dit un officier. Mettez-le là, derrière.

— Qui êtes-vous?

— Police des armées, dit un autre officier.

— Pourquoi ne pas me prier de venir, au lieu de me faire arrêter par un de ces « avions »?

Ils ne répondirent pas. Ils n'avaient pas à me répondre. Ils faisaient partie de la police des armées.

— Conduisez-le derrière, avec les autres, dit le premier officier. Vous voyez, il parle italien avec un accent.

— Toi aussi, bougre de cul, dis-je.

— Conduisez-le derrière avec les autres, dit le premier officier.

Ils me conduisirent derrière la rangée des officiers, vers un groupe qui attendait dans un champ, près du fleuve. Tandis que nous marchions, on tira des coups de feu. Je vis l'éclair des fusils et j'entendis les détonations. Nous rejoignîmes le groupe. Il se composait de quatre officiers, devant lesquels se tenait un homme encadré de deux carabiniers, et de quelques hommes gardés par des carabiniers. Quatre autres carabiniers, appuyés sur leurs carabines, escortaient les juges militaires. C'étaient des carabiniers à grands chapeaux. Les deux qui m'avaient appréhendé me poussèrent dans le groupe qui allait être interrogé. Je regardai l'homme que les officiers questionnaient. C'était le petit gros lieutenant-colonel à cheveux gris qu'ils avaient saisi dans la colonne. Les juges avaient tout le zèle, le flegme et le sang-froid d'Italiens qui tuent sans risquer d'être tués.

— Votre brigade?

Il répondit.

— Régiment?

Il répondit.

— Pourquoi n'êtes-vous pas avec votre régiment?

Il répondit.

— Vous ne savez donc pas qu'un officier doit rester avec ses hommes?

Il le savait.

Ce fut tout. Un autre officier parla.

— C'est vous et vos semblables qui avez permis aux barbares de mettre le pied sur le territoire sacré de la patrie.

— Plaît-il? dit le lieutenant-colonel.

— C'est à la suite de semblables trahisons que nous avons perdu les fruits de la victoire.

— Avez-vous jamais battu en retraite? demanda le lieutenant-colonel.

— L'Italie n'aurait pas dû être obligée de battre en retraite.

Et nous étions là, sous la pluie, à écouter ça! Nous faisions face aux officiers et le prisonnier était devant eux, légèrement de côté par rapport à nous.

— Si vous voulez me fusiller, dit le lieutenant-colonel, veuillez me fusiller tout de suite, sans plus ample interrogatoire. L'interrogatoire est idiot.

Il fit le signe de la croix. Les officiers se consultèrent. L'un d'eux écrivit quelque chose sur une main de papier.

— Abandon de troupes. Condamné à être fusillé, dit-il.

Deux carabiniers conduisirent le lieutenant-colonel sur le bord du fleuve. Il s'éloigna sous la pluie, vieillard nu-tête, escorté de deux carabiniers. Je ne le vis pas fusiller, mais j'entendis les détonations. Ils en interrogeaient un autre. C'était également un officier qui s'était trouvé séparé de ses troupes. On ne lui permit même pas de s'expliquer. Il se mit à pleurer à la lecture de l'arrêt écrit sur le bloc-notes. Quand on le fusilla, ils en interrogeaient déjà un autre. Ils affectaient d'être très absorbés par leurs interrogatoires pendant qu'on fusillait celui qu'ils venaient de condamner. Cela rendait impossible toute intervention de leur part. Je me demandai si je devais attendre mon tour d'être questionné ou si je ne ferais pas mieux de tenter quelque chose tout de suite. Ils me prenaient évidemment pour un Allemand en uniforme italien. Je voyais comment leurs cerveaux fonctionnaient, en admettant qu'ils eussent des cerveaux qui fonctionnassent. Ils étaient jeunes, et ils travaillaient pour le salut de leur patrie. On reformait la deuxième armée derrière le Tagliamento. Ils exécutaient tous les officiers supérieurs qui avaient été séparés de leurs troupes. Ils s'occupaient aussi, sommairement, des agitateurs allemands en uniforme italien. Ils portaient des casques d'acier. Nous n'étions que deux à porter des casques d'acier. Quelques carabiniers en portaient aussi. Les autres carabiniers portaient le grand chapeau. Nous les appelions « avions ». Nous attendions sous la pluie et, les uns et les autres, nous étions interrogés et fusillés. Jusqu'alors ils avaient exécuté tous ceux qu'ils avaient interrogés. Les juges avaient ce beau détachement, cette dévotion à la stricte justice des hommes qui dispensent la mort sans y être eux-mêmes exposés. Ils étaient en train de questionner un colonel d'infanterie de ligne. Trois autres officiers venaient de grossir notre groupe. Où était son régiment?

Je regardai les carabiniers. Ils examinaient les nouveaux venus. Les autres regardaient le colonel. Je me courbai, bousculai deux hommes et, tête baissée, je m'élançai vers le fleuve. Je butai sur la berge et je tombai dans l'eau avec un grand plaf! L'eau était très froide. Je restai submergé aussi longtemps que possible. Je me rendais compte que le courant me faisait tournoyer et je restai sous l'eau jusqu'à la minute où je crus n'être plus capable de remonter. A peine à la surface, je respirai longuement et plongeai de nouveau. Il m'était facile de nager entre deux eaux avec mes vêtements et mes bottes. Quand je remontai pour la seconde fois, je vis une pièce de bois devant moi. Je la saisis et m'y cramponnai d'une main. Je m'abritai la tête derrière, sans même regarder par-dessus. Je n'avais aucune envie de voir la rive. On avait tiré quand je m'étais enfui et la première fois que j'étais remonté à la surface. J'avais entendu les détonations au moment où j'avais la tête presque hors de l'eau. Maintenant on ne tirait plus. Le madrier tournoyait dans le courant et je m'y tenais d'une main. Je regardai la rive. Elle semblait filer très vite. Il y avait beaucoup de bois dans le courant. L'eau était très froide. Nous frôlâmes les roseaux d'une île. Agrippé des deux mains au madrier, je me laissais emporter. La rive était maintenant hors de vue.

CHAPITRE XXXI

On ne peut se rendre compte du temps que l'on passe dans une rivière, quand le courant est rapide. Le temps semble très long et il est peut-être très court. L'eau était froide et très haute, et elle charriait beaucoup d'épaves arrachées à la rive pendant la crue. J'avais de la chance d'avoir un gros madrier pour me soutenir. Le menton sur le morceau de bois, je me laissais emporter par l'eau glacée, me tenant tant bien que mal des deux mains. J'avais peur d'une crampe et je souhaitais me rapprocher du bord. Nous descendîmes la rivière en faisant une longue courbe. Il commençait à faire assez clair pour me permettre de distinguer les buissons le long de la rive. Il y avait une île de verdure en face de nous, et le courant s'orientait vers la berge. Je me demandai si je ne ferais pas mieux de me déshabiller et d'enlever mes souliers pour essayer de gagner la rive à la nage. Je rejetai cette solution. Je n'avais qu'une idée, atteindre la rive d'une façon ou d'une autre, mais je me trouverais plutôt embarrassé si j'abordais pieds nus. Il me fallait à tout prix atteindre Mestre.

Je voyais la rive s'approcher, s'éloigner, se rapprocher. Notre mouvement se ralentissait. La berge était tout près maintenant. Je pouvais distinguer les branches d'un saule. Le madrier tourna lentement et la rive se trouva derrière moi, et je compris que nous étions dans un remous. Nous tournions lentement. Quand je revis la berge, toute proche, j'essayai en me ne tenant que d'une main, de rapprocher le madrier de la terre, à l'aide de mes jambes et de mon autre bras. Ce fut en vain. J'avais peur de sortir du remous. Cramponné d'une main, je ramenai mes jambes contre le madrier et le poussai de toutes mes forces vers la rive. J'en voyais les buissons, mais malgré mon élan et ma nage vigoureuse le courant m'emportait. Je crus alors que j'allais me noyer à cause de mes bottes, mais je luttai, je me débattis dans l'eau et, quand je levai les yeux, la berge venait à moi. Le poids de mes jambes m'affola. Je continuai à me débattre et à nager, et finalement j'atteignis la rive. Je me suspendis à une branche du saule, et je n'eus pas la force de me sortir de l'eau; mais je savais que je n'étais plus en danger de me noyer. Tant que j'avais été accroché au madrier, je n'avais jamais envisagé la possibilité de me noyer. Je me sentais l'estomac vide. J'avais des nausées et des douleurs dans la poitrine, par suite de tous mes efforts. Cramponné aux branches, j'attendis. Quand mon malaise fut passé, je me hissai dans les branches du saule, puis je me reposai de nouveau, étreignant des brassées de feuilles, les mains agrippées aux branches. Ensuite, à plat ventre, je me frayai un chemin à travers les saules jusque sur la berge. Étendu sur la route, j'écoutais le bruit de la rivière et de la pluie.

Au bout d'un moment je me levai et me mis à longer la rive. Je savais qu'il n'y avait pas de pont avant Latisana. Je jugeai que je devais me trouver en face de San Vito. Je ne savais à quel parti m'arrêter. Devant moi, il y avait un fossé qui aboutissait à la rivière. Je m'en approchai. Jusqu'alors je n'avais vu personne. Je m'assis sur le bord du fossé, derrière les buissons. J'enlevai mes souliers et vidai l'eau qui y était restée. J'enlevai ma vareuse et sortis mon portefeuille de la poche intérieure. Mes papiers et l'argent qui s'y trouvaient étaient tout mouillés. Je tordis ma vareuse. J'enlevai mon pantalon et je le tordis aussi. J'en fis autant à ma chemise et à mes sous-vêtements. Je me frappai à grands coups et me frictionnai, puis je me rhabillai. J'avais perdu mon képi.

Avant de remettre ma vareuse j'arrachai les étoiles de drap de dessus les manches, et je les mis dans la poche intérieure, avec mon argent. Mon argent était mouillé, mais intact. Je le comptai. J'avais trois mille et quelques lires. Mes vêtements étaient mouillés et visqueux, et je battais des bras pour entretenir la circulation. Mon gilet et mon caleçon étaient en laine, et je savais que je ne courais aucun danger de me refroidir, à condition de ne pas rester immobile. Ils m'avaient pris mon revolver sur la route et j'en plaçai l'étui sous ma vareuse. Je n'avais pas de capote et la pluie était froide. Je remontai le long du canal. Il faisait jour. La campagne était mouillée, plate et lugubre. Les champs étaient nus et mouillés. Très loin, à l'horizon, je pouvais distinguer un campanile qui se dressait sur la plaine. J'arrivai à une route. En face de moi, je vis des troupes qui s'avançaient sur cette route. Clopin-clopant, je me rangeai sur le côté de la route pour les laisser passer. Ils semblèrent ne pas remarquer ma présence. C'était un détachement de mitrailleurs qui se dirigeait vers le fleuve. Je continuai mon chemin.

Ce jour-là, je traversai la plaine vénitienne. C'est une région basse et, sous la pluie, elle semble encore plus plate. Du côté de la mer, il y a des lagunes et très peu de routes. Toutes les routes suivent les bouches du fleuve jusqu'à la mer et, pour traverser la campagne, il faut suivre les sentiers le long des canaux. Je me dirigeais vers le sud, et j'eus à traverser deux lignes de chemin de fer et plusieurs routes. Enfin, au bout d'un sentier, je débouchai sur une ligne qui, à cet endroit-là, longeait un marais. C'était la grande ligne Venise-Trieste. Elle consistait en un remblai élevé et très solide, un solide terre-plein et une double voie. Un peu plus loin se trouvait une halte. J'y aperçus des sentinelles. Dans l'autre direction il y avait un pont, sur un cours d'eau qui se jetait dans la lagune. Je vis qu'il y avait aussi un soldat en sentinelle sur le pont. Tout en traversant les champs, au nord, j'avais vu passer un train sur cette ligne; visible de loin dans cette plaine sans relief, et je pensai qu'un train pourrait venir de Portogruaro. Je regardai les sentinelles et me couchai sur le talus de manière à pouvoir surveiller la voie des deux côtés. La sentinelle du pont remonta légèrement vers moi, le long de la voie, puis fit demi-tour et s'en retourna vers le pont. Je restai étendu. J'avais faim. J'attendais un train. Celui que j'avais vu était si long que la locomotive avançait très lentement et j'étais sûr de pouvoir m'y hisser. Au moment où j'allais abandonner tout espoir, je vis arriver un train. La machine en approchant grossissait lentement. Je regardai le soldat qui gardait le pont. Il marchait de ce côté-ci du pont, mais en deçà des rails, de sorte qu'il ne pourrait pas me voir quand le train passerait. Je regardai la machine approcher. Elle peinait. Je vis qu'il y avait beaucoup de wagons. Je savais qu'il y aurait des sentinelles dans le train et j'essayai de voir où elles se trouvaient, mais, obligé de me dissimuler, je ne pus y parvenir. La locomotive était presque arrivée à l'endroit où j'étais couché. Quand elle fut tout près de moi, ahanant et soufflant même en terrain plat, j'attendis que le mécanicien fût passé, puis je me levai et m'approchai aussi près que possible des wagons. Si les sentinelles veillaient, je serais moins suspect, debout sur la voie. Plusieurs wagons de marchandises fermés passèrent. Ensuite je vis un de ces wagons bas et découverts que les Italiens appellent *gondolas*. Une bâche le recouvrait. J'attendais pour sauter qu'il m'eût presque dépassé. J'attrapai alors la barre d'appui de l'arrière et je me hissai. Je rampai entre la *gondola* et l'auvent du grand wagon de marchandises auquel elle était accrochée. Je pensais bien que personne ne m'avait vu. Cramponné aux barres, je m'accroupis, les pieds sur les tampons. Nous étions presque sur le pont. Je me souvins de la sentinelle. Quand nous passâmes, elle me regarda. C'était un jeune homme. Son casque était trop grand pour lui. Je le dévisageai avec mépris et il détourna les yeux. Il pensa que je faisais partie du convoi.

Nous étions passés. La sentinelle regardait défiler les autres wagons d'un air embarrassé. Je me penchai pour voir comment la bâche était assujettie. Elle avait des anneaux et était lacée sur les bords avec une corde. Je pris mon couteau, coupai la corde et glissai mon bras par-dessous. Il y avait des masses dures sous la bâche que la pluie raidissait. Je levai les yeux vers l'avant du train. Un soldat montait la garde sur le wagon de marchandises, mais il regardait devant lui. Je lâchai les barres et plongeai sous la bâche. Mon front heurta quelque chose. Le choc fut terrible et je sentis le sang me couler sur le visage, mais je rampai et restai étendu à plat ventre. Au bout d'un instant, je me retournai et me mis en devoir de rattacher la bâche.

J'étais caché sous la bâche, parmi des canons. Ils dégageaient une saine odeur d'huile et de graisse. Couché, j'écoutais la pluie sur la bâche, et le cliquetis du wagon sur les rails. Une faible lumière filtrait. Je regardai les canons. Ils étaient recouverts de leur housse de toile. Je pensai qu'ils devaient venir de la troisième armée. J'avais une grosse bosse au front et j'arrêtai l'hémorragie en restant couché immobile pour permettre au sang de se coaguler. Ensuite j'enlevai le sang caillé, tout autour de la coupure. Ce n'était rien. Je n'avais pas de mouchoir, mais à tâtons, avec l'eau de

pluie qui dégouttait de la bâche, je lavai l'endroit où
le sang s'était caillé et je m'essuyai avec la manche de
ma vareuse. Je ne voulais pas me faire trop remarquer.
Je savais qu'il me faudrait descendre avant d'arriver
à Mestre, car on s'occuperait alors des canons. Ils ne
pouvaient pas se permettre le luxe de perdre leurs
canons ou de les oublier. J'avais une faim horrible.

CHAPITRE XXXII

Couché sur le plancher du wagon, à côté des canons
sous la bâche, j'étais mouillé, j'avais froid, je mourais
de faim. Je finis par me retourner et me coucher à plat
ventre, la tête sur les bras. Mon genou était raide, mais
il s'était très bien comporté. Valentini avait fait du
bon travail. J'avais fait la moitié de la retraite à pied
et j'avais traversé une partie du Tagliamento à la
nage avec ce genou-là. C'était certainement son genou.
L'autre genou était à moi. Les médecins arrivent à
vous faire tellement de choses, que votre corps n'est
en réalité plus le vôtre. Ma tête était à moi, ainsi que
l'intérieur de mon ventre. Il criait famine. Je le sentais
chavirer. Ma tête était à moi, mais pas pour m'en servir,
pas pour penser, pour me souvenir seulement, et encore,
pas trop...
Je pouvais me souvenir de Catherine, mais je savais
que je deviendrais fou si je pensais à elle alors que je ne
savais pas encore si je la reverrais. Il ne fallait donc pas
penser à elle... rien qu'un petit peu... rien qu'à elle,
dans le wagon qui roule lentement, dans un bruit de
ferraille... et la lumière qui filtre à travers la bâche...
et moi, couché avec Catherine sur le plancher du
wagon... Aussi dure que le plancher du wagon cette
obligation de rester couché sans penser... se contenter
de sensations... trop longtemps absent... vêtements

223

mouillés... ce plancher qui n'avance que petit à petit... solitude là-dessous... Qu'on est seul dans des vêtements mouillés avec la dureté d'une planche en guise de femme.

On ne peut pas aimer le plancher d'un wagon, ni des canons sous leur housse de toile, ni l'odeur du métal graissé, ni une bâche qui laisse filtrer la pluie. On est bien pourtant sous une bâche, et la compagnie des canons est agréable. Mais, aimer quelqu'un que vous savez ne pouvoir être là, se rendre compte très clairement et très froidement — froidement, mais surtout clairement et inutilement — se rendre compte inutilement, couché sur le ventre, que vous avez assisté à la retraite d'une armée et à la progression d'une autre, que vous avez perdu vos autos et vos hommes, comme un commis de magasin perd les marchandises de son rayon, dans un incendie. Pas d'assurance dans mon cas. Une fois tiré d'affaire on n'a plus d'obligations. Si, après un incendie, on fusillait les commis d'un grand magasin parce qu'ils parlent avec l'accent qu'ils ont toujours eu, on ne pourrait tout de même pas s'attendre à ce qu'ils reviennent le jour où le magasin reprendrait ses affaires. Ils iraient chercher de l'ouvrage ailleurs, s'il y avait de l'ouvrage ailleurs et si la police ne les pinçait pas.

La rivière avait emporté ma colère avec toutes mes obligations... Celles-ci, du reste, avaient cessé dès l'instant où les carabiniers m'avaient mis la main au collet. J'aurais aimé être débarrassé de mon uniforme, malgré le peu d'importance que j'attachais aux insignes extérieurs. J'avais arraché mes étoiles, mais c'était par prudence. Ce n'était pas par point d'honneur. En principe, je n'avais aucune objection. J'étais libéré. Je leur souhaitais à tous bonne chance. Quelques-uns la méritaient, les bons, les braves, les calmes, les intelligents. Quant à moi, je ne faisais plus partie des acteurs de la comédie, et je ne souhaitais qu'une chose, l'arrivée de ce sacré train à Mestre afin de pouvoir manger et cesser de penser. Il faudrait cesser, absolument.

Piani leur dirait qu'on m'avait fusillé. Ils fouillaient les poches et prenaient les papiers de ceux qu'ils fusillaient. Ils n'avaient pas mes papiers. Je serais peut-être porté noyé. Je me demandai ce qu'on leur raconterait aux États-Unis. Mort des suites de ses blessures, etc. Bon Dieu que j'avais faim! Je me demandai ce qu'était devenu l'aumônier du mess, et Rinaldi. Il était probablement à Pordenone. A moins qu'ils ne se soient retirés plus loin. Allons, je ne les reverrais jamais. Je ne reverrais plus jamais aucun d'eux. C'en était fini de cette vie-là. Je ne croyais pas qu'il eût la syphilis. Du reste il paraît que ce n'est pas une maladie sérieuse quand elle est soignée à temps. Mais il se tracassait. Moi aussi je me tracasserais si je l'avais. Tout le monde se tracasserait.

Je n'étais pas fait pour penser. J'étais fait pour manger. Bon Dieu, oui. Manger, boire et coucher avec Catherine. Cette nuit peut-être bien... Non, impossible... mais demain soir... et un bon repas... et des draps... et plus de départ... jamais... sauf tous les deux ensemble. Il faudrait filer bougrement vite probablement. Elle viendrait. Je savais qu'elle viendrait... Quand partirions-nous? Il faudrait réfléchir à cela... Il commençait à faire noir. Étendu, je me demandais où nous pourrions aller. Les endroits ne manquaient pas.

LIVRE IV

Je sautai du train à Milan, au moment où il ralentissait avant d'entrer en gare. Il était de très bonne heure. Il ne faisait pas encore jour. Je traversai la voie, et après m'être glissé entre deux bâtiments, je descendis dans la rue. Un cabaret était ouvert. J'y entrai prendre un café. Il y régnait une atmosphère matinale, poussière balayée, cuillers dans les verres à café, cercles mouillés laissés par le fond des verres de vin. Le propriétaire était derrière le comptoir. Deux soldats étaient assis à une table. Je restai debout au comptoir. Je bus un verre de café et mangeai un morceau de pain. Le lait donnait une teinte grise au café, et j'enlevai la crème avec une bouchée de pain. Le propriétaire me dévisageait.

— Voulez-vous un verre de grappa?

— Non, merci.

— Ma tournée, dit-il.

Il emplit un petit verre et le poussa vers moi.

— Qu'est-ce qui se passe au front?

— Je ne sais pas.

— Ils sont saouls, dit-il, en me montrant les deux soldats.

Je n'eus pas de peine à le croire. Ils avaient l'air très saouls.

— Dites-moi, dit-il, qu'est-ce qui se passe au front?

— Je ne sais rien du front.

— Je vous ai vu longer le mur. Vous descendiez du train.

— Il y a une grande retraite.

— Je lis les journaux. Qu'est-ce qui se passe? Est-ce que c'est fini?

— Je ne crois pas.

Il emplit mon verre avec la grappa d'une petite bouteille.

— Si vous êtes en danger, dit-il, je peux vous cacher.

— Je ne suis pas en danger.

— Si vous êtes en danger, restez avec moi.

— Où?

— Dans cette maison. Il y en a beaucoup qui restent ici. Tous ceux qui sont en danger restent ici.

— Il y en a beaucoup en danger?

— Ça dépend de quelle espèce de danger vous voulez parler. Vous êtes sud-américain?

— Non.

— Vous parlez espagnol?

— Un peu.

Il essuya le comptoir.

— C'est difficile maintenant de quitter le pays, mais ce n'est pas impossible.

— Je n'ai pas envie de partir.

— Vous pourrez rester ici aussi longtemps que vous voudrez. Vous apprendrez à me connaître.

— Il faut que je parte ce matin; mais je me rappellerai votre adresse.

Il secoua la tête.

— Quand on parle comme ça on ne revient pas. Je croyais que vous couriez un danger sérieux.

— Aucun danger, mais j'apprécie l'adresse d'un ami.

Je posai un billet de dix lires sur le comptoir pour payer mon café.

— Prenez une grappa avec moi, dis-je.

— Ne vous croyez pas obligé...

— Prenez-en une.

Il emplit deux verres.

— Rappelez-vous, dit-il. Revenez ici. Ne vous laissez pas embobiner par d'autres. Ici, vous serez en sûreté.

— J'en suis sûr.

— Vous en êtes sûr?

— Oui.

228

Il était très sérieux.

— Alors laissez-moi vous dire une chose. Ne vous promenez pas avec cette tunique.

— Pourquoi?

— On voit très bien l'emplacement des étoiles sur les manches. Le drap est d'une couleur différente.

Je ne dis rien.

— Si vous n'avez pas de papiers, je peux vous en procurer.

— Quels papiers?

— Une permission.

— Je n'ai pas besoin de papiers. J'en ai, des papiers.

— Très bien, dit-il. Mais si vous avez besoin de papiers, je peux vous procurer tous ceux que vous voudrez.

— Et quels sont vos prix?

— Ça dépend. Mes prix sont raisonnables.

— Je n'en ai pas besoin pour le moment.

Il haussa les épaules.

— Je suis en règle, dis-je.

Quand je sortis il me dit :

— N'oubliez pas que je suis votre ami.

— Certainement.

— Je vous reverrai, dit-il.

— Entendu, dis-je.

Une fois dehors j'évitai la gare où il y avait de la police militaire, et je pris une voiture près du petit parc. Je donnai au cocher l'adresse de l'hôpital. A l'hôpital, j'entrai dans la loge du concierge. Il me serra la main. Sa femme m'embrassa.

— Vous voilà de retour sain et sauf?

— Oui.

— Avez-vous déjeuné?

— Oui.

— Comment allez-vous, Tenente? Comment allez-vous? me demanda la femme.

— Très bien.

— Vous ne voulez pas déjeuner avec nous?

— Non, merci. Dites-moi, est-ce que Miss Barkley est à l'hôpital en ce moment?

— Miss Barkley?

— L'infirmière anglaise.

— Sa bonne amie, dit la femme.

Elle me tapota le bras et sourit.

— Non, dit le concierge. Elle est partie.

Mon cœur défaillit.

— Vous en êtes sûr? Vous savez qui je veux dire, la grande jeune fille blonde?

— Je suis sûr. Elle est allée à Stresa.

— Quand est-elle partie?

— Elle est partie il y a deux jours avec l'autre dame anglaise.

— Bon, dis-je. Je voudrais que vous fassiez quelque chose pour moi. Ne dites à personne que vous m'avez vu. C'est très important.

— Je ne le dirai à personne, dit le concierge.

Je lui donnai un billet de dix lires. Il le repoussa.

— Je vous promets de ne le dire à personne, dit-il. Je ne veux pas d'argent.

— Qu'est-ce que nous pourrions faire pour vous, Signor Tenente? demanda sa femme.

— Rien que ça, dis-je.

— Nous serons muets, dit le concierge. Vous me ferez savoir si je peux faire quelque chose?

— Oui, dis-je. Au revoir. À bientôt.

Ils restèrent sur le pas de la porte à me regarder partir.

Je pris la voiture et donnai au cocher l'adresse de Simmons, un des chanteurs que je connaissais.

Simmons habitait très loin, près de la porte Magenta. Il était encore au lit et à moitié endormi quand j'entrai.

— Vous êtes rudement matinal, Henry, dit-il.

— Je suis arrivé par le premier train.

— Qu'est-ce que c'est que cette histoire de retraite? Êtes-vous au front? Voulez-vous une cigarette? Vous trouverez une boîte sur la table.

La chambre était grande. Il y avait un lit contre le mur, un piano à l'autre bout, une commode et une table. Je m'assis sur une chaise, près du lit. Simmons, adossé à ses oreillers, fumait.

— Je suis dans de sales draps, Simmons, dis-je.

— Moi aussi, dit-il. Je suis toujours dans de sales draps. Vous ne fumez pas?

— Non, dis-je. Qu'est-ce qui vous arrive quand on passe en Suisse?

— Vous? Les Italiens ne vous laisseront pas sortir du pays.

— Oui, je sais cela, mais les Suisses, qu'est-ce qu'ils font?

— Ils vous internent.

— Je sais, mais encore, en quoi ça consiste-t-il?

— Oh! rien. C'est très simple. On vous laisse à même d'aller partout. Vous n'avez qu'une chose à faire, je crois, vous porter présent ou quelque chose comme ça. Pourquoi? Est-ce que vous fuyez la police?

— Rien de bien défini encore.

— Oh! si vous préférez ne rien dire, libre à vous... pourtant ça doit être intéressant à entendre. Ici il ne se passe rien. J'ai fait un four complet à Piacenza.

— Je suis désolé.

— Oui, ça a été très mal. J'ai très bien chanté, du reste. Je vais essayer encore une fois au Lirico.

— J'aimerais vous entendre.

— Vous êtes trop aimable. Vous n'avez pas d'embêtements trop sérieux, j'espère?

— Je ne sais pas.

— Si vous préférez ne rien dire, libre à vous. Comment se fait-il que vous ne soyez plus au front?

— Je crois que j'en ai fini avec cette histoire-là.

— Bravo. J'avais toujours pensé que vous aviez du bon sens. Est-ce que je peux vous aider en quelque chose?

— Vous êtes terriblement occupé.

— Pas du tout, mon cher Henry, pas du tout. Je serai enchanté de faire quelque chose pour vous.

— Vous êtes à peu près de ma taille. Est-ce que ça vous ennuierait d'aller m'acheter un costume civil. J'ai des vêtements, mais ils sont à Rome.

— Vous avez habité là-bas, n'est-ce pas? C'est une ville dégoûtante. Comment avez-vous pu y habiter?

— Je voulais être architecte.

— Ce n'est pas un endroit pour ça. N'achetez pas de vêtements. Je vous donnerai tous les vêtements que vous voudrez. Je vous équiperai d'une façon admirable. Allez dans cette garde-robe. Il y a un placard. Prenez tout ce que vous voudrez, mon cher ami. Acheter un complet! Vous voulez rire, voyons.

— Je préférerais en acheter un pourtant, Simmons.

— Mon cher, il est beaucoup plus facile pour moi de vous en donner un que d'aller vous en acheter. Avez-vous un passeport? Vous n'irez pas loin sans passeport.

— Oui, j'ai encore mon passeport.

— Alors, habillez-vous, mon cher, et en route pour l'Helvétie.

— Ce n'est pas si simple que cela. Il faut d'abord que j'aille à Stresa.

— Idéal, mon cher. Vous n'aurez qu'à traverser le lac en bateau. Si je ne voulais pas essayer encore une fois de chanter, j'irais avec vous. J'irais un jour.

— Vous pourriez étudier la tyrolienne.

— Certainement, mon cher, j'étudierai la tyrolienne un jour. Pourtant je peux chanter, c'est ce qu'il y a de curieux.

— Je n'en doute pas. Je parierais tout ce qu'on voudrait que vous pouvez chanter.

Il fumait une cigarette, renversé dans son lit.

— Ne pariez pas trop. Et pourtant, si, je peux chanter; c'est rigolo mais c'est pourtant comme ça. Et j'aime chanter. Écoutez.

Il se mit à gueuler l'*Africaine*, le cou gonflé, les veines saillantes.

— Je peux chanter, dit-il, que ça leur plaise ou non.

Je regardai par la fenêtre.

— Je vais descendre renvoyer ma voiture.

— Remontez, mon cher, nous déjeunerons ensemble.

Il sauta du lit, se redressa, respira profondément et commença à faire des exercices d'assouplissement. Je descendis payer ma voiture.

CHAPITRE XXXIV

En civil, je me faisais l'effet d'être déguisé. J'avais porté longtemps l'uniforme et je regrettais la sensation des vêtements ajustés. Mon pantalon me semblait trop flottant. A Milan j'avais pris un billet pour Stresa. J'avais aussi acheté un chapeau. Je ne pouvais pas porter un des chapeaux de Simmons, mais ses vêtements m'allaient très bien. Ils sentaient le tabac. Assis dans le compartiment, je regardais par la portière. Mon chapeau neuf avait l'air très neuf, et mon complet avait l'air très vieux. Moi-même je me sentais aussi triste que cette plaine de Lombardie mouillée que je voyais se dérouler par la portière. Dans le compartiment, il y avait des aviateurs qui avaient une piètre opinion de moi. Ils évitaient de me regarder et dédaignaient profondément un civil de mon âge. Je ne me sentais nullement offusqué. Autrefois je les aurais insultés et leur serais tombé dessus. Ils descendirent à Gallarate, et je fus content d'être seul. J'avais un journal mais je ne lisais pas, car je ne voulais plus entendre parler de la guerre. Je voulais oublier la guerre. J'avais fait une paix séparée. Mais je me sentais bougrement seul et je fus heureux quand le train s'arrêta à Stresa.

A la gare, je m'attendais à voir les concierges des hôtels, mais il n'y en avait aucun. La saison était finie depuis longtemps et on ne venait plus aux trains. Je descendis du train avec ma valise — la valise de Simmons, très légère à porter car elle ne contenait que deux chemises, — et je restai sous la marquise jusqu'au départ du train. Il pleuvait. Je trouvai un homme dans la gare, et je lui demandai le nom des hôtels qui étaient encore ouverts. Le Grand Hôtel et des Îles Borromées était ouvert et quelques autres plus petits qui restaient ouverts toute l'année. Ma valise à la main, je m'acheminai sous la pluie vers les Iles Borromées. Une voiture s'approcha et je fis signe au cocher. Il valait mieux arriver en voiture. Nous nous arrêtâmes devant la porte cochère, et le concierge sortit avec un parapluie. Il était très poli. Je pris une bonne chambre. Elle était fort grande, et claire, et donnait sur le lac. Les nuages, très bas, touchaient presque le lac; mais les jours de soleil, la vue devait être superbe. J'attendais ma femme, dis-je. Il y avait un grand lit à deux personnes, *un letto matrimoniale*, avec un couvre-pieds en satin. L'hôtel était très luxueux. Par de longs corridors, par de larges escaliers, à travers beaucoup de salles, je me rendis au bar. Je connaissais le barman. Je m'assis sur un des hauts tabourets et je grignotai des amandes salées et des pommes de terre frites. Le martini avait un goût frais et pur.

— Qu'est-ce que vous faites ici en *borghese?* me demanda le barman après avoir agité le deuxième martini.

— Je suis en congé... congé de convalescence.

— Il n'y a personne ici. Je me demande pourquoi ils laissent l'hôtel ouvert.

— Avez-vous été à la pêche?

— J'ai pris quelques pièces. On prend de belles pièces en cette saison.

— Avez-vous reçu le tabac que je vous ai envoyé?

— Oui. Vous n'avez pas reçu ma carte?

Je me mis à rire. Je n'avais pas pu me procurer le tabac. Il voulait du tabac de pipe américain, mais ma famille avait cessé de m'en envoyer, ou peut-être me le confisquait-on. Toujours est-il que je n'en recevais plus.

— J'en trouverai quelque part, dis-je. Dites-moi, avez-vous vu deux Anglaises en ville? Elles sont arrivées avant-hier.

— Elles ne sont pas à l'hôtel.

— Ce sont des infirmières.

— J'ai vu deux infirmières. Attendez une minute, je vais vous dire où elles sont.

— L'une d'elles est ma femme, dis-je. Je suis venu ici pour la retrouver.

— Et l'autre est ma femme.

— Je ne plaisante pas.

— Excusez ma stupide plaisanterie, dit-il, je n'avais pas compris.

Il partit et je restai seul un moment. Je mangeai des olives, des amandes salées, des pommes de terre frites tout en contemplant mes habits civils dans le miroir, derrière le bar. Le barman revint.

— Elles sont au petit hôtel près de la gare, dit-il.

— Pourrais-je avoir des sandwiches?

— Je vais sonner pour en avoir. Il n'y a rien ici, vous comprenez, comme il n'y a personne.

— Il n'y a vraiment personne?

— Je veux dire très peu de monde.

Les sandwiches arrivèrent. J'en mangeai trois et je bus deux autres martinis. Jamais je n'avais rien goûté d'aussi frais et d'aussi pur. Je me sentais redevenir civilisé. J'étais saturé de vin rouge, de pain, de fromage, de mauvais café et de grappa. Assis sur le haut tabouret, en face de l'agréable acajou, du cuivre et des glaces, je ne pensais à rien. Le barman me posa une question.

— Ne me parlez pas de la guerre, dis-je.

La guerre était très loin. Au fait y avait-il bien une guerre? Il n'y avait pas de guerre ici. Alors seulement je me rendis compte qu'elle était finie pour moi. Mais je n'avais pas l'impression qu'elle fût définitivement terminée. J'avais la sensation d'un gamin qui, faisant l'école buissonnière, pense, à une certaine heure, à ce qui se passe alors en classe.

Catherine et Helen Ferguson étaient en train de dîner quand j'arrivai à l'hôtel. Debout dans le couloir, je les aperçus à table. Catherine ne regardait pas dans ma direction, et je vis la ligne de ses cheveux, sa joue, son cou et ses épaules charmantes. Ferguson parlait. Elle s'interrompit quand j'entrai.

— Oh! mon Dieu! dit-elle.

— *Hello*, dis-je.

— Comment, c'est toi! dit Catherine.

Sa figure s'illumina. Elle semblait trop heureuse pour y croire. Je l'embrassai. Catherine rougit et je m'assis à leur table.

— C'est du propre, dit Ferguson. Qu'est-ce que vous faites ici? Avez-vous dîné?

— Non.

La servante arriva et je lui dis de m'apporter une assiette. Catherine me regardait tout le temps, du bonheur plein les yeux.

— Qu'est-ce que vous faites ici, en civil?

— Je fais partie du Cabinet.

— Vous avez fait quelque bêtise?

— Allons, réjouissez-vous, Fergy. Un peu de gaieté, voyons.

— Ce n'est pas votre vue qui me réjouira, toujours. Je sais dans quel pétrin vous avez fourré cette pauvre fille. Non, je vous assure bien que vous n'êtes pas un objet réjouissant pour moi.

Catherine me sourit et me fit du pied sous la table.

— Personne ne m'a mis dans le pétrin, Fergy, j'ai bien su m'y mettre toute seule.

— Je ne peux pas le sentir, dit Ferguson. Il a réussi à vous déshonorer avec sa sournoiserie italienne. Les Américains sont pires que les Italiens.

— Les Écossais sont des gens si moraux, dit Catherine.

— Ce n'est pas ce que je veux dire. Je veux dire sa sournoiserie italienne.

— Je suis sournois, Ferguson?

— Oui, et pire que cela. Vous êtes comme un serpent, un serpent en uniforme italien, une pèlerine autour du cou.

— Je ne suis pas en uniforme italien, en ce moment.

— C'est justement un autre exemple de votre sournoiserie. Vous avez eu une intrigue pendant tout l'été; vous avez rendu cette pauvre fille enceinte, et maintenant vous allez vraisemblablement vous esquiver.

Je souris à Catherine et elle me rendit mon sourire.

— Nous allons nous esquiver ensemble, dit-elle.

— Vous êtes bien du même acabit, tous les deux, dit Ferguson. Vous me faites honte, Catherine Barkley. Vous n'avez ni pudeur ni honneur, et vous êtes aussi sournoise que lui.

— Allons, Fergy, dit Catherine en lui tapotant la main, ne m'accusez pas. On s'aime bien toutes les deux.

— Enlevez votre main, dit Ferguson. (Son visage était tout rouge.) Si vous aviez un tant soit peu de pudeur ce serait différent. Mais vous en êtes, Dieu sait, à quel mois de votre grossesse, et vous trouvez que c'est très drôle, et vous voilà toute en sourires parce que votre séducteur est revenu. Vous n'avez ni pudeur ni tact.

Elle se mit à pleurer. Catherine alla vers elle et l'enlaça. Tandis que, debout, elle consolait Ferguson, je ne remarquai aucun changement dans sa silhouette.

— Ça m'est égal, sanglotait Ferguson. Je trouve que c'est horrible.

— Voyons, voyons, Fergy. (Catherine essayait de la consoler.) J'aurais honte à votre place... Ne pleurez plus, Fergy. Ne pleurez plus, ma bonne Fergy.

— Je ne pleure pas, sanglota Ferguson. Je ne pleure pas. Si ce n'était pas à cause de l'horrible situation où vous vous trouvez... (Elle me regarda.) Je vous hais, dit-elle. Elle ne peut pas m'empêcher de vous haïr, espèce de sale sournois d'Américain italien !

Elle avait les yeux et le nez tout rouges à force d'avoir pleuré.

Catherine me sourit.

— Ne lui souriez pas, tant que vous avez votre bras autour de mon cou.

— Vous n'êtes pas raisonnable, Fergy.

— Je le sais bien, sanglota Ferguson. Ne faites pas attention à moi, tous les deux. Je suis si bouleversée. Je ne suis pas raisonnable, je le sais. Je voulais que vous soyez heureux ensemble.

— Nous sommes heureux, dit Catherine. Vous êtes une gentille Fergy.

Ferguson se remit à pleurer.

— Je ne veux pas que vous soyez heureux de cette façon-là. Pourquoi ne vous mariez-vous pas? Vous n'avez pas une autre femme, j'espère?

— Non, dis-je.

Catherine se mit à rire.

— Il n'y a pas de quoi rire, dit Ferguson. Il n'en manque pas qui ont deux femmes.

— Nous nous marierons, Fergy, dit Catherine, si ça peut vous faire plaisir.

— Non, pas pour me faire plaisir. C'est vous-même qui devriez avoir envie de vous marier.

— Nous avons été si occupés.

— Oui, oui, je sais, occupés à faire des enfants.

Je crus qu'elle allait recommencer à pleurer, mais elle se contenta de remarques amères.

— Je suppose que vous allez partir avec lui ce soir?

— Oui, dit Catherine, s'il le désire.

— Et moi, alors?

— Avez-vous peur de rester seule?

— Oui, j'ai peur.

— Alors je resterai avec vous.

— Non, partez avec lui. Partez avec lui tout de suite. Je ne peux plus vous voir, ni l'un ni l'autre.

— Nous ferions mieux de finir le dîner.

— Non. Partez tout de suite.

— Fergy, soyez raisonnable.

— Je vous dis de partir tout de suite. Partez tous les deux.

— Ah! bien, partons, dis-je.

Ferguson m'exaspérait.

— Vous grillez d'envie de partir. Vous voyez bien que vous ne voulez même pas me tenir compagnie pour dîner. Moi qui avais toujours eu envie de voir les lacs italiens, et voilà dans quelles conditions je les vois! Oh! oh!

Elle éclata en sanglots, regarda Catherine et s'étrangla.

— Nous allons rester jusqu'après le dîner, dit Catherine, et je ne vous laisserai pas toute seule si vous voulez que je reste. Je ne vous laisserai pas toute seule, Fergy.

— Non, non. Je veux que vous partiez. (Elle s'essuya

les yeux.) Je suis si peu raisonnable. Je vous en prie, ne faites pas attention à moi.

La jeune fille qui servait le repas avait été très bouleversée par toutes ces larmes. Aussi quand elle apporta le plat suivant parut-elle soulagée de voir que les choses s'étaient arrangées.

Cette nuit-là, à l'hôtel; notre chambre, le long corridor vide, nos souliers à la porte, un épais tapis sur le plancher de la chambre; dehors, la pluie sur les vitres et, dans la chambre, une jolie lumière agréable et douce. Ensuite la lumière éteinte et la volupté de la douceur des draps et du lit confortable. Se sentir chez soi; ne plus se sentir seul; se réveiller au milieu de la nuit et la trouver à côté de soi, pas partie. Tout le reste semblait irréel. Nous dormions quand nous étions fatigués, et si l'un de nous se réveillait, l'autre se réveillait également; ainsi nous ne nous sentions jamais seuls. Souvent un homme a besoin d'être seul, et une femme aussi a besoin d'être seule; et s'ils s'aiment ils sont jaloux de constater ce sentiment mutuel; mais je puis dire en toute sincérité que cela ne nous était jamais arrivé. Quand nous étions ensemble, il nous arrivait de nous sentir seuls, mais c'était seuls par rapport aux autres. Je n'ai ressenti cette impression qu'une fois. Je m'étais souvent senti seul avec bien des femmes, et c'est ainsi qu'on se sent le plus seul; mais, nous deux, nous ne nous sentions jamais seuls, et nous n'avions jamais peur quand nous étions ensemble. Je sais que la nuit n'est pas semblable au jour, que les choses y sont différentes, que les choses de la nuit ne peuvent s'expliquer à la lumière du jour parce qu'elles n'existent plus alors; et la nuit peut être effroyable pour les gens seuls, dès qu'ils ont pris conscience de leur solitude; mais, avec Catherine, il n'y avait pour ainsi dire aucune différence entre le jour et la nuit, sinon que les nuits étaient encore meilleures que les jours. Quand les individus affrontent le monde avec tant de courage, le monde ne peut les briser qu'en les tuant. Et naturellement il les tue. Le monde brise les individus, et, chez beaucoup, il se forme un cal à l'endroit de la

239

fracture; mais ceux qui ne veulent pas se laisser briser, alors, ceux-là, le monde les tue. Il tue indifféremment les très bons et les très doux et les très braves. Si vous n'êtes pas parmi ceux-là, il vous tuera aussi, mais en ce cas il y mettra le temps.

Je me rappelle mon réveil, le matin. Catherine dormait et le soleil entrait par la fenêtre. La pluie avait cessé. Je me levai et j'allai à la fenêtre. En bas se trouvaient les jardins effeuillés, mais beaux dans leur régularité, les allées sablées, les arbres, le mur de pierre le long du lac, et le lac dans le soleil, avec les montagnes au loin. Debout à la fenêtre, je regardai, et quand je me retournai, je vis que Catherine était réveillée et m'observait.

— Comment vas-tu, mon chéri? dit-elle. Comme il fait beau!

— Comment te sens-tu?

— Je me sens très bien. Nous avons passé une nuit adorable.

— Veux-tu déjeuner?

Elle voulait déjeuner, moi aussi; et nous déjeunâmes au lit, le plateau sur mes genoux, dans la lumière de novembre qui entrait par la fenêtre.

— Tu n'as pas envie de lire le journal? A l'hôpital tu voulais toujours avoir le journal.

— Non, dis-je, je ne veux plus le journal maintenant.

— Était-ce donc si terrible que tu ne veux même plus lire les nouvelles?

— Je ne veux plus en entendre parler.

— Je voudrais avoir été avec toi. Comme cela je saurais aussi.

— Je te raconterai, si jamais j'arrive à mettre un peu d'ordre dans mes idées.

— Mais est-ce qu'on ne va pas t'arrêter si on te trouve en civil?

— On me fusillera probablement.

— Alors il ne faut pas rester ici. Nous allons quitter le pays.

— J'y ai pensé.

— Nous partirons. Mon chéri, il ne faut pas risquer sa vie inutilement. Dis-moi, comment es-tu allé de Mestre à Milan?

— Par le train. J'étais en uniforme.

— Tu n'étais pas en danger alors?

— Pas très. J'avais une vieille feuille de route. J'avais arrangé les dates à Mestre.

— Mon chéri, tu cours le risque d'être arrêté d'une minute à l'autre. Je ne veux pas de ça. C'est ridicule de faire des choses pareilles. Qu'est-ce que nous deviendrions si on t'arrêtait?

— N'y pensons pas. Je suis fatigué d'y penser.

— Qu'est-ce que tu ferais si on venait t'arrêter?

— Je les tuerais.

— Tu vois comme tu es stupide. Je ne te laisserai pas sortir de l'hôtel avant notre départ.

— Où allons-nous aller?

— Je t'en prie, ne sois pas comme cela, mon chéri. Nous irons où tu voudras, mais je t'en prie, choisis un endroit où nous puissions aller tout de suite.

— La Suisse est au bout du lac. Nous pourrions aller là-bas.

— Ce serait charmant.

Le ciel se couvrait et le lac s'assombrissait.

— Je voudrais que nous n'ayons pas toujours à vivre comme des criminels, dis-je.

— Mon chéri, ne parle pas comme ça. Tu n'as pas vécu bien longtemps comme un criminel. Et nous ne vivrons jamais comme des criminels. Nous allons être très heureux.

— J'ai l'impression d'être un criminel. J'ai déserté.

— Mon chéri, je t'en supplie, sois raisonnable. On ne peut pas appeler cela déserter. Ce n'est que l'armée italienne, après tout.

Je me mis à rire.

— Tu es une bonne fille. Recouchons-nous. Je ne me sens bien qu'au lit.

Un peu plus tard, Catherine me dit :

— Tu n'as pas l'impression d'être un criminel, n'est-ce pas?

— Non, dis-je, pas quand je suis avec toi.

— Tu es tellement nigaud, dit-elle. Mais je prendrai soin de toi. N'est-ce pas magnifique, mon chéri, de n'avoir même pas de nausées, le matin?

— C'est merveilleux.

— Tu ne sais pas apprécier quelle bonne petite femme tu as. Mais cela m'est égal. Je te trouverai un endroit où on ne pourra pas t'arrêter, et nous serons très heureux.

— Allons-y tout de suite.

— Oui, mon chéri. J'irai où tu voudras, dès que cela te fera plaisir.

— Ne pensons à rien.

— Bon.

CHAPITRE XXXV

Catherine suivit le bord du lac pour aller voir Ferguson, au petit hôtel. Je me rendis au bar pour y lire les journaux. Il y avait des fauteuils de cuir très confortables dans le bar, et je m'assis dans l'un d'eux en attendant l'arrivée du barman. L'armée n'avait pas tenu sur le Tagliamento. Elle se retirait sur la Piave. Je me rappelais la Piave. Le chemin de fer qui menait au front la traversait près de San Donà. A cet endroit-là elle était profonde et coulait lentement dans un lit étroit. Plus bas, il y avait des marais pleins de moustiques et des canaux. Il y avait quelques jolies villas. Un jour, avant la guerre, montant à Cortina d'Ampezzo, je l'avais suivie pendant plusieurs heures, à travers les collines. Là-haut, elle avait l'air d'une rivière à truites, au courant rapide, avec des trous sans profondeur et de l'eau dormante dans l'ombre des rochers. La route s'en éloignait à Cadore. Je me demandais comment l'armée qui se trouvait sur les hauteurs pourrait en redescendre. Le barman arriva.

— Le comte Greffi vient de me parler de vous, dit-il.

242

— Qui?

— Le comte Greffi. Vous ne vous rappelez pas? Le vieux monsieur qui était ici en même temps que vous.

— Il est ici?

— Oui, il est ici avec sa nièce. Je lui ai dit que vous étiez arrivé. Il voudrait jouer au billard.

— Où est-il?

— Il est parti se promener.

— Comment est-il?

— Plus jeune que jamais. Il a pris trois cocktails au champagne hier soir avant le dîner.

— Et comment joue-t-il au billard maintenant?

— Bien. Il m'a battu. Quand il a su que vous étiez ici, il a été très content. Il n'a personne avec qui jouer.

Le comte Greffi avait quatre-vingt-quatorze ans. Il avait été contemporain de Metternich. C'était un vieillard à moustaches et cheveux blancs, extrêmement bien élevé. Il avait fait partie du corps diplomatique en Autriche et en Italie, et les fêtes qu'il donnait pour ses anniversaires étaient le grand événement mondain de Milan. Il était taillé pour vivre cent ans, et il jouait au billard avec une aisance tranquille qui contrastait avec sa fragilité de nonagénaire. J'avais fait sa connaissance une année où je m'étais trouvé à Stresa, en dehors de la saison, et, tout en jouant au billard, nous buvions du champagne. Je trouvais que c'était une coutume admirable, et il me donnait quinze points d'avance, et néanmoins, il me battait.

— Pourquoi ne m'aviez-vous pas dit qu'il était ici?

— Je l'avais oublié.

— Quelles sont les autres personnes?

— Vous ne les connaissez pas. Il n'y a que six personnes en tout.

— Avez-vous quelque chose à faire en ce moment?

— Non.

— Venez pêcher avec moi.

— Je peux disposer d'une heure.

— Bon. Allez chercher votre ligne.

Le barman mit un veston et nous sortîmes. Nous descendîmes sur le bord du lac et prîmes un bateau. Je

243

ramai tandis que le barman, assis à l'arrière, laissait filer la ligne. C'était une ligne spéciale pour pêcher la truite de lac. Elle avait un moulinet et se terminait par un plomb très lourd. Nous suivions le bord. Le barman tenait la canne à la main et lui imprimait de temps à autre de petites secousses. Vue du lac, Stresa semblait une ville déserte, avec ses longues rangées d'arbres sans feuilles, ses villas et ses grands hôtels fermés. Je traversai jusqu'à Isola Bella et rasai les murs, là où l'eau est plus profonde et où l'on voit la paroi rocheuse s'enfoncer dans l'eau claire. Ensuite je ramai vers l'île du Pêcheur. Le soleil était derrière un nuage et l'eau était sombre, unie et très froide. La truite ne mordit pas une seule fois bien que nous vîmes les cercles que dessinent les poissons quand ils montent à la surface de l'eau.

Je me dirigeai en face de l'île du Pêcheur, vers l'endroit où il y avait des barques tirées sur le rivage et des hommes qui réparaient leurs filets.

— Est-ce qu'on va prendre quelque chose?

— Volontiers.

J'amenai la barque jusqu'au quai de pierre et le barman retira sa ligne. Il l'enroula au fond du bateau et accrocha le moulinet sur le plat-bord. Je débarquai et amarrai le bateau. Nous entrâmes dans un petit café. Nous nous assîmes à une table en bois brut et commandâmes deux vermouths.

— Êtes-vous fatigué de ramer?

— Non.

— Je ramerai au retour, dit-il.

— J'aime ramer.

— Si vous tenez la ligne, ça fera peut-être tourner la chance.

— Bon.

— Comment va la guerre?

— Mal.

— Je n'ai pas à partir. Je suis trop vieux, comme le comte Greffi.

— Oh! vous finirez peut-être bien par y aller un jour.

— On doit appeler ma classe l'année prochaine, mais je n'irai pas.

— Qu'est-ce que vous ferez?

— Je quitterai le pays. Je ne veux pas aller à la guerre. J'y ai été une fois, en Abyssinie. J'en ai soupé. Pourquoi y allez-vous?

— Je ne sais pas. J'ai été idiot.

— Un autre vermouth?

— Volontiers.

Le barman rama au retour. Nous pêchâmes au-delà de Stresa, puis plus bas, non loin du rivage. Je tenais la ligne tendue et je sentais la faible vibration du moulinet qui tournait, tandis que je contemplais l'eau sombre de novembre et la rive déserte. Le barman ramait à grands coups, et, à chaque impulsion du bateau, la ligne palpitait. Une fois je sentis que le poisson mordait. La ligne se raidit brusquement et fila en arrière. Je tirai et je sentis le poids vivant de la truite, puis la ligne se remit à trembloter. Je l'avais ratée.

— Avait-elle l'air grosse?

— Assez grosse.

— Un jour que je pêchais tout seul, je tenais ma canne entre les dents. Il y en a une qui a mordu, pour un peu elle m'aurait emporté la bouche.

— Le mieux, c'est de maintenir sa canne avec la jambe, dis-je, comme ça vous sentez tout aussi bien et vous ne risquez pas de perdre vos dents.

Je trempai ma main dans l'eau. Elle était très froide. Nous étions presque en face de l'hôtel.

— Il est temps que je rentre, dit le barman. Il faut que je sois là-bas à onze heures, *l'heure du cocktail* [1].

— Très bien.

Je retirai la ligne et l'enroulai sur un bâton qui portait une encoche à chaque bout. Le barman amena le bateau jusqu'à une petite cale dans le mur de pierre où il l'amarra avec une chaîne cadenassée.

— Chaque fois que vous le voudrez, dit-il, je vous donnerai la clef.

— Merci.

Nous remontâmes à l'hôtel et entrâmes au bar.

1. En français dans le texte. *(N. d. T.)*

Comme je ne voulais pas boire encore d'aussi bon matin, je remontai dans notre chambre. La femme de chambre venait juste de la finir et Catherine n'était pas encore rentrée. Je m'étendis sur le lit et m'efforçai de ne pas penser.

Quand Catherine revint, je me sentis réconforté. Ferguson était en bas, me dit-elle. Elle venait déjeuner avec nous.

— Je savais que ça ne t'ennuierait pas, dit Catherine.

— Non, dis-je.

— Qu'est-ce qu'il y a, chéri?

— Je ne sais pas.

— Moi, je sais. Tu n'as rien à faire; tu n'as que moi et je te laisse seul.

— C'est vrai.

— Je regrette, chéri. Je sais, ça doit être une horrible impression de sentir le vide tout d'un coup.

— Ma vie avait toujours été si remplie, dis-je. Et maintenant quand tu n'es pas avec moi, je n'ai plus rien au monde.

— Mais je serai toujours avec toi. Je ne t'ai laissé que deux heures. Est-ce que tu ne pourrais pas trouver quelque chose à faire?

— J'ai été pêcher avec le barman.

— Ça ne t'a pas amusé?

— Si.

— Ne pense pas à moi quand je suis absente.

— C'est ce que je faisais au front. Mais alors j'avais quelque chose à faire.

— Othello inoccupé, dit-elle en taquinerie.

— Othello était un nègre, dis-je. De plus je ne suis pas jaloux. Je suis simplement si amoureux de toi que tout le reste a cessé d'exister.

— Veux-tu être un bon garçon et être gentil avec Ferguson?

— Je suis toujours gentil avec Ferguson sauf quand elle m'engueule.

— Sois gentil avec elle. Songe que nous avons tout et qu'elle n'a rien.

— Je ne crois pas qu'elle désire ce que nous avons.

— Pour un garçon si intelligent, mon chéri, tu ne m'as pas l'air d'y voir bien clair.

— Je serai très aimable avec elle.

— J'en étais sûre. Tu es si gentil.

— Elle ne restera pas après, hein?

— Non, je m'en débarrasserai.

— Et alors on remontera ici?

— Naturellement. Qu'est-ce que tu crois donc que j'aie envie de faire?

Nous descendîmes déjeuner avec Ferguson. Elle était très impressionnée par l'hôtel et la splendeur de la salle à manger. On nous servit un très bon déjeuner avec deux bouteilles de capri blanc. Le comte Greffi entra dans la salle à manger et nous salua. Il était accompagné de sa nièce qui ressemblait un peu à ma grand-mère. Je parlai de lui à Catherine et à Ferguson, et Ferguson fut très impressionnée. L'hôtel était très grand, majestueux et vide, mais la nourriture était bonne et le vin fort agréable; et à la fin, le vin nous mit tous de bonne humeur. Catherine n'en avait pas besoin. Elle était très heureuse. Ferguson devint presque gaie. Moi-même je me sentais très en train. Après le déjeuner Ferguson retourna à son hôtel. Elle allait s'allonger après le déjeuner, dit-elle.

Vers la fin de l'après-midi, quelqu'un frappa à notre porte.

— Qui est là?

— Le comte Greffi voudrait savoir si vous pourriez jouer au billard avec lui.

Je consultai ma montre. Je l'avais enlevée et l'avais mise sous l'oreiller.

— Faut-il que tu y ailles, chéri? murmura Catherine.

— Je crois que ça vaudrait mieux.

Ma montre marquait quatre heures et quart. Je dis tout haut :

— Dites au comte Greffi que je serai dans la salle de billard à cinq heures.

A cinq heures moins le quart j'embrassai Catherine et j'allai m'habiller dans la salle de bains. Tandis que je nouais ma cravate devant la glace, je me sentais tout drôle en civil. Il faut que je pense à acheter d'autres chemises et des chaussettes.

— Seras-tu absent longtemps? demanda Catherine. (Elle était charmante au lit.) Veux-tu me passer ma brosse.

Je la regardais se brosser les cheveux, la tête penchée pour que le poids de sa chevelure tombât d'un seul côté. Dehors il faisait noir, et la lumière, à la tête du lit, brillait sur ses cheveux, sur son cou et sur ses épaules. Je m'approchai d'elle et l'embrassai, et je lui pris la main avec la brosse et elle renversa la tête dans les oreillers. J'embrassai son cou, ses épaules. Je me sentais défaillir de tant d'amour.

— Je ne veux pas partir.

— Je ne veux pas que tu partes.

— Alors, je ne partirai pas.

— Si. Va. Ce n'est que pour un petit moment. Après tu reviendras.

— Nous dînerons ici.

— Va et reviens vite.

Je trouvai le comte Greffi dans le billard. Il s'exerçait, frêle sous la lumière qui inondait le tapis. Sur une table à jeu, un peu dans l'ombre, il y avait un seau à glace en argent. Les goulots et les bouchons de deux bouteilles de champagne pointaient au-dessus de la glace. Quand je m'approchai du billard, le comte Greffi se redressa et s'avança vers moi. Il me tendit la main.

— C'est un vrai plaisir pour moi de vous revoir ici. Vous êtes vraiment bien aimable de venir jouer avec moi.

— C'est vous qui avez été très aimable de me le demander.

— Êtes-vous tout à fait remis? J'ai entendu dire que vous aviez été blessé sur l'Isonzo. J'espère que vous êtes rétabli.

— Je vais très bien. Et vous?

— Oh! moi, je vais toujours bien! Mais je me fais vieux. Je commence à noter des signes de vieillesse.

— Je n'en crois rien.

— Si. En voulez-vous un exemple? Il m'est plus facile maintenant de parler italien. Je réagis, mais je constate que, quand je suis fatigué, il m'est beaucoup plus facile de parler italien. C'est une preuve que je me fais vieux.

— Nous pouvons parler italien. Je me sens un peu fatigué moi-même.

— Oh! mais vous, c'est différent! Quand vous êtes fatigué, il doit vous être plus facile de parler anglais.

— Américain.

— Oui, américain. Je vous en prie, parlez américain. C'est une langue délicieuse.

— Je ne vois presque jamais d'Américains.

— Cela doit vous manquer. On regrette toujours ses compatriotes. On regrette les femmes surtout. J'en sais quelque chose. Jouons-nous, ou vous sentez-vous trop fatigué?

— Je ne suis pas du tout fatigué. C'était une plaisanterie. Combien de points d'avance me donnez-vous?

— Avez-vous beaucoup joué?

— Pas du tout.

— Vous jouez très bien. Dix points sur cent?

— Vous me flattez.

— Quinze?

— Parfait, mais vous me battrez quand même.

— Jouons-nous quelque chose? Autrefois vous aimiez toujours intéresser la partie.

— Je crois que cela vaudrait mieux.

— Très bien. Alors je vous donne dix-huit points, et nous jouerons un franc le point.

Il jouait un jeu charmant et, malgré mon handicap, je n'avais que quatre points d'avance quand j'arrivai à cinquante. Le comte Greffi pressa un bouton dans le mur pour appeler le barman.

— Veuillez déboucher une bouteille, dit-il.

Puis se tournant vers moi :

— Nous allons prendre un petit stimulant.

Le vin était très sec et très bon.

— Si nous parlions italien? Ça ne vous ennuie pas trop? C'est mon grand faible maintenant.

Nous continuâmes à jouer en sirotant notre vin entre les coups. Nous parlions italien, mais nous étions trop absorbés par le jeu pour parler beaucoup. Le comte Greffi gagna ses cent points et, malgré mon handicap, je n'arrivai qu'à quatre-vingt-quatorze. Il sourit et me frappa sur l'épaule.

— Maintenant nous allons boire l'autre bouteille et vous me parlerez de la guerre.

Il attendit que je fusse assis pour s'asseoir lui-même.

— De tout sauf de cela, dis-je.

— Vous ne voulez pas en parler? Comme vous voudrez. Qu'est-ce que vous avez lu?

— Rien, dis-je. J'ai peur d'être bien peu intéressant.

— Oh! mais vous devriez lire!

— Qu'est-ce qu'on écrit en temps de guerre?

— Il y a *Le Feu* par un Français, Barbusse. Il y a *Mr. Britling sees through it* [1].

— Non. Il ne voit rien.

— Comment?

— Il ne voit rien. Ces livres étaient à l'hôpital.

— Alors, vous avez lu?

— Oui, mais rien de bon.

— J'ai trouvé que *Mr. Britling* était une très bonne étude de l'âme de l'Anglais moyen.

— Je ne connais rien à l'âme.

— Mon pauvre enfant, personne n'y connaît rien. Êtes-vous croyant?

— La nuit.

Le comte Greffi sourit et fit tourner son verre entre ses doigts.

— Je m'attendais à devenir plus dévot en vieillissant, mais non, je n'ai pas changé. C'est bien dommage.

— Aimeriez-vous vivre après votre mort? demandai-je.

Aussitôt je me rendis compte que j'avais été idiot de parler de mort. Mais le mot ne lui fit pas peur.

1. *Monsieur Britling y voit clair.* (Le titre exact de l'ouvrage de H. G. Wells est : *Mr. Britling sees it through.*) (N. d. T.)

— Ça dépend quelle espèce de vie. Cette vie-ci est fort agréable. J'aimerais vivre éternellement (Il sourit.) — et, ma foi, je l'ai presque fait.

Nous étions assis dans les amples fauteuils de cuir; le champagne dans le seau à glace et nos verres sur la table, entre nous.

— Si jamais vous vivez aussi longtemps que moi, vous trouverez bien des choses étranges.

— Vous ne paraissez pas vieux.

— C'est le corps qui est vieux. Quelquefois, j'ai peur de me casser un doigt comme on casse un morceau de craie. Mais mon esprit n'est pas plus vieux et pas beaucoup plus sage.

— Oh! je suis sûr que vous êtes un sage!

— Non, la sagesse des vieillards c'est une grande erreur. Ce n'est pas plus sages qu'ils deviennent, c'est plus prudents.

— C'est peut-être en cela que consiste la sagesse.

— C'est une sagesse sans attraits. Qu'est-ce que vous estimez le plus dans la vie?

— Quelqu'un que j'aime.

— Je suis comme vous. Ce n'est pas là être sage. Attachez-vous de la valeur à la vie?

— Oui.

— Moi aussi. Parce que c'est tout ce que je possède et afin de pouvoir célébrer mes anniversaires. (Il se mit à rire.) Vous êtes probablement plus sage que moi. Vous ne donnez pas de fêtes pour vos anniversaires.

Chacun de nous but un peu de vin.

— Qu'est-ce que vous pensez réellement de la guerre? demandai-je.

— Je trouve que c'est stupide.

— Qui remportera la victoire?

— L'Italie.

— Pourquoi?

— C'est une nation plus jeune.

— Est-ce que les jeunes nations gagnent toujours les guerres?

— Elles en ont la possibilité pendant un certain temps.

— Et ensuite, qu'est-ce qui arrive?

— Elles deviennent de vieilles nations.

— Et vous me disiez que vous n'étiez pas un sage!

— Mon cher enfant, ce n'est pas de la sagesse, c'est du cynisme.

— A moi, cela me paraît fort sage.

— Pas spécialement. Je pourrais vous donner des exemples du contraire. Mais ce n'est pas mal. Avons-nous fini notre champagne?

— Presque.

— En buvons-nous encore? Il faudra ensuite que j'aille m'habiller.

— Il vaudrait peut-être mieux nous arrêter maintenant.

— Vous n'en voulez pas d'autre, vraiment?

— Non, merci.

Il se leva :

— Je vous souhaite beaucoup de chance et beaucoup de bonheur, et une très, très bonne santé.

— Merci. Et moi je vous souhaite de vivre éternellement.

— Merci, c'est déjà fait. Et si jamais vous devenez pieux, priez pour moi si je suis mort. J'ai demandé cela déjà à plusieurs de mes amis. J'espérais devenir pieux moi-même, mais ça ne s'est pas produit.

Je crus lui voir un sourire triste, mais je n'en étais pas sûr, car il était si vieux, son visage était si ridé, qu'un sourire déformait beaucoup de lignes, et toutes les nuances étaient perdues.

— Je deviendrai peut-être très pieux, dis-je. En tout cas je prierai pour vous.

— J'avais toujours espéré devenir pieux. Toute ma famille est morte très pieuse. Mais pour une raison quelconque je ne le suis pas devenu.

— C'est trop tôt.

— C'est peut-être trop tard. J'ai peut-être dépassé l'âge des sentiments religieux.

— Les miens ne viennent que la nuit.

— Alors c'est que vous êtes amoureux. N'oubliez pas que cela aussi c'est un sentiment religieux.

— Vous croyez?

— Naturellement. (Il s'approcha de la table.) Vous avez été très aimable de venir jouer avec moi.

— J'y ai pris le plus grand plaisir.

— Remontons ensemble.

CHAPITRE XXXVI

Cette nuit-là, il y eut un orage, et je m'éveillai en entendant la pluie fouetter les vitres. Elle entrait par la fenêtre entrouverte. Quelqu'un frappa à la porte. J'allai ouvrir tout doucement pour ne pas réveiller Catherine. C'était le barman. Il avait son pardessus et tenait son chapeau à la main.

— Est-ce que je peux vous dire un mot, Tenente?

— Qu'est-ce qu'il y a?

— C'est très sérieux.

Je regardai autour de moi. La chambre était obscure. Je vis l'eau sur le plancher devant la fenêtre. « Entrez ». dis-je. Je le conduisis par le bras jusqu'à la salle de bains. Je fermai la porte et j'allumai. Je m'assis sur le bord de la baignoire.

— Qu'est-ce qu'il y a, Emilio? Courez-vous quelque danger?

— Non, c'est vous, Tenente.

— Ah! oui?

— On va vous arrêter dans la matinée.

— Ah! oui?

— Je suis venu vous avertir. J'étais en ville et j'ai entendu causer au café.

— Je comprends.

Il était là, debout, dans son pardessus mouillé. Il tenait son chapeau mouillé à la main et il ne disait rien.

— Pourquoi veut-on m'arrêter?

— Pour quelque chose relativement à la guerre.

— Savez-vous quoi?

— Non, mais je sais qu'on a remarqué votre présence ici, en civil, alors qu'autrefois vous étiez en uniforme. Depuis cette retraite on arrête tout le monde.

Je réfléchis une minute.

— A quelle heure doit-on m'arrêter?

— Dans la matinée. Je ne sais pas l'heure.

— Qu'est-ce que vous me conseillez de faire?

Il posa son chapeau sur le lavabo. Il était très mouillé et il avait goutté par terre.

— Si vous êtes en règle, une arrestation n'est rien du tout, mais c'est toujours mauvais d'être arrêté, surtout par le temps qui court.

— Je ne veux pas être arrêté.

— Alors passez en Suisse.

— Comment?

— Dans ma barque.

— Il y a un orage, dis-je.

— L'orage est passé. Le lac est agité mais ça peut aller.

— Quand faut-il partir?

— Tout de suite. On pourrait venir vous arrêter au petit jour.

— Et les valises?

— Faites-les vite. Faites habiller votre dame. Je m'occuperai des valises.

— Où vous retrouverai-je?

— Je vais attendre ici. Je ne veux pas qu'on me voie dans le couloir.

J'ouvrai la porte et la refermai. Je traversai la chambre. Catherine était éveillée.

— Qu'y a-t-il, mon chéri?

— Ne t'inquiète pas, Cat, dis-je. Qu'est-ce que tu dirais s'il fallait t'habiller tout de suite et partir pour la Suisse?

— Et toi?

— Moi? J'aimerais mieux me recoucher.

— Qu'est-ce qu'il y a?

— Le barman vient de m'avertir qu'on viendra m'arrêter dans la matinée.

— Est-ce que ce barman est fou?

— Non.

— Alors je t'en prie, mon chéri, dépêche-toi de t'habiller pour que nous puissions partir tout de suite.

Elle s'assit sur le bord du lit. Elle avait encore sommeil.

— Est-ce que le barman est encore dans la salle de bains?

— Oui.

— Alors je ne me laverai pas. Je t'en prie, regarde de l'autre côté. Je vais être prête dans une minute.

Quand elle enleva sa chemise de nuit, j'aperçus la blancheur de son dos, puis je détournai mes regards comme elle le désirait. Elle commençait à s'alourdir et elle ne voulait pas que je la visse ainsi. Je m'habillai au son de la pluie sur les vitres. Je n'avais pas grand-chose à mettre dans ma valise.

— Il y a beaucoup de place dans ma valise. Catherine, si tu en as besoin.

— J'ai presque fini la mienne, dit-elle. Chéri, tu vas trouver que je suis très sotte, mais pourquoi est-ce que ce barman est dans la salle de bains?

— Chut. Il attend pour descendre nos valises.

— Il est bien gentil.

— C'est un vieil ami, dis-je. J'ai failli lui envoyer du tabac, un jour.

Par la fenêtre ouverte je plongeai mes regards dans la nuit noire. Je ne pouvais voir le lac; rien que l'obscurité et la pluie. Mais le vent mollissait.

— Je suis prête, chéri, dit Catherine.

— Très bien. J'allai à la porte de la salle de bains.

— Voilà les valises, Emilio, dis-je.

Le barman prit les deux valises.

— Vous êtes bien bon de nous aider, dit Catherine.

— C'est la moindre des choses, madame, dit le barman. Je suis heureux de vous aider dans la mesure où je ne risque pas de me créer d'ennuis. Écoutez, me dit-il. Je vais descendre les valises par l'escalier de service et je les mettrai dans le bateau. Vous, sortez tout simplement comme si vous alliez faire une promenade.

— C'est une jolie nuit pour une promenade! dit Catherine.

— Une vilaine nuit en effet.

— Heureusement que j'ai un parapluie, dit Catherine.

Nous longeâmes le corridor et descendîmes le grand escalier au tapis épais. Au pied de l'escalier, près de la porte, le concierge était assis à son bureau. Il parut surpris de nous voir.

— Vous n'allez pas sortir, monsieur? dit-il.

— Si, dis-je. Nous voulons voir la tempête sur le lac.

— Vous n'avez pas de parapluie, monsieur?

— Non, dis-je. Ce manteau est imperméable.

Il le regarda d'un œil sceptique.

— Je vais vous chercher un parapluie, dit-il.

Il disparut et revint avec un grand parapluie.

— Il est un peu grand, monsieur, dit-il.

Je lui donnai un billet de dix lires.

— Oh! monsieur est trop bon, dit-il, merci beaucoup.

Il tint la porte ouverte et nous nous avançâmes sous la pluie. Il sourit à Catherine et Catherine lui rendit son sourire.

— Ne restez pas sous l'orage, dit-il. *You will get wet, sir and lady* [1].

Il n'était que concierge en second. Son anglais sentait encore la traduction littérale.

— Nous serons bientôt de retour, dis-je.

Nous descendîmes le sentier sous le gigantesque parapluie et, à travers l'obscurité des jardins mouillés, nous arrivâmes à la route, puis au chemin treillagé qui longeait le lac. Le vent soufflait de terre. C'était un vent de novembre froid et humide, et je savais qu'il neigeait sur les montagnes. Nous passâmes devant les barques enchaînées dans leurs cales, le long du quai, et nous arrivâmes à l'endroit où se trouvait le bateau du barman. L'eau était noire contre la pierre. Le barman sortit de derrière la rangée d'arbres.

— Les valises sont dans la barque, dit-il.

— Je désire vous payer pour le bateau, dis-je.

1. *Monsieur et Madame vont se faire mouiller. (N. d. T.)*

— Combien d'argent avez-vous?

— Pas beaucoup.

— Vous m'enverrez cela plus tard. Ça va.

— Combien?

— Ce que vous voudrez.

— Dites-moi combien.

— Si vous réussissez, envoyez-moi cinq cents francs. A ce moment-là ça vous sera égal.

— Entendu.

— Voilà des sandwiches. Il me tendit un paquet. C'est tout ce qu'il y avait au bar. Vous avez tout ici. Ça c'est une bouteille d'eau-de-vie, et ça, c'est une bouteille de vin.

Je les mis dans ma valise.

— Laissez-moi vous payer cela au moins.

— Si vous voulez. Donnez-moi cinquante lires.

Je les lui donnai.

— L'eau-de-vie est bonne, dit-il, ne craignez pas d'en donner à votre dame. Elle ferait bien d'embarquer.

Il maintint le bateau qui se soulevait et s'abaissait le long du mur, et j'aidai Catherine à monter. Elle s'assit à l'arrière et s'enroula dans son manteau.

— Vous connaissez la direction?

— Oui, il faut remonter le lac.

— Vous savez jusqu'où?

— Jusqu'après Luino.

— Jusqu'après Luino, et Cannero, et Cannobio, et Tranzano. Vous ne serez en Suisse qu'à Brissago. Il faut que vous dépassiez Monte Tamara.

— Quelle heure est-il? demanda Catherine.

— Il est onze heures, dis-je.

— Si vous ramez tout le temps, vous devriez être là-bas vers sept heures du matin.

— C'est aussi loin que ça?

— Trente-cinq kilomètres.

— Comment allons-nous nous diriger? Avec cette pluie il nous faudrait une boussole.

— Non. Allez jusqu'à Isola Bella. Ensuite, de l'autre côté d'Isola Madre, suivez le vent. Le vent vous poussera jusqu'à Pallanza. Vous verrez les lumières. Ensuite vous n'aurez plus qu'à longer la rive.

— Le vent tournera peut-être.

— Non. Ce vent-là va durer trois jours. Il descend tout droit de Mattarone. Vous avez un seau, ici, pour vider la barque.

— Laissez-moi vous donner quelque chose dès maintenant pour payer le bateau.

— Non. Je préfère courir le risque. Si vous réussissez, vous me paierez ce que vous pourrez.

— Bon.

— Je ne crois pas que vous vous noyiez.

— Tant mieux.

— Allez toujours vent arrière.

— Compris.

Je montai dans le bateau.

— Avez-vous laissé de quoi payer votre note à l'hôtel?

— Oui, dans une enveloppe, dans la chambre.

— Très bien. Bonne chance, Tenente.

— Bonne chance. Merci mille fois.

— Vous ne me remercierez pas tant si vous vous noyez.

— Qu'est-ce qu'il dit? demanda Catherine.

— Il dit bonne chance.

— Bonne chance, dit Catherine. Merci beaucoup.

— Parés?

— Oui.

Il se courba et nous poussa au large. J'enfonçai mes avirons dans l'eau et j'agitai la main. Le barman nous chassa d'un geste. Je voyais les lumières de l'hôtel et je ramai vers le large, tout droit, jusqu'à ce qu'elles eussent disparu. Les vagues étaient fortes, mais nous avions vent arrière.

CHAPITRE XXXVII

Je ramais dans l'obscurité de façon que le vent m'arrivât toujours en pleine figure. La pluie avait cessé. Seuls de petits grains tombaient encore de temps à autre. Il faisait très noir et le vent était froid. Je pouvais distinguer Catherine à l'arrière, mais je ne pouvais pas voir l'eau où plongeaient mes avirons. Les avirons étaient longs et ils n'avaient pas de cuir pour les empêcher de glisser. Je souquais, me redressais, me penchais en avant, rencontrais l'eau, y plongeais mes rames, souquais; bref, je ramais tant bien que mal. Je ne m'inquiétais pas de ramener mes avirons à plat parce que le vent nous poussait. Je savais que j'aurais des ampoules, et je voulais retarder cet accident le plus possible. Le bateau était léger et la nage était facile. Je le maintenais dans les eaux sombres. Je ne voyais rien, et j'espérais que nous arriverions bientôt à Pallanza.

Nous ne vîmes jamais Pallanza. Le vent soufflait par le travers du lac. Dans l'obscurité nous doublâmes la pointe qui cache Pallanza, et nous n'en vîmes jamais les lumières. Quand, finalement, plus tard, nous aperçûmes des lumières, tout contre la rive, c'était Intra. Mais pendant longtemps nous ne vîmes pas plus de lumières que de rivages. Portés par les vagues nous avancions avec persévérance dans l'obscurité. Parfois, quand une vague soulevait le bateau, les rames frappaient à vide dans le noir. Le lac était agité mais cela ne m'empêchait pas de ramer. Soudain, nous nous trouvâmes tout contre la rive, près de récifs qui surgirent à côté de nous. Les lames y déferlaient, bondissaient en hautes gerbes et retombaient. Je souquai sur mon aviron droit et repoussai l'eau avec le gauche, et nous reprîmes le large. La pointe était hors de vue et nous remontions le lac.

— Nous sommes au milieu du lac, dis-je à Catherine.

— Est-ce que nous ne devions pas voir Pallanza?

— Nous l'avons manquée.

— Comment ça va, chéri?

— Bien.

— Je pourrais prendre les avirons un moment.

— Non, ça va.

— Pauvre Ferguson! dit Catherine, dans la matinée elle va arriver à l'hôtel et elle nous trouvera partis.

— Je me préoccupe davantage d'arriver dans la zone suisse avant le lever du jour, afin que les douaniers ne puissent nous voir.

— Est-ce que c'est loin?

— A une trentaine de kilomètres d'ici.

Je ramai toute la nuit. A la fin j'avais les mains si meurtries que je pouvais à peine tenir les avirons. A plusieurs reprises nous faillîmes nous écraser contre la rive. Je ne m'écartais pas trop du bord parce que j'avais peur de m'égarer au large et de perdre du temps. Parfois, nous étions si près que nous pouvions distinguer une rangée d'arbres, la route côtière et les montagnes derrière. La pluie cessa, le vent chassa les nuages, et la lune apparut et, en me retournant, je vis la longue pointe sombre de Castagnola et le lac qui moutonnait et, plus loin, la lune sur les hautes montagnes neigeuses. Puis la lune se cacha de nouveau derrière les nuages, et les montagnes et le lac disparurent, mais il faisait beaucoup plus clair qu'auparavant et nous pouvions voir la rive. Je la voyais même trop distinctement et je m'éloignai afin que notre barque fût invisible, au cas où les douaniers surveilleraient la route de Pallanza. Quand la lune reparut, nous aperçûmes les taches blanches des villas, sur la rive et sur les flancs de la montagne, et la ligne blanche de la route entre les arbres. Je n'avais pas cessé une minute de ramer.

Le lac s'élargissait et, sur l'autre rive, au pied des montagnes, de l'autre côté, nous aperçûmes des lumières. Luino probablement. J'avais remarqué une brèche cunéiforme entre les montagnes, sur l'autre rive; c'est pourquoi je pensais que ce devait être Luino. Si c'était vrai, nous avions bien marché. Je ramenai mes avirons et me renversai sur le banc. J'étais très, très fatigué de ramer. Les bras, les épaules et les reins me faisaient mal, et mes mains étaient meurtries.

— Je pourrais ouvrir le parapluie, dit Catherine, nous pourrions aller à la voile avec ce vent-là.

— Es-tu capable de gouverner?

— Je crois que oui.

— Alors prends cet aviron, tiens-le sous ton bras, tout contre le bord du bateau et gouverne; moi, je tiendrai le parapluie.

J'allai à l'arrière pour lui montrer comment tenir son aviron. Je pris le grand parapluie que le concierge nous avait donné; je m'assis face à la proue et je l'ouvris. Il s'ouvrit brusquement. A cheval sur le manche dont la poignée était accrochée au banc, je le saisis par les deux côtés. Le vent s'y engouffrait en plein et je sentis le bateau filer, tandis que je me cramponnais le plus fortement possible aux baleines. La poussée était vigoureuse; le bateau allait très vite.

— Nous marchons merveilleusement, dit Catherine.

Je ne voyais que des baleines de parapluie. Le parapluie se tendait, tirait, et je sentais qu'il nous entraînait. Solidement arc-bouté sur mes jambes, je m'efforçais de le retenir quand brusquement il se retourna. Je sentis une baleine me cingler le front. J'essayai d'attraper le haut qui ployait sous le vent, mais il s'était complètement retourné et je me trouvai à cheval sur le manche d'un parapluie en loques, là où une minute auparavant, je tenais une voile gonflée de vent. Je décrochai le manche du banc, posai le parapluie à l'avant et m'en fus reprendre l'aviron à Catherine. Elle riait. Elle me prit la main sans cesser de rire.

— Qu'est-ce que tu as?

Je pris l'aviron.

— Oh! tu étais si drôle avec cette affaire dans les mains!

— Je le suppose en effet.

— Ne te fâche pas, mon chéri. C'était tellement

comique! Tu avais l'air d'avoir vingt pieds de large et tu te cramponnais si affectueusement aux deux bords de ton parapluie.

Elle s'étrangla.

— Je vais ramer.

— Repose-toi et bois un peu. C'est une belle nuit et nous avons bien marché.

— Il faut que j'empêche le bateau de tomber entre deux lames.

— Je vais te donner à boire. Repose-toi un peu, mon chéri.

Les avirons que je tenais en l'air nous servaient de voiles. Catherine ouvrit la valise. Elle me passa la bouteille d'eau-de-vie. Je la débouchai avec mon couteau de poche et bus un long trait. C'était doux et chaud, et la chaleur m'envahit, et je me sentis réchauffé et tout joyeux.

— C'est de l'eau-de-vie épatante, dis-je.

La lune s'était de nouveau cachée, mais je pouvais distinguer la rive. Il me sembla voir une autre pointe, très loin, devant nous.

— As-tu assez chaud, Cat?

— Je suis à merveille, un peu courbatue seulement.

— Vide donc cette eau, tu pourras étendre les jambes.

Je me remis à ramer tout en écoutant le bruit des tolets, l'immersion et le grattement du seau en fer-blanc sous le banc de poupe.

— Pourrais-tu me passer le seau, dis-je, je voudrais boire.

— Mais il est très sale.

— Ça ne fait rien, je le laverai.

J'entendis Catherine le rincer par-dessus bord. Ensuite elle me le passa tout plein d'eau. Le cognac m'avait altéré, et l'eau était glacée, si froide qu'elle me fit mal aux dents. Je regardai vers la rive. Nous nous étions rapprochés de la longue pointe. Il y avait des lumières dans la baie.

— Merci, dis-je, et je lui rendis le seau en fer-blanc.

— A votre service, dit Catherine. Il y en a encore d'autre si tu veux.

— Tu ne sens pas le besoin de manger quelque chose?

— Non. J'aurai faim tout à l'heure. Il faut garder nos provisions pour ce moment-là.

— Très bien.

Ce qui avait l'air d'une pointe était un long promontoire allongé. Je repris le large pour le doubler. Le lac s'était rétréci. La lune avait reparu et les *guardia di finanza* auraient pu fort bien voir notre embarcation s'ils avaient surveillé.

— Comment ça va, Cat? demandai-je.

— Bien. Où sommes-nous?

— Je ne crois pas que nous ayons plus de huit milles à faire maintenant.

— Il te faudra ramer encore bien longtemps, mon pauvre chéri. Tu n'es pas mort?

— Non, ça va. J'ai mal aux mains seulement.

Nous continuâmes notre voyage. Il y avait une coupure entre les montagnes, sur la rive droite. Le terrain s'aplanissait jusqu'à la ligne côtière très basse. Je pensai que ce devait être Cannobio. J'avais soin de rester au large car c'était le moment où nous risquions le plus de rencontrer des *guardia*. Sur l'autre rive, en face de nous, se dressait une haute montagne à sommet arrondi. J'étais fatigué. La distance que nous avions encore à parcourir n'était pas longue, mais, quand on n'est plus en forme, cela semble très long. Je savais qu'il me fallait dépasser cette montagne et remonter le lac pendant au moins cinq milles avant de me trouver dans les eaux suisses. La lune était sur le point de se coucher, mais elle n'avait pas encore disparu que le ciel se couvrit de nouveau, et l'obscurité fut profonde. Je restai au large. De temps en temps je cessais de ramer pour me reposer et je tenais mes avirons de façon que le vent vînt en frapper le plat.

— Laisse-moi ramer un peu, dit Catherine.

— Je ne crois pas que ce soit très indiqué pour toi.

— Tu déraisonnes. Ce sera très bon pour moi. Ça m'empêchera de m'ankyloser.

— Je crois que tu ferais mieux de t'en abstenir, Cat.

— Tu déraisonnes. L'aviron, d'une façon modérée, est très recommandé aux femmes enceintes.

— Vraiment? Alors rame un peu... d'une façon modérée. Je vais m'asseoir à l'arrière. Toi, tu vas venir ici. Tiens-toi aux deux bords quand tu te déplaceras.

Relevant mon col, je m'installai à l'arrière et je regardai Catherine ramer. Elle ramait très bien, mais les avirons étaient trop longs et la gênaient. J'ouvris la valise et mangeai deux sandwiches, puis je bus un coup d'eau-de-vie. Je vis aussitôt les choses sous un aspect moins sombre, et je bus un autre coup.

— Préviens-moi dès que tu seras fatiguée, dis-je, puis un instant après : Fais attention à ne pas te heurter le ventre avec tes avirons.

— Si ça arrivait, dit Catherine entre deux efforts, ça simplifierait peut-être bien la vie.

Je bus un peu de cognac.

— Comment ça va?

— Bien.

— Dis-moi quand tu voudras t'arrêter.

— Oui.

Je bus une autre gorgée d'eau-de-vie, puis, m'appuyant aux plats-bords, je m'avançai.

— Non, ça va à merveille.

— Retourne à l'arrière. Je suis complètement reposé.

Pendant un moment, grâce à l'eau-de-vie, je ramai aisément et sans interruption. Ensuite, il m'arriva de manquer la lame et, bientôt, je ne fis plus que nageoter. J'avais dans la bouche un petit goût brunâtre de bile pour avoir ramé trop vigoureusement après l'eau-de-vie.

— Donne-moi de l'eau, veux-tu? dis-je.

— C'est facile, dit Catherine.

Avant l'aube il commença à bruiner. Le vent était tombé ou peut-être étions-nous protégés par les montagnes qui encerclaient le lac. Quand je vis que le jour allait se lever, je fis un effort et me remis à ramer vigoureusement. Je ne savais pas où nous étions et je voulais arriver dans la zone suisse. Au point du jour nous étions tout près de la rive. J'en pouvais voir les rochers et les arbres.

— Qu'est-ce que c'est que ça? dit Catherine.

Je me reposai sur mes avirons et j'écoutai. C'était un canot automobile qui pétaradait sur le lac. Je me rapprochai de la rive et restai immobile. Le bruit se rapprochait et nous aperçûmes le canot, sous la pluie, un peu derrière nous. Il y avait quatre *guardia di finanza* à la poupe. Ils portaient leurs chapeaux *alpini* bien enfoncés, le col de leurs capotes relevé et leurs carabines en bandoulière. Ils avaient tous l'air à moitié endormis, si tôt le matin. Je pus voir le jaune de leurs manteaux. Le canot nous dépassa et se perdit dans la pluie.

Je repris le large. Si nous étions si près que cela de la frontière, je ne tenais pas à être hélé par une sentinelle de la route. Je me maintins à une distance qui me permît juste de distinguer la rive et je ramai sous la pluie pendant trois quarts d'heure. Nous entendîmes encore un canot automobile. Je m'arrêtai et j'attendis pour repartir que le bruit du moteur se fût éloigné sur le lac.

— Je crois que nous sommes en Suisse, Cat, dis-je.

— Vraiment?

— Nous ne pourrons le savoir qu'après avoir vu des soldats suisses.

— Ou la marine suisse.

— En ce qui nous concerne, la marine suisse n'est pas une plaisanterie. C'est probablement à la marine suisse qu'appartient le second canot que nous avons entendu.

— Si nous sommes en Suisse, il faudra nous offrir un bon déjeuner. Il y a des petits pains merveilleux en Suisse, et du beurre, et de la confiture.

Il faisait tout à fait jour et une pluie fine tombait. La brise soufflait toujours sur le lac et nous voyions les vagues s'enfuir en moutonnant vers le bout du lac. J'étais sûr que nous étions en Suisse. Il y avait beaucoup de maisons dans la verdure, en retrait de la rive, et, plus haut, un village avec des maisons en pierre, des villas sur les coteaux et une église. J'avais surveillé

265

la route côtière pour voir s'il n'y avait pas de gardes. Je n'en avais pas vu. La route longeait le lac à cet endroit et je vis un soldat sortir d'un café. Il portait un uniforme gris vert et un casque comme les Allemands. Son visage respirait la santé. Il avait une petite moustache qui ressemblait à une brosse à dents. Il nous regarda.

— Fais-lui signe, dis-je à Catherine.

Elle agita la main et le soldat sourit, embarrassé, et il répondit de même avec la main. Je ramai plus lentement. Nous passions devant le village.

— Nous devons avoir dépassé de beaucoup la frontière, dis-je.

— Il faut en être bien sûr, mon chéri. Il ne faudrait pas qu'on nous ramène en Italie.

— La frontière est loin derrière nous. Je crois que nous sommes à la ville douanière. Je suis presque sûr que c'est Brissago.

— Est-ce qu'il n'y aura pas d'Italiens ici? Il y a toujours des gens des deux pays dans les douanes.

— Pas en temps de guerre. Je ne crois pas qu'on laisse les Italiens passer la frontière.

C'était une petite ville d'un aspect fort joli. Il y avait beaucoup de barques de pêche, le long du quai, et des filets étendus sur des tréteaux. Une fine pluie de novembre tombait, mais, malgré la pluie, tout semblait propre et gai.

— Veux-tu que nous abordions ici pour déjeuner?

— Parfait.

Je forçai sur ma rame gauche pour me rapprocher de la rive puis, quand nous fûmes tout contre le quai, je redressai le bateau afin de pouvoir accoster. Après avoir ramené mes avirons, je saisis un anneau de fer et sautai sur la pierre humide. J'étais en Suisse. J'attachai le bateau et tendis la main à Catherine.

— Viens vite, Cat. C'est une sensation magnifique.

— Et les valises?

— Laisse-les dans le bateau.

Catherine débarqua. Nous étions ensemble en Suisse.

— Quel joli pays! dit-elle.

— N'est-ce pas que c'est chic?

— Allons déjeuner.

— Est-ce que ce pays n'est pas épatant? J'en aime la sensation sous mes semelles.

— Je suis si ankylosée que je ne me rends pas très bien compte. Mais j'ai vraiment l'impression que c'est un endroit magnifique. Mon chéri, est-ce que tu te rends bien compte que nous sommes ici, en Suisse, loin de ce sale pays?

— Oui, je m'en rends compte, je m'en rends compte entièrement. Il me semble que c'est aujourd'hui pour la première fois que je me rends vraiment compte de quelque chose.

— Regarde les maisons. Est-ce que cette place n'est pas jolie? Tiens, voilà un endroit pour déjeuner.

— Et cette pluie n'est-elle pas jolie aussi? Il n'y a pas de pluie comme ça en Italie. Ici, c'est une pluie gaie.

— Et nous sommes en Suisse, chéri. Est-ce que tu te rends bien compte que nous sommes en Suisse?

Nous entrâmes dans le café et nous assîmes à une table de bois très propre. Nous étions fous de joie. Une superbe femme en tablier, d'aspect très propre, vint nous demander ce que nous voulions.

— Des petits pains, de la confiture et du café, dit Catherine.

— Je regrette, mais nous n'avons plus de petits pains depuis la guerre.

— Alors du pain ordinaire.

— Je peux vous faire des toasts.

— Je voudrais aussi des œufs sur le plat.

— Combien d'œufs pour monsieur?

— Trois.

— Prends-en quatre, mon chéri.

— Quatre œufs.

La femme s'éloigna. J'embrassai Catherine et tins sa main bien serrée dans la mienne. Nous nous regardions et nous regardions la salle.

— Chéri, chéri, n'est-ce pas charmant?

— C'est merveilleux, dis-je.

— Ça m'est égal qu'il n'y ait pas de petits pains, dit

Catherine. J'y ai pensé toute la nuit, mais ça m'est égal, ça m'est tout à fait égal.

— Je suppose que nous n'allons pas tarder à être arrêtés.

— Ça ne fait rien, mon chéri. Déjeunons d'abord. Après déjeuner ça n'aura pas d'importance. Et puis on ne peut rien nous faire. Nous sommes des citoyens anglais et américain en règle.

— Tu as ton passeport, n'est-ce pas?

— Naturellement. Oh! ne parlons pas de cela. Soyons heureux.

— Je ne pourrais être plus heureux que je ne suis, dis-je.

Une grosse chatte grise, la queue en panache, s'approcha de notre table et se frôla à ma jambe tout en ronronnant. Je me penchai pour la caresser. Catherine me lança un sourire heureux. « Voilà le café », dit-elle.

On nous arrêta après déjeuner. Nous fîmes une petite promenade dans la ville puis nous descendîmes sur le quai pour chercher nos valises. Un soldat montait la garde près du bateau.

— Ce bateau est à vous?

— Oui.

— D'où venez-vous?

— Du bout du lac.

— Alors je vais vous demander de bien vouloir me suivre.

— Et les valises?

— Vous pouvez les prendre avec vous.

Je portai les valises et Catherine marcha à côté de moi. Le soldat nous suivit jusqu'à la douane. A la douane un lieutenant très maigre et très militaire nous interrogea.

— De quelle nationalité êtes-vous?

— Je suis Américain, madame est Anglaise.

— Montrez-moi vos passeports.

Je lui donnai le mien et Catherine chercha le sien dans son sac à main.

Il les examina longtemps.

— Pourquoi entrez-vous en Suisse comme ça, en bateau?

— Je suis un sportsman, dis-je. L'aviron est mon sport favori. Je rame dès que j'en ai l'occasion.

— Pourquoi venez-vous en Suisse?

— Pour les sports d'hiver. Nous voyageons en touristes et nous voulons faire des sports d'hiver.

— Ce n'est pas un endroit pour les sports d'hiver ici.

— Je le sais. Nous voulons aller là où on peut faire des sports d'hiver.

— Qu'est-ce que vous faisiez en Italie?

— J'étudiais l'architecture et ma cousine étudiait la peinture.

— Pourquoi êtes-vous partis?

— Nous voulions faire des sports d'hiver. Avec cette guerre il n'y a pas moyen d'étudier l'architecture.

— Veuillez rester ici, dit le lieutenant.

Il disparut avec nos passeports.

— Tu es épatant, mon chéri, dit Catherine. Continue comme ça. Tu veux faire des sports d'hiver.

— Est-ce que tu sais quelque chose en fait de peinture?

— Rubens, dit Catherine.

— Grand et gras, dis-je.

— Titien, dit Catherine.

— Cheveux blonds... blond Titien, dis-je. Et Mantegna?

— Oh! ne me pose pas de colles, dit Catherine. Pourtant je le connais aussi celui-là. Très âpre.

— Très âpre, dis-je, des empreintes de clous partout.

— Tu vois comme je serai une femme précieuse, dit Catherine. Je pourrai parler peinture avec tes clients.

— Le voilà, dis-je.

Le grand lieutenant maigre traversait la douane, nos passeports à la main.

— Je vais être obligé de vous envoyer à Locarno, dit-il. Vous pouvez prendre une voiture. Un soldat vous accompagnera.

— Très bien, dis-je. Et le bateau?

— Le bateau est confisqué. Qu'est-ce que vous avez dans vos valises?

Il visita les deux valises et confisqua la bouteille de whisky.

— Voulez-vous que nous en buvions ensemble? demandai-je.

— Non, merci. (Il se redressa.) Combien d'argent avez-vous?

— Deux mille cinq cents lires.

Il fut favorablement impressionné.

— Combien a votre cousine?

Catherine avait un peu plus de douze cents lires. Le lieutenant se montra satisfait. Son attitude devint moins hautaine.

— Si vous voulez faire des sports d'hiver, dit-il, Wengen est le seul endroit. Mon père tient un bel hôtel à Wengen. Il est ouvert toute l'année.

— Parfait, dis-je. Pourriez-vous me donner l'adresse?

— Je vais vous l'écrire sur une carte.

Il me tendit la carte très poliment.

— Le soldat vous conduira jusqu'à Locarno. Il se chargera de vos passeports. Je regrette, mais c'est nécessaire. J'ai bon espoir qu'on vous donnera un visa ou un permis de séjour à Locarno.

Il donna les deux passeports au soldat, et, nos valises à la main, nous partîmes dans la ville à la recherche d'une voiture.

« Hé! » Le lieutenant appela le soldat. Il lui dit quelque chose en dialecte allemand. Le soldat mit son fusil sur son dos et prit les valises.

— Quel pays épatant! dis-je à Catherine.

— Et si pratique!

— Merci beaucoup, dis-je au lieutenant.

Il agita la main.

— *Service*, dit-il.

Nous suivîmes notre gardien à travers la ville.

Nous allâmes à Locarno en voiture. Le soldat était monté sur le siège, à côté du cocher. A Locarno tout se passa très bien. On nous interrogea, mais très poliment, à cause de nos passeports et de notre argent. Je ne pense pas qu'ils aient cru un seul mot de mon histoire et je trouvais moi-même tout cela stupide, mais c'était un peu comme au tribunal où on ne s'inquiète pas si les choses sont raisonnables, pourvu qu'elles soient techniques, et qu'on puisse s'y tenir sans explication. Nous avions des passeports et de l'argent à dépenser, aussi nous donna-t-on des visas provisoires. Le visa pouvait nous être retiré à n'importe quel moment et partout où nous irions il nous faudrait faire une déclaration à la police.

Étions-nous libres d'aller partout où nous voudrions? Oui. Où voulions-nous aller?

— Où veux-tu aller, Cat?

— A Montreux.

— C'est un endroit très agréable, dit l'employé. Je crois que vous vous y plairez.

— Ici, à Locarno, c'est très agréable aussi, dit un autre employé. Je suis sûr que vous vous plairiez beaucoup ici, à Locarno. Locarno est une très jolie ville.

— Nous cherchons un endroit où nous puissions faire des sports d'hiver.

— On ne fait pas de sports d'hiver à Montreux.

— Je vous demande pardon, dit l'autre employé. Je suis de Montreux. On fait des sports d'hiver sur la ligne Montreux-Oberland bernois. Vous ne pouvez pas dire le contraire.

— Je ne dis pas le contraire. Je dis seulement qu'on ne fait pas de sports d'hiver à Montreux.

— Je mets cette affirmation en doute.

— Et moi, je maintiens cette affirmation.

— Je mets cette affirmation en doute. J'ai moi-même lugé dans les rues de Montreux. Je ne l'ai pas fait une fois mais cent fois. La luge est certainement un sport d'hiver.

Le second employé se tourna vers moi.

— Est-ce que, par sport d'hiver, vous entendez la luge, monsieur? Croyez-moi, vous seriez très bien ici, à Locarno. Vous verriez que le climat y est sain et les environs très agréables. Vous vous y plairiez beaucoup.

— Monsieur a exprimé le désir d'aller à Montreux.

— Qu'est-ce que vous appelez luger? demandai-je.

— Vous voyez, il n'a même jamais entendu parler de luge!

Cela fut d'une grande importance pour le second employé. Il s'en montra très satisfait.

— La luge, dit le premier, c'est comme le toboggan.

— Permettez. (L'autre employé secoua la tête.) Je me permets de vous contredire. Le toboggan est très différent de la luge. Les toboggans sont fabriqués au Canada avec des lattes plates; la luge est un traîneau ordinaire monté sur patins. Il s'agirait d'être exact.

— Est-ce que nous ne pourrions pas y faire du toboggan? demandai-je.

— Mais si, naturellement, vous pourrez y faire du toboggan, dit le premier employé. Vous pourrez très bien y faire du toboggan. On vend d'excellents toboggans canadiens à Montreux. La maison Ochs Brothers vend des toboggans. Ils font venir tous leurs toboggans de l'étranger.

Le second employé se détourna.

— Pour le toboggan, dit-il, il faut une piste spéciale. Vous ne pourrez pas faire de toboggan dans les rues de Montreux. Où êtes-vous descendus ici?

— Nous ne savons pas encore, dis-je. Nous arrivons de Brissago. Notre voiture est à la porte.

— Vous avez raison d'aller à Montreux, dit le premier employé. Vous y trouverez un bon climat, très agréable. Et vous aurez les sports d'hiver à votre porte.

— Si vous voulez vraiment des sports d'hiver, c'est dans l'Engadine ou à Mürren qu'il faut aller. Je considère de mon devoir de protester contre ce conseil d'aller à Montreux pour les sports d'hiver.

— Aux Avants, au-dessus de Montreux, il y a d'excellents sports d'hiver de toute espèce.

Le champion de Montreux foudroya son collègue du regard.

— Messieurs, dis-je, je crains que nous ne devions nous retirer. Ma cousine est très fatiguée. Nous irons provisoirement à Montreux.

— Je vous félicite.

Le premier employé me serra la main.

— Je crains que vous ne regrettiez d'avoir quitté Locarno, dit le second employé. En tout cas présentez-vous à la police de Montreux.

— Vous n'aurez pas d'ennuis avec la police, m'assura le premier employé. Vous verrez que tous les habitants sont extrêmement affables et cordiaux.

— Je vous remercie beaucoup, tous les deux, dis-je. Nous apprécions grandement vos conseils.

— Au revoir, dit Catherine. Merci beaucoup.

Ils nous accompagnèrent jusqu'à la porte en s'inclinant, le champion de Locarno avec un peu de froideur. Nous descendîmes les marches et remontâmes en voiture.

— Grands dieux, mon chéri, dit Catherine, est-ce que nous n'aurions pas pu partir plus tôt?

Je donnai au cocher l'adresse d'un hôtel qu'un des employés m'avait recommandé. Il empoigna ses rênes.

— Tu as oublié l'armée, dit Catherine.

Le soldat était debout près de la voiture. Je lui donnai un billet de dix lires.

— Je n'ai pas encore d'argent suisse, dis-je.

Il me remercia, salua et partit. La voiture se mit en route pour l'hôtel.

— Qu'est-ce qui t'a donné l'idée de choisir Montreux? demandai-je à Catherine. Est-ce que tu veux vraiment y aller?

— C'est la première ville qui m'est venue à l'esprit, dit-elle. Ce n'est pas désagréable. Nous pourrons trouver un endroit dans la montagne.

— As-tu sommeil?

— En ce moment, oui.

— On va bien dormir. Pauvre Catherine, tu as passé une sale nuit.

— C'était amusant comme tout, dit Catherine, surtout quand tu tenais le parapluie.

— Est-ce qu'il te semble que nous sommes en Suisse?

— Non, j'ai peur de me réveiller et de constater que ce n'est pas vrai.

— Moi aussi.

— C'est bien vrai, dis, mon chéri? Je ne suis pas

simplement en train de t'accompagner à la *stazione* de Milan, pour te voir partir?

— J'espère bien que non.

— Ne dis pas cela. J'ai peur. C'est peut-être là que nous allons.

— Je suis si fourbu que je ne sais plus.

— Fais voir tes mains.

Je les montrai. La chair était à vif.

— Je n'ai pas de plaie au côté, dis-je.

— Pas de plaisanteries sacrilèges.

Je me sentais très fatigué et la tête vague. Toute mon excitation était tombée. La voiture parcourait des rues.

— Ces pauvres mains! dit Catherine.

— Ne les touche pas, dis-je. Du diable si je sais où nous sommes. Où allons-nous, cocher?

Le cocher arrêta son cheval.

— A l'hôtel Métropole. Ce n'est pas là que vous voulez aller?

— Si, dis-je. Ça va, Catherine?

— Mais oui, mon chéri. Ne t'énerve pas. On va bien dormir et tu ne te sentiras plus fatigué demain.

— Oui, j'ai la sensation d'être ivre, dis-je. C'est comme un opéra-comique aujourd'hui. Au fait, c'est peut-être que j'ai faim.

— Tu es fatigué tout simplement, mon chéri. Ça passera.

La voiture s'arrêta devant l'hôtel. Quelqu'un sortit pour prendre les valises.

— Je me sens bien, dis-je.

Nous étions sur le trottoir devant l'hôtel.

— Je suis sûre que ça va passer. Tu es fatigué, voilà tout. Il y a longtemps que tu es debout.

— Enfin, ce qu'il y a de sûr, c'est que nous y sommes.

— Oui, nous y sommes pour de vrai.

Nous entrâmes dans l'hôtel derrière le garçon qui portait les valises.

LIVRE V

Cette année-là, la neige apparut très tard. Nous habitions dans un chalet brun, au milieu des sapins, sur le flanc de la montagne. Il gelait la nuit et, dans les deux pots à eau, sur la commode, il y avait, chaque matin, une fine couche de glace. Le matin, Mme Guttingen entrait dans la chambre de bonne heure pour fermer les fenêtres et allumer le feu dans le grand poêle en porcelaine. Le bois de sapin pétillait, lançait des étincelles, puis le feu ronflait dans le poêle et quand, pour la seconde fois, Mme Guttingen entrait dans la chambre, elle apportait de grosses souches pour le feu, et un broc d'eau chaude. Quand la chambre était chaude, elle apportait le petit déjeuner. Assis dans notre lit, tout en déjeunant, nous pouvions contempler le lac et les montagnes de l'autre côté, sur la rive française. Il y avait de la neige sur le sommet des montagnes et le lac était d'un gris bleu d'acier.

Dehors, en face du chalet, une route montait dans la montagne. Les ornières et les trous étaient durs comme du fer par suite de la gelée. La route montait directement à travers la forêt, et, contournant la montagne, atteignait l'endroit où il y avait des prairies et des granges, et des huttes dans les prairies, à la lisière des bois, au-dessus de la vallée. La vallée était profonde et, dans le fond, il y avait un cours d'eau qui se jetait dans le lac et, quand le vent soufflait de la vallée, on pouvait entendre le bruit du cours d'eau sur les pierres.

Quelquefois nous quittions la route pour prendre un sentier à travers les sapins. Le sol de la forêt était doux aux pieds. La gelée ne le durcissait pas comme elle durcissait la route. Mais peu nous importait la dureté de la route, car nos semelles et les talons de nos souliers étaient garnis de clous, et les clous s'enfonçaient dans les ornières gelées et, avec des souliers cloutés, c'était bon et vivifiant de marcher sur la route. Mais c'était charmant de marcher dans les bois.

Devant la maison où nous habitions, la montagne descendait à pic vers la petite plaine au bord du lac, et nous nous asseyions sur la galerie de la maison, au soleil, et nous voyions la route qui déroulait ses lacets sur le flanc de la montagne, et les vignobles en terrasses sur le versant de la moins haute des montagnes, avec leurs vignes tuées par l'hiver et les murs en pierre qui séparaient les champs et, au-dessous des vignobles, les maisons de la ville, dans la plaine resserrée, au bord du lac. Dans le lac, il y avait une île avec deux arbres, et les arbres ressemblaient aux deux voiles d'une barque de pêche. Les montagnes étaient abruptes et escarpées de l'autre côté du lac et, là-bas, au bout du lac, s'étendait la vallée du Rhône, toute plate entre ses deux rangées de montagnes. En remontant la vallée, dans l'échancrure des montagnes, il y avait la Dent du Midi. C'était une haute montagne neigeuse qui dominait la vallée, mais elle était si loin qu'elle ne projetait aucune ombre.

Quand le soleil était assez fort, nous déjeunions sur la galerie, mais le reste du temps nous mangions en haut, dans une petite chambre aux murs de bois naturel, avec un grand poêle dans le coin. Nous achetâmes des livres et des magazines en ville, et un exemplaire de *Hoyle*, et nous apprîmes beaucoup de jeux de cartes à deux. La petite salle au poêle était notre salon. Il y avait deux chaises confortables et une table pour les livres et les magazines; et nous jouions aux cartes sur la table à manger quand on l'avait desservie. M. et Mme Guttingen habitaient au rez-de-chaussée, et parfois nous les entendions causer le soir, et eux aussi étaient très heureux ensemble. Il avait été maître d'hôtel et elle, femme de chambre dans le même hôtel, et ils avaient fait des économies afin de pouvoir acheter cette maison. Ils avaient un fils qui faisait son apprentissage de maître d'hôtel. Il était dans un hôtel à Zurich. Au rez-de-chaussée, il y avait une salle où ils vendaient du vin et de la bière, et parfois, le soir, nous entendions des charretiers s'arrêter sur la route, et des hommes monter les marches pour aller, dans la salle, boire un verre de vin.

Il y avait un coffre à bois dans le couloir, près de la porte du salon. Il me servait à alimenter notre feu. Mais nous ne veillions jamais tard. Nous nous couchions dans l'obscurité, dans la grande chambre, et une fois déshabillé j'ouvrais les fenêtres; et j'apercevais la nuit et les étoiles glacées et les sapins sous la fenêtre; et je courais me mettre au lit aussi vite que possible. On était bien au lit avec un air si froid et si pur, et la nuit derrière la fenêtre. Nous dormions profondément, et si je me réveillais, j'en savais l'unique raison; aussi ramenais-je sur nous l'édredon de plume, tout doucement pour ne pas réveiller Catherine, et je me rendormais, bien au chaud, sous cette légèreté nouvelle des fines couvertures. La guerre me semblait aussi loin que les matches de football de n'importe quel collège. Mais je savais par les journaux qu'on se battait encore dans les montagnes parce que la neige ne se décidait pas à tomber.

Quelquefois nous descendions à pied jusqu'à Montreux. Il y avait un sentier qui dégringolait de la montagne, mais il était à pic et, généralement, nous prenions la route et, sur cette route large et dure, nous marchions entre des champs, puis, plus bas encore, entre les maisons des villages que nous trouvions sur notre chemin. Il y avait trois villages, Cherneux, Fontanivent et un autre dont j'ai oublié le nom. Continuant notre route nous passions devant un vieux château en pierre. Il dressait sa masse carrée sur une sorte de plate-forme à flanc de montagne, avec des vignobles en terrasses, chaque cep attaché à un tuteur, les vignes sèches et brunes, et la terre prête pour la neige, et le lac tout en bas, plat et gris comme de l'acier. La route descendait beaucoup, après le château, ensuite elle tournait à droite et pénétrait enfin dans Montreux par une pente raide, hérissée de cailloux pointus.

Nous ne connaissions personne à Montreux. Nous longions le bord du lac, nous regardions les cygnes et les nombreuses mouettes et hirondelles de mer qui s'envolaient à notre approche et criaient en regardant l'eau. Au large, il y avait des troupes de grèbes, petits et noirs, qui traçaient des sillages dans l'eau en nageant. Dans la ville, nous suivions la grand-rue en regardant la devanture des magasins. Il y avait beaucoup de grands hôtels fermés, mais la plupart des magasins étaient ouverts et les gens étaient très contents de nous voir. Il y avait un beau salon de coiffure où Catherine entra un jour pour se faire coiffer. La femme qui le dirigeait était très joviale et c'était la seule personne que nous connaissions à Montreux. J'allai attendre Catherine dans une brasserie où je bus de la bière brune de Munich en lisant les journaux. Je lus le *Corriere della Sera* et les journaux anglais et américains de Paris. Toutes les réclames étaient passées au caviar, vraisemblablement pour empêcher de communiquer par ce moyen avec l'ennemi. Les journaux étaient une mauvaise lecture. Tout allait très mal, partout. J'étais assis dans un coin avec une lourde chope de bière brune et une poche en papier glacé ouverte, pleine de bretzels, et je mangeais les bretzels pour leur saveur salée et aussi pour le bon goût qu'ils donnent à la bière, et je lisais le récit des désastres. J'attendais l'arrivée de Catherine qui ne venait pas. Je remis le journal à sa place, je payai ma bière et remontai la rue pour la chercher. C'était une journée froide, sombre et brumeuse; même les pierres des maisons semblaient froides. Catherine était encore dans la boutique. La femme lui ondulait les cheveux. Je m'assis dans la petite cabine et je regardai. C'était un spectacle excitant, et Catherine souriait et me parlait; et parce que j'étais excité, ma voix était rauque. Les pinces faisaient un agréable cliquetis et je pouvais voir Catherine dans trois miroirs; et il faisait bon et chaud dans la cabine. Ensuite, la femme releva les cheveux de Catherine, et Catherine se regarda dans le miroir et apporta quelques changements, enlevant et remettant des épingles. Enfin elle se leva.

— Je regrette d'avoir été si longue.

— Monsieur était très intéressé, n'est-ce pas, monsieur?

La femme sourit.

— Oui, dis-je.

Nous sortîmes et remontâmes la rue. Il faisait froid et brumeux et le vent soufflait.

— Oh! ma chérie, je t'aime tant, dis-je.

— Ne sommes-nous pas heureux? dit Catherine. Dis, si on allait prendre de la bière au lieu de thé, c'est très bon pour la petite Catherine; ça l'empêche de grossir.

— La petite Catherine, dis-je, cette paresseuse!

— Elle a été très sage, dit Catherine. Je la sens à peine. Le docteur dit que la bière est bonne pour moi et l'empêche de grossir.

— Si tu l'empêches suffisamment de grossir et que ce soit un garçon, on pourra peut-être en faire un jockey.

— Il faudra probablement finir par nous marier, si cet enfant vient au monde, dit Catherine.

Nous étions dans la brasserie, à la table du coin. Dehors, il commençait à faire noir. Il était encore tôt mais le jour était sombre et la nuit tombait vite.

— Marions-nous tout de suite, dis-je.

— Non, dit Catherine. C'est trop gênant maintenant. Ça se voit trop. Je ne veux pas me marier dans cette position.

— Nous aurions dû nous marier plus tôt.

— Ça aurait mieux valu probablement. Mais quand aurions-nous pu le faire, mon chéri?

— Je ne sais pas.

— En tout cas, moi, je sais bien une chose, c'est que je ne veux pas me marier tant que j'aurai une tournure aussi majestueuse.

— Tu n'es pas encore majestueuse.

— Oh! si, mon chéri. La coiffeuse m'a demandé si c'était notre premier. J'ai menti, j'ai dit que non; j'ai dit que nous avions déjà deux garçons et deux filles.

— Quand nous marierons-nous?

— Dès que je serai redevenue mince. Il faut que nous ayons un beau mariage et que le monde dise : « Quel beau couple! »

— Et ça ne t'ennuie pas de n'être pas mariée?

— Mais non, mon chéri, pourquoi veux-tu que ça m'ennuie? La seule fois où je me suis sentie gênée, c'est à Milan, quand j'ai eu l'impression d'être une grue, et ça n'a duré que sept minutes, et encore c'était à cause du mobilier. Est-ce que je ne suis pas une bonne petite femme?

— Tu es une charmante petite femme.

— Alors, n'attache donc pas tant d'importance aux principes, mon chéri. Je t'épouserai dès que je serai redevenue mince.

— Entendu.

— Est-ce que tu ne crois pas que je ferais bien de prendre une autre bière? Le docteur m'a dit que j'étais un peu étroite des hanches et que moins la petite Catherine serait grosse, mieux cela vaudrait.

— Qu'est-ce qu'il a dit encore?

J'étais inquiet.

— Rien. Ma pression artérielle est parfaite, mon chéri. Il a beaucoup admiré ma pression artérielle.

— Qu'est-ce qu'il pense de cette étroitesse des hanches?

— Rien, rien du tout. Il a dit qu'il vaudrait mieux que je ne fasse pas de ski.

— Il a raison.

— Il a dit que c'était trop tard pour commencer si je n'en avais jamais fait. Il a dit que je pourrais faire du ski si j'étais sûre de ne pas tomber.

— C'est un joyeux fumiste.

— Il a été très gentil, vraiment. Nous le ferons appeler pour la naissance du bébé.

— Lui as-tu demandé si tu ferais bien de te marier?

— Non. Je lui ai dit que nous étions mariés depuis

quatre ans. Tu comprends, mon chéri, si je t'épouse, je deviendrai Américaine et peu importe la date du mariage; d'après la loi américaine notre enfant sera légitime.

— Où as-tu trouvé cela?

— Dans le *New York World Almanac*, à la bibliothèque.

— Tu es une petite femme épatante.

— Je serai très heureuse de devenir Américaine, et nous vivrons en Amérique, n'est-ce pas, chéri? Je veux voir les chutes du Niagara.

— Tu es une gentille petite femme.

— Il y a encore une autre chose que je voudrais voir, mais je ne peux me rappeler.

— Les abattoirs?

— Non. Je ne peux pas me rappeler.

— Le Woolworth Building?

— Non.

— Le Grand Canyon?

— Non, mais j'aimerais bien voir ça aussi.

— Qu'est-ce que c'est alors?

— Oh! je sais, Golden Gate. C'est ça que je veux voir. Où c'est-il, Golden Gate?

— A San Francisco.

— Alors, c'est là que nous irons.

— Pour le moment, allons en montagne, veux-tu? Avons-nous le temps d'attraper le M.O.B.?

— Il y a un train un peu après cinq heures.

— Prenons-le.

— Si tu veux, mais je vais prendre encore une bière.

Quand nous sortîmes pour remonter la rue et gravir les escaliers de la gare, il faisait très froid. Un vent glacé soufflait de la vallée du Rhône. Les devantures des magasins étaient éclairées et nous montâmes les raides escaliers de pierre jusqu'à la rue supérieure, puis, par un autre escalier, nous atteignîmes la gare. Le train électrique attendait, tout illuminé. Il y avait un cadran qui indiquait les heures de départ. Les aiguilles marquaient cinq heures dix. Je regardai l'horloge de la gare. Il était cinq heures cinq. Comme nous montions dans le wagon, je vis le mécanicien et le contrôleur qui sortaient de la buvette. Nous nous assîmes et baissâmes la glace. Le train était chauffé à l'électricité et l'atmosphère y était lourde, mais l'air frais entra par la fenêtre.

— Es-tu fatiguée, Cat? demandai-je.

— Non, je me sens à merveille.

— Le trajet n'est pas long.

— J'aime le trajet, dit-elle. Ne t'inquiète pas de moi, chéri, je vais très bien.

La neige ne fit son apparition que trois jours avant Noël. Un matin nous nous réveillâmes et il neigeait. Nous restâmes au lit à regarder tomber la neige. Le poêle ronflait. Mme Guttingen emporta le plateau du petit déjeuner et remit du bois dans le poêle. C'était une grosse tempête de neige. J'allai à la fenêtre pour regarder, mais il me fut impossible d'apercevoir l'autre côté de la route. Le vent soufflait avec rage et la neige tourbillonnait. Je retournai me coucher et nous nous mîmes à causer.

— Je voudrais pouvoir faire du ski, dit Catherine. C'est dégoûtant de ne pas pouvoir faire de ski.

— Nous prendrons un bobsleigh et nous descendrons la route; ça ne sera pas plus mauvais pour toi que la voiture.

— Ça ne sera pas trop cahoteux?

— Nous verrons.

— J'espère que ça ne sera pas trop cahoteux.

— Tout à l'heure nous ferons une promenade dans la neige.

— Avant le déjeuner, dit Catherine, ça nous donnera de l'appétit.

— J'ai toujours faim.

— Moi aussi.

Nous sortîmes dans la neige, mais elle s'était amoncelée de telle façon que nous ne pûmes pas aller bien loin. Je marchai devant et j'ouvris un chemin jusqu'à la gare. Arrivés là, nous n'eûmes pas envie d'aller plus loin. La neige tombait si drue que nous pouvions à peine voir et nous entrâmes dans la petite auberge près de la gare. Nous nous brossâmes avec un balai; nous nous assîmes sur un banc et nous prîmes un vermouth.

— C'est une grosse tempête, dit la servante.

— Oui.

— La neige est venue tard, cette année.

— Oui.

— Est-ce que je peux manger une tablette de chocolat, demanda Catherine, ou est-ce trop près du déjeuner? J'ai toujours faim.

— Mais oui, mange, dis-je.

— J'en voudrais une aux noisettes, dit Catherine.

— Elles sont très bonnes, dit la servante. Ce sont celles que je préfère.

— Moi, je prendrai un autre vermouth, dis-je.

Quand nous nous remîmes en route, notre sentier était comblé par la neige. Il n'y avait plus que de faibles dépressions là où j'avais fait les trous. La neige nous frappait en plein visage, et c'est à peine si nous pouvions voir. Nous nous brossâmes et nous nous mîmes à table. M. Guttingen servait le déjeuner.

— On pourra faire du ski demain, dit-il. Vous êtes skieur, monsieur Henry?

— Non, mais je veux apprendre.

— Vous apprendrez très facilement. Mon fils sera ici pour Noël. Il vous montrera.

— Oh! parfait! Quand vient-il?

— Demain soir.

Tandis que nous étions assis dans la petite salle, près du poêle, après le déjeuner, occupés à regarder tomber la neige, Catherine dit :

— Est-ce que tu n'aimerais pas faire une excursion quelque part, tout seul, mon chéri, avec des hommes et des skis?

— Non, pourquoi?

— Je pense que parfois tu aimerais peut-être voir d'autres personnes.

— Et toi, tu as envie de voir d'autres personnes?

— Non.

— Moi non plus.

— Je sais, mais c'est très différent. Moi, je vais avoir

283

un enfant et, par suite, je suis pleinement satisfaite de ne rien faire. Je sais que je suis très stupide en ce moment avec mes bavardages, et je crois que tu devrais t'absenter un peu, afin d'éviter d'être fatigué de moi.

— Tu veux que je m'en aille?

— Non, je veux que tu restes.

— C'est précisément ce que j'ai envie de faire.

— Viens ici, dit-elle. Je veux sentir la bosse sur ta tête. C'est une grosse bosse. (Elle y passa le doigt.) Dis, mon chéri, est-ce que tu n'aimerais pas te laisser pousser la barbe?

— Tu voudrais?

— Ça serait peut-être drôle. J'aimerais te voir avec une barbe.

— C'est bien, je vais la laisser pousser. Je vais commencer tout de suite. C'est une bonne idée. Ça me donnera quelque chose à faire.

— Est-ce que ça t'ennuie de n'avoir rien à faire?

— Non, j'aime ça. Je mène une vie épatante. Pas toi?

— J'ai une vie charmante, mais j'avais peur de t'ennuyer maintenant que je suis grosse.

— Oh! Cat, tu ne sais donc pas combien je suis fou de toi?

— Même telle que je suis?

— Exactement telle que tu es. Je suis heureux. Est-ce que nous ne menons pas une bonne vie?

— Moi si; mais je pensais que, peut-être, tu aimerais un peu de changement.

— Non. Quelquefois je pense au front et aux gens que je connais, mais cela ne me préoccupe pas. Je ne pense pas à grand-chose du reste.

— A qui penses-tu?

— A Rinaldi, à l'aumônier, à des tas de gens que je connais. Mais je ne pense pas beaucoup à eux. Je ne veux pas penser à la guerre. Elle est finie pour moi.

— A quoi penses-tu en ce moment?

— A rien.

— Si, tu penses à quelque chose, je le vois. Dis-moi.

— Je me demande si Rinaldi a la syphilis.

— C'est tout?

— Oui.

— Est-ce qu'il a la syphilis?

— Je ne sais pas.

— Je suis contente que tu ne l'aies pas. Est-ce que tu as jamais eu quelque chose de ce genre?

— J'ai eu une blennorragie.

— Je ne veux pas que tu m'en parles. Est-ce que c'était très douloureux, mon chéri?

— Très.

— J'aimerais l'avoir eue.

— Non.

— Si, j'aimerais l'avoir eue pour être comme toi. J'aimerais avoir connu toutes les femmes que tu as eues pour pouvoir m'en moquer avec toi.

— Charmant tableau!

— Ta blennorragie n'est pas précisément un charmant tableau, tu sais.

— Je le sais. Regarde comme il neige.

— J'aime mieux te regarder. Chéri, pourquoi ne te laisses-tu pas pousser les cheveux?

— Comment cela?

— Oui, juste un petit peu.

— Je trouve mes cheveux bien assez longs.

— Non. Laisse-les pousser un peu plus, et moi je couperai les miens; comme ça on sera tous les deux pareils, avec la différence que je serai blonde et que toi, tu seras brun.

— Je ne te laisserai pas couper les tiens.

— Ça serait drôle. J'en suis fatiguée. C'est très gênant la nuit, au lit.

— Moi, je les aime.

— Tu ne les aimerais pas coupés?

— Peut-être. Mais je les aime tels qu'ils sont.

— Ça serait peut-être très joli de les avoir courts. On serait tous les deux pareils. Oh! mon chéri, je te désire tellement que je voudrais être toi-même.

— Tu l'es. Nous ne faisons qu'un.

— Je le sais... la nuit.

— Les nuits sont magnifiques.

— Je voudrais que nous soyons complètement l'un à

l'autre. Je ne veux pas que tu t'en ailles. C'était une façon de parler. Tu peux t'en aller si tu veux, à condition que tu te dépêches de revenir, parce que, tu le sais, mon chéri, je ne vis que lorsque tu es avec moi.

— Je ne m'en irai jamais, dis-je. Je ne suis bon à rien quand tu n'es pas là. Je n'ai plus de vie à moi, maintenant.

— Je veux que tu aies une vie à toi. Je veux que tu aies une belle vie. Nous l'aurons ensemble, n'est-ce pas?

— Et maintenant as-tu toujours envie que je laisse pousser ma barbe?

— Oui, laisse-la pousser. Ce sera amusant. Elle sera peut-être poussée pour le Premier de l'an.

— Veux-tu jouer aux échecs?

— J'aimerais mieux qu'on joue nous deux.

— Non. Jouons aux échecs.

— Et après, on jouera nous deux?

— Oui.

— Bon.

Je pris l'échiquier et j'installai les pièces. Il neigeait toujours.

Une nuit je m'éveillai et je savais que Catherine ne dormait pas. La lune brillait sur la fenêtre et projetait sur le lit l'ombre des croisillons.

— Tu es réveillé, mon amour?

— Oui. Tu ne peux pas dormir?

— Je viens de me réveiller en pensant combien j'étais folle quand je t'ai rencontré pour la première fois. Tu te rappelles?

— Oui, tu étais un peu folle, un tout petit peu.

— Je ne suis plus jamais comme ça. *I'm grand now* [1]. Tu dis *grand* si gentiment. Dis *grand*.

— *Grand*.

— Oh! tu es un amour. Et je ne suis plus folle maintenant. Je suis seulement très, très, très heureuse.

— Allons, rendors-toi, dis-je.

1. Je suis tout à fait bien maintenant.

— Oui. Endormons-nous exactement à la même minute.

— C'est ça.

Mais cela n'arriva point. Je restai longtemps éveillé, pensant à mille choses et regardant Catherine dormir dans le clair de lune. Je finis cependant par m'endormir aussi.

CHAPITRE XXXIX

Vers le milieu de janvier j'avais une barbe; et l'hiver n'était plus qu'une suite de lumineuses journées froides et de nuits glacées. Nous pouvions de nouveau nous promener sur les routes. La neige s'était polie et fortement tassée au passage des traîneaux à foin, des traîneaux à bois et des troncs d'arbres qu'on descendait de la montagne. La neige recouvrait la campagne presque jusqu'à Montreux. Les montagnes, de l'autre côté du lac, étaient toutes blanches et la plaine de la vallée du Rhône était couverte aussi. Nous fîmes de longues promenades de l'autre côté de la montagne, aux Bains de l'Alliaz. Catherine portait des souliers ferrés et une cape, et s'aidait d'une canne terminée par une pointe acérée. Elle ne paraissait pas grosse avec sa cape. Nous ne marchions pas très vite et, quand elle était fatiguée, nous nous arrêtions, et nous nous asseyions sur des troncs d'arbres au bord de la route.

Dans les bois, aux Bains de l'Alliaz, il y avait une auberge où les bûcherons s'arrêtaient pour boire. Nous nous y asseyions souvent, bien au chaud près du poêle, et nous buvions du vin chaud relevé d'épices et de citron. Ils l'appelaient *glühwein*, et c'était excellent pour vous réchauffer ou pour célébrer quelque fête. L'auberge était sombre et enfumée, et, quand on en sortait, l'air froid vous entrait brusquement dans les poumons et vous engourdissait les ailes du nez à chaque respiration. Nous nous retournions pour regarder l'auberge avec sa lumière qui brillait derrière la fenêtre, et les chevaux des bûcherons qui piaffaient et agitaient la tête pour se réchauffer. Ils avaient du givre sur les poils de leur museau et, à chaque fois qu'ils respiraient, ils envoyaient dans l'air des panaches de buée. La route que nous suivions pour rentrer à la maison était lisse et glissante au début et, jusqu'à l'embranchement de la piste charretière, la glace, par suite du passage des chevaux, avait une teinte orangée. Ensuite, la route était toute de neige tassée. Elle s'enfonçait à travers bois et, à deux reprises, en rentrant à la maison, nous vîmes des renards.

C'était un beau pays et nous rentrions toujours enchantés de nos promenades.

— Tu as une barbe magnifique maintenant, dit Catherine. Elle est toute pareille à celle des bûcherons. As-tu vu l'homme aux petites boucles d'oreilles en or?

— C'est un chasseur de chamois, dis-je. Ils portent des boucles d'oreilles parce qu'ils disent qu'ils entendent mieux.

— Vraiment? Je n'en crois rien. Je pense plutôt qu'ils les portent pour indiquer qu'ils sont des chasseurs de chamois. Est-ce qu'il y a des chamois par ici?

— Oui, derrière la Dent de Jaman.

— C'était amusant de voir ce renard.

— Quand ils dorment, ils s'enroulent dans leur queue pour se tenir chaud.

— Ce doit être une sensation délicieuse.

— Cela a toujours été mon rêve d'avoir une queue comme ça. Tu ne trouves pas que ce serait rigolo si on avait des queues comme les renards?

— Ce serait plutôt gênant pour s'habiller.

— On aurait des vêtements faits exprès ou bien on habiterait dans un pays où ça n'aurait pas d'importance.

— Nous habitons dans un pays où les choses n'ont aucune importance. N'est-ce pas merveilleux de ne jamais voir personne? Tu n'as pas envie de voir des gens, n'est-ce pas, mon chéri?

— Non.

— Veux-tu qu'on s'assoie ici, juste une minute? Je suis un peu fatiguée.

Nous nous assîmes tout près l'un de l'autre, sur un tronc d'arbre. Devant nous, la route se perdait dans la forêt.

— Elle ne se mettra pas entre nous, n'est-ce pas, la petite gamine?

— Non, nous ne le lui permettrons pas.

— Où en sont nos finances?

— Nous avons largement de quoi. Mon dernier billet à vue a été accepté.

— Est-ce que ta famille ne va pas essayer de te reprendre maintenant qu'ils savent que tu es en Suisse?

— Probablement. Je leur écrirai.

— Tu ne leur as pas encore écrit?

— Non, le billet à vue seulement.

— Dieu merci, je ne fais pas partie de la famille.

— Je leur enverrai un câble.

— Tu n'as donc aucune affection pour eux?

— J'en avais, mais nous nous sommes chamaillés si souvent qu'elle s'est épuisée.

— Je crois que je les aimerais. Je les aimerais probablement beaucoup.

— Ne parlons pas d'eux. Je serais capable de me tourmenter à leur sujet.

Au bout d'un instant, j'ajoutai :

— Partons, si tu es reposée.

— Je suis reposée.

Nous nous remîmes en route. Il faisait noir maintenant et la neige crissait sous nos souliers. La nuit était sèche et froide, et très claire.

— J'adore ta barbe, dit Catherine. C'est un triomphe. Elle a l'air si raide, si sauvage, et cependant elle est très douce et très agréable.

— Tu m'aimes mieux ainsi que sans barbe?

— Je crois que oui. Tu sais, mon chéri, je ne vais pas me faire couper les cheveux avant la naissance de Catherine. Je suis trop grosse et trop imposante maintenant. Mais quand elle sera née, quand je serai redevenue mince, je me les ferai couper et alors tu auras l'impression d'avoir une jolie petite femme toute nouvelle. Nous irons ensemble les faire couper, ou bien j'irai toute seule, et je reviendrai te faire la surprise.

Je ne répondis rien.

— Tu ne m'empêcheras pas, dis?

— Non. Je crois même que ce sera excitant.

— Oh! tu es gentil! Et je serai peut-être très jolie comme ça, chéri... et puis, rien que l'idée d'être mince et excitante. Tu retomberas follement amoureux de moi.

— Bon Dieu, dis-je. Si tu trouves que je ne le suis pas assez comme ça! Qu'est-ce que tu veux donc, ma mort?

— Oui, je veux ta mort.

— Parfait, dis-je. C'est tout ce que je demande moi-même.

CHAPITRE XL

Nous menions une existence délicieuse. Janvier et février s'écoulèrent, et l'hiver était très beau, et nous étions très heureux. Il y avait eu de légers dégels quand le vent chaud soufflait. La neige se ramollissait et l'air sentait le printemps, mais le beau froid sec était toujours revenu, et l'hiver avait repris. C'est en mars que se produisit la première brèche dans l'hiver. Une nuit il se mit à pleuvoir. Il plut toute la matinée. La neige se changea en boue, et les versants de la montagne prirent une teinte lugubre. Des nuages surplombaient le lac et la vallée. Il pleuvait sur les sommets. Catherine mit de gros caoutchoucs et j'enfilai les bottes imperméables de M. Guttingen, et, abrités sous un grand parapluie, nous descendîmes vers la gare, pataugeant dans la neige fondue et l'eau courante qui emportait la glace des routes. Nous nous arrêtâmes à l'auberge pour prendre un verre avant le déjeuner. Dehors, nous entendions tomber la pluie.

— Ne crois-tu pas qu'il vaudrait mieux descendre nous installer en ville?

— Qu'est-ce que tu en penses? demanda Catherine.

— Si l'hiver est fini et si la pluie continue, ça ne sera pas très amusant ici. Combien de temps maintenant avant l'arrivée de la petite Catherine?

— Environ un mois, peut-être un peu plus.

— Nous pourrions descendre habiter Montreux.

— Pourquoi n'irions-nous pas à Lausanne? C'est là où est l'hôpital.

— Comme tu voudras, mais je pensais que c'était une trop grande ville.

— Nous pourrons vivre tout aussi seuls dans une grande ville, et Lausanne doit être agréable.

— Quand partons-nous?

— Ça m'est égal. Quand tu voudras, mon chéri. Je ne tiens pas à partir si tu n'en as pas envie.

— Attendons de voir comment sera le temps.

Il plut pendant trois jours. Au-dessous de la gare la neige avait complètement disparu. La route n'était plus qu'un torrent de boue et de neige fondue. Il faisait trop humide et les chemins étaient trop sales pour sortir. Le matin du troisième jour, nous décidâmes de descendre en ville.

— C'est votre droit, monsieur Henry, dit Guttingen, vous n'aviez pas à m'avertir à l'avance. Je pensais bien que vous ne resteriez pas, maintenant que le mauvais temps a commencé.

— Du reste, de toute façon, il fallait que nous nous rapprochions de l'hôpital à cause de Madame, dis-je.

— Je comprends, dit-il. Est-ce que vous ne reviendrez pas passer quelque temps ici avec le bébé?

— Si vous avez des chambres.

— Au printemps, avec les beaux jours, vous pourriez profiter du beau temps. On mettrait le bébé et la nourrice dans la grande chambre qui est fermée actuellement, et vous et Madame pourriez avoir votre même chambre avec la vue sur le lac.

— Je vous écrirai au moment de notre retour, dis-je.

Nous fîmes nos valises et partîmes par le train de

l'après-midi. M. et Mme Guttingen nous accompagnèrent à la gare. M. Guttingen descendit nos bagages sur un traîneau, dans la neige fondue. Ils restèrent près de la gare, sous la pluie, agitant la main en signe d'adieu.

— Ils étaient si gentils, dit Catherine.

— Oui, ils ont été très chics.

A Montreux, nous prîmes le train pour Lausanne. Nous regardâmes par la portière dans la direction où nous habitions, mais les nuages empêchaient de voir les montagnes. Le train s'arrêta à Vevey puis se remit en marche, entre le lac d'un côté et, de l'autre côté, les champs bruns mouillés, les bois dépouillés, les maisons mouillées. Arrivés à Lausanne, nous nous fîmes conduire dans un hôtel d'importance moyenne. Il pleuvait toujours tandis que nous roulions par les rues et sous la porte cochère de l'hôtel. Le concierge qui avait des clefs de cuivre sur ses revers, l'ascenseur, les tapis par terre et les lavabos blancs avec leurs robinets bien astiqués, le lit de cuivre et la vaste chambre confortable, tout cela nous semblait un grand luxe après le chalet des Guttingen. Les fenêtres de la chambre donnaient sur un jardin mouillé, ceint d'un mur couronné par un treillage en fer. De l'autre côté de la rue, qui descendait en pente raide, il y avait un autre hôtel, avec un mur et un jardin similaires. Je regardai tomber la pluie dans le bassin du jardin.

Catherine alluma toutes les lampes et commença à défaire ses bagages. Je commandai un whisky-soda et, étendu sur le lit, je parcourus les journaux que j'avais achetés à la gare. Nous étions en mars 1918 et l'offensive allemande avait commencé en France. Je buvais mon whisky et je lisais, tandis que Catherine défaisait ses valises et circulait dans la chambre.

— Tu ne sais pas ce qu'il faut que j'achète, mon chéri? dit-elle.

— Non, quoi?

— La layette. Il n'y a pas beaucoup de femmes qui arrivent au huitième mois sans avoir de layette.

— Tu n'as qu'à l'acheter.

— Je sais, c'est ce que je ferai demain. Je m'informerai de ce qui est nécessaire.

— Tu devrais le savoir; tu as été infirmière.

— Oui, mais à l'hôpital il n'y avait pas beaucoup de soldats avec des bébés.

— Moi, j'en avais un.

Elle me lança un oreiller et renversa le whisky-soda.

— Je vais t'en faire monter un autre, dit-elle. Je suis désolée.

— Il n'en restait pas beaucoup. Viens sur le lit.

— Non, j'ai hâte que cette chambre ait l'air de quelque chose.

— De quoi?

— D'un petit chez nous.

— Mets des drapeaux alliés.

— Oh! ta bouche!

— Répète un peu.

— Ta bouche!

— Tu dis cela prudemment, dis-je, comme si tu avais peur d'offenser quelqu'un.

— Non.

— Alors, viens sur le lit.

— Bon. (Elle vint s'asseoir sur le lit.) Je sais bien que tu n'as plus beaucoup d'agrément avec moi, mon chéri, je ressemble à un gros sac de farine.

— Pas du tout. Tu es belle et gentille.

— Je suis un objet très disgracieux que tu as épousé.

— Pas du tout. Tu es chaque jour plus belle.

— Mais je redeviendrai mince, mon chéri.

— Tu es toujours mince.

— Tu as trop bu.

— Juste un whisky-soda.

— Il va en venir un autre, dit-elle, et plus tard, est-ce qu'on fera monter le dîner ici?

— C'est une bonne idée.

— Alors, on ne sortira pas? On restera ici ce soir?

— Et on s'amusera, dis-je.

— Je boirai du vin, dit Catherine. Ça ne peut pas me faire de mal. Nous pourrons peut-être avoir de notre vieux capri blanc.

— Sûrement, dis-je. Ils doivent avoir des vins d'Italie dans un hôtel de cette classe.

Le garçon frappa à la porte. Il apportait le whisky dans un verre plein de glace et, à côté du verre, sur un plateau, une petite bouteille de soda.

— Merci, dis-je. Posez ça là. Voulez-vous, je vous prie, nous faire monter à dîner pour deux, avec deux bouteilles de capri blanc, sec, frappé?

— Monsieur et Madame veulent-ils du potage pour commencer?

— Veux-tu du potage, Cat?

— Je t'en prie.

— Un potage alors.

— Très bien, monsieur.

Il sortit et referma la porte. Je retournai à mes journaux et à la guerre dans mes journaux, et par-dessus la glace, je mêlai lentement le soda au whisky. Il faudra que je lui dise de ne pas mettre de glace dans le whisky, d'apporter la glace séparément; comme cela on peut se rendre compte de la proportion de whisky et on ne risque pas d'y verser tout à coup trop de soda. J'achèterai une bouteille de whisky et je leur ferai apporter la glace et le soda. Ce sera le meilleur moyen. Un bon whisky est bien agréable. C'est une des choses les plus agréables de l'existence.

— A quoi penses-tu, mon chéri?

— Au whisky.

— Mais encore?

— Je pense que c'est bien bon.

Catherine fit la grimace.

— Je veux bien, dit-elle.

Nous restâmes trois semaines à l'hôtel. On n'y était pas mal. La salle à manger était vide en général et nous mangions très souvent dans notre chambre, le soir. Nous nous promenions en ville et nous prenions le funiculaire pour descendre à Ouchy nous promener au bord du lac. Pendant quelque temps il fit presque chaud. On se serait cru au printemps. Nous aurions voulu être de nouveau dans la montagne, mais cette température printanière ne dura que quelques jours et la froide crudité de l'hiver finissant recommença.

Catherine acheta en ville tout ce dont elle avait besoin pour le bébé. Afin de prendre de l'exercice j'allai boxer dans un gymnase. J'y allais d'habitude le matin, tandis que Catherine s'attardait au lit. Pendant les journées de faux printemps j'éprouvais un grand plaisir, après la boxe et la douche, à marcher dans les rues pleines de l'odeur de printemps, et à m'asseoir dans un café pour regarder défiler les passants, en parcourant les journaux et en buvant un vermouth. Ensuite, le retour à l'hôtel et le déjeuner avec Catherine. Le professeur de boxe du gymnase avait des moustaches. Il était très précis et nerveux et perdait tous ses moyens quand on l'attaquait sérieusement. Mais le gymnase était agréable. Il était bien aéré et la lumière y était bonne et j'y travaillais assez bien. Je sautais à la corde, boxais au miroir, faisais de la gymnastique abdominale, couché par terre dans un rayon de soleil qui entrait par la fenêtre ouverte; et, de temps en temps, j'effrayais le professeur en boxant avec lui. Au début, il m'était difficile de boxer devant le long miroir étroit, parce que cela me semblait si étrange de voir boxer un homme à barbe. Mais je finis par trouver que c'était très drôle. J'aurais voulu me couper la barbe dès que je commençai à boxer, mais Catherine s'y opposa.

Parfois, Catherine et moi nous nous promenions en voiture dans la campagne. C'était charmant quand il faisait beau, et nous trouvâmes deux bons endroits pour manger. Catherine ne pouvait plus beaucoup marcher et j'aimais parcourir avec elle les routes de la campagne. Quand il faisait beau, nous étions pleinement heureux et, à aucun moment, nous ne nous sentions malheureux. Nous savions que le moment de la délivrance approchait et cela nous donnait à tous les deux la sensation qu'il fallait nous hâter et ne pas manquer une seule occasion d'être ensemble.

CHAPITRE XLI

Une nuit, je m'éveillai vers trois heures en entendant Catherine s'agiter dans le lit.

— Tu n'es pas malade, Cat?

— Je ressens quelques douleurs, chéri.

— Régulièrement?

— Non, pas très.

— Si elles se produisent régulièrement, il faut aller à l'hôpital.

J'avais très sommeil et je me rendormis. Un peu plus tard je m'éveillai de nouveau.

— Tu ferais peut-être mieux d'appeler le docteur, dit Catherine, je crois que c'est ça.

J'allai au téléphone et j'appelai le docteur.

— Quelle est la fréquence des douleurs, Cat?

— Il me semble tous les quarts d'heure à peu près.

— Alors, il faut aller à l'hôpital, dit le docteur. Je vais m'habiller et m'y rendre moi-même tout de suite.

Je raccrochai l'appareil et je téléphonai au garage près de la gare pour avoir un taxi. On mit longtemps à répondre, mais on finit par me promettre d'envoyer un taxi immédiatement. Catherine s'habillait. La valise était pleine de ce dont elle avait besoin à l'hôpital et de la layette du bébé. Dans le couloir, je sonnai pour avoir l'ascenseur. Pas de réponse. Je descendis par l'escalier. Il n'y avait personne en bas, à l'exception du gardien de nuit. Je manœuvrai l'ascenseur moi-même. J'y mis la valise. Catherine entra et nous descendîmes. Le gardien de nuit nous ouvrit la porte, et nous attendîmes le taxi, assis dehors sur les dalles de pierre, près du perron. La nuit était claire et les étoiles brillaient. Catherine était très énervée.

— Je suis si contente que ça soit commencé, dit-elle. Dans un petit moment tout sera fini.

— Tu es une courageuse petite femme.

— Je n'ai pas peur. Pourtant je voudrais bien que ce taxi arrive.

Nous l'entendîmes monter la rue, et nous en aperçûmes les phares. Il tourna dans l'allée, et j'aidai Catherine à monter, et le cocher mit la valise à côté de lui.

— A la maternité, dis-je.

Nous quittâmes l'allée et gravîmes la côte. Nous entrâmes à l'hôpital. Je portais la valise. Au bureau, une femme prit en note, sur un registre, le nom de Catherine, son âge, son adresse, sa famille et sa religion. Catherine dit qu'elle n'avait pas de religion et la femme tira un trait dans la case correspondante. Elle déclara s'appeler Catherine Henry.

— Je vais vous conduire à votre chambre, dit-elle.

Nous montâmes dans l'ascenseur. La femme l'arrêta. Nous en sortîmes et suivîmes le corridor. Catherine se cramponnait à mon bras.

— Voici la chambre, dit la femme. Veuillez vous déshabiller et vous coucher. Voici une chemise de nuit.

— J'ai apporté une chemise de nuit, dit Catherine.

— Il vaut mieux que vous mettiez cette chemise-ci, dit la femme.

Je sortis et m'assis sur une chaise dans le corridor.

— Vous pouvez entrer, me dit la femme sur le seuil.

Catherine était couchée dans le lit étroit. Elle portait une simple chemise de nuit décolletée en carré et qui semblait faite de grosse toile. Elle me sourit.

— J'ai de belles douleurs maintenant, dit-elle.

La femme lui tenait le pouls et, une montre à la main, elle chronométrait les douleurs.

— Celle-là était forte, dit Catherine.

Je l'avais vu à sa figure.

— Où est le docteur? demandai-je à la femme.

— Il dort en bas. Il montera quand ce sera nécessaire.

— Il va falloir que je fasse quelque chose à Madame, dit l'infirmière. Veuillez sortir, je vous prie.

Je sortis dans le couloir. C'était un corridor nu, avec

deux fenêtres et des portes fermées tout du long. Il y régnait une odeur d'hôpital. Je m'assis sur une chaise, les yeux à terre, et je priai pour Catherine.

— Vous pouvez entrer, dit l'infirmière.

J'entrai.

— *Hello*, chéri, dit Catherine.

— Comment ça va?

— Elles se suivent de près, maintenant.

Sa figure se contracta. Puis elle sourit.

— Celle-là, c'en était une vraie. Voulez-vous me mettre encore la main dans le dos, nurse?

— Si ça peut vous soulager, dit l'infirmière.

— Va-t'en, mon chéri, dit Catherine. Va prendre quelque chose. L'infirmière dit que ça peut durer encore longtemps.

— Un premier accouchement est généralement très long, dit l'infirmière.

— Je t'en prie, va manger quelque chose, dit Catherine. Je suis très bien, vraiment.

— Je vais rester encore un peu.

Les douleurs se produisaient régulièrement, puis se calmaient. Catherine était très énervée. Quand les douleurs étaient très fortes, elle disait : Celle-là était bonne. Quand elles avortaient, elle était désappointée et honteuse.

— Va-t'en, mon chéri, dit-elle. Je crois que tu ne fais que me gêner. (Sa figure se contracta.) Là... C'était mieux. Je voudrais tellement être une bonne petite femme et avoir cet enfant sans faire la sotte. Je t'en prie, va déjeuner, mon chéri, tu reviendras après. Tu ne me manqueras pas. L'infirmière est très bonne pour moi.

— Vous avez grandement le temps de déjeuner, dit l'infirmière.

— Alors, j'y vais. Au revoir, mon amour.

— Au revoir, dit Catherine, et prends un bon petit déjeuner pour moi aussi.

— Où puis-je trouver à déjeuner? demandai-je à l'infirmière.

— Il y a un café sur la place, au bas de la rue. Il doit être déjà ouvert.

Dehors le jour pointait. Je descendis la rue déserte jusqu'au café. Il y avait de la lumière à la fenêtre. J'entrai et restai debout contre le comptoir de zinc. Un vieil homme me servit un verre de vin blanc et une brioche. La brioche était de la veille. Je la trempai dans le vin puis je pris un café.

— Qu'est-ce que vous faites ici de si bonne heure? me demanda le vieux.

— Ma femme est en train d'accoucher à l'hôpital.

— Oh! je vous souhaite bonne chance.

— Donnez-moi un autre verre de vin.

Il pencha la bouteille et fit légèrement déborder le verre de sorte qu'il en coula sur le zinc. Après avoir bu, je payai et sortis. Dehors, le long de la rue, les poubelles attendaient d'être vidées. Un chien reniflait une des boîtes.

— Que veux-tu? dis-je, et je regardai dans la boîte pour voir si je trouverais quelque chose à lui donner.

Il n'y avait rien sur le dessus, sauf du marc de café, de la poussière et des fleurs fanées.

— Il n'y a rien pour toi, mon pauvre chien, dis-je.

Le chien traversa la rue. Je montai l'escalier de l'hôpital jusqu'à l'étage où se trouvait Catherine et je longeai le corridor jusqu'à sa chambre. Je frappai à la porte. La chambre était vide. Il n'y avait plus que la valise de Catherine sur une chaise et sa robe de chambre pendue au mur, à un clou. Je sortis et suivis le corridor, en quête de quelqu'un. Je trouvai une infirmière.

— Où est Mme Henry?

— On vient d'emporter une dame à la salle d'accouchement.

— Où est-ce?

— Je vais vous conduire.

Elle m'emmena au bout du couloir. La porte de la salle était entrouverte. J'aperçus Catherine étendue sur une table, recouverte d'un drap. L'infirmière était d'un côté de la table, et le docteur était de l'autre côté près de cylindres. Le docteur tenait à la main un masque de caoutchouc attaché à un tube.

— Je vais vous donner une blouse et vous pourrez entrer, dit l'infirmière. Venez par ici, je vous prie.

Elle me donna une blouse blanche et me l'épingla au cou avec une épingle de sûreté.

— Maintenant vous pouvez entrer, dit-elle.

J'entrai dans la chambre.

— *Hello*, chéri, dit Catherine d'une voix épuisée. Ça n'avance pas beaucoup.

— Vous êtes monsieur Henry? demanda le docteur.

— Oui. Comment ça se passe-t-il, docteur?

— Très bien, dit le docteur. Nous sommes venus ici parce que c'est plus commode pour donner le chloroforme au moment des douleurs.

— J'en voudrais maintenant, dit Catherine.

Le docteur lui appliqua le masque en caoutchouc sur le visage et tourna une manette. Je regardai Catherine. Elle respirait vite et profondément. Ensuite elle repoussa le masque. Le docteur ferma le robinet.

— Celle-là n'était pas très forte. J'en ai eu une très forte il y a un moment et le docteur l'a bien fait disparaître, n'est-ce pas, docteur?

Sa voix était étrange. Elle s'élevait sur le mot docteur. Le docteur sourit.

— J'en veux encore, dit Catherine.

Haletante, elle pressa le masque contre son visage. Je l'entendis gémir doucement. Ensuite elle repoussa le masque et sourit.

— Celle-là était forte, dit-elle, très forte. Ne t'inquiète pas, chéri. Va-t'en. Va prendre un autre petit déjeuner.

— Non, je veux rester, dis-je.

Nous étions arrivés à l'hôpital à trois heures du matin. A midi, Catherine était encore dans la salle d'accouchement. Les douleurs s'étaient de nouveau ralenties. Elle avait l'air exténuée, mais elle était encore gaie.

— Je ne m'en tire pas très bien, mon chéri. Je suis désolée. Moi qui pensais que je ferais cela si facilement. Oh!... ça recommence!...

Elle étendit la main pour saisir le masque et se l'appliqua sur le visage. Le docteur fit marcher la manette et surveilla. Au bout d'un instant ce fut fini.

— Ça n'a pas été grand-chose, dit Catherine. (Elle sourit.) J'adore ce chloroforme. C'est merveilleux.

— Nous nous en procurerons pour chez nous, dis-je.

— Ça recommence, dit Catherine précipitamment.

Le docteur tourna la manette et regarda sa montre.

— Quel est l'intervalle maintenant? demandai-je.

— Environ une minute.

— Vous ne voulez pas déjeuner?

— Je prendrai quelque chose d'ici peu, dit-il.

— Il faut que vous mangiez, docteur, dit Catherine. Je suis désolée que ça soit si long. Est-ce que mon mari ne pourrait pas me donner le chloroforme?

— Si vous voulez, dit le docteur. Vous n'avez qu'à tourner jusqu'au numéro 2.

— Je vois, dis-je.

Sur le cadran, il y avait une aiguille qu'on actionnait avec une manette.

— J'en veux maintenant, dit Catherine.

Elle pressa le masque sur son visage. Je fis tourner l'aiguille jusqu'au numéro 2 et, quand Catherine laissa retomber le masque, je fermai. Le docteur était bien aimable de me laisser faire quelque chose.

— C'est toi qui l'as fait marcher, mon chéri? me demanda Catherine en me caressant le poignet.

— Mais oui.

— Comme tu es gentil.

Le gaz l'avait légèrement grisée.

— Je vais manger sur un plateau dans la salle à côté, dit le docteur. Vous n'aurez qu'à m'appeler.

Le temps s'écoulait. Je le regardais manger et au bout d'un moment je le vis s'étendre et allumer une cigarette. Catherine commençait à s'épuiser.

— Crois-tu que j'arriverai jamais à avoir cet enfant? me demanda-t-elle.

— Mais bien sûr, voyons.

— Je fais tout ce que je peux. Je pousse, mais ça ne vient pas. Oh!... voilà que ça recommence... donne-m'en.

A deux heures je sortis pour déjeuner. Il y avait quelques hommes dans la taverne et, sur les tables, des tasses de café et des verres de kirsch ou de marc. Je m'assis à une table.

— Pourrais-je avoir quelque chose à manger? demandai-je au garçon.

— C'est trop tard pour déjeuner.

— Vous ne servez pas certaines choses à toute heure?

— Si, je pourrais vous donner de la choucroute.

— Donnez-moi de la choucroute et de la bière.

— Un demi ou un bock?

— Un demi blonde.

Le garçon m'apporta un plat de choucroute surmonté d'une tranche de jambon. Une saucisse était enfouie sous les choux brûlants imbibés de vin. Je mangeai et bus ma bière. J'avais très faim. Je regardai les gens attablés dans le café. Quelques-uns jouaient aux cartes à une table. Deux hommes, à la table près de moi, parlaient et fumaient. Le café était plein de fumée. Il y avait trois personnes maintenant derrière le comptoir en zinc sur lequel j'avais déjeuné le matin : le vieillard, une femme assez forte, vêtue de noir, qui, assise à la caisse, prenait note de tout ce qu'on servait sur les tables, et un jeune garçon en tablier. Je me demandai combien cette femme pouvait bien avoir d'enfants et comment ça s'était passé.

Quand j'eus fini ma choucroute je retournai à l'hôpital. Maintenant la rue était très propre. Il n'y avait plus de poubelles sur les trottoirs. Le ciel était couvert, mais le soleil cherchait à percer. Je montai par l'ascenseur et suivis le corridor jusqu'à la chambre de Catherine où j'avais laissé ma blouse. Je la mis et me l'épinglai au cou. Je me regardai dans la glace et me trouvai l'air d'un faux médecin avec ma barbe. Je me rendis à la salle d'accouchement. La porte était fermée. Je frappai. Personne ne répondit. Je tournai la poignée et j'entrai. Le docteur était assis près de Catherine. L'infirmière faisait quelque chose à l'autre bout de la salle.

— Voilà votre mari, dit le docteur.

— Oh! mon chéri, j'ai un docteur merveilleux, dit

Catherine d'une voix étrange. Il m'a raconté une merveilleuse histoire, et quand les douleurs étaient trop fortes, il les faisait disparaître tout de suite. Il est merveilleux. Vous êtes merveilleux, docteur.

— Tu es ivre, dis-je.

— Je le sais, dit Catherine, mais il ne faut pas le dire. Elle continua :

— Donnez-m'en... donnez-m'en encore...

Elle se cramponna au masque et, oppressée, elle aspira vite et profondément en faisant cliqueter l'embouchure. Ensuite elle poussa un long soupir et le docteur avança la main gauche pour lui enlever le masque.

— Celle-là était très forte, dit Catherine.

Sa voix était étrange.

— Je ne suis plus en danger, maintenant, mon chéri. J'ai passé la période où on meurt. Tu es content, dis?

— Ne retourne jamais à cette période-là.

— Non. Pourtant je n'ai pas peur. Je ne mourrai pas, mon chéri.

— Vous ne feriez pas cette sottise, dit le docteur. Vous ne voudriez pas mourir et laisser votre mari tout seul.

— Oh! non. Je ne vais pas mourir. Je ne veux pas mourir. C'est si sot de mourir. Oh!... ça recommence!... Donnez-m'en...

Au bout d'un moment le docteur dit :

— Voulez-vous sortir un instant, monsieur Henry? Je voudrais procéder à un examen.

— Il veut voir comment je suis, dit Catherine. Tu pourras revenir après, mon chéri, n'est-ce pas, docteur?

— Oui, dit le docteur, je le ferai prévenir quand il pourra revenir.

Je passai la porte et me rendis par le corridor à la chambre que Catherine devait occuper après la naissance du bébé. Je m'assis sur une chaise et regardai autour de moi dans la chambre. J'avais dans ma poche le journal que j'avais acheté quand j'étais sorti pour déjeuner, et je le lus. Il commençait à faire noir et j'allumai pour pouvoir lire. Au bout d'un moment je cessai de lire. J'éteignis la lumière et je regardai tomber la nuit. Je me demandais pourquoi le docteur ne m'envoyait pas chercher. Il valait peut-être mieux que je ne sois pas là. Il voulait probablement que je reste dehors un moment. Je regardai ma montre. Si dans dix minutes il ne m'a pas fait chercher, j'irai tout de même.

«Pauvre, pauvre chère Cat! Et c'était là le prix à payer pour coucher ensemble. C'était ça la fin du piège. C'était là tout le bénéfice qu'on retirait de l'amour. Dieu merci, il y avait le chloroforme. Qu'est-ce que ça devait être avant la découverte des anesthésiques! Une fois qu'on avait commencé on se trouvait dans l'engrenage. Catherine avait eu une heureuse grossesse. Ça n'avait pas été pénible. C'est à peine si elle avait été indisposée. Elle ne s'était trouvé gênée que tout à fait dans les derniers temps. Mais c'est à la fin qu'on la guettait. Il n'y avait jamais moyen d'échapper. Échapper! J't'en fous! Il en aurait été de même si nous avions été mariés cinquante fois. Si elle allait mourir? Non, elle ne mourra pas. On ne meurt plus en couches de nos jours. C'est l'opinion de tous les maris. Oui, mais tout de même, si elle allait mourir?... Non, elle ne mourra pas. C'est un mauvais moment à passer, voilà tout. Après, on parlera de ce mauvais moment et Catherine dira que ce n'était pas si terrible que cela après tout. Mais si elle allait mourir?... Elle ne peut pas mourir... Oui, mais pourtant, si elle allait mourir?... Elle ne peut pas mourir, je vous dis, il ne faut pas être stupide. C'est un mauvais moment à passer, voilà tout. C'est tout simplement la nature qui l'embête. Le premier accouchement est toujours laborieux. Oui, mais si elle allait mourir? Elle ne peut pas mourir... Pourquoi mourrait-elle?... Quelles raisons y a-t-il pour qu'elle meure? C'est tout simplement un enfant qui veut naître... le produit des belles nuits de Milan. Il cause des ennuis, il naît, on s'en occupe et on finit par l'aimer peut-être. Mais si elle allait mourir?... Elle ne mourra pas... Elle va très bien. Mais tout de même si elle mourait?... Elle ne peut pas mourir... Mais pourtant si elle mourait?... Qu'est-ce que tu dirais de cela, hein?... Si elle mourait? »

Le docteur entra dans la chambre.

— Eh bien, docteur, comment ça va-t-il?

— Ça ne va pas, dit-il.

— Que voulez-vous dire?

— Simplement cela. J'ai procédé à un examen. (Il me donna les détails de l'examen.) J'ai attendu pour voir, mais ça ne va pas.

— Qu'est-ce que vous conseillez?

— Il y a deux solutions, soit une délivrance au forceps qui risque toujours de déchirer les chairs et offre des dangers, outre le risque de blesser l'enfant, soit l'opération césarienne.

— Quel est le danger de l'opération? Si elle allait mourir!

— Elle ne présente pas plus de danger qu'un accouchement ordinaire.

— Est-ce que vous la feriez vous-même?

— Oui. Il me faudrait peut-être une heure pour tout préparer et me procurer les assistants dont j'ai besoin, peut-être un peu moins.

— Que conseillez-vous?

— Je suis partisan de la césarienne. Si c'était ma femme, c'est certainement ce que je ferais.

— Quelles sont les suites?

— Rien, juste une cicatrice.

— Pas de danger d'infection?

— Bien moins que dans un accouchement au forceps.

— Et si on attendait sans rien faire?

— Il faudrait toujours en arriver à faire quelque chose. Mme Henry a déjà perdu beaucoup de forces. Le plus tôt serait le mieux.

— Alors opérez aussi vite que possible, dis-je.

— Je vais aller donner mes instructions.

Je me rendis dans la salle. L'infirmière était avec Catherine qui gisait sur la table, grosse sous le drap, très pâle et fatiguée.

— Lui as-tu dit qu'il pouvait la faire? demanda-t-elle.

— Oui.

— Tant mieux. Ça va être fini dans une heure. Je n'en peux plus, mon chéri. Je suis à bout. Je vous en prie, donnez-m'en... Ça ne me fait plus rien.

— Respirez profondément.

— C'est ce que je fais. Oh! ça ne me fait plus rien...
ça ne me fait plus rien.

— Allez chercher un autre cylindre, dis-je à l'infirmière.

— C'en est un nouveau.

— Je suis stupide, mon chéri, dit Catherine, mais ça
ne me fait plus rien. Elle se mit à pleurer.

— Oh! moi qui aurais tant voulu avoir ce bébé sans
déranger personne et maintenant je suis finie, je suis à
bout, et ça ne me fait plus rien... plus rien du tout, mon
chéri. Oh! ça me serait égal de mourir si seulement ça
s'arrêtait. Oh! mon chéri, dis, fais que ça s'arrête. Oh!...
Oh!... voilà que ça recommence. Oh!... Oh!... Oh!... Elle
respira en sanglotant dans le masque.

— Ça ne me fait plus rien... ça ne me fait plus rien...
ça ne me fait plus rien... Ne fais pas attention à moi, mon
chéri... Je t'en prie, ne pleure pas... Ne fais pas attention
à moi. Je suis à bout de forces, c'est tout. Mon pauvre
amour, je t'aime tant... Je redeviendrai raisonnable... Je
serai raisonnable cette fois... Est-ce qu'on ne pourrait
pas me donner quelque chose? Oh! si seulement on pouvait me donner quelque chose...

— Je vais le faire marcher. Je vais l'ouvrir à fond.

Je tournai la manette à fond et tandis qu'elle aspirait
profondément, sa main se relâcha sur le masque. Je fermai le robinet et enlevai le masque. Elle sembla revenir
de très loin.

— C'était merveilleux, mon chéri. Oh! tu es si bon
pour moi.

— Sois courageuse. Je ne peux pas faire cela tout le
temps. Ça pourrait te tuer.

— Je n'ai plus de courage, mon chéri. Je suis brisée.
Ils m'ont brisée, je le sens bien.

— Tout le monde en est là.

— Mais c'est horrible. Ils vous laissent lutter jusqu'à
ce qu'on soit brisée.

— Dans une heure ce sera fini.

— Tant mieux. Mon chéri, je ne vais pas mourir, dis?

— Mais non. Je te promets que non.

— Parce que je ne veux pas mourir et te laisser... mais je suis si lasse et je sens que je vais mourir.

— Ne dis pas de sottises. On a toujours cette impression-là.

— Quelquefois je suis sûre que je vais mourir.

— Non, tu ne mourras pas. Tu ne peux pas mourir.

— Mais tout de même si ça arrivait?

— Je ne te laisserai pas mourir.

— Donne-moi... vite... Donne-moi... (Puis elle ajouta :) Je ne mourrai pas, je ne me laisserai pas mourir.

— Mais naturellement.

— Tu resteras avec moi?

— Pas pour regarder.

— Non, juste pour être là... avec moi.

— Oui, je serai près de toi tout le temps.

— Tu es si bon pour moi. Vite, donne-m'en... donne-m'en davantage... ça ne me fait plus rien.

Je mis l'aiguille sur le 3 puis le 4. Je souhaitais le retour du docteur. J'avais peur des numéros au-dessus de 2.

Enfin un nouveau docteur arriva avec deux infirmières, et ils placèrent Catherine sur un brancard roulant et nous sortîmes dans le couloir. Le brancard fut poussé rapidement le long du corridor et placé dans l'ascenseur où chacun dut se serrer contre la paroi pour faire de la place. Puis ce fut la montée, la porte ouverte, la sortie de l'ascenseur et, sur les roues caoutchoutées, par le long couloir, le trajet jusqu'à la salle d'opération. Je ne reconnus pas le docteur avec son capuchon et son masque. Il y avait un autre docteur et des infirmières.

— Il faut me donner quelque chose, dit Catherine. Il faut me donner quelque chose. Oh! je vous en prie, docteur, donnez-moi quelque chose pour me soulager.

Un des médecins lui mit un masque sur la figure et, par la porte, je vis le petit amphithéâtre bien éclairé de la salle d'opération.

— Vous pouvez aller vous asseoir près de l'autre porte, me dit une des infirmières.

Il y avait des bancs derrière une balustrade d'où l'on

dominait la table éclatante de lumière. Je regardai Catherine. Elle avait le masque sur la figure et était très calme. Ils firent avancer le brancard. Je fis demi-tour et m'éloignai dans le couloir. Deux infirmières se hâtaient vers l'entrée de la galerie.

— C'est une opération césarienne, dit l'une d'elles. On va faire une opération césarienne.

L'autre se mit à rire :

— Nous arrivons juste à temps. En voilà une chance!

Elles franchirent la porte qui menait à la galerie. Une autre infirmière arriva. Elle se hâtait elle aussi.

— Entrez par là. Entrez, dit-elle.

— Non. Je reste dehors.

Elle s'engouffra. Je fis les cent pas dans le couloir. J'avais peur d'entrer. Je regardai par la fenêtre. Il faisait noir. Dans l'embrasure lumineuse je pus voir qu'il pleuvait. Je pénétrai dans une salle tout au bout du corridor et je regardai les étiquettes des fioles dans une vitrine. Ensuite je ressortis et j'attendis dans le couloir, les yeux fixés sur la porte de la salle d'opération.

Un des docteurs en sortit, suivi d'une infirmière. Dans ses deux mains il tenait quelque chose qui ressemblait à un lapin fraîchement écorché. Il s'éloigna rapidement dans le corridor et disparut par une autre porte. Je m'avançai jusqu'à cette porte et, dans la salle, je vis qu'il faisait quelque chose à un nouveau-né. Il leva les bras pour me le montrer. Il le tenait par les talons et lui donnait des claques.

— Comment est-il?

— Magnifique. Il doit peser cinq kilos.

Je me sentais tout à fait indifférent à son égard. Il me semblait complètement étranger. Je n'éprouvais aucun sentiment de paternité.

— Est-ce que vous n'êtes pas fier de votre fils? me demanda l'infirmière.

Ils le lavaient et l'enveloppaient dans quelque chose. Je vis la petite figure noire et la petite main noire, mais je ne le vis pas remuer et je ne l'entendis pas crier. Le docteur lui faisait de nouveau quelque chose. Il semblait bouleversé.

— Non, dis-je. Il a failli tuer sa mère.

— Oh! le pauvre trésor, ce n'est pas sa faute. Est-ce que vous ne désiriez pas un garçon?

— Non, dis-je.

Le docteur était très occupé. Il le tenait par le pied et lui donnait des claques. Je ne restai pas là à le regarder. Je ressortis dans le couloir. Je pouvais aller voir maintenant. Je passai la porte et arrivai sur la galerie. Les infirmières qui étaient assises contre la balustrade me firent signe de descendre les retrouver. Je secouai la tête. Je voyais assez bien d'où j'étais.

J'eus l'impression que Catherine était morte. Elle ressemblait vraiment à une morte. Son visage était livide, du moins ce que j'en voyais. En bas, sous la lampe, le docteur suturait la longue incision aux lèvres épaisses que des pinces maintenaient écartées. Un autre docteur masqué donnait le chloroforme. Deux infirmières masquées passaient les instruments. On eût dit une scène de l'Inquisition. Je compris, tout en regardant, que j'aurais pu assister à toute l'opération, mais je me réjouis de ne l'avoir pas fait. Je ne crois pas que j'aurais pu les regarder couper, mais je regardais le gros bourrelet se former autour de la plaie que le docteur, adroit comme un savetier, fermait à grands coups d'aiguille. Je me sentais heureux. Quand l'incision fut fermée, je ressortis faire les cent pas dans le couloir. Au bout d'un instant, le docteur arriva.

— Comment va-t-elle?

— Elle va bien. Avez-vous assisté à l'opération?

Il avait l'air fatigué.

— Je vous ai vu recoudre. L'incision m'a eu l'air très longue.

— Vous trouvez?

— Oui. Est-ce que la cicatrice s'aplatira?

— Oh! oui.

Au bout d'un moment, ils sortirent le brancard roulant et l'emmenèrent rapidement par le couloir jusqu'à l'ascenseur. Je marchai à côté. Catherine gémissait. En bas, dans la chambre, ils la couchèrent dans le lit. Je m'assis sur une chaise à son chevet. Il y avait une infirmière dans la chambre. Je me levai et restai debout près du lit. Il faisait noir dans la chambre. Catherine avança la main.

— *Hello*, chéri, dit-elle.

Sa voix était très faible et fatiguée.

— *Hello*, mon amour.

— Le bébé... qu'est-ce que c'est?

— Chut. Ne parlez pas, dit l'infirmière.

— Un garçon. Il est long et large et brun.

— Il va bien?

— Oui, dis-je, très bien.

Je vis que l'infirmière me regardait d'un air étrange.

— Je suis terriblement fatiguée, dit Catherine... Et j'ai si mal!... Et toi, tu vas bien, mon chéri!

— Mais oui. Ne parle pas.

— Tu as été si gentil pour moi. Oh! mon chéri, je souffre horriblement. De quoi a-t-il l'air?

— Il a l'air d'un lapin écorché, avec une petite figure de vieux toute ratatinée.

— Il faut partir, dit l'infirmière. Mme Henry ne doit pas parler.

— Je vais rester à la porte, dis-je.

— Va manger quelque chose.

— Non, je vais rester à la porte.

J'embrassai Catherine. Elle était toute grise et faible et fatiguée.

— Puis-je vous dire un mot? dis-je à l'infirmière.

Elle sortit avec moi dans le couloir. Je fis quelques pas.

— Qu'a donc le bébé? demandai-je.

— Vous ne savez pas?

— Non.

— Il n'a pas vécu.

— Il est né mort?

— On n'a pas pu le faire respirer. Il avait le cordon ou quelque chose comme ça autour du cou.

— Alors, il est mort?

— Oui. C'est dommage, un si bel enfant! Je croyais que vous le saviez.

— Non, dis-je. Retournez près de Madame.

Je m'assis sur une chaise devant une table où il y avait d'un côté des rapports d'infirmières suspendus par des agrafes. Je regardai par la fenêtre. Je ne pouvais voir que l'obscurité et la pluie qui tombait dans la lumière de la fenêtre. Ainsi c'était ça! le bébé était mort. C'est pour cela que le docteur avait l'air si fatigué. Mais pourquoi avaient-ils agi de cette façon dans la chambre? Ils pensaient sans doute qu'il allait revenir à lui et se mettre à respirer. Je n'avais pas de religion mais je savais qu'on aurait dû le baptiser. Pourtant s'il n'avait jamais respiré! Il n'avait jamais vécu, sauf dans le sein de Catherine. Je l'y avais souvent senti remuer. Mais pas dans la dernière semaine. Il était peut-être déjà étranglé. Pauvre petit gosse! Comme j'aurais aimé être étranglé comme ça! Non! Et si pourtant, ça m'éviterait la mort, ce sale moment à passer. Maintenant, Catherine allait mourir. C'est toujours comme ça. On meurt. On ne comprend rien. On n'a jamais le temps d'apprendre. On vous pousse dans le jeu. On vous apprend les règles et, à la première faute, on vous tue. Ou bien vous êtes tué sans raison, comme Aymo. Ou bien vous attrapez la syphilis, comme Rinaldi. Mais vous finissez toujours par être tué. Ça, vous pouvez y compter. Un peu de patience et votre tour viendra.

Un jour, au camp, je jetai dans le feu une souche toute couverte de fourmis. Dès qu'elle commença à brûler, les fourmis s'affolèrent et se précipitèrent d'abord vers le centre où se trouvait le feu; puis, faisant demi-tour, elles coururent à l'autre bout. Quand ce bout fut tout couvert, elles tombèrent dans le feu. Quelques-unes s'en tirèrent, le corps brûlé et aplati, et se sauvèrent sans savoir où elles allaient. Mais la plupart coururent vers le feu, puis vers l'extrémité froide où elles s'entassèrent pour tomber finalement dans le feu. Je me rappelle m'être imaginé alors que c'était la fin du monde et une occasion unique de jouer le rôle du Messie, de retirer la souche du feu et de la jeter quelque part où les fourmis pourraient s'enfuir à terre. Mais je me contentai d'arroser la souche avec l'eau d'une timbale qui, une fois vide, me servirait à préparer un whisky à l'eau. Je crois que ce verre d'eau sur la souche enflammée ne fit qu'échauder les fourmis.

Et maintenant j'étais dans ce couloir, attendant des nouvelles de Catherine. Au bout d'un instant, comme l'infirmière tardait à venir, j'allai à la porte, je l'ouvris tout doucement et jetai un coup d'œil. Tout d'abord je ne pus rien voir parce que la vive lumière du couloir contrastait avec l'obscurité de la chambre. Cependant, je ne tardai pas à distinguer l'infirmière assise au chevet du lit, et la tête de Catherine sur l'oreiller, et elle-même, toute plate sous le drap. L'infirmière mit un doigt sur ses lèvres, puis se leva et vint à la porte.

— Comment va-t-elle? demandai-je.

— Elle va bien, dit l'infirmière. Vous devriez aller dîner. Vous reviendrez ensuite si vous voulez.

Je suivis le corridor, descendis l'escalier, franchis le seuil de l'hôpital et, sous la pluie, je descendis la rue sombre jusqu'au café. Il y faisait très clair et toutes les tables étaient occupées. Je ne vis aucune place libre et un garçon s'approcha de moi et prit mon pardessus mouillé et mon chapeau, et me montra une place à une table en face d'un vieillard qui buvait de la bière en lisant un journal du soir. Je m'assis et demandai au garçon quel était le *plat du jour* [1].

— Du ragoût de veau, mais il n'y en a plus.

— Qu'est-ce que vous pouvez me donner?

— Des œufs au jambon, des œufs au fromage ou de la choucroute.

— J'ai déjà pris de la choucroute à midi, dis-je.

— C'est vrai, dit-il. C'est vrai. Vous avez pris de la choucroute à midi.

C'était un homme entre deux âges, avec un crâne chauve sur lequel il ramenait quelques cheveux épars. Il avait un visage compatissant.

— Qu'est-ce que vous voulez? des œufs au jambon ou des œufs au fromage?

— Des œufs au jambon, dis-je, et de la bière.

— Un demi blonde?

1. En français dans le texte. *(N. d. T.)*

— Oui, dis-je.

— Je me rappelais, dit-il. A midi vous avez commandé un demi blonde.

Je mangeai mes œufs au jambon et bus ma bière. Les œufs au jambon étaient dans un plat rond. Le jambon était dessous et les œufs dessus. Ils étaient très chauds et, à la première bouchée, je dus boire une gorgée de bière pour me rafraîchir la bouche. J'avais très faim et je demandai au garçon une autre portion. Je bus plusieurs verres de bière. Je ne pensais pas. Je lisais le journal de l'homme en face. Il y était question d'une percée sur le front britannique. Quand il s'aperçut que je lisais l'envers de son journal, il le plia. J'eus l'idée de demander un journal au garçon, mais il m'était impossible de concentrer ma pensée. Il faisait chaud dans le café, et l'air y était mauvais. Beaucoup des clients se connaissaient. Il y avait plusieurs parties de cartes en train. Les garçons avaient fort à faire pour porter la bière du bar aux tables. Deux hommes entrèrent et, ne trouvant pas de place, restèrent debout devant ma table. Je commandai une autre bière. Je n'avais pas encore envie de partir. C'était trop tôt pour retourner à l'hôpital. Je m'efforçais de ne pas penser et de rester absolument calme. Les deux hommes attendirent un moment mais, comme personne ne bougeait, ils s'en allèrent. Je bus une autre bière. Sur la table, devant moi, il y avait maintenant toute une pile de soucoupes. L'homme en face de moi avait enlevé ses lunettes. Il les avait serrées dans leur étui, avait plié son journal, l'avait mis dans sa poche et, son verre à liqueur à la main, il regardait la salle. Tout à coup, j'eus l'intuition qu'il fallait que je parte. J'appelai le garçon, payai ma note, enfilai mon pardessus, mis mon chapeau et m'élançai dans la rue. Je remontai à l'hôpital sous la pluie.

Je trouvai l'infirmière dans le couloir.

— Je viens juste de téléphoner à votre hôtel, dit-elle.

J'eus l'impression que quelque chose se décrochait en moi.

— Qu'y a-t-il?

313

— Mᵐᵉ Henry vient d'avoir une hémorragie.
— Puis-je entrer?
— Non, pas encore. Le docteur est près d'elle.
— Est-ce grave?
— Très grave.

L'infirmière entra dans la chambre et ferma la porte. Je m'assis dans le couloir. Le vide s'était fait en moi. Je ne pensais pas, je ne pouvais pas penser. Je savais qu'elle allait mourir et je priais pour qu'elle ne mourût pas. « Ne la laissez pas mourir... Oh! mon Dieu, je vous en prie, ne la laissez pas mourir. Je ferai tout ce que vous voudrez si vous ne la laissez pas mourir. Je vous en prie, je vous en prie, je vous en prie, mon Dieu, ne la laissez pas mourir... Mon Dieu, ne la laissez pas mourir... Je vous en prie, je vous en prie, je vous en prie, ne la laissez pas mourir... Mon Dieu, je vous en prie, ne la laissez pas mourir... Je ferai tout ce que vous voudrez si vous ne la laissez pas mourir... Vous avez pris le bébé, mais ne la laissez pas mourir. Vous avez eu raison, mais ne la laissez pas mourir... Je vous en prie, je vous en prie, mon Dieu, ne la laissez pas mourir. »

L'infirmière ouvrit la porte et, du doigt, me fit signe d'entrer. Je la suivis dans la chambre. Catherine ne leva pas les yeux quand j'entrai. Je m'approchai du lit. Le docteur était debout de l'autre côté. Catherine me regarda et sourit. Je me penchai sur le lit en pleurant.

— Mon pauvre chéri, dit Catherine doucement.

Elle semblait toute grise.

— Ce n'est rien, Cat, dis-je, tu vas guérir.

— Je vais mourir, dit-elle. (Elle se tut et reprit :) Et je ne veux pas... je ne veux pas.

Je lui saisis la main.

— Ne me touche pas, dit-elle.

Je lâchai sa main. Elle sourit.

— Mon pauvre chéri... si, va, touche-moi tant que tu voudras.

— Tu guériras, Cat. Je sais que tu guériras.

— J'avais toujours voulu t'écrire une lettre pour le cas où quelque chose arriverait, mais je ne l'ai pas fait.

314

— Veux-tu que j'aille chercher un prêtre ou quelqu'un pour te voir?

— Je ne veux que toi, dit-elle. (Puis après un silence :) Je n'ai pas peur, mais cette idée de la mort me fait horreur.

— Il ne faut pas tant parler, dit le docteur.

— Bon, dit Catherine.

— Est-ce que je peux faire quelque chose pour toi, Cat? Est-ce que je puis aller te chercher quelque chose?

Catherine sourit. « Non. » Un instant après elle ajouta :

— Les choses qu'on faisait ensemble, tu ne les feras pas avec une autre femme, dis? Tu ne lui diras pas les mêmes choses?

— Jamais.

— Pourtant je veux que tu aies d'autres femmes.

— Je n'en veux pas.

— Vous parlez trop, dit le docteur. Il faut que M. Henry s'en aille. Il pourra revenir un peu plus tard. Vous n'allez pas mourir. Il ne faut pas dire de sottises.

— Bon, dit Catherine. Je reviendrai te tenir compagnie, la nuit, dit-elle.

Il lui était très difficile de parler.

— Quittez la chambre, je vous en prie, dit le docteur. Il ne faut pas qu'elle parle.

Catherine, la face terreuse, me fit un petit signe de l'œil.

— Je vais rester à la porte, dis-je.

— Ne te tracasse pas, mon chéri, dit Catherine. Je n'ai pas peur du tout, c'est une sale plaisanterie, voilà tout.

— Ma brave, ma chère petite...

J'attendis dans le couloir. J'attendis longtemps. L'infirmière ouvrit la porte et s'approcha de moi.

— Mme Henry est au plus mal, dit-elle. J'ai bien peur...

— Elle est morte?

— Non, mais elle n'a plus sa connaissance.

Il paraît que les hémorragies s'étaient répétées. Rien n'avait pu les arrêter. J'entrai dans la chambre et restai avec Catherine jusqu'à sa mort. Elle ne reprit pas connaissance et il ne lui fallut pas longtemps pour mourir.

Dans le couloir, je parlai au docteur :

— Puis-je faire quelque chose ce soir?

— Non, il n'y a rien à faire. Voulez-vous que je vous ramène à votre hôtel?

— Non, merci. Je veux rester ici un moment.

— Je sais qu'il n'y a rien à dire... Je ne puis vous dire...

— Non, dis-je, il n'y a rien à dire.

— Au revoir, dit-il. Vraiment vous ne voulez pas que je vous ramène à votre hôtel?

— Non, merci.

— C'était la seule chose à faire, dit-il. L'opération a prouvé que...

— Je ne veux plus qu'on m'en parle, dis-je.

— J'aimerais vous ramener à votre hôtel.

— Non, merci.

Il s'éloigna dans le corridor. Je m'approchai de la porte de la chambre.

— Vous ne pouvez pas entrer maintenant, dit une des infirmières.

— Je vous demande bien pardon, dis-je.

— Vous ne pouvez pas encore entrer.

— Sortez, dis-je, vous et l'autre aussi.

Mais, après les avoir fait sortir, après avoir refermé la porte et avoir éteint la lumière, je compris que tout était inutile. C'était comme si je disais adieu à une statue. Au bout d'un instant, je sortis et je quittai l'hôpital. Et je rentrai à l'hôtel, sous la pluie.

DU MÊME AUTEUR

CINQUANTE MILLE DOLLARS
L'ADIEU AUX ARMES
LE SOLEIL SE LÈVE AUSSI
LES VERTES COLLINES D'AFRIQUE
MORT DANS L'APRÈS-MIDI
EN AVOIR... OU PAS
DIX INDIENS, *suivi de* LES NEIGES DU KILIMANDJARO
PARADIS PERDU, *suivi de* LA CINQUIÈME COLONNE
LE VIEIL HOMME ET LA MER
POUR QUI SONNE LE GLAS
PARIS EST UNE FÊTE
AU-DELA DU FLEUVE ET SOUS LES ARBRES
EN LIGNE
ILES A LA DÉRIVE
E. H. APPRENTI REPORTER

Édition illustrée pour enfants

LE VIEIL HOMME ET LA MER, *illustré par Puig Rosado*

Bibliothèque de la Pléiade

ŒUVRES ROMANESQUES (2 tomes)

Cet ouvrage a été composé
et achevé d'imprimer par l'Imprimerie Floch
à Mayenne le 9 juillet 1984.
Dépôt légal : juillet 1984.
1ᵉʳ dépôt légal dans la même collection : janvier 1972.
Numéro d'imprimeur : 22108.

ISBN 2-07-036027-X / Imprimé en France.